Wolfgang Breuer

Am Fenster

Ein Wittgenstein-Krimi

ratio books

Dieses Buch ist ein Roman. Handlung und Personen, wie Täter und Opfer, sind frei erfunden. Allerdings spielen darin auch real existierende Personen im sehr realen Wittgensteiner Land eine gewichtige Rolle. Diesen Menschen schulde ich für ihr freundschaftliches Einverständnis dazu meinen aufrichtigen Dank. Sie machen die Geschichte ein ganzes Stück weit authentischer. Bezüge zu und Anspielungen auf Ereignisse des aktuellen Zeitgeschehens sind ebenso gewollt wie notwendig.

Wolfgang Breuer
Am Fenster
Ein Wittgenstein-Krimi

Cover: unter Verwendung einer Zeichnung von
Herbert Kleinbruckner-Gautam (www.bildhauergautam.de)
Foto Coverrückseite: W. Breuer
Autorenfoto: Fotoatelier Christiane

Impressum
ratio-books • 53797 Lohmar • Danziger Str. 30
info@ratio-books.de (bevorzugt)
Tel.: (0 22 46) 94 92 61
Fax: (0 22 46) 94 92 24
www.ratio-books.de

ISBN 978-3-96136-090-1
E-Book: ISBN 978-3-96136-091-8

published by

ratio books

Montag, 4. Februar

Christof Feistauer saß am Fenster seines Wohnzimmers und schaute hinaus in den Abend. Dort, wo vor seinem Haus die noble Laaspher Privatstraße ‚Schloßberg' in die ‚Schloßstraße' mündet, war um diese Zeit zwar nie besonders viel los. Trotzdem. Dort zu sitzen und hinauszuschauen war für den 62-jährigen Mann so etwas wie ein Blick in das Schaufenster des Lebens.

Feistauer war auf einen Rollstuhl angewiesen und deshalb zuletzt nur noch ganz selten aus dem Haus gekommen. Bei dem augenblicklichen Wetter wäre ihm ein Ausflug an die frische Luft sogar völlig unmöglich gewesen. Es schneite nämlich seit Tagen so heftig, dass sogar die Räum- und Streudienste in Schwierigkeiten gerieten.

Und das hatte dazu geführt, dass sich selbst dort oben am Berg, am gefühlten Arsch der Welt, gelegentlich großes Kino vor seinen Augen abspielte. Autos, die ihren Fahrern nur widerwillig gehorchten, schlitternde, stürzende Fußgänger und tags zuvor eine richtig derbe Karambolage mit hohem Sachschaden.

Der Fahrer eines sündhaft teuren Mercedes hatte an der Einmündung aus dem ‚Schloßberg' die Vorfahrt eines nicht minder teuren BMW zwar beachtet, war ihm aber dennoch mit stehenden Rädern voll in die Seite gerauscht. Der Aufprall war ebenso gewaltig wie das anschließende Geschrei der streitenden Fahrzeuglenker.

Nur gut, dass die Autofahrer mit Mobiltelefonen ausgestattet waren. Der schwerbehinderte Frührentner hätte nämlich nur ungern seinen Logenplatz am Fenster aufgegeben, um Rettungsdienst und Polizei zu alarmieren.

Frederik Tiemann vom Bauhof der Stadt Bad Laasphe kannte die Gefahren an der Einmündung zur Genüge. Denn er fuhr den Schneepflug, der die Chaussee zwischen dem Zentrum Laasphes unten und dem Internat Schloss Wittgenstein hoch oben auf dem Berg zu räumen und möglichst schnee- und eisfrei zu halten hatte.

Tiemann liebte seinen nagelneuen Unimog, der die ziemlich steil ansteigende Strecke hinauf zum ehemaligen Sitz derer zu Sayn Wittgenstein Hohenstein sonst fast spielend nahm. Doch in diesen Tagen musste sich selbst sein „Jorch“, wie er das orangefarbene Kraftpaket getauft hatte, etwas mehr anstrengen, um der Schneemassen Herr zu werden.

Und jedes Mal, wenn er vor dem Hause Feistauer so richtig Gas gab, oder wenn er nur die Einmündung der für ihn sonst uninteressanten Privatstraße räumte, schaute er rüber zu dem Mann mit dem freundlichen Gesicht und winkte ihm zu. Christof am Fenster hob stets einen Arm und erwiderte den Gruß.

Tiemann hatte an diesem Montag Spätdienst und gegen 18 Uhr seine erste Tour am Streusalzdepot gestartet. Noch immer sandte der Himmel Unmengen an Schnee zur Erde. Was die Winterdienstler maßlos ärgerte. Denn schon eine Stunde nach jedem Räumeinsatz war von der zuvor geleisteten Arbeit fast nichts mehr zu sehen.

Es würde wieder eine heftige Nacht werden. Dessen war sich Frederik bewusst. Vor allem die Steigungs- und Gefällestrecken, von denen es in und um Bad Laasphe nicht eben wenige gibt, bedurften bei solchem Schneefall einer besonderen Behandlung. Spätestens, wenn am frühen Morgen der Berufsverkehr einsetzen würde, mussten all diese Straßen in optimalem Zustand sein. Und gerade hinauf zum Schloss war üblicherweise mit einem höllischen Ansturm von motorisierten Lehrern und ‚Externen' der Internatsschule zu rechnen.

Natürlich winkte der Mann im Rollstuhl auch diesmal, als Tiemann seinem ‚Jorch' so richtig die Sporen gab und mit röhrendem Motor an dessen Haus vorbeidonnerte. Das Licht der Straßenlaterne an der Einmündung verlieh Feistauers Gesicht einen leicht goldenen Schimmer.

„Was für ein armer Hund", brummelte der Schneepflugkutscher vor sich hin. „Den ganzen Tag über hängt er am Fenster, um wenigstens etwas Abwechslung in dieser Tristesse zu haben. Das ist doch kein Leben, sowas."

In der Stadt wusste man wenig über den Mann, der vor knapp sechs Jahren das alte, ziemlich baufällige Haus dort oben am Berg gekauft und nach aufwendigen Renovierungsarbeiten bezogen hatte. Bar bezahlt habe er die ‚Bruchbude', hatte deren Verkäufer in Frederiks Stammkneipe getönt und daraufhin Serien von Lokalrunden geschmissen.

Damals war der neue Besitzer noch ein durchaus ansehnlicher und sportlicher Typ, den man häufig bei Waldläufen beobachten konnte. Aber er war immer allein. Sein einziger Freund schien sein perlschwarzer 7er BMW mit fremder Zulassung zu sein, den er wenigstens einmal die Woche mit Schlauch und Schwamm vor dem Haus putzte.

Dann aber waren er und sein Auto urplötzlich verschwunden. Und kaum jemand vermisste den Sonderling, der bis dahin Kontakte zu den Menschen im Ort weitgehend vermieden hatte und nahezu jeder Begegnung aus dem Weg gegangen war.

Nur Hannelore Knop, der Verkäuferin in seiner Lieblingsbäckerei in der Königstraße, war sein Fehlen aufgefallen. Denn Christof Feistauer hatte dort mindestens zweimal, manchmal sogar dreimal pro Woche frische Brötchen eingekauft und samstags auch noch ein Bauernbrot mitgenommen.

Über ein freundliches „Bitte“ und „Danke“ waren die beiden jedoch nie hinausgekommen. Ein Zustand, den er vermutlich nie bedauerte. Wohl aber Frau Knop, eine verwitwete Endvierzigerin. Der Mann hätte nämlich durchaus in ihr Beuteschema gepasst.

Entsprechend entsetzlich war für sie das Wiedersehen mit ihm rund acht Monate nach dessen urplötzlichem Verschwinden. Als nämlich direkt vor der Bäckerei ein Rolli-Taxi anhielt und dessen Fahrer bei ihr zwei Kaiserbrötchen, zwei Roggenbrötchen und ein Bauernbrot einkaufte. Exakt das, was der Verschwundene immer bestellt hatte.

Als der Fahrer den Laden verließ, hatte die Verkäuferin einen neugierigen Blick durchs Schaufenster in den Fahrgastraum des Transporters gewagt. Und dort entdeckte sie zu ihrem großen Entsetzen den von ihr so verehrten Mann in einem Rollstuhl. Mit aufgedunsenem Gesicht und stierem Blick.

Schnell hatte diese Nachricht die Runde in der kleinen Lahnstadt gemacht. Und seither wussten die Menschen wenigstens etwas über den ‚komischen Kauz vom Schloßberg‘. Er musste mindestens querschnittgelähmt sein. Und er hatte augenscheinlich keinerlei Betreuung.

Lediglich für seine Besorgungen in der Stadt ließ er sich von Zeit zu Zeit mit einem Spezial-Taxi herunter und wieder hinauf kutschieren. Denn die steile Strecke zu seinem Haus am Berg hätte er niemals mit seinem Rollstuhl geschafft.

Es war 20.18 Uhr, als Frederik Tiemann zum zweiten Mal an diesem Abend die Schloßstraßen-Tour fuhr und an Feistauers Haus vorbeikam. Hinter sich eine kleine Schlange von Autos, deren Fahrer offenbar nur auf ihn gewartet hatten, um überhaupt zum Schloss hinaufzukommen.

Noch immer saß der Rentner am Fenster und winkte ihm zu. Die kleine Stehlampe auf der Fensterbank neben ihm ließ einen Schatten seines Gesichts in den gerafften Vorhang fallen.

Mag sein, dass Frederik bei den speziellen Lichtverhältnissen glaubte gesehen zu haben, dass das Winken des Mannes etwas statisch wirkte. Aber er dachte sich nicht viel dabei. ‚Er wird sicher müde sein.' Mit Vollgas brummte sein Unimog bergan.

Als er allerdings knapp zehn Minuten später wieder vom Schloss heruntergekommen war und die Einmündung der Privatstraße geräumt hatte, erleuchteten seine starken Scheinwerfer die gesamte Fassade des alten Hauses. Und noch immer saß der Rolli-Fahrer mit erhobener Hand auf seinem Platz.

Kein Lächeln, keine Bewegung. Nichts. Dem Schneepflugfahrer schwante Übles. Er schaltete das Fernlicht zu. Spätestens jetzt hätte der Mann am Fenster seine Hand schützend vor die Augen nehmen müssen. Doch Feistauer rührte sich nicht. Er stierte nur geradeaus.

„Shit!", entfuhr es Tiemann, „da stimmt was nicht." Vorsichtig fuhr er quer über die Schloßstraße ganz nah an das Haus heran und schaute in das Fenster, das nun direkt vor ihm lag. Dann gefror Frederik das Blut in den Adern. Denn das Bild, das sich ihm bot, war entsetzlich. Zwischen den starren Augen des Rentners klaffte ein kleines rundes Loch, aus dem ein dünner roter Blutfaden über die Nase rann.

Als der Fahrer, vom Grauen gepackt, beim Zurücksetzen auch noch den Motor seines Fahrzeugs abwürgte, war es plötzlich unheimlich still. Kein Geräusch aus der Stadt drang hinauf auf den Berg. Die dicke Schneedecke wirkte wie ein gigantischer Schallschlucker.

Schaudernd kletterte der junge Fahrer von seinem Bock herunter. Obwohl es ihm widerstrebte, musste er nachsehen, ob dem Mann am Fenster vielleicht doch noch geholfen werden konnte. Mit weichen Knien und Gänsehaut näherte er sich der grausigen Szenerie und traute sich gar nicht so recht, hinzusehen.

‚Ausgerechnet mir muss das passieren', haderte er. ‚Ausgerechnet mir! Und dann keine Menschenseele unterwegs. Verdammt nochmal!'

Doch plötzlich hörte er hinter sich einen Pkw aus der Privatstraße herauskommen. Frederik wollte ihm entgegenlaufen und ihn anhalten. Aber ehe er sich um den Schneepflug herum bewegen und bemerkbar machen konnte, war der Wagen bereits bergab davongefahren. Gesehen hatte er ihn nicht.

Dann schließlich ging er entschlossen zu dem Mann am Fenster. Und nur ein kurzer Blick genügte, um zu bestätigen, was er ohnehin vermutet hatte. Der Mann war tot. Mausetot! Frederik hatte zwar noch nie eine Leiche gesehen. Aber hier gab es keinen Zweifel.

„Verdammt, verdammt, was mach' ich denn jetzt?!", rief er weinerlich in den Nachthimmel und fuhr sich übernervös mit einer Hand durchs Haar. Sterne tanzten vor seinen Augen. „Los, Junge", feuerte er sich plötzlich selbst an, „ruf die Polizei an! Rettungswagen kannst du dir sparen."

Trotzdem überwand er sich vor dem Anruf noch dazu, alles noch einmal genauer zu betrachten, um am Telefon möglichst präzise Angaben machen zu können.

Feistauer, die gerafften Stores, die Lampe auf der Fensterbank. Alles sah eigentlich so friedlich aus. Wären da nicht das Loch in der Stirn des Mannes und der Blutfaden über Nase, Mund und Hemd gewesen.

Frederik war sicher, dass der Arme seinem Leben selbst ein Ende gesetzt hatte. Doch es war keine Waffe zu sehen. Und warum war der Arm noch immer wie zum Gruß erhoben?

Letzteres erklärte sich von selbst, als er näher hinschaute. Ein Finger der rechten Hand hatte sich in einer Masche der groben Stores verfangen. Während der linke Arm auf der Lehne des Rollstuhls ruhte. Aber wie konnte das sein? Mit einer Hand musste er doch abgedrückt haben.

Noch immer floss Blut aus der Stirnwunde. Und die gab Tiemann ein weiteres Rätsel auf. ‚Wenn sich jemand erschießt', dachte er, ‚warum tut er das mit einem Schuss direkt zwischen die Augen? Seitlich in die Schläfe wäre doch einfacher und genauso sicher gewesen. Auf jeden Fall muss er sich mit einer kleinkalibrigen Waffe umgebracht haben.'

Dass die Fensterscheibe ein winzig kleines Loch hatte, entdeckte er in seiner Aufregung nicht.

Es war exakt 21.03 Uhr, als bei den Klaisers in Berghausen das Telefon klingelte. Klaus und Ute schraken hoch. Sie waren kuschelnd auf der Couch vor dem Fernseher eingeschlafen. Gähnend schüttelte der Hauptkommissar den Kopf und räusperte sich. „Ich geh' schon, Schatz", drückte er seine Frau sanft wieder zurück auf das bequeme Möbel und stand auf.

Doch die hielt es nicht lange dort. Denn aus dem Kinderzimmer erscholl ein herzzerreißendes Weinen. Luisa, die Süße, war offenbar vom Klingeln des Telefons wach geworden und bedurfte jetzt dringend mütterlicher Betreuung.

„Klaus, entschuldige, dass ich störe", meldete sich der Diensthabende von der Berleburger Polizeiwache, „wir haben einen Mord am Schloßberg in Laasphe. Ein Rollstuhlfahrer wurde erschossen. Durch sein Wohnzimmerfenster, berichten die Kollegen. Ganz fiese Nummer."

„Ein Rollstuhlfahrer? Oh nein! Wie hässlich ist das denn? Wo genau ist das?"

Dirk Finkbeiner gab ihm die notwendigen Informationen und auch gleich darüber Bescheid, dass der Kripo-Chef von Sven Lukas abgeholt würde. Der habe sich bereits von Diedenshausen aus auf den Weg gemacht.

„Bei *dem* Wetter?“ Klaiser war entsetzt. Denn er hatte beim Blick aus dem Fenster festgestellt, dass seit seiner Räumaktion vor der 20 Uhr-Tagesschau schon wieder gut und gerne 15 Zentimeter Schnee gefallen waren. „Der wäre doch besser gleich von dort aus nach Laasphe gefahren. Wie sehen denn die Straßen unterwegs aus?“

„Kein Prahl zu machen.“ Dirks Zustandsbeschreibung war an Nüchternheit nicht zu überbieten. „Die Räumdienste sind voll im Einsatz. Leimstruth, Stünzel und die Sassenhäuser Höhe werden alle 30 Minuten geräumt und gestreut. Die Höhengebiete um Wunderthausen, Diedenshausen und Girkhausen auch. Unten sieht's mit Räumen eher mau aus. Mehr können die Jungs halt nicht leisten.“

„Na, hoffentlich haben sie auch auf der Lützel gestreut. Damit KTU und Rechtsmedizin durchkommen“, bemerkte Klaus eher am Rande. „Sind die schon bestellt?“

„Natürlich, haben die Laaspher Kollegen schon von sich aus gemacht.“

„Prima. Wer von denen ist vor Ort?“

„Äääh, warte mal ... Clemens Rohrer und Jutta Henning.“

„Okay. Wann, meinst Du, könnte der ‚Freak‘ hier sein?“

„Ich weiß nicht, wie der fährt“, lachte Finkbeiner.

„Ich aber“, lachte der Kripo-Chef etwas gallig. „Wie ein Schwein!“

„Na, dann ist er ja bald bei Dir.“

„Gut, mein Lieber. Ich danke Dir und mach' mich mal in die Puschen. Und Du informierst bitte noch den Staatsanwalt.“

Nachdem er sich verabschiedet und das Gespräch weggedrückt hatte, sprintete Klaiser hinauf ins Schlafzimmer, um sich für eine kalte und schneereiche Nacht einzukleiden. Keine Ahnung, was ihn dort erwarten würde.

Lange Unterhose, langes Unterhemd, darüber Thermohose, T-Shirt und ein dicker Pullover. Zusammen mit der dicken Winterjacke, gefütterten Stiefeln, Schal, Handschuhen und Mütze müsste das reichen, fand er und schlich auf Zehenspitzen wieder nach unten. Seine Damen schienen wieder eingeschlafen zu sein.

Leise schloss er die Haustür hinter sich. Doch als er vors Haus trat, empfing ihn ein schallendes Gelächter. „Mein Gott, Chef, Du siehst ja aus wie ein Michelin-Männchen. Mit wieviel Grad Frost rechnest Du denn, wenn ich fragen darf?“

Sven war wohl just in dem Moment vorgefahren, als Klaiser seiner Frau einen Zettel geschrieben hatte, um ihr mitzuteilen, wo er hin musste und dass er stattdessen lieber in ihren Armen läge. Die Ehe mit Ute und das knapp dreijährige Töchterlein der beiden, machten ihn nach wie vor zum glücklichsten Mann unter der Sonne.

„Wer von uns beiden hat denn hier laufend Schnupfen, he?“, antwortete er auf den Spott seines jungen Kollegen, den alle nur den ‚Freak‘ nannten. Der Kollege mit seinem fast abartigen Hang zu allen technischen Neuerungen trug nämlich mal wieder seine so typischen ‚Schmuddelklamotten‘. Schimanski-Parka, Jeans und ausgelatschte Camel-Boots.

Immerhin hatte er wenigstens Lederhandschuhe an und eine Russenmütze auf dem Kopf, deren Felllappen rechts und links über seine Ohren hingen.

„Steig lieber wieder ein, bevor Dich noch jemand sieht. Du kannst einem ja Angst einjagen in Deinem Outfit“, grinste Klaus und klopfte den Schnee von seinen Füßen, als er sich in

Svens Mondeo gesetzt hatte. Kurz darauf wurde ihm bereits zu warm, in dem gut geheizten Dienstwagen.

Lukas hatte den kraftvollen Dieselmotor nur blubbern lassen, um rückwärts aus der Hauseinfahrt hinaus zu kommen. Als er die Lenkung einschlug, knirschte der eiskalte Pulverschnee unter den Rädern. Aber dann nutzte er die Gunst des Drehmoments und ließ sein Gefährt nach vorne schnellen. Die Berghäuser Straßen waren ausnahmsweise frisch geräumt.

Schon an der Klinker'schen Kreuzung in Raumland hatte Klaus das Kunststück fertiggebracht, sich der Winterjacke zu entledigen, ohne sich abzuschnallen. Svens Fahrweise und die Bordheizung hatten ihm bereits so zugesetzt, dass er hätte kübeln können.

Bei leicht geöffnetem Seitenfenster dachte er mit Grauen an eine Dienstfahrt im letzten Winter. Damals hatte er seinen Audi am Rhein-Weser-Turm in eine Schneewehe gejagt. Wollte sich der Kollege jetzt revanchieren? Immerhin hatte der sich an jenem Tag mit keinem Wort beschwert. Im Gegenteil. Blödsinn hatte er gemacht.

Doch danach war jetzt keinem der beiden Kriminalisten mehr zumute. Schlimm genug, was da auf sie wartete. „Wer, um alles in der Welt, erschießt denn einen Rollstuhlfahrer?", hatte Lukas ihn gefragt, nachdem sie losgefahren waren.

„Ich kann es Dir nicht sagen", war die lapidare Antwort des Chefs. „Wir werden es hoffentlich herausfinden."

„Machen wir", war Sven sicher, „ich versprech' es dem armen Schwein, das da jetzt tot im Rollstuhl sitzt."

„Hou, hou, hou, mach' mal halblang. Jetzt warte erstmal ab, was wir dort vorfinden." Klaus Klaiser war absolut kein Freund von Früh- und vor allem von Ferndiagnosen. „Weiß der Geier, wie die Dinge liegen." Dann krallte er sich am Griff in der Beifahrertür fest. Sein Magen begann zu rebellieren.

Am Tatort hatte sich eine veritable Menge Mensch eingefunden. Autofahrer vor allem. Und zwar sowohl volljährige Pennäler, die bergauf ins Internat zurückkehren wollten. Als auch solche, die zu später Stunde unten in der Stadt noch ‚etwas zu besorgen' hatten. Doch manche Liebe blieb in dieser Nacht unbefriedigt.

Die beiden Oberkommissare Jutta Henning und Clemens Rohrer hatten bereits uniformierte Verstärkung aus Berleburg bekommen, weil an Ort und Stelle alles dort hatte stehen und liegen bleiben müssen, wo es sich beim Auffinden der Leiche befunden hatte. Auch der Unimog mit Schneepflug, der quer auf der Straße stand und den Verkehr beträchtlich behinderte.

Mit vereinten Kräften versuchten jetzt fünf Beamte, die Gaffer zurückzuhalten und wenigstens einige von ihnen vom Ort des Geschehens wegzubekommen. Was nicht ganz einfach war. Wegen der schier unstillbaren Neugier der Leute einerseits und der schon länger nicht mehr geräumten und gestreuten Straße andererseits.

An Clemens Rohrer war es hängen geblieben, den Auffindeort zu sichern und gegen fremde Blicke zu schützen. Aber wie? Irgendwann war Frederik Tiemann auf die Idee gekommen, die eingerosteten Angeln wieder so gängig zu machen, dass die alten Windladen vor dem Fenster, und damit vor dem Toten, zugeklappt werden konnten.

Sven und Klaus hatten bereits weiter unten am Schloßberg ihre liebe Not mit den Straßenverhältnissen. Denn das Wetter hatte kein Erbarmen mit ihnen und der Fahrbahn.

Gerade dort, wo ein zügiges Vorankommen von enormer Wichtigkeit gewesen wäre, hatten die Straßenbauer blöderweise Kurven eingebaut. Und die mit höherer Geschwindigkeit zu nehmen, vermied selbst Lukas, der ‚Freak'. „Kacke!", schimpfte er und musste ein ums andere Mal runter vom Gas.

Das Beschleunigen war dann nicht mehr die reine Freude. Weil schon zu viele Fahrer vor ihnen dieses Manöver mitgemacht und die Fahrbahn zu einer Eispiste gemacht hatten.

Und so zeigte die Uhr schließlich 22.07 Uhr, als sie, weil sie ja Blaulicht auf dem Wagen hatten, durch die Absperrung am Schloßberg gelassen wurden. Immerhin aber noch eine halbe Stunde vor Steffen Siebert von der Spurensicherung und Doktor Klaus Faulhaber vom Rechtsmedizinischen Institut. Die hatten allerdings auch den längeren Anfahrtsweg.

„Was für eine Schweinescheiße", motzte Siebert, als er, die Handschuhe überstreifend, das Haus betrat und die Kriminalisten drinnen antraf. „Solche Einsätze müssten in solchen Nächten verboten werden."

„Wir haben es uns nicht ausgesucht, Verehrter", begrüßte ihn Sven Lukas. „Kommen Sie bitte."

Die dargebotene Hand übersah der Ankömmling geflissentlich und meinte mit hochgezogenen Augenbrauen: „Ihr könnt draußen bleiben. Sonst latscht Ihr mir da drin alles kaputt, was es eventuell an Spuren gibt."

„Hier gibt es wohl kaum Spuren vom Täter", bremste ihn Sven Lukas ziemlich barsch. „Die finden Sie alle da draußen. Wir machen den Job schließlich auch schon ein bisschen länger."

„Jaa, jaa, das sehe ich. Macht Euch lieber 'n Paar Überzieher an die Füße. Handschuhe alleine reichen nicht!" Dann marschierte er voraus. „Mann, Mann, Mann, Ihr seid vielleicht 'n paar Profis", giftete er weiter.

„Hey!", rief Sven, „es ist gut! Vielleicht lassen Sie erst mal 'n bisschen Dampf ab, bevor Sie mit Ihrer Arbeit anfangen."

Siebert plusterte sich auf. „Also hören Sie mal. So können Sie mit mir nicht reden. Ich hätte unterwegs fast gekotzt wegen dieser Scheiße hier."

„Ich auch!", fauchte ihn Klaiser an, der in der Zimmerecke stand. „Und ich motze hier nicht so rum. Mann! Was ist denn mit Ihnen los? Haben Sie gesoffen, oder was?"

Der SpuSi-Mann fuhr erschrocken herum und riss den Mund auf. Doch bevor er etwas sagen konnte, tippte ihm der Kripo-Chef mit dem Zeigefinger auf die Brust. „Nehmen Sie sich mal 'n bisschen zusammen. Pietät! Da vorne sitzt schließlich ein Toter. Und jetzt kommen Sie und schauen Sie sich das an."

Das hatte gesessen. Steffen Siebert kannte Klaiser bisher nämlich als moderaten, besonnenen Mann und begriff nun offenbar, dass er mit seinem verbalen Giftangriff schwer danebengelegen hatte. Also riss er sich am Riemen und trottete hinter dem Kripo-Chef her ins Wohnzimmer, das noch immer nur von der Lampe am Fenster erleuchtet war.

„Dort sitzt der Mann", deutete Klaus auf die Rückseite eines Rollstuhls, über dessen extra hohe Rückenlehne nur ein kleines Stück Haarschopf hinausragte. Die rechte Hand hatte sich in einem grob gewebten Store verkrallt. Am Boden jagten auf einem Sockel drei weiße Windhunde aus Porzellan einer imaginären Beute nach. Als Klaus sie anheben und zur Seite räumen wollte, rief Siebert: „Stopp! Nicht anfassen!"

„Wie?" Klaiser verstand nicht richtig. „Wegen der Spuren? Ich habe Handschuhe an."

„Deshalb nicht. Aber mit der Skulptur müssen Sie unbedingt vorsichtig umgehen. ‚Jagende Windhunde'. Die sind richtig, richtig teuer. In dieser Ausführung Minimum zehn- bis zwölftausend Euro."

„Was denn?", fragte Lukas verdutzt, „zehntausend Fleppen für die drei Bellos hier?"

„Minimum, wie gesagt."

„Oh, da lass' ich lieber mal ganz die Finger davon", zog Klaus die Hände zurück. „Ganz mein Reden", witterte Porzellankenner Steffen Siebert offenbar wieder Oberluft und erntete dabei total irritierte Polizistenblicke.

„Also was haben wir hier?“ Langsam schob er sich seitlich am Rollstuhl vorbei in Richtung Fenster und konnte Feistauer so frontal ins Gesicht schauen.

„Uiii“, sagte er plötzlich und ließ einen leisen Pfiff hören. „Scheint mir ein Highspeed-Geschoss gewesen zu sein. Kaliber, ich glaube 5,56 x 45 Millimeter und irrsinnig schnell.“ Prüfend schaute er vom Einschuss in der Stirn herüber zur Fensterscheibe und entdeckte das winzige Loch in Kopfhöhe. „Sag ich doch“, bestätigte er sich.

„Wie bitte?! Ein Hochgeschwindigkeitsgeschoss?“ Der ‚Freak‘ mochte das gar nicht glauben. „Die Dinger sind doch laut Genfer Konvention seit Ewigkeiten verboten. Hab’ ich sogar noch in der Schule gelernt. Wo kommt denn eine solche Scheiße heute noch her?“

Siebert schob die Unterlippe vor. „Wenn ich das wüsste. Ist mir bisher auch noch nicht untergekommen. Aber das hier ist eindeutig. Da geht kein Weg daran vorbei. Schauen Sie sich mal dieses picobello saubere Loch in der Scheibe an.“

Mit einer Taschenlampe leuchtete der Spurensicherer auf den Einschuss im Fenster. „Das Glas hat nicht mal Zeit zum Ausfransen gehabt. Wie gestanzt ist das.“

Sven war irritiert. „Aber das Loch hat doch niemals fünf oder noch mehr Millimeter. Und das im Kopf des Toten auch nicht.“

„Stimmt. Das Geschoss selbst hat nur etwa die Hälfte des Durchmessers seines Patronenhalses. Ist etwas kompliziert, das Ganze.“ Je mehr Siebert mit Wissen glänzen konnte, desto umgänglicher schien er zu werden.

„Und hier“, vorsichtig stützte er den Kopf des Toten unterm Kinn und bat Klaiser, „helfen Sie mir bitte mal eben, den Mann etwas nach vorne von der Lehne wegzuziehen. „Genau hier“, zeigte er eine gedachte Linie vom Hinterkopf zur Rückenlehne, „ebensolche Löcher. Durch den Kopf und durch die Rückenlehne. Das Geschoss steckt wahrscheinlich da hinten in der Wand.“

„Um Gottes Willen.“ Den Kripo-Chef fror es. „Das ist ja unglaublich. So ein kleines Geschoss. Mit einer so ungeheuren Wucht. Wahnsinn!“

Draußen wurde es unruhig. Ein Wortgefecht war durch Fenster und Windlade zu hören. „Du kannst jetzt nicht weg hier.“

„Muss ich aber, verdammt nochmal. Guck doch mal das Wetter.“

„Du sollst hierbleiben, hab' ich gesagt.“

„Vergiss es. Da wird nichts draus!“ Dann hörte man, wie der Unimog ansprang und Gas gegeben wurde.

Sven reagierte sofort. Wie von der Tarantel gestochen raste er aus dem Wohnzimmer, durch den Flur hinaus aus dem Haus, rutschte aus, knallte hin und stand wieder auf. „Ey!“, brüllte er. „Motor aus! Sofort! Und dann runter vom Bock! Aber zackig!“

Doch Tiemann schien ihn nicht gehört zu haben. Und was ihm der Uniformierte vorhin zugerufen hatte, das juckte ihn offenbar nicht. Gerade ließ er den Räumschild hochfahren, um zurücksetzen zu können. Da schoss der ‚Freak‘ schlitternd auf das Räumfahrzeug zu und konnte sich gerade noch mit ausgestrecktem Arm am Türgriff festhalten. Mit der anderen Faust haute er gegen die Fahrertür.

Erschreckt blickte der Fahrer aus seinem Seitenfenster. Erst da schien er begriffen zu haben, dass es vielleicht doch besser wäre, wenigstens noch einmal verbalen Kontakt mit den Beamten aufzunehmen. Also ließ er das Fenster herunter und rief: „Hey Leute, tut mir leid. Ich muss. Auf den Straßen ist die Hölle los."

„Sie bleiben hier!", brüllte Lukas. „Machen Sie bitte den Motor aus und steigen Sie von dem Unimog runter. Sofort!"

Der Mann zuckte mit den Achseln, folgte den Anweisungen und stieg aus. „Wissen Sie, wie viel Ärger ich kriege, weil ich schon seit Stunden nicht mehr räume und streue?", fragte er Sven. „Weiß der Himmel, wie viele Autos sich da mittlerweile quer gestellt haben und die Bergstrecken nicht fahren können."

„Sie bekommen keinen Ärger. Das verspreche ich Ihnen. Unsere Kollegen in Berleburg haben längst mit Ihrem Chef gesprochen. Sie werden durch einen Kollegen vertreten. Wir brauchen Sie hier als Zeugen."

„Aber ich hab' Euren Leuten doch schon alles erzählt. Ich hab' doch sowieso nicht viel mitbekommen. Als ich da drüben ankam", zeigte er auf die Straße am Schloßberg, „da war er tot."

„Welchen Kollegen haben Sie alles erzählt?", wollte der ‚Freak' wissen.

„Na, den beiden Uniformierten dort vorne." Er meinte Jutta Henning und Clemens Rohrer, die noch immer mit Pennälern und mittlerweile wohl auch Pressevertretern herumdiskutierten. Zumindest trugen zwei der Passanten vor der Absperrung ziemlich professionell wirkende Kameras bei sich.

„Ich verstehe, was Sie meinen. Nur waren das ja die beiden Beamten, die auch als erste hier vor Ort waren und zunächst einmal generell erfahren wollten, was hier eigentlich passiert ist", erklärte Sven Lukas. „Das mussten sie ja auch machen. Aber das ist nicht das, was wir noch alles abfragen müssen."

Tiemann schien verstanden zu haben und fügte sich in sein Schicksal. Längst hatte er wieder die Kapuze seiner gefütterten Arbeitsjacke mit dem Wappen der Stadt aufgezogen.

Denn es schneite nach wie vor, als gäbe es kein Morgen mehr. ‚Wie die Leute am Schloßberg morgen aus ihrer Straße rauskommen wollen, ist mir schleierhaft', dachte Tiemann. Dort war nicht ein einziges Mal geräumt worden. Nur eine tiefe, aber schon wieder zum Teil verschneite Autospur war in fast 40 Zentimeter tiefem Schnee zu sehen. ‚Privatstraße, nicht mein Problem.'

„Machen Sie bitte mal Platz da vorne!", rief es von hinten aus dem Halbdunkel der Straße. Es war ein Kollege der Spurensicherung, der Fotos vom Ort des Geschehens machen wollte.

„Klar", rief Sven, „sorry! Wir sind sofort weg." Damit zog er den Unimog-Fahrer mit sich und schob ihn in seinen Dienstwagen hinein, dessen Standheizung den Mondeo innen auf fast unverschämte Sommertemperatur gebracht hatte. Schnell hatten die beiden ihre Jacken aufgeknöpft.

Doch kaum saßen die beiden Männer halbwegs bequem, klopfte es am Fahrerfenster. Ein Mann mit Spiralblock und Kuli in der Hand und Kamera vor der Brust zeigte an, Lukas möge doch die Scheibe mal runterlassen. Was der auch tat.

„Gemmecke vom Westfalenkurier. Können Sie mir bitte kurz was zu dem Mord sagen?"

Der ‚Freak' schüttelte den Kopf. „Herr Gemmecke, das darf ich gar nicht. Lediglich mein Chef und der Staatsanwalt dürfen mit der Presse reden."

„Ja, aber ...", der Mann trappelte von einem Bein aufs andere, „Leute, bitte, das geht doch nicht."

„Was geht nicht?"

„Naja, der Kollege von der ‚Siegener' und ich haben von dem Mord erfahren, sind hergekommen und stehen uns seither die Beine in den Bauch. Egal, wen wir von Ihren Leuten fragen, wir erfahren nichts. Rein gar nichts. Wir müssen unseren

Schlussredaktionen aber jetzt langsam was liefern, damit wir morgen früh überhaupt was im Blatt haben."

„Tut mir leid", antwortete Sven, „ich kann da nichts machen. Sie müssen sich leider gedulden. Ich habe jetzt hier ein wichtiges Gespräch mit einem Zeugen zu führen."

„Wie?", rief es lautstark von draußen, als die Scheibe wieder hochgefahren wurde, „Sie sind Zeuge? Können Sie uns denn sagen, was hier eigentlich passiert ist?"

Frederik Tiemann wollte gerade reagieren, als der Kommissar dazwischenfuhr. „Stopp! Jetzt bin erstmal ich dran."

Das Gespräch brachte den Kriminalisten zunächst aber lediglich um einen wesentlichen Fakt weiter. Christof Feistauer müsse, so hatte Tiemann gemutmaßt, wohl vor etwa 20.15 Uhr getötet worden sein. Denn um diese Zeit sei er bei der Bergfahrt zum zweiten Mal an dessen Haus vorbeigekommen und habe seine Regungslosigkeit bemerkt.

„Aber bei der ersten Fahrt lebte er noch, da sind Sie sicher?"

„Natürlich. Er hat mir ja zugewunken. Auch bei der Fahrt nach unten. Das war so gegen halb sieben, beziehungsweise 18.30 Uhr."

„Und Sie haben sonst nichts gesehen?"

„Nein. Nichts und niemanden."

„Okay", wollte sich Lukas schon bedanken, fragte dann aber trotzdem noch nach: „Ist Ihnen denn sonst noch irgendetwas aufgefallen? Ein Auto am Straßenrand oder so?"

Frederik Tiemann überlegte. „Doch", sagte er plötzlich. „Als ich hier vor dem Haus ausgestiegen und zum Fenster gegangen bin, hörte ich, wie hinter mir aus dem Schloßberg ein Auto herauskam und runter in die Stadt fuhr. Muss ein ordentliches Schiff gewesen sein."

„Was meinen Sie mit einem ‚ordentlichen Schiff'?"

„Naja, mit einem großvolumigen Motor. Mindestens sechs Zylinder. Der hat nicht gebrummt, der hat geblubbert."

„Geblubbert, aha", lächelte der Kommissar. „Aber gesehen haben Sie ihn nicht?"

„Nee", schüttelte der Schneepflugfahrer den Kopf. „Dafür hatte ich in dem Moment keinen Kopf."

„Kann ich verstehen. Gut, dass Sie sich jetzt wenigstens noch daran erinnert haben. Aber stehen geblieben ist der Wagen nicht etwa?"

„Wie meinen Sie?"

„Naja, ob der Wagen stehen geblieben ist. Weil Sie ja, wie Sie mir erzählt haben, Ihren Unimog quer auf der Straße haben stehen lassen."

„Ach so, ja." Tiemann spielte an seiner Nasenspitze und überlegte einen Moment. „Nee, ist er nicht. Außerdem hatte er ja hinten auch noch genug Platz, um aus der Einmündung nach unten rauszukommen."

„Seltsam. Mich würde das trotzdem neugierig gemacht haben. Auch wenn ich genug Platz zum Fahren gehabt hätte."

„Ja, glauben Sie denn, dass das der Mörder gewesen sein könnte, der da weggefahren ist. ... Ich meine, der arme Mann da im Haus war doch wahrscheinlich schon längst tot um diese Zeit. Der Täter hätte doch reichlich Zeit gehabt, um zu verschwinden."

„Weiß man's?", antwortete Sven nachdenklich. „Auf jeden Fall vielen Dank, Herr Tiemann. Warten Sie bitte noch einen Moment. Ich rede mal eben mit unseren Leuten, ob wir Sie und Ihr Fahrzeug noch brauchen."

„Wäre mir sehr recht, wenn ich fahren könnte", antwortete der Zeuge. „Ich muss hier dringend räumen. Sonst gibt's morgen eine Katastrophe."

Kaum waren die beiden ausgestiegen, stürzten sich die Journalisten auf den jungen Mann vom Räumdienst. Aber der zeigte sich ausgesprochen schmallippig und bestätigte im Grunde nur, was vor dem Hause Feistauer ohnehin schon die Runde gemacht hatte. Mehr wusste er ja auch nicht zu erzählen.

Inzwischen war auch Staatsanwalt Puhlmann eingetroffen, der aus seiner montäglichen Sportgruppe hatte herausgeholt werden müssen. Aber nicht etwa aus einer Sporthalle. Sondern aus dem ‚Tonkrug', in dem sich die Juristen, Lehrer und verschiedene Geschäftsleute üblicherweise nach dem Auspowern zur ‚Wiederherstellung des Elektrolythaushaltes' trafen.

„Sie brauchen gar nicht so zu schnuppern", bemerkte er beiläufig, als ihn Klaus Klaiser im Haus begrüßte. „Eigentlich habe ich gar keinen Dienst. Aber ich bin heute Nacht kurzfristig eingesprungen, weil die Frau des Kollegen Eitner mit schweren Wehen ins Krankenhaus musste. Da hatte ich schon einiges intus. Aber ich habe mich fahren lassen", erklärte er mit etwas schwerer Zunge.

„Das beruhigt mich ungemein", antwortete der Kripo-Chef leicht süffisant und legte seinem Gegenüber in kurzen Zügen die bisherigen Erkenntnisse zu dem Mord dar. Wobei er manches mehrfach wiederholen musste. „Ich gebe es zu, es ist noch nicht viel. Aber wir werden uns krummlegen. Das kann ich Ihnen versprechen."

„Was wissen wir bisher über den Toten?"

„Außer seinen Personalien eigentlich noch gar nichts. Bedauerlicherweise. Wir müssen auf Daten aus dem Einwohnermeldeamt Bad Laasphe und aus dem Bundesmelderegister hoffen." Mit einem Blick auf seine Armbanduhr ergänzte er,

„um diese Uhrzeit ist damit allerdings auch nicht mehr zu rechnen. Morgen früh wissen wir hoffentlich mehr."

Nachdem Tiemann schließlich mit seinem Räumfahrzeug abgerückt war, hatten Beamte vor dem Haus und an der Böschung oberhalb der Privatstraße Flächen mit Trassenbändern freigesperrt und zwei Mann Position im ‚Schloßberg' bezogen. Sie sollten das Auftreffen eines roten Laserstrahls beobachten und den Punkt markieren.

Laut Steffen Siebert müsste das die Stelle sein, von wo aus der Schütze auf den bedauernswerten Feistauer angelegt hatte.

Dem Experiment vorausgegangen war eine heftige verbale Auseinandersetzung zwischen dem SpuSi-Mann und Doktor Klaus Faulhaber. Der Rechtsmediziner hatte nämlich darauf bestanden, den Rollstuhl samt Leiche vom Fenster abrücken, und den Toten mitten im Raum, und damit mit mehr Arm- und Beinfreiheit, untersuchen zu können.

„Nicht, bevor wir nicht die Schussrichtung festgelegt haben!", hatte Siebert gefordert und war ziemlich laut geworden, als sich Faulhaber einfach darüber hinwegsetzen wollte. Erst als sich der Staatsanwalt lamentierend dazwischengeworfen hatte, glätteten sich die Wogen und der Spurensicherer konnte seinen Plan erläutern.

„Ich möchte durch das Einschussloch in der Rückenlehne und das in der Scheibe einen Laserstrahl nach draußen schicken, um die Position des Schützen zweifelsfrei ausmachen zu können. Dazu muss aber der Rolli dort stehen bleiben, wo er auch bei Einschlag des Geschosses stand."

Das leuchtete den übrigen Anwesenden ein. Und so achtete sogar der Doktor persönlich peinlichst genau darauf, dass der Rollstuhl sich keinen Millimeter bewegte, während der Oberkörper des Toten nach vorne geklappt wurde. Zwischen

Lehne und Fensterscheibe sollte freie Sicht geschaffen werden.

Es dauerte eine halbe Ewigkeit, bis Siebert den Laserpointer so präzise auf einem Stativ eingerichtet hatte, dass er den feinen rote Strahl tatsächlich störungsfrei durch beide Einschusslöcher nach draußen senden konnte.

Der Rest war spielend leicht. Die Polizisten draußen mussten nur noch den Punkt markieren, der ihnen feuerrot im Schnee erschienen war. Und das taten sie sinnigerweise mit einem Besenstiel, den sie in den Schnee steckten. Selbst wenn es noch einen halben Meter mehr geschneit hätte, würde der noch oben rausgucken.

Doch dazu kam es gar nicht. Denn unmittelbar im Anschluss an die ‚Siebert'sche Lasershow', wie Doc Faulhaber die Vermessung der Schussbahn nannte, wurde über dem Areal ein Zelt Marke Gartenpavillon mit Seitenplanen aufgebaut. „Und da latscht mir jetzt keiner mehr rein!", bestimmte der KTU-Mann.

„Was haben Sie vor?", fragte Klaiser vorsichtshalber mal nach.

„Was wohl? Spuren suchen natürlich."

„In dem tiefen Schnee? Die sind doch längst alle zugeschneit."

„Eben", entgegnete der andere knapp und ließ den Kripo-Chef einfach stehen, um verschiedene Utensilien aus seinem Transporter zu holen. Darunter eine Gasflasche und einen Heizstrahler. Ohne jedes weitere Wort verschwand er damit in dem Wigwam und zog die Seitenplane hinter sich zu.

Klaus, mittlerweile mit Kapuze auf dem Kopf, hatte sich in sicherer Distanz zu den Geschehnissen neben einem der KTU-Männer postiert und gefragt: „Der wird doch wohl jetzt nicht den Schnee abtauen. Oder?!"

„Doooch, das macht er", entgegnete der Kollege lächelnd. „Das wäre nicht das erste Mal, dass er solche Aktionen startet.

Ein ‚Geht nicht' gibt es bei ihm nicht. Steffen hört immer erst auf, wenn alle Möglichkeiten ausgeschöpft sind. Und in 98,9 Prozent aller Fälle hat er dann auch was gefunden. Deswegen nennen wir ihn ja auch ‚Trüffelschwein'."

„Aber heute hat das Trüffelschwein offenbar schlechte Kartoffeln als Futter bekommen", entgegnete Klaiser. „Oder warum ist er so mies drauf?"

Der andere pustete die Backen auf. „Um Gottes Willen. Lassen Sie ihn das bitte nicht hören. Ich glaube, Steffen hat daheim richtig Stress. Er kam nämlich schon geladen aus dem Haus, als ich ihn dort heute Abend abgeholt habe. Gift und Galle hat er gespuckt, als er einstieg. Ich hab' dann lieber den Mund gehalten."

„Oha. Dann wollen wir ihm auch hier lieber keine weitere Munition liefern", brummte der Kripo-Chef nachdenklich, drehte ab und lief prompt Peter Puhlmann in die Arme. Der Staatsanwalt, der mit offenem Mantel und weit offenem Hemdkragen ganz vorsichtig voranschritt, war ein paar Meter weiter von den Journalisten gelöchert worden.

„Ich weiß, Herr Klaiser, Sie werden mich für verrückt halten", sagte Puhlmann und schaukelte verdächtig. „Aber es wäre toll, wenn Sie mir bis morgen Nachmittag Habhaftes zu dem Fall liefern könnten."

Klaiser schaute ihn mit großen Augen an und bekam einen trockenen Mund. „Bis morgen Nachmittag?", fragte er ungläubig, „Du lieber Himmel, warum denn das?"

„Wir müssen der Presse Futter geben. Damit mir die Damen und Herren von der Journaille nicht tagtäglich auf den Zehen stehen und mich bei der Arbeit behindern."

„Finde ich gut, Herr Puhlmann, dass Sie sich Bewegungsfreiheit verschaffen wollen. Aber Sie wissen schon, dass das verdammt viel verlangt ist. Wie sollen wir das denn in so kurzer Zeit schaffen? Bisher wissen wir ja noch nicht einmal, wer der Tote überhaupt ist."

Doch der ‚Herr des Verfahrens', auf dessen Haupt sich mittlerweile eine dünne Schneedecke gebildet hatte, klopfte ihm nur auf die Schulter und meinte wenig nüchtern: „Sie machen das schon. Ich zähle auf Sie und Ihre Leute." Dann schlitterte und stolperte er zur Beifahrertür seines Wagens, der mit laufendem Motor abfahrbereit auf ihn wartete.

Dienstag, 5. Februar

„So Leute, es geht lo-hooos!“ Der Ruf des Chefs hallte durch den Flur des Kriminalkommissariats Bad Berleburg. „Morgenrundeee!“

Klaus Klaiser mühte sich trotz fast erschlagender Müdigkeit um einen fröhlichen Ton an die Adresse derer, die in der vergangenen Nacht wenigstens hatten ausschlafen können. Ihm und dem ‚Freak‘ war das nicht vergönnt gewesen. Trotzdem kam der als Erster den Gang entlang geschlurft – mit einer Tasse dampfenden Kaffees in der Hand.

„Guten Morgen, mein Lieber. Naaa, fit für den Tag?“, feixte Klaiser und haute seinem Kollegen dermaßen heftig auf die Schulter, dass der nur mit Mühe die pechschwarze Plörre in seinem Pott behalten konnte. ‚Greatest Cop ever‘ stand darauf. Was so viel bedeutet wie ‚Tollster Bulle aller Zeiten‘.

„Mann!“, rief der Getroffene lachend, während er noch balancierte, „bist Du immer noch neidisch wegen des Spruchs auf meiner Tasse?“

„Nö. Das berührt mich überhaupt nicht. Du weißt doch: jeder, der besser ist als ich, ist geklont“, grinste der Chef.

Ein fast unangemessen lockerer Aufgalopp für einen knüppelharten Tag, der vor ihnen lag. Auch die Kolleginnen und Kollegen, die nach und nach eintrudelten, begriffen wenige Augenblicke später, dass es am Tag eins nach dem Verbrechen weder Zeit für ein reguläres Mittagessen, noch für einen pünktlichen Feierabend geben würde.

„Guten Morgen, Leute“, begann Klaus Klaiser, „wir ermitteln ab sofort in folgendem Tötungsdelikt: Gestern Abend wurde in der Zeit zwischen 18.30 Uhr und 20.18 Uhr der 62-jährige

Christof Feistauer in Bad Laasphe erschossen. Es handelt sich dabei eindeutig um Mord. Der querschnittgelähmte Rentner erlag einer Schussverletzung durch ein Hochgeschwindigkeitsgeschoss des Kalibers 5,56 x 45 mm."

Die Kollegen rissen die Augen auf. „Ein Hochgeschwindigkeitsgeschoss? Das ist ja irre", schüttelte Waffennarr Jürgen Winter den Kopf und friemelte sein Smartphone aus der Tasche. „Wo gibt's denn sowas noch?"

„Ganz offensichtlich in Laasphe", setzte Klaiser seinen Bericht fort. „Da ist sich die Kriminaltechnik sicher. Der oder die Schützin hat dem Mann nach deren Feststellung aus einer Entfernung von nur etwa 24 Meter durch das Wohnzimmerfenster direkt in die Stirn geschossen. Das Projektil durchschlug seinen Schädel, die Rückenlehne seines Rollstuhls und steckte knapp sieben Meter weiter in der hinteren Wand.

Aufgefunden wurde der Tote durch den Fahrer eines Räum- und Streufahrzeugs um ziemlich genau 20.18 Uhr. Ihm war auf seiner Tour über die Schloßstraße beim zweimaligen Passieren des Hauses Nr. 59 aufgefallen, dass der stets am Fenster sitzende Feistauer entgegen aller Gewohnheit nicht mehr winkte, sondern, dass sein Arm starr in die Höhe ragte.

Leider gibt es keine weiteren Zeugen, die in irgendeiner Form zur Aufklärung der Tat beitragen könnten. Der einzig halbwegs relevante Hinweis stammt ebenfalls von Frederik Tiemann, dem Mann, der den Schneepflug fuhr. Er will gehört haben, dass beim Auffinden des Erschossenen hinter ihm ein Fahrzeug mit großvolumigem Motor Richtung Stadt gefahren ist. Er konnte es aber nicht sehen.

Das wär's fürs Erste", endete der Chef. „Ihr könnt Euch vorstellen, dass wir jetzt richtig tief graben müssen. Denn von dem Toten sind augenblicklich nicht einmal die wesentlichen Daten und Fakten über sein Leben vor dem Tod bekannt. Wir kennen gerade mal seinen Geburtsort. Er stammte aus Fulda."

Die sieben Kriminalbeamten hatten aufmerksam zugehört und sich eifrig Notizen gemacht. Frau Fischer, die von allen geschätzte Kriminalassistentin, verteilte zudem die Kopien des KTU-Berichtes mit entsprechenden Fotos und die des vorläufigen ballistischen Gutachtens.

„Mehr Wehrlosigkeit ist ja kaum mehr vorstellbar", brachte es Claudia Siegemund beim Betrachten der Bilder auf den Punkt. „Wer, um alles in der Welt, erschießt denn einen behinderten Menschen? Der Täter muss doch krank und voller Hass sein."

„Ich glaube, das sehen wir alle so", stimmte ihr Klaus zu. „Aber eins macht mich dabei besonders stutzig."

„Mich auch", mischte sich Pattrick Born ein. „Wenn mich nicht alles täuscht, ist das Hochgeschwindigkeitsgeschoss doch laut Genfer Konvention seit den 90er Jahren verboten."

„Eben. Und da stellt sich natürlich die Frage, wer sich aus welchem Grund über solche Gesetzmäßigkeiten hinwegsetzt. Und vor allem, wer verfügt über diese Munition und die dazugehörige Waffe?" Klaiser schaute in die Runde.

„Otto Normalverbraucher wohl eher nicht", meinte Winter, der noch immer sein Smartphone in der Hand hielt. „Ich hab' gerade mal im Internet nachgesehen. Die österreichische Firma Steyr hat die Munition und die dazugehörige Waffe ‚Steyr ACR' für die US Army entwickelt. Da wird ein Privatmann wohl kaum drangekommen sein."

„Das rauszubekommen, ist 'ne prima Aufgabe für Dich, Jürgen. Versuch's bitte ganz schnell. Wir müssen dringend wissen, wer, außer den Amis, über diese Waffen verfügte, ob welche verschwunden sind und so weiter. Du weißt schon."

„Okay. Sonst noch was? Oder kann ich schon mal loslegen?"

„Zunächst nicht", antwortete der Chef und Winter stand auf. „Doch", wurde er zurückgepfiffen, „und das gilt für uns alle:

der Staatsanwalt will bis heute Nachmittag erste greifbare Fakten auf dem Tisch haben."

„Och nääa, ist das denn möglich?" Claudia Siegemund verdrehte die Augen. „Hat der Herr eventuell heute Nacht schon eine Pressekonferenz für den Nachmittag anberaumt?"

„So ähnlich. Er hat auf jeden Fall gemeint, nur mit Futter könne man die Presse besänftigen und uns den Rücken für störungsfreies Arbeiten freihalten. Wir werden auf jeden Fall ..." Klaus' Mobiltelefon machte sich bemerkbar.

„Augenblick bitte, geht gleich weiter", unterbrach er und meldete sich am Handy. Wenige Sekunden später schaute er, als sei neben ihm eine Granate hochgegangen.

„Wie bitte? ... Das kann doch wohl nicht wahr sein! Seit wann? ... Wissen Sie nicht. Ach du lieber ... Was? ... Nein. Das lässt sich ja eh nicht mehr ändern. Die sollen tun, was möglich ist. Wir kommen so schnell wie möglich. Bis dann. Danke Ihnen." Kopfschüttelnd drückte der Chef das Gespräch weg.

„Was ist los?" Sven Lukas schaute den Hauptkommissar mit einer Mischung aus Irritation und Interesse an. Und sechs Augenpaare folgten seinem Blick.

„Was los ist? Das glaubt Ihr nicht. Das Haus Feistauer in Laasphe steht in hellen Flammen."

„Gibt's doch nicht!", rief Sven und sprang auf. „Seit wann?"

„Weiß man nicht genau. Wohl seit irgendwann heute Morgen. Ein Lehrer hat auf dem Weg rauf zum Internat das Feuer entdeckt und sofort die Feuerwehr alarmiert. Da schlugen die Flammen aber schon aus den Fenstern."

Fassungslosigkeit machte sich breit im Konferenzraum. „Ist denn da noch was zu retten?"

Der Chef schüttelte den Kopf. „Die versuchen alles vor Ort. Aber als die Einsatzkräfte dort ankamen, stand bereits das

Dach in Flammen. Und die Feuerwehr hat Mordsprobleme. Weil ihr das Löschwasser in den Schläuchen gefriert."

„Mist", flüsterte der ‚Freak', „und wir haben bis auf seinen Pass rein gar nichts Persönliches von diesem Mann geborgen."

„War ja auch nichts da", konterte Klaiser. „Oder weißt Du von einer Ecke im Haus, die wir nicht durchsucht haben?"

„Nee. Aber das ist sowas von unbefriedigend."

„Kommt, jetzt machen wir hier kein großes Lamento. Du, Sven und Du, Rüdiger, Ihr fahrt da jetzt sofort hin. Und Sarah, Du fährst bitte mit", ergänzte Klaus nach kurzem Überlegen. „Du kennst Dich in Laasphe doch besser aus als wir alle zusammen. Das könnte sehr hilfreich sein."

Im Aufstehen verteilte Klaiser die wichtigsten Aufgaben. „Frau Fischer, Sie sind bitte so lieb und informieren Staatsanwalt Puhlmann und halten mit mir zusammen hier die Stellung. Pattrick", meinte er, an Born gerichtet, „sieh bitte zu, dass wir Klarheit über Feistauers Personalien und Lebensgeschichte bekommen. Es muss einen ganz speziellen Grund geben, warum ein Mensch, der zu allem Überfluss auch noch im Rollstuhl sitzt, auf diese Weise ermordet wird.

Jürgen, Du kümmerst Dich bitte gemeinsam mit der Kollegin Siegemund um die Herkunft von Waffe und Munition. Das wird sicher ziemlich aufwendig." Claudia nickte tapfer. „Dagegen wird die Suche nach der Stecknadel im Heuhaufen womöglich ein Kinderspiel."

„Ihr schafft das schon", lächelte der Chef die gröbsten Zweifel weg. „Ich werde mich derweil mit Kriminaltechnik und Rechtsmedizin in Verbindung setzen und dann an den Bericht begeben. Um dem Staatsanwalt wenigstens etwas an Futter zu liefern. So. Und jetzt auf! Macht's gut. Wir sehen uns hoffentlich alle spätestens zur Nachmittagsrunde."

„Willst Du fahren?" Der ‚Freak' schaute beim Rausgehen auf den Parkplatz rüber zu Sarah Renner, die sich eigentlich schon auf die Rolle als Mitfahrerin eingestellt hatte.

„Gerne, wenn Ihr meine Fahrweise ertragen könnt", lachte die junge Kommissarin, die erst vor ein paar Monaten von der Schutzpolizei zur Kripo gewechselt war.

„Deine mit Sicherheit eher, als die von Sven", kommentierte Rüdiger Mertz die Anfrage und zog die Seitenteile seiner Winterjacke vor der Brust zusammen. Es war knackig kalt und der Schnee knirschte unter den Sohlen.

Die Wahl der Fahrerin erwies sich als goldrichtig. Sarah fuhr zügig, aber nicht riskant und beherrschte den Ford mit scheinbarer Leichtigkeit auf der festgefahrenen Schneedecke. Lediglich auf der Sassenhäuser Höhe gab es ein leichtes Schlingern. Der Wind hatte die dort so typischen Schneewehen nach dem letzten Mal Räumen schon wieder beträchtlich anwachsen lassen.

Der Schneefall hatte über Nacht aufgehört. Und in der aufgehenden Sonne präsentierte sich den drei Beamten eine traumhaft schöne Winterlandschaft. Doch dafür hatten sie kein so rechtes Auge. Zu sehr waren sie fokussiert auf die bevorstehenden Aufgaben.

Sie hatte schon den Blinker gesetzt, um in die Schloßstraße einzubiegen, als Sarah Renner durch Martinshorn und aufblitzendes Blaulicht zu einer Schnellbremsung veranlasst wurde. Von links kam ein schweres Löschfahrzeug der Feuerwehr.

„Brennt es hier noch irgendwo?", fragte Rüdiger auf dem Rücksitz. „Oder wo kommt der jetzt her?"

„Keine Ahnung", zuckte Sarah mit den Achseln und fuhr direkt hinter dem schweren Lkw her, der mit röhrendem Motor die steile Schloßstraße hinaufgesteuert wurde.

Plötzlich schnupperte der ‚Freak'. „Sagt mal, riecht Ihr das auch?"

„Was denn?"

„Bier! Hier liegt Bierduft in der Luft. Eindeutig! Als wenn einer 'ne Wahnsinnsfahne hätte."

„Wundert mich nicht", meinte Rüdiger, „zwei-, dreihundert Meter Luftlinie von hier steht die Bosch-Brauerei."

Die Renner schüttelte den Kopf. „Kann ich mir nicht vorstellen. Ich habe jahrelang da vorne in der Wache Dienst getan", zeigte sie mit einer Kopfbewegung die Richtung zum Revier an, „und habe dabei die Brauerei nicht ein einziges Mal gerochen."

„Ja, aber schnuppert doch mal!", forderte Sven Lukas mit großer Beharrlichkeit weiter, „das ist Bier. Hundertprozentig. Hast Du etwa da hinten heimlich 'ne Flasche aufgemacht und die Hälfte vergossen?"

„Wenn ich eine Flasche Bier aufmache, vergieße ich nichts", lachte Mertz. „Das ist mir viel zu wertvoll. Aber vielleicht hat unsere verehrte Fahrerin gestern Abend ein wenig tief ins Glas geschaut."

„Unterstehe Dich, sowas auch nur zu denken!", setzte sich die Angesprochene theatralisch zur Wehr. „Dann werde ich Dich nämlich ... ou! Jetzt rieche ich auch was."

Der ‚Freak' setzte sich gerade hin. „Aha. Und was?"

„Hier brennt's irgendwo."

Das nachfolgende Gelächter hielt an, bis die drei Beamten ihr Ziel erreicht hatten und Sarah den Wagen nur mit Mühe auf jetzt eisglatter Fahrbahn nach rechts in die Privatstraße lenken konnte. Zwei Kollegen von der Schutzpolizei hatten sie durchgewunken und freundlich gegrüßt, als sie Sarah am Steuer erkannten.

Wie recht der ‚Freak' mit der ‚Bierfahne' hatte, stellte sich heraus, als die drei beobachteten, wie zwei Feuerwehrmänner aus der Kabine des vorausgefahrenen Löschfahrzeugs sprangen. Einen von ihnen erkannte Sarah sofort. „Das ist Dirk Höbener. Der ist hier nicht nur der Feuerwehrchef. Der ist auch der Braumeister von Bosch. Und jetzt ist mir auch klar, warum es hier so nach Bier müffelt!", rief die Kommissarin. „Die haben warmes Spülwasser aus der Flaschenreinigung der Brauerei geholt. Das friert in den Schläuchen garantiert nicht ein."

„Na, hoffentlich schäumt es nicht zu arg beim Löschen", grinste Sven, der die Kombinationsgabe der Kollegin bewunderte. Gemeinsam mit den beiden anderen baute er sich in respektvollem Abstand zu dem lichterloh brennenden Haus auf der Straße auf.

Die Hitzestrahlung war beträchtlich. Dort, wo die Flammen offen aus den Fenstern und dem aufgebrochenen Fachwerk herausschlugen, war der Schnee längst verschwunden. Doch nur wenige Meter weiter oben konnte man blitzblankes Eis auf der Fahrbahn der Schloßstraße erkennen. Wohl auch deshalb hielt sich die Zahl der Gaffer im einstelligen Bereich.

„Das sind wahrscheinlich Nachbarn aus der Privatstraße", rief der ‚Freak' dem Kollegen Mertz zu, der interessiert zu einer kleinen Personengruppe an der Straßeneinmündung herübergeschaut hatte. „Vielleicht haben die ja irgendwas mitgekriegt. Ich geh' mal fragen."

„Häää?", rief Rüdiger Mertz über den Lärm der Wasserpumpen und Motoren zurück und zeigte mit beiden behandschuhten Zeigefingern auf seine Ohren. „Ich habe keinen Ton verstanden!", brüllte er schließlich.

Lukas schrie ihm sein Vorhaben direkt ins rechte Ohr und trippelte dann in betont kleinen Schritten zu den Passanten hinüber. Das linke Knie schmerzte noch vom Sturz in der vergangenen Nacht. Derweil rutschten Rüdiger und Sarah die wenigen Meter zu den uniformierten Kollegen bergab.

Der ‚Freak' hätte sich den Weg fast sparen können. „Nichts gehört und nichts gesehen" hatten die Herrschaften geantwortet, die allesamt in dicke Winterklamotten gewandet waren. „Bis die Feuerwehr hier auftauchte."

Die drei Paare bewohnten Häuser weiter hinten in der Straße und waren nach eigenem Bekunden durch die Martinshörner der Einsatzfahrzeuge aus dem Schlaf gerissen worden. Zwar war ihnen der Aufmarsch der Polizei vom Vorabend nicht verborgen geblieben. Wegen des starken Schneefalls hatte sich aber niemand weiter darum gekümmert. Weil man davon ausging, dass sich an der Einmündung mal wieder ein Verkehrsunfall ereignet hatte.

Sven ließ sie zunächst auch in dem Glauben und wollte schon abdrehen. Doch da fiel ihm noch eine wichtige Sache ein. „Sagen Sie bitte, fährt irgendjemand von Ihnen ein Fahrzeug mit einem Sechs- oder Achtzylindermotor?"

„Ich", meldete sich der Mann, der ihm am nächsten stand, „einen Sechszylinder. Warum?"

„Sind Sie gestern Abend, so gegen 20.15 Uhr mit dem Wagen noch einmal runter in die Stadt gefahren oder von dort zurückgekommen?"

„Wäre schön, wenn ich das gekonnt hätte", lachte der Mann verkniffen. „Mein Auto steht leider schon seit Freitag vergangener Woche in der Werkstatt. Antriebswelle kaputt. Morgen soll es fertig sein, sagte mir die Werkstatt gestern."

„Aha. Und wie kommen Sie im Moment in die Stadt und wieder zurück?"

„Mit dem Wagen meiner Frau", lachte der Mann. „Aber nur auf dem Beifahrersitz." Dabei knuffte er die Dame nebenan in die Seite. „Sie gibt ihr Auto nämlich nicht aus der Hand."

„Stimmt! Ich chauffiere meinen Mann lieber selbst", meinte seine Gattin. „Weil ich sonst Angst haben müsste, dass er mein kleines ‚Muckelchen' genauso behandelt wie seinen Range Rover. Der ist nämlich geländegängig. Mein Polo aber nicht."

„Klingt schlüssig", lachte Lukas. Trotzdem fragte er: „Hätten Sie etwas dagegen, wenn wir das mit Ihrem Sechszylinder überprüfen?"

„Natürlich nicht. Machen Sie ruhig."

„Prima. Und würden Sie mir bitte noch Ihre Personalien, das Fahrzeugkennzeichen und den Namen Ihrer Werkstatt geben?"

„Selbstverständlich. Aber jetzt würde ich doch ganz gerne erfahren, warum Sie das alles so genau wissen wollen."

Sven suchte einen Moment nach der richtigen Antwort und massierte durch seine Mütze hindurch die Kopfhaut. „Weil gestern Abend dort vorne etwas ganz Schlimmes passiert ist", begann er. „Dort in dem Haus, das jetzt lichterloh brennt, ist ein Mensch umgebracht worden."

„Wie bitte?", schrie der Mann vor ihm auf. „Der Mann mit dem Rollstuhl?"

Lukas nickte.

„Ja, aber die von der Feuerwehr haben doch gesagt, der Mann sei rechtzeitig rausgekommen aus dem Haus. Wir haben doch extra gefragt."

Was sollte er dazu sagen? Vermutlich waren die Wehrleute nicht ausreichend darüber informiert, warum Feistauer nicht mehr im Haus war.

„Es stimmt schon, dass er nicht mehr drin war. Allerdings schon seit gestern Nacht. Er wurde gestern Abend tot in seiner Wohnung aufgefunden."

„Wie ist er umgekommen? Können Sie uns das sagen?"

„Er wurde erschossen.“

Die Nachbarn starrten den Kommissar entsetzt an. „Das kann doch wohl nicht wahr sein. Dieser arme Mann. Der war doch immer so freundlich. Meistens saß er an seinem Fenster, wenn wir dort vorbeikamen. Und dann hat er uns zugewunken.“

‚Den Nachbarn also auch‘, registrierte Sven. „Hatten Sie denn auch mal Gelegenheit, mit ihm zu reden?“

„Ja, mein Mann und ich“, meldete sich eine der anderen Frauen. „Damals war er allerdings noch nicht auf den Rollstuhl angewiesen. Er stand gerade vor dem Haus und lud eine wirkliche Kostbarkeit aus seinem Wagen aus. Drei Windhunde aus Porzellan.“

„Aha. Kennen Sie sich mit so etwas aus?“

„Nicht wirklich. Aber meine Eltern hatten exakt diese Plastik in reinweiß. Und die haben sie gehütet wie einen Augapfel. Nach ihrem Tod haben wir sie von einem Auktionshaus versteigern lassen und über fünftausend Euro dafür bekommen.“

„Und darüber sind Sie mit dem Mann ins Gespräch gekommen?“

„Ja. Weil ich insgeheim gehofft hatte, das könnten die Hunde meiner Eltern sein. Die sind in dieser Ausführung nämlich sehr rar. Doch er sagte, er könne das weder bestätigen, noch dementieren. Was er bezahlt hatte, wollte er uns aber nicht sagen.“

Sven Lukas hatte interessiert zugehört und fragte sich insgeheim, ob die Hunde des Herrn Feistauer das Feuer wohl unbeschadet überstehen würden. Siebert, das alte Ekel, wird einen Schreikrampf kriegen, wenn er von dem Brand erfährt.

Doch den Mann mit der schier unglaublichen Spürnase konnte die Vorstellung von einem Brand in dem Laaspher

Mord-Haus zumindest in dieser Hinsicht nicht schocken. Denn die Windhunde standen, mit einer Asservatennummer versehen, mitten auf einem breiten Tisch in einem Nachbarraum seines Labors.

Er hatte in der vergangenen Nacht zwar kaum geschlafen. Doch seine Laune hatte sich deutlich verbessert.

Fröhlich pfeifend hatte er gerade das Geschoss auf den Objektträger seines Elektronenmikroskops geklemmt, das den Schädel des Mordopfers scheinbar mit Leichtigkeit durchschlagen und tief in der Wand gesteckt hatte.

„Unglaublich", flüsterte er beim Blick auf den Bildschirm. „Unglaublich! Dass es diese Scheißdinger immer noch gibt."

„Was murmelst Du da?" Neugierig geworden kam sein Kollege Helmer aus dem Nachbarraum rüber.

„Hier, schau Dir das mal an, Rainer. Das ist das schnellste Gewehrgeschoss der Welt. Da kannst Du davon ausgehen, dass das Opfer schon mausetot war, bevor der Schütze den Knall seines Schusses überhaupt gehört hat. Diese sogenannte ‚Flechette-Munition' fliegt 1.500 Meter in der Sekunde."

„Wahnsinn", meinte Helmer kopfschüttelnd. „Unter dem Mikroskop sieht das Geschoss ja fast aus wie ein Dartpfeil."

„Genauso ist es. Und der Hammer dabei ist, dass dieses nadelfeine Miststück laut Fachliteratur noch auf 600 Meter Entfernung 35 Millimeter dicken Stahl durchschlägt. Da ist es in unserem Fall direkt verwunderlich, dass das Teil nicht gleich hinten wieder raus ist aus der Wand."

„Hua, jetzt friert's mich", wandte sich der Kollege ab. „Wer hat denn diese Munition entwickelt?"

„Eine österreichische Firma."

„Boa, menschenverachtend!"

Siebert schaute ihm stirnrunzelnd hinterher. „Menschenverachtend? Kennst Du eine Art von Munition, die das nicht ist?"

Doch Helmer winkte ab. „Du weißt schon, wie ich das meine. Äääh, by the way, wo liegt das Taschentuch mit dem Etikett?"

„Auf dem Tisch mit den Fundstücken. Musst halt genau hingucken. Das ist in einem großen Beutel. Einen kleinen hab' ich heute Nacht mit meinen klammen Fingern nicht aufmachen können." Dabei streckte Siebert beide Hände in die Luft und täuschte Gymnastikübungen mit seinen zehn Fingern vor. „Geht aber wieder", lachte er.

Das Auffinden des Taschentuchs war einem Zufall zu verdanken. Den hätte es nie gegeben, wenn sich nicht der Vize-Chef der Spurensicherung daran gemacht hätte, unter dem aufgebauten Zeltdach am Schloßberg in Laasphe sukzessive den Schnee abzutauen. Schicht um Schicht.

Alles in der Hoffnung, die kleinste Kleinigkeit dort zu finden, wo der Schütze nach Sieberts Überzeugung gesessen, gekniet oder etwas erhöht gelegen haben musste. Doch bis auf eine einzelne Zigarettenkippe hatte er nichts gefunden. Und der maß er nur wenig Bedeutung bei.

Erstens musste die schon dort gelegen haben, bevor der erste Schneefall einsetzte. Denn sie kam erst zum Vorschein, als der Rinnstein unter dem abgetauten Schnee auftauchte. Und zweitens, dachte er, würde ein derart spezialbewaffneter Killer nicht so blöde sein und einen runtergerauchten Zigarettenstummel vor Ort liegen lassen.

Das Taschentuch mit dem Stoffetikett, auf dem eine vierstellige Nummer und ein Buchstabe prangten, entdeckte er erst beim Abbau seines Zeltes. Da hatte er nämlich die beiden Heizsonnen vor Wut und Enttäuschung einen Meter weiter in den Schnee geworfen, sie aber ganz schnell wieder aufgehoben. Denn die Teile knackten verdächtig. Und einen Totalschaden wollte er unter allen Umständen vermeiden.

Mulden waren dort in den Schnee geschmolzen, wo die Heizkörper gelegen hatten. Und in einer mittendrin erkannte er plötzlich einen kleinen schwarzen Schriftzug. Er wollte das erst gar nicht glauben und griff mit Fingerspitzen danach. Da ertastete er drumherum weißen Stoff, den er im Schnee nicht wahrgenommen hatte.

Vorsichtig barg er durch Zupfen ein weißes Taschentuch. Und am Rand des Tuchs klebte ein Etikett mit der Zahlen- und Ziffernfolge 5129F. Auffällig dabei die 9, die unten nahezu keinen Bogen besaß.

Leise pfiff der Spurensicherer durch die Zähne. „Trüffelschwein Siebert“, sagte er zu sich selbst, „Du trägst Deinen Kampfnamen nicht umsonst. Wo immer das Taschentuch herkommen mag. Das Teil lag keinen halben Tag an dieser Stelle.“

Auch wenn er rein gar nichts mit dem Allerweltstuch und seiner Aufschrift anfangen konnte, war er doch sicher, „dass das hier einer von den Galgenvögeln verloren hat.“ Und deswegen musste es eingetütet und mitgenommen werden.

Seiner Gesamtstimmung jedoch hatte der Fund keinen besonderen Schub gegeben. So, wie er gekommen war, verschwand er auch wieder in Richtung Siegerland. Stinkig.

Doch diese Befindlichkeit war schlagartig eitler Freude gewichen, als er spät in der Nacht nach Hause kam. Dort nämlich hatte ihn seine Frau weinend und um Verzeihung bittend empfangen. Nie wieder würde sie ihm seinen Beruf und die damit verbundenen ‚Fehlstunden‘ an ihrer Seite vorwerfen.

Dass die Versöhnung schließlich fast den Rest der möglichen Schlafstunden aufzehrte, bestärkte ihn in der Überzeugung, Nacht-Ruhe werde schlicht überbewertet.

Im Berleburger Kommissariat glühten die Telefonleitungen. Vor allem Pattrick Born gönnte sich keine Minute ohne irgendein Ferngespräch. Schon kurz vor acht Uhr hatte er das Einwohnermeldeamt in Bad Laasphe erreicht, war jedoch über eine schüttere Personenauskunft nicht hinausgekommen.

‚Christof Feistauer, geboren am 13.07.1956 in Fulda, ledig, kinderlos, seit 02.03.2014 wohnhaft Schloßstraße 59, Bad Laasphe, zuvor Hindenburgdamm 11, Bad Oeynhausen.‘ Keine Info darüber, seit wann und wieso der Mann im Rollstuhl saß und woher er eventuell Rentenleistungen bezogen hatte. Angaben zum erlernten und zum zuletzt ausgeübten Beruf des Mordopfers negativ.

„Absolut unterirdisch“, befand Born. Auf der weiteren Suche nach Erkenntnissen zur Person Feistauer wählte er sich die Finger wund. Doch Fortuna stand ihm bei seinen Recherchen nicht gerade zur Seite.

Der Getötete schien zu Lebzeiten weder einen Hausarzt in oder in der Nähe der Stadt gehabt zu haben, noch kannte ihn das Versorgungsamt als zuständige Stelle für Schwerbehinderte. Und selbst die Abfrage beim Bundesmelderegister in Berlin brachte den Ermittler keinen Millimeter weiter.

„Es ist einfach zum Mäusemelken!“, schnauzte Born nach dem letzten Telefonat und knallte den Hörer aufs Telefon. Jetzt blieb ihm als einzige Hoffnung, dass man noch verwertbare Unterlagen in der Brandruine finden würde.

Doch die Chancen darauf schmolzen von Minute zu Minute. Denn das alte Haus an der Laaspher Schloßstraße brannte wie Zunder. Jahrhundertealtes trockenes Holz im Dachstuhl, im Fachwerk und in den Zimmerdecken bot den gefräßigen Flammen Futter ohne Ende.

Dass der Brand mutwillig gelegt worden war, daran gab es für keinen der Kripoleute auch nur den leisesten Zweifel. Denn die Frage, warum dieses zwar alte, aber bis dahin völlig intakte Haus just in jener Nacht in Flammen aufging, in der Stunden zuvor der einzige Bewohner erschossen worden war, ließ eigentlich nur eine Antwort zu: Brandstiftung zum Zweck der Beweisvernichtung.

Natürlich musste diese These noch durch Brandsachverständige offiziell bestätigt werden. „Aber die werden zu derselben Überzeugung kommen", meinte Rüdiger Mertz. „Falls überhaupt noch was zu finden ist."

Denn Selbstentzündung war auszuschließen. Bei Auffinden der Leiche hatte weder eine Kerze gebrannt, noch hatten die SpuSi-Leute die Zündflamme am Gasherd brennen lassen. Darüber hinaus war das generalisierte Rauchverbot am Tatort strikt eingehalten worden.

Aber welche Beweise sollten eigentlich vernichtet werden, fragten sich die Beamten. Denn der Mörder hatte sich beim Schuss auf Feistauer weder im noch am Haus aufgehalten. Wenn er also Spuren hinterlassen hatte, dann anderswo. Und die würden durch den Brand sicher nicht zerstört.

„Vielleicht wurde das Opfer ja in der Vergangenheit schon einmal bedroht. Mit Briefen zum Beispiel, die jetzt schleunigst verschwinden mussten", überlegte Sarah Renner laut.

„Möglich", meinte Mertz. „Aber daran glaube ich nicht. Für diesen Fall hätte sich Christof Feistauer sicher an die Polizei gewandt ..."

„... und mit Sicherheit nicht als beleuchtete Zielscheibe ans Fenster gesetzt", ergänzte Sven. „Es muss andere Gründe für eine Brandstiftung geben."

Noch immer standen sie in sicherer Entfernung zum Geschehen und hatten nur Bewunderung für die Feuerwehrleute, die trotz der Kälte in triefend nassen Klamotten gegen die Totalzerstörung des alten Gebäudes ankämpften.

Dort, wo Hof und Straße nicht vor Hitze dampften, sorgten zwei Männer von den Stadtwerken immer wieder mit reichlich Streusalz dafür, dass die Nässe nicht gefror und so gefährliche Eisplatten entstanden. Zudem war die Straße für den Verkehr komplett gesperrt. Lediglich Einsatzfahrzeuge durften durch. Vor allem jene, die unablässig für Warmwassernachschub aus der Brauerei sorgten.

Vorsichtig wagte sich Sven herüber zum Stadtbrandinspektor, der offenbar gerade per Funk Anweisungen an den Mann auf der Drehleiter gegeben hatte. „Darf ich Sie bitte kurz stören?“, fragte er, nachdem er seinen Ausweis gezückt und sich lautstark vorgestellt hatte. Die Geräuschkulisse war nach wie vor beträchtlich.

„Moment, bitte“, antwortete Höbener und drehte sich wieder dem Geschehen zu. „Rainer!“, rief er einem Mann zu seiner Rechten zu und zeigte in Richtung Hausfront, „zweites C-Rohr von weiter vorne!“ Wenig später schien er zufrieden zu sein, streckte seinen behandschuhten Daumen nach oben und nickte. „Okay, was kann ich für Sie tun?“

Nur eine Sekunde später rief er „Achtung!“ und umfasste in einer Drehung Svens Oberkörper, um den Kommissar zur Seite zu reißen. Das gelang zwar. Trotzdem bekam der Kripomann einen strammen Strahl lauwarmen Wassers ab, der aus einem geplatzten Schlauch wie eine Fontäne nach oben schoss.

„Wasser haaalt!“, brüllte Höbener und bedeutete dem Maschinisten an der Pumpe, den geborstenen Schlauch lahmzulegen.

„Tut mir leid“, wandte er sich schließlich wieder an Sven, der gerade dabei war, seine am Ärmel total durchnässte Winterjacke auszuziehen und den Ärmel auszuwringen. „Kommen Sie, wir gehen rüber zum Kommandowagen, der ist beheizt.“

„Nee, nee, nicht nötig. Alles gut“, bemühte sich der ‚Freak‘ um Lockerheit, „ich habe nur zwei, drei Fragen. Wie haben Sie das Haus vorgefunden, als Sie hier eintrafen?“

„Als wir hier ankamen, standen Teile des Dachstuhls bereits in Flammen. An verschiedenen Stellen war das Dach schon durchgebrannt.“

„War zu dieser Zeit die Haustür offen oder eines der Fenster zerbrochen?“

„Unten war alles verriegelt und verrammelt. Die Tür sogar mit einem massiven Brett vernagelt, das rechts und links an dem schweren Türrahmen festgemacht war. Wir haben das aufgebrochen und wollten nachsehen, ob noch Menschen oder Tiere drin sind.

Das wäre zwar wegen der vernagelten Tür nicht nötig gewesen. Aber wir wollten ganz sicher gehen. Und wir wussten zu diesem Zeitpunkt ja noch nicht, dass der Eigentümer gestern Abend tot aufgefunden worden war.“

Obwohl sein Rollkragenpullover unter der nassen Jacke trocken gebliebenen war, fror Sven erbärmlich. Aber angesichts der patschnassen Einsatzkräfte wollte er sich keine Blöße geben und fragte mannhaft weiter. „Wie sah es in dem Haus aus?“

„Das Erdgeschoss war anfangs von der Tür her noch begehbar. Aber am oberen Ende der Treppe brannte es zu diesem Zeitpunkt bereits.“

„Wie das denn?“

„In solch alten Häusern geht das oft ganz schnell. Weil meist zwei Drittel der Bausubstanz aus uraltem trockenem Holz bestehen.“

„Was meinen Sie? Ist der Brand auf dem Dachboden oder im Obergeschoss ausgebrochen?“

Der Stadtbrandinspektor zuckte mit den Schultern. „Da bin ich überfragt. Das war so nicht erkennbar. Da müssen die Sachverständigen ran. Die können das eventuell herausfinden. Uns fiel nur auf, dass die Stromzufuhr abgeklemmt war. Irgendjemand muss die Panzersicherung gezogen haben."

„Das waren unsere Leute von der Spurensicherung", meinte Sven Lukas. „Haben sie heute Nacht noch gemacht. Und weil die Haustür am Abend aufgebrochen werden musste, um an den Toten heranzukommen, wurde sie später zur Sicherung des Tatorts vernagelt."

„Ach so, klar", meinte Höbener, halb abwesend, weil er mit umherschweifenden Blicken ständig den Einsatz seiner Leute im Blick hatte.

„Ist Ihnen denn sonst noch irgendetwas aufgefallen?"

„Was meinen Sie? Ob Menschen in der Nähe waren?"

Lukas nickte.

„Nein, niemand. Außer Ihren Kollegen von der Laaspher Wache und dem Lehrer, der uns alarmiert hat."

„Okay, das war's eigentlich. Danke Ihnen", verabschiedete sich der ‚Freak' mit Handschlag. „Auch für die Rettung hier." Dabei zeigte er schräg grinsend auf seinen nassen Jackenärmel, an dem er gerade geschnuppert hatte. Das Teil roch entsetzlich nach Kneipe.

Sein Glück war, dass es im Kofferraum des Dienstwagens zwei gefütterte Jacken in Orange mit fluoreszierenden Streifen gab, von denen ihm eine sogar recht passabel erschien. So sah er zwar aus wie ein Straßenwärter, war aber wieder etwas winterfester.

Rund eine Stunde später war es der Feuerwehr schließlich gelungen, den Brand so weit unter Kontrolle zu bringen, dass nur noch einzelne Glutnester gelöscht werden mussten. Doch von dem Haus stand nur noch ein verkohltes Fachwerkgerippe. Wegen der enormen Hitze im Inneren waren sogar die meisten der uralten Lehmwände zwischen den Holzfächern herausgebrochen.

Auch das Erdgeschoss war komplett ausgebrannt. Und damit die Hoffnung zerstört, noch irgendetwas Brauchbares zu finden, das mehr über Feistauers Identität hätte aussagen können als seine nackten Personenstandsdaten. Alles nur noch dampfende Trümmer.

Wie eine Glocke lag die Melange aus Brand- und Löschwassergestank über dem Schloßberg. Und über weiten Teilen der Stadt, in der sich die Nachricht von den Grausamkeiten im Haus Schloßstraße 59 wie ein Lauffeuer verbreitet hatte.

Klar war für die Frau und den Mann auf der Straße: das Feuer war absichtlich gelegt worden. Und zwar von demjenigen, der auch den armen Mann im Rollstuhl erschossen hatte.

Doch es war nicht nur Trauer, die sich breit machte, sondern auch Furcht. Furcht davor, eventuell selbst diesem heimtückischen Killer und Feuerteufel zum Opfer zu fallen. Könnte ja immerhin sein. Denn niemand kannte schließlich dessen Beweggründe. Und niemand wusste, wer er war und woher er kam. Oder vielleicht auch sie?

Ein Grund mehr für die Kriminalbeamten, aufs Gas zu treten bei den Ermittlungen. Doch wo setzt man an, wenn man selbst bei der Recherche nach der persönlichen Umgebung eines Opfers im Nebel stochert?

Als Sarah, Rüdiger und Sven wieder ins Kommissariat zurückkehrten, herrschte dort mindestens ebenso dicke Luft wie über Bad Laasphe. Der Staatsanwalt hatte dem Vernehmen nach eine lautstarke Auseinandersetzung mit Klaus Klaiser geführt, in der er den Kripo-Chef der Nachlässigkeit bezichtigt hatte.

„Und *wie* der rumgetobt hat“, berichtete Petra Fischer den Rückkehrern. „Wenn Sie dafür gesorgt hätten, dass das Haus bewacht wird, stünden wir jetzt nicht vor den verkokelten Trümmern eines Tatortes, an dem nichts mehr zu finden sein wird!“

Aber der Chef habe sich nichts bieten lassen. „So habe ich ihn noch nicht erlebt. Er hat Puhlmann so laut angebrüllt, dass ich hier jedes Wort verstanden habe. Ob er sich angesichts seines gestrigen Zustandes überhaupt daran erinnern könne, welches Wetter vor Ort geherrscht habe. ‚Bei solchen Witterungsverhältnissen stellt man keine Polizisten in die Landschaft, um ein leeres verriegeltes Haus zu bewachen. Es sei denn, die hätten sich so arg besoffen, dass ihnen die Kälte nichts anhaben könnte‘, hat er gebrüllt. Ein Vorbild dafür gäbe es ja.“

„Ein Vorbild? Au-au-au“, machte Sven und tat so, als habe er sich ein paar Finger in der Tür eingeklemmt. „Da hat er sich was getraut.“

„Wieso?“, kam es unisono aus gleich drei Mündern.

„Naja, der Herr Staatsanwalt war gestern Abend nicht mehr ganz nüchtern. Um nicht zu sagen, er hatte richtig einen im Tee.“

„Wie geil ist das denn?“, wieherte Rüdiger Mertz vor Begeisterung auf. „Unser Herr Hundertzwanzigprozent war im Bereitschaftsdienst angesoffen?“

Nebenan flog die Tür des Chefbüros auf. „Mensch! Seid Ihr verrückt?“, zischte der herausstürmende Klaiser. „Macht doch nicht so einen Höllenzinnober hier draußen. Muss doch nicht die halbe Stadt mitkriegen.“

„Wie?“, kriegte sich Mertz nicht mehr ein, „dass Puhlmann besoffen war?“

„Halt jetzt die Klappe. Ich hab' schon genug Ärger", wurde Klaus richtig pampig. „Kommt rein. Sie auch, Frau Fischer."

Folgsam trottete die Vierergruppe hinter ihrem Vorgesetzten her. „Der Letzte macht die Tür zu!", befahl der Chef.

„Was ist denn passiert?", fragte Rüdiger Mertz. „Wenn Puhlmann wirklich besoffen war, dann hat der nun wirklich keinen Grund, hier den Larry raushängen zu lassen."

„Sei mir nicht böse", antwortete Klaus, „aber ich weiß nicht, ob Du Dir der Schwere der Sache bewusst bist. Du weißt doch, wie Puhlmann ist. Der bläst sich doch immer auf wie ein Truthahn und rennt gleich von Pontius zu Pilatus, um sich zu beschweren. Wenn ich dem an die Karre will, dann muss ich Hieb- und Stichfestes in der Hand haben."

„Ja, ist denn Besoffensein im Dienst nichts Hieb- und Stichfestes? Das ist doch ein klares Dienstvergehen."

„Besoffensein, Besoffensein", wiederholte Klaiser. „Beleg mal, dass Puhlmann besoffen war. Er hat schleppend gesprochen und auch manchmal ordentlich geschwankt."

„Und er hatte 'ne Fahne wie 'ne Schnapsdestille", stellte Sven zudem fest.

Klaus tigerte vor seinem Schreibtisch auf und ab. „Stimmt! Stimmt alles. Aber wir haben es *nicht* moniert. Es steht *nicht* in unserem Bericht von heute Nacht. Und den hat er mittlerweile in der Hand. Daran ist nichts mehr zu ändern."

„Ja und? Meinst Du, der walzt das jetzt an entsprechender Stelle aus?", wollte Lukas wissen.

„Hat er schon. Kriminaloberrat Grübener hat vorhin schon angerufen und wollte mich sprechen. Er wurde aber unterbrochen. Und jetzt kann ich unter Umständen warten, bis ich hier vergammele."

Der ‚Freak' hatte nicht nur Mitleid mit seinem Chef. Er war auch stinksauer auf diesen neunmalschlauen ‚Tintenpisser', wie er Puhlmann kürzlich noch genannt hatte. „Ich bin Dein Zeuge. Ich habe ja mitbekommen, wie es um ihn bestellt war."

„Ich glaube nicht, dass mir das viel helfen wird. Einen Staatsanwalt so anzuscheißen, das kostet in der Regel die Karriere. Und ich bin sicher, der sägt ..." Das Telefon klingelte.

Mit Blick auf das Display stellte Klaiser fest: „Das ist Grübener. Geht mal alle raus, bitte." Sie folgten seiner Aufforderung und zeigten dem Chef gedrückte Daumen. Auch Sarah, die erst wenige Tage bei der Kripo war. „Solch einen Chef darf man nicht verlieren", sagte sie auf dem Weg zu ihrem Schreibtisch. Es hörte sich an wie eine Liebeserklärung.

Born hatte von all dem nichts mitbekommen. Auch an ihm nagte die Wut. Weil es einfach nicht vorwärts ging bei seinen Ermittlungen. „Tut uns leid", „da können wir Ihnen auch nicht helfen" und „wen suchen Sie bitte?" Der Kommissar hatte die Nase gestrichen voll.

‚Einen Versuch mache ich noch', nahm er sich vor und wählte die Nummer des Bürgerbüros in Fulda. ‚Wenn das nicht klappt, dann reicht's wirklich.'

Eine nette junge Frau meldete sich auf der anderen Seite der Verbindung. Und die zeigte sich ausgesprochen kooperativ. Vor allem, als sie erfahren hatte, dass sie eventuell mit dazu beitragen könnte, bei einer Mordermittlung wesentlich voranzukommen.

„Wie sagten Sie? Christof Feistauer? Der Vorname mit ‚f' oder ‚ph'? Und könnten Sie den Nachnamen bitte buchstabieren und das Geburtsdatum wiederholen?"

Wieder überkam Pattrick ein mulmiges Gefühl. ‚Das wird doch sicher wieder nichts', dachte er, während er wartete, bis sich die Nette wieder zurückmeldete. Aber immerhin hörte er, wie sich seine Gesprächspartnerin mit einer Frau unterhielt und den Namen weitergab.

Es dauerte eine Weile. Dann fragte sie fast aufgeregt, „hören Sie noch? Ich hab' hier was, das könnte Sie sehr interessieren."

„Na, dann legen Sie mal los."

„Also, Christof Feistauer ist tatsächlich am 13. Juli 1956 in der Elisabethen-Klinik hier in Fulda geboren. Vater: Johannes Feistauer, Maschinenbauingenieur, Mutter: Ursula Feistauer, geborene Meisner, Oberschullehrerin. Damalige Wohnadresse? Grotkauer Straße 2, Hünfeld."

„Naja, so aufregend ist das ja nun auch wieder nicht. Aber immerhin die Bestätigung, dass seine Personalien in diesem Punkt stimmen", wirkte Born eher lustlos.

„Sie hätten mich halt ausreden lassen sollen. Der Hammer kommt nämlich erst noch."

„Oh, da bin ich aber mal gespannt."

„Christof Feistauer und seine Eltern sind, warten Sie mal ..., sie sind am 19. Juli 1956 bei der Rückfahrt vom Krankenhaus zu ihrer Wohnung kurz vor Hünfeld bei einem Verkehrsunfall ums Leben gekommen."

„Nä!", entfuhr es Pattrick, „das glaub' ich jetzt nicht. Sind Sie sicher?"

„Absolut sicher! Meine Kollegin hat zufällig meine Suche nach dem Namen Feistauer mitbekommen und mir einen Artikel aus der Chronik unserer Stadt gezeigt. Den können Sie gerne online einsehen. Feistauer war demnach nicht irgendwer in Fulda. Er leitete von hier aus ein Firmenimperium. Entsprechend groß war damals das Entsetzen über seinen und den Tod seiner Familie."

„Und da wusste Ihre Kollegin sofort, wo sie suchen muss?"

„Naja, sie hatte ja immerhin den Namen und das Jahr. Und weil sie sich hier hauptamtlich mit Heimat- und Geschichtsforschung befasst, klingelte es bei ihr, als sie ‚Feistauer' hörte und von der Geburt des Kindes die Rede war. Da war es für sie ein Leichtes, in der elektronischen Chronik nachzusehen.

Dem Kommissar hatte es die Sprache verschlagen. Er saß nur kopfschüttelnd da und konnte es gar nicht glauben. „Das heißt aber mit anderen Worten, dass ‚unser Christof Feistauer' eigentlich ganz anders geheißen und den Namen und das Geburtsdatum geklaut haben muss", sagte er nach einer ganzen Weile.

„So wird es wohl sein", meinte die nette Frau.

„Was sollte denn dieser Schwachsinn?", fragte er schließlich.

„Kann ich Ihnen nicht sagen. Sie sind der Polizist. Irgendwie unglaubwürdig klingt das schon, gell? Aber ich kann Ihnen gerne einen Auszug aus dem Geburtenregister kopieren und ihn zusammen mit einer Kopie des Zeitungsartikels zumailen."

„Oh, da wäre ich Ihnen ausgesprochen dankbar", sagte Born freundlich. „Und noch dankbarer bin ich Ihnen dafür, dass Sie mich ausgehalten haben, obwohl ich wohl ziemlich ungehalten war", lachte er etwas verlegen.

„Hab' ich doch gerne gemacht. Wenn ich Ihnen damit helfen konnte." Schnell ließ sie sich noch die Mailadresse geben. Dann legte sie auf.

Knapp fünf Minuten später hielt Pattrick das schier Unglaubliche in der Hand. Den Auszug aus dem Geburtenregister und den Artikel, die er aus dem Drucker im Sekretariat gefischt hatte und gerade dem Chef präsentieren wollte. Doch noch bevor er an dessen Tür anklopfen konnte, kam der, seinen Kopf kratzend und mit krauser Stirn herausgestürmt.

„Äh, Klaus, ich habe ..."

„Moment!", unterbrach der ihn. „Wo sind die anderen?"

„Keine Ahnung. Ich hab' hier ..."

„Ja, gleich. Entschuldige bitte. Das hier ist unglaublich wichtig. Ruf' die Kollegen bitte mal in den Konferenzraum."

Zwei Minuten später klebten sie alle an Klaus' Lippen. Der hatte den gewohnten Platz am runden Tisch eingenommen und die anderen zum Sitzen aufgefordert. „Leute, Ihr werdet es nicht glauben", begann er und holte Luft.

„Karriereende?", fragte der ‚Freak' ungläubig.

„Keine Rede von Karriereende. Ich wollte …"

„Ja, wie?", fuhr ihm Sven schon wieder in die Parade, „was hat der Kriminaloberrat denn gesagt?"

„Mensch, lass mich doch endlich mal ausreden!", forderte Klaiser. „Nichts hat der Oberrat zu der Geschichte mit Puhlmann gesagt. Offenbar wusste er gar nichts davon. Er hat was ganz anderes erzählt. Haltet Euch mal alle fest. Unser Mordopfer war offenbar mal in der Obhut unserer obersten Staatsschützer."

„Waaas?!" Der Aufschrei kam gleichzeitig aus allen Mündern. Völlig irritiert schauten die Kollegen einander an und waren baff.

„Was da genau war, konnte mir unser Boss auch nicht sagen. Er machte lediglich darauf aufmerksam, dass es eine ‚Akte Feistauer' beim LKA gebe, die einen Sperrvermerk vom BUNDESNACHRICHTENDIENST trage. Einzelheiten ließen sich daraus nicht mehr erlesen, sagte Doktor Grübener."

Während die meisten mehr oder weniger versuchten, das Gehörte für sich richtig einzuordnen, ging Pattrick plötzlich ein Licht auf. „Meeensch, jetzt wundert mich gar nichts mehr. Irgendeinen Grund musste das ja haben."

„Was meinst Du? Kannst Du uns mal schlau machen?", bat der Chef.

„Ha, dass unser Mordopfer mit falscher Identität gelebt hat."

„Wie bitte? Mit falscher Identität?"

„Genau. Und zwar mit der eines Mannes, der schon seit 62 Jahren nicht mehr unter den Lebenden weilt." Dem Chef blieb die Spucke weg. „Wie kommst Du denn darauf?"

„Hat für mich vorhin das Einwohnermeldeamt in Fulda rausgekriegt. Hier ist der Beweis", wedelte Born mit seinen Papieren. „Christof Feistauer ist nicht nur am 13.7.1956 in Fulda geboren, sondern auch bereits eine Woche später in Hünfeld bei Fulda gestorben."

„Das darf doch nicht wahr sein."

„Doch. Das ist wahr. Die ganze Familie ist bei einem Verkehrsunfall umgekommen."

„Zeig mal her, bitte!" Klaus machte große Augen, als er den Zeitungsausschnitt überflogen hatte. „Ich glaub', ich spinne. Was hat denn Feistauer, oder wie immer er wirklich hieß, damit bezweckt?"

„Weiß der Geier. Vielleicht wollte er von seiner eigenen Identität ablenken?" Sarahs Antwort war gleichzeitig als Frage formuliert.

„Natürlich. Aber warum?" Klaiser schaute seine Kolleginnen und Kollegen der Reihe nach an. „Wer tauscht denn um Gottes Willen seinen eigenen Namen freiwillig gegen den eines Toten?"

„Jemand, der etwas verheimlichen will", meinte Winter. „Oder jemand, der sich nur auf diesem Wege Zugang zu etwas verschaffen kann, was er mit seinem Namen nicht erreichen würde."

Claudia Siegemund schüttelte den Kopf. „Dazu müsste er ja auch ein anderes Aussehen bekommen. Die Gefahr wäre doch viel zu groß, mal irgendwo einem Bekannten oder einem Freund in die Arme zu laufen."

„Das sehe ich auch so", gab ihr der Chef recht. „Also hat das Ganze nur dann einen Sinn, wenn man mit eigenem Gesicht und fremdem Namen dorthin geht, wo einen niemand kennt. Am besten ins Ausland."

„Na prima. Da steht uns ja was bevor", unkte Sven. „Mal so'n stinknormaler Mord mit Opfer hier und Täter da und wir machen einfach mal ‚schnapp, da ha'm wir den Kerl', sowas gibt's bei uns ja nicht. Dafür aber 'n Mordopfer, das es offiziell gar nicht gibt. Und prompt haben wir 'ne richtige Agentengeschichte an der Backe."

„Spinnst Du jetzt, oder was?", echauffierte sich Pattrick. „Wie kommst Du denn auf diesen Blödsinn?"

„So'n Blödsinn ist das gar nicht. Überleg doch mal: Falscher Name, Ausland, BND, ermordet."

Born war der Aufzählung aufmerksam gefolgt. „Okay. Und jetzt?"

„Mixe das Ganze mit folgenden Fakten einfach mal richtig durch. Also: Da kommt ein Mann aus einem anderen Land und lebt hier mit falschem Namen. Der BND kümmert sich um ihn. Womöglich sehr intensiv. Und kaum haben unsere Geheimen die behütende Hand weggezogen, wird der Mann ermordet. Da liegt doch der Verdacht nahe, dass Feistauer, oder wie immer er hieß, Agent oder Spion war."

„Verstehe ich jetzt nicht. Der Getötete war doch kein Ausländer."

„Wenn er aus der DDR kam, streng genommen schon. Die waren für uns Ausland und wir für die. Also gehen wir mal davon aus, dass er aus der DDR kam. Das wäre nicht verwunderlich. Denn deren Hauptverwaltung Aufklärung, die HVA, hat Hunderte von Spionen bei uns in die BRD eingeschleust.

Und von denen brauchten viele einen neuen Namen mit passender und vor allem überprüfbarer Legende, um nicht als ‚falsche Deutsche' aufzufallen, falls sie mal kontrolliert würden oder sonst wie mit Behörden zu tun hätten."

Klaiser klatschte seine flache Hand an die Stirn. „Du hast recht, verdammt nochmal. Wieso bin ich denn da nicht selbst drauf gekommen?“, ärgerte er sich. „Manchmal ist man wirklich wie vernagelt.“

Auch den anderen war nach und nach ein Licht aufgegangen. „Wow, ein Agenten-Thriller in der Lahnstadt. Ich sehe schon die Schlagzeilen in der KILLT-Zeitung“, feixte Born, „‚Guillaume-Nachfolger am Schloßberg erschossen – Bekam MfS-Nachwuchs letzten Schliff im Internat?‘“

„Jetzt spinn hier bitte nicht so rum. Die Lage ist viel zu ernst, um Witze zu machen.“ Mit selten so tief gesehenen Furchen auf seiner Stirn malte der Chef unentwegt abstrakte Bilder auf seinen Notizblock und meinte schließlich: „Lasst uns mal hirnen. Wo müssen wir ansetzen? Wer besorgt was?“

Das folgende Brainstorming dauerte nochmal etwa eine Viertelstunde, bevor sich die Runde auflöste.

Born war angefixt von der Idee, die echte Identität eines Mannes auszugraben, der womöglich für einen Geheimdienst gearbeitet hatte. Die anderen hatten zig verschiedene Ideen und sich dahingehend abgesprochen, dass sie sich nicht gegenseitig ins Gehege geraten wollen.

Für Lukas und Mertz war es an diesem Tag die zweite Fahrt nach Laasphe. Und wieder ging es rauf zur Brandruine. In der Hoffnung, dass sie, gemeinsam mit den Leuten von der Kriminaltechnik, noch irgendetwas Verwertbares finden würden, was ihnen bei der Lösung ihrer Fragen behilflich sein könnte.

Die Feuerwehr hatte den Schauplatz längst verlassen. Lediglich drei Mann von der Brandwache achteten darauf, dass das ‚Feuer schwarz‘ blieb, wie gelöschte Brände im Jargon der Wehrmänner bezeichnet werden.

Die Hoffnungen auf bedeutende Funde gerieten bei den Kripo-Beamten jedoch ins Wanken, als sie mehrere, in Ganzkörperkondome gewandeter, Kriminaltechniker ausschließlich in Brandschutt herumstochern sahen. Sechs Leute hatte die KTU dafür aufgeboten, um eventuell noch erkennbare Spuren aus dem Leben Feistauers aufzuspüren. Aber da war nicht viel übrig geblieben.

Schon am Morgen hatte Steffen Siebert dem Berleburger Kripo-Chef am Telefon anvertraut, dass er sich hätte „in den Arsch beißen können", weil er und seine Leute nicht die Nacht hindurch Akten und persönliche Papiere gesichtet und gesichert hätten. „Aber wer rechnet schon damit, dass das Haus Stunden später in Flammen aufgeht."

Umso akribischer stöberten sie jetzt in den verkohlten Resten des alten Hauses, um auch nur das kleinste Fitzelchen Papier oder ein erkennbares Stück irgendeines Relikts aus dem irdischen Dasein seines Besitzers zu finden.

Eine Kärrnerarbeit, die nicht zuletzt dadurch erschwert wurde, dass nach wie vor kleine Rauchsäulen aus den Trümmern aufstiegen und die Augen der KTUler zu Tränen reizten. Deren Münder zierten zwar Atemschutzmasken. Brillen jedoch hatten sich als untauglich erwiesen. Weil die aufsteigende feuchte Wärme von unten bei der Luftkälte mit dazu beitrug, dass die Brillengläser schnell beschlugen.

Hüstelnd arbeiteten sie sich so im Obergeschoss voran. Drei vorne nebeneinander in Armlängenabstand zueinander, zwei versetzt dahinter. Mit Argusaugen darauf achtend, dass sie nicht in den stark in Mitleidenschaft gezogenen Holzboden einbrachen.

Lediglich Siebert hatte sich am vorderen Giebel postiert, nach oben in das verkohlte Gebälk gestiert und mit einer langen Stange immer wieder versucht, einen der Sparren zum Absturz zu bringen. Doch das jahrhundertealte Eichenholz erwies sich als extrem hartnäckig. Es rieselte lediglich Holzkohle aus einer Art schwarzer Außenhaut. Darunter war durchaus noch tragfähige Substanz vorhanden.

Während er in einer Pause mal heftig in seine zur Höhle geformten Hände pustete, entdecke Siebert die zwei Kommissare unten vor der Ruine und hatte eine Idee. „Können Sie mal raufkommen, Herr Lukas? Ihr Kollege am besten auch. Und bringen Sie bitte die Bockleiter mit, die da hinten an unserem Transporter lehnt."

Ohne eine Antwort abzuwarten, drehte er sich um und versuchte offenbar durch eine Kopfdrehung eine imaginäre Linie zwischen dem Dachbodenfenster und dem zweiten Sparren hinzubekommen.

Dann blieb sein Blick wieder an dem Balken kleben. „Da steckt doch was drin", brummte der Kriminaltechniker mit einem zugekniffenen Auge vor sich hin. „Aber was ist das? Das hat doch mit dem Dach nichts zu tun, Donnerwetter nochmal."

Doch schwarz lässt auf schwarz bekanntlich wenig Kontrast zu. Vor allem, wenn dahinter gleißendes Sonnenlicht von einem stahlblauen Himmel herunter ein schier unerträgliches Gegenlicht liefert.

Vorsichtig kletterte Rüdiger Mertz über eine Leiter vom Erdgeschoss aus ins erste Obergeschoss hinauf. Sie war dort an die Wand angelehnt, wo es noch vor wenigen Stunden ein Treppenhaus gegeben hatte. Sven Lukas reichte von unten die Bockleiter an und kletterte hinterher.

„Vorsicht, passen Sie auf, dass Sie nicht durchbrechen!", warnte Siebert von weiter oben. „Am besten, Sie geben mir das Teil gleich hier rauf", winkte er durch ein Loch in der Decke. Doch da war es schon zu spät. Unter Mertz' rechtem Fuß krachte eine durchgekokelte Diele in die Tiefe. Und mit ihr Rüdigers Bein, das komplett im Boden verschwand. Mit dem Erfolg, dass sich der Durchgebrochene in einer Art Halbspagat, zu großen Teilen im Obergeschoss, mit einem frei baumelnden Bein aber im Hausflur darunter befand.

Sven, der das Drama von der Leiter aus miterlebte, brach schlagartig in ein brüllendes Gelächter aus und musste sich krampfhaft festhalten, um nicht runterzufallen. Zu komisch das Bild, das den Kollegen oben wie unten zeigte.

„Lach nicht so dämlich und hilf mir lieber hier raus!“, jaulte Mertz auf, der sich selbst nicht helfen konnte. Denn sein rechter Arm steckte in der zusammengeklappten Bockleiter, die mit ihm zu Boden gegangen war.

„Oh Gott“, kommentierte Steffen Siebert, „Sie wären doch besser beide unten geblieben. Das ist ja lebensgefährlich mit Ihnen.“

Als Rüdiger schließlich befreit und seine erlittenen Läsionen ausreichend bedauert worden waren, hatten sie es schließlich doch noch geschafft, zu dritt auf dem Dachboden zusammenzukommen. Nachdem der KTU-Mann kopfschüttelnd zur Kenntnis genommen hatte, dass Feistauer unter falschem Namen gelebt und vermutlich eine Agentenkarriere hinter sich hatte, machte er sich daran, auf die Bockleiter zu klettern. Die Kripo-Leute sicherten seinen Aufstieg.

„Was ist das, verdammt nochmal?“ Mehrfach grabschte der Spurensucher mit einer Kombizange nach einem längeren metallenen Bolzen, der da schräg im Gebälk steckte. „Du gehörst garantiert hier nicht hin. Na warte!“ Unter Einsatz all seiner Kraft ruckelte und rupfte er so lange, bis sich das Metallteil im Holz hin- und herbewegen ließ und schließlich mit einem Ruck seinen Widerstand aufgab.

Siebert konnte gerade noch verhindern, das Gleichgewicht auf der Leiter zu verlieren. Dafür ließ er aber die Zange und damit auch den Metallbolzen los, der zu Boden fiel und dort im verkohlten Holz stecken blieb.

Sven, an dessen Schulter das Fundstück knapp vorbeigerauscht war, stieß einen spitzen Pfiff aus. „Mein lieber Mann", staunte er, „das hätte ordentlich tief ins Fleisch gehen können."

„Allerdings", atmete der Spurensucher erleichtert auf, „das war verdammt knapp. Entschuldigung."

Alle drei gingen sie in die Knie und betrachteten das etwa 15 Zentimeter lange Metallstück mit geschmiedeter gepfeilter Spitze, das da mehrere Zentimeter tief in den Boden gefahren war. Hinten hatte es eine Tülle, in der ein abgebranntes rundes Holzende steckte. Sah aus wie hereingeschraubt.

Eindeutig eine Pfeilspitze, das war allen sofort klar. „Und zwar eine, die man nicht selbst bastelt", konstatierte Siebert, als er das Stück aus der Bodendiele herausgezogen hatte und mit einer Fingerspitze angetupft hatte. „Spitz und scharf wie eine Rasierklinge." Verschämt versuchte er den kleinen blutigen Schnitt in der Fingerspitze zu verbergen.

„Klasse! Gibt's hier Indianer?", versuchte sich der ‚Freak' in Sarkasmus, als er das Stahlstück in die Hand genommen und von allen Seiten beäugt hatte. „Das ist doch ein richtig professionell gemachtes Teil. Sieht aus wie serienmäßig hergestellt. Wer braucht denn sowas?"

„Jedenfalls kein Indianer", antwortete Siebert, der plötzlich irgendwie abwesend wirkte. „Machen Sie mal eben ein bisschen Platz hier", schob er die Kommissare weg und kroch mit einer Art Kehrschaufel und einem kleinen Quast auf allen Vieren in Richtung des Balkens, in dem die Pfeilspitze gesteckt hatte. Nach einem Blick nach oben begann er, senkrecht darunter den Boden Stück für Stück von Dachschiefer, Holzkohle und anderem Schutt zu befreien.

Nach knapp zehn Minuten streckte er sein Kreuz durch und rief mit triumphierendem Blick in Richtung der Polizisten: „Hab' ich's doch gewusst! Hier ist der Beweis für die Brandstiftung." Stolz hob er eine kurze geschlossene Gliederkette hoch, die durch ein Loch in einem verkohlten Stück Holzpfeil gezogen war. Und daran hing ein Stück von einer fast verbrannten Baumwolllunte.

„Hier, riechen Sie mal dran. Das Teil stinkt jetzt noch nach Benzin. Das muss einer brennend durch das Giebelfenster hier hereingeschossen und den Balken getroffen haben."

„Hä?" Sven und Rüdiger schauten zuerst sich und dann den Kollegen vom Siegener Institut an. „Wie das denn?"

„Wie?", echote der. „Mit einer enorm starken Armbrust. Einer Sportarmbrust, vermute ich. Schauen Sie mal. Das Holz hier an der Kette hat den gleichen Durchmesser wie das in der Pfeilspitze. Das vordere und das hintere Ende gehörten also einmal zum selben Pfeil. Das Stück dazwischen ist mit ziemlicher Sicherheit verbrannt."

„Unglaublich, diese Theorie. Ich glaube, dem gibt es nichts mehr hinzuzufügen." Rüdiger Mertz wäre vor Ehrfurcht beinahe auf die Knie gegangen. Und auch Sven Lukas schlackerte innerlich mit den Ohren. Einen deutlicheren Beweis dafür, warum man ihn ‚Trüffelschwein' nannte, hätte Siebert nicht abliefern können.

„Bleibt jetzt nur die Frage, wer der Brandstifter war und warum er das Haus angezündet hat. Da drin muss es doch irgendetwas geben oder gegeben haben, was außer dem Täter niemandem sonst hätte in die Hände fallen dürfen."

„Wahrscheinlich eher gegeben haben", bestätigte Siebert den ‚Freak'. „Oder habt Ihr bisher etwas gefunden, was von Bedeutung sein könnte?", fragte er nach unten in Richtung seiner fünf Kollegen. Die waren nach ihrer Suche im Brandschutt inzwischen ganz vorne in der Etage angekommen.

„Bisher nichts", kam die leicht genervte Antwort der Kollegin an der Spitze. „Nur könnten wir mal 'ne Pause brauchen und auch was zu trinken. Der Qualm hier macht uns kirre."

„Klar, machen wir eine Pause. Und zwar sofort“, rief der KTU-Guru zurück. „Schaut mal hinten in unseren Transporter. Dort hat der Stadtbrandinspektor diverse Getränke für uns reingestellt. Hat der Chef von der Bosch-Brauerei gestiftet.“

Wenige Minuten später schütteten die Leute trotz der vorherrschenden Kälte bereits Wasser, Cola und Fruchtsäfte in sich hinein. Der Dreck musste dringend aus Hals und Atemwegen gespült werden.

Und zu essen gab es auch. Die drei Mann von der Brandwache der Feuerwehr rückten aus dem Mannschaftswagen noch ein paar Lunchpakete heraus, die nach dem Einsatz übrig geblieben waren.

Während Siebert, Mertz und der ‚Freak‘ nacheinander die Leitern bis ins Erdgeschoss hinunterkletterten, fragte Rüdiger, was die KTU nachts noch an persönlichen Papieren habe sicherstellen können.

„Oh, das war nicht besonders viel“, berichtete Siebert. „Eine Brieftasche mit Reisepass, seine Geldbörse mit Personalausweis, Führerschein und etwas mehr als 320 Euro an Bargeld. Kopien von den verkokelten Ausweisresten haben wir Ihnen ins Kommissariat gemailt. Aber ich kann Ihnen auch gleich noch Papierkopien geben. Hilft Ihnen aber nichts. Sie werden sowieso nichts darauf erkennen.“

„Danke. War auch ein Handy dabei?“

„Ja, auch ein Handy. Aber das war ausgeschaltet. Die Kollegen von der Kriminaltechnik versuchen, es in Gang zu bringen. Scheint aber irgendeine Verschlüsselung draufzuliegen, die nicht so einfach zu knacken ist.“

„Das war’s?“

„Ja. Zumindest im unteren Teil der Wohnung. Komisch ist allerdings, dass wir unter seinen Sachen nicht eine Giro- oder Kreditkarte gefunden haben. Es sei denn, sie sind bis zur

Unkenntlichkeit verbrannt. Das kommt aber eher selten vor. Denn dann müssten sie irgendwo frei rumgelegen haben. Und dann hätten wir sie gesehen."

„Das ist tatsächlich seltsam."

„Ja und das Obergeschoss hatten wir, wie schon gesagt, noch nicht in Angriff genommen. Weil wir das heute machen wollten. Wir haben oben nicht sehr viel Bedeutendes vermutet. Feistauers Leben hat sich ja ohnehin nur auf einer Ebene, also im Erdgeschoss, abgespielt. Er wäre ja keine Treppe raufgekommen."

„Ist nicht gerade viel, was da von einem Leben übrig bleibt", sinnierte Lukas.

„Kann man so sagen. Aber heute könnte ich mich trotzdem ohrfeigen."

„Hm", machte der ‚Freak', während er die Flanke einer abgebrannten Flurkommode zur Seite trat, „das hilft jetzt auch nichts mehr. Konnte aber keiner ahnen, dass die Bude hier abgefackelt würde. Ich könnte meine Socken darauf verwetten, dass der Mörder einer war, der dringend ein Geheimnis in Flammen aufgehen sehen wollte und deshalb auch noch zum Brandstifter wurde."

„Was macht Dich da so sicher?", wollte Mertz wissen.

„Ich kann es mir einfach nicht anders vorstellen. Guck mal, da wohnt ein Mann scheinbar vollkommen unbehelligt vom großen Rest der Menschheit, isoliert und nicht so besonders mobil in einem einsamen Haus. Eines Tages taucht da jemand auf, der ihm einfach das Lebenslicht auspustet. Dafür muss es doch einen Grund geben. Aber welchen?

Entweder trug sich dieser Jemand, ich nenne ihn ‚Täter Typ I', mit fürchterlichen Rachegelüsten, die ihn zum Mörder machten. Dann wäre das vielleicht so eine ganz abgefahrene Verräterstory unter Spionen. Eine, die unter Umständen die ausgefallene Mordwaffe erklären würde. Vielleicht so ‘ne Art ‚Agentenflinte‘ oder so.

Nur, als der Mann tot war und der Verrat gesühnt, gab es für den Killer keinen Grund mehr, auch noch ‘ne Lunte an das Haus zu legen. Schon gar nicht so spät in der Nacht. Wenn er die Leiche hätte verbrennen lassen wollen, hätte er doch unmittelbar nach dem Mord zündeln müssen.

Als er schließlich wieder hier auftauchte, muss er doch gesehen haben, dass die Hütte von außen verriegelt und verrammelt war. Und er hätte sich an zwei Fingern abzählen können, dass der Tote längst abgeholt war. Leichenverbrennung scheidet also aus.

Also muss es ‚Täter Typ II‘ gewesen sein, dem es, mit Verlaub, scheißegal war, dass die Leiche nicht mehr im Haus war. Er wollte, dass Beweise für irgendetwas verbrennen. Und dieses Ziel hat er womöglich erreicht.“

Dr. Julius Kölblin vom Rechtsmedizinischen Institut streifte die Gummihandschuhe ab und zog die Atemschutzmaske vom Mund. „Machst Du ihn bitte zu?“, bat er seinen Stellvertreter Dr. Faulhaber und setzte sich wenige Meter neben dem Sektionstisch auf einen Bürostuhl. Der Rechtsmediziner hatte abartige Schmerzen im Rücken und im linken Bein.

Schon seit Wochen quälte er sich mit einem Bandscheibenvorfall zwischen dem vierten und dem fünften Lendenwirbel herum, der mittlerweile dafür sorgte, dass er sich kaum mehr auf dem linken Bein fortbewegen konnte. Ständig hatte er das Gefühl, die Sehne in der Kniekehle sei zu kurz.

Stehen, sitzen, knien, liegen. Alles war für ihn der reine Horror. Doch am schlimmsten war für Kölblin bisher die Vorstellung, sich dafür unters Messer legen zu müssen. Obwohl ihm ein Kollege aus der Neurologie und einer aus der Orthopädie unabhängig voneinander erklärt hatten, eine OP sei unumgänglich. Seit heute wusste er, dass er ihrem Rat nun doch folgen würde.

Die Obduktion an diesem Morgen wollte er allerdings unbedingt noch durchziehen. Denn ein querschnittgelähmtes Mordopfer hatte auch er noch nicht auf dem Tisch gehabt. Und so hatte er das wohlwollende Angebot des Kollegen Faulhaber, ihn doch entlasten zu können, dankend abgelehnt.

‚Wohlwollend. Dass ich nicht lache. Der doch nicht', war er sich sicher. ‚Der will mir nur den Zucker von der Schnitte lecken.' Im Übrigen war er davon überzeugt, dass eine solche Leichenöffnung die ganze Kompetenz des Institutsleiters erfordere. Faulhaber musste assistieren.

Letztlich war die Suche nach der Todesursache aber eher ein Akt, für den es keines anatomischen oder biochemischen Superwissens bedurft hätte. Das Geschoss, das den Mann getötet hatte, war leicht rechtslateral durch das Stirnbein in den Hirnfrontlappen eingedrungen, hatte das Zwischenhirn zerfetzt und war durch das Großhirn am Hinterhaupt wieder ausgetreten.

Um möglichst bald aus der Montur steigen und den Orthopäden seines Vertrauens schnell für eine schmerzstillende Spritze aufsuchen zu können, setzte sich der Professor telefonisch mit dem Berleburger Kommissariat in Verbindung. Er wollte die Untersuchungsergebnisse vorab loswerden. Den ausführlichen Bericht sollte der Kollege Faulhaber schreiben.

„Unser Opfer hatte nicht die Spur einer Chance, den Schuss auch nur eine Sekunde zu überleben", ließ er Klaus Klaiser wissen. Irritiert zeigte er sich allerdings im Zusammenhang mit der Querschnittslähmung Feistauers. „Ich sage Ihnen, der Mann muss Höllenqualen erlitten haben bei dem Unfall, der ihm diesen Querschnitt beigebracht hat."

„Wie muss ich das verstehen?", fragte Klaiser.

„Tja, das ist jetzt ein wenig schwer zu beschreiben. Weil wir nur vermuten können, dass es so war. Aber alle von uns gefundenen Zeichen sprechen dafür."

„Dann lassen Sie hören."

„Der Kollege Faulhaber und ich gehen nach der Leichenöffnung und eingehendem Studium der Bilder aus dem Kernspintomographen und von Röntgenschichtaufnahmen davon aus, dass Christof Feistauer vor nicht allzu langer Zeit in der Rumpfmitte regelrecht zerquetscht worden ist."

„Wie bitte?!" Klaus war aufgesprungen. „Zerquetscht? Wie denn das?"

„Wie, wissen wir nicht. Wir können nur vermuten, dass er mit großem Druck von einem massiven Gegenstand in Hüfthöhe gegen eine Wand oder Mauer gewuchtet oder in eine Art Maschine eingeklemmt worden ist. Wobei sein Becken total zertrümmert wurde, seine unteren Lendenwirbel mehrfach brachen und seine Oberschenkelhälse fast pulverisiert wurden."

Dem Kripo-Chef wurde schlecht. Schweigend hörte er dem weiteren Bericht des Rechtsmediziners zu und schluckte immer heftiger.

„Es müssen absolute Spezialisten unter den Orthopäden und Chirurgen gewesen sein, die Feistauer so wieder hinbekommen haben. Sie haben sein Becken rekonstruiert, seine Oberschenkelknochen in Feinstarbeit wieder zusammengeflickt, ihm neue Gelenke verpasst und alles für die Lendenwirbelsäule getan, was überhaupt machbar war.

Er hat eine Blasenplastik bekommen, wahrscheinlich einen Teil seines Darms, aber mit Sicherheit einen Teil seiner Leber eingebüßt und ist, den OP-Narben nach zu urteilen, mindestens sieben-, wenn nicht gar zehnmal operiert worden. So konnte er wenigstens weiterleben. Nur das mit dem Laufen hat dann wohl doch nicht mehr funktioniert."

Klaiser hatte allmählich zu seiner Fassung zurückgefunden und räusperte sich. „Ungeheuerlich", stieß er hervor, „einfach ungeheuerlich. Meinen Sie, dieser Unfall sei mit Absicht herbeigeführt worden?"

„Pah, was soll ich dazu sagen? So etwas könnte ich mir schon vorstellen. Unter rivalisierenden Mafiagangs, zum Beispiel. Als Warnung sozusagen."

‚Na, dann war's Absicht', dachte Klaiser für sich. Warum sollten Geheimdienste zimperlicher miteinander umgehen als Camorra oder Ndrangheta?

Statt sich auf weitere Diskussionen zu diesem Thema einzulassen, stellte er dem Professor eine Frage. „Was meinen Sie? Welche Klinik in unserem Sprengel könnte einen derart verletzten Menschen wieder so herstellen?"

„In unserem Sprengel gar keine. Das kann nur eine große omnipotente Klinik oder eine in allen Disziplinen topfitte Uniklinik. Aber sowas haben wir hier ja nicht."

„Machen Sie mal 'n Vorschlag. Oder vielleicht gleich mehrere."

„Hm", machte Kölblin. „Die Unikliniken in Marburg, Gießen und Köln, oder vielleicht das Knappschaftskrankenhaus in Bochum. Das wären die nächsten von hier aus erreichbaren. Aber wer sagt uns denn, dass Feistauer hier in der Gegend so zermatscht worden ist? Das müssten Sie als Polizei doch wissen. Oder?"

Zum Glück konnte der Pathologe nicht sehen, wie ihm sein Gegenüber am Telefon einen Vogel zeigte. Solche Recherchen waren nämlich eine Aufgabe für jemanden, der Vater, Mutter und seine Großeltern gleichzeitig um die Ecke gebracht hatte. Weil nämlich Mediziner und Kliniken bei solchen Anfragen mauerten wie die Weltmeister. Datenschutz und Schweigepflicht. Das zu durchbrechen war eine Sisyphusarbeit.

„Wir versuchen es rauszukriegen, Verehrtester“, säuselte der Kommissar in die Sprechmuschel. Doch der sarkastische Unterton blieb dem schmerzgeplagten Professor verborgen. Er wollte lieber jetzt als gleich aus dem Gespräch entlassen werden und setzte zum Finale an.

„Ansonsten können wir Ihnen außer den wirklich unbedeutenden Ergebnissen der toxikologischen Untersuchung nichts mehr anbieten. Der schriftliche Bericht folgt auf dem üblichen Weg. Ich wünsche Ihnen einen guten Tag.“

„Wünsche ich Ihnen auch, Herr Professor. Ich muss wirklich sagen, ich bin sehr beeindruckt von Ihrer schnellen und guten Arbeit. Zumal die Ergebnisse dazu angetan sind, uns bei der Tätersuche enorm zu unterstützen. Vielen Dank und vor allem Gute Besserung.“

„Ich glaube, der Klaiser wollte mich verarschen“, antwortete Kölblin verärgert auf Faulhabers Frage, wie man in Berleburg den Obduktionsbericht aufgenommen habe.

Dabei hatte Klaus Klaiser an sein fast überbordendes Dankeschön eine kleine Hoffnung geknüpft. Nämlich die, dass sich dieser entsetzliche Unfall, dem Feistauer lebend entkommen war, in einem der Nachbarkreise abgespielt hatte.

Dann hätte man das nämlich über telefonische Rundfragen herausbekommen können. Denn die Kontakte zu den Kolleginnen und Kollegen drum herum waren gut. Man kannte sich und unterstützte einander. Auch über die hessische Landesgrenze hinweg. Mit Klinikabfragen hatte man dagegen eher schlechte Erfahrungen gemacht.

Auch Sarah Renner war nach der morgendlichen Runde im Kommissariat nochmal nach Laasphe gefahren. „Ein wenig umhorchen und Ausschau nach Zeugen halten“, hatte sie gesagt. Und sie war dabei erfolgreich. Ihre Kenntnis der Laaspher Besonderheiten und die persönliche Bekanntschaft mit einigen stadtbekannten ‚Horchposten' kamen ihr dabei sehr zugute.

Es bedurfte zum Beispiel nur eines kurzen Besuchs in einem Friseursalon, da wusste sie bereits von Hannelore Kops Verehrung für den einst so feschen Christof Feistauer. Und über die Bäckereiverkäuferin erfuhr sie, woher das Rolli-Taxi kam, das vom späteren Mordopfer des Öfteren beansprucht worden war. Immerhin hatte Frau Kop genau hingeschaut bei ihrer ersten Begegnung mit dem Sondertransport und sich dabei gemerkt, dass das Fahrzeug die Werbeaufschrift eines Taxiunternehmens aus Laasphe getragen habe.

Natürlich hatte die Witwe hinter der Kuchentheke längst vom schrecklichen Ende ihres einstigen Lieblingskunden erfahren und am Morgen auch schon einige Tränen vergossen. Doch jetzt, wo sie sogar von der Polizei als Wissende unmittelbar mit dem Mord konfrontiert wurde, gingen ihr emotional dann doch die Pferde durch.

„Dieser arme Mann", schniefte sie in ihr Taschentuch, „was hat der denn anderen Menschen angetan, dass er so sterben musste?"

‚Ja, was hat er getan?', dachte Sarah, die natürlich nicht mehr sagen durfte. „Ich weiß es nicht", sagte sie und verabschiedete sich.

Zeugen für den Mordabend oder den Ausbruch des Brandes fand sie indes nicht. Auch nicht im Internat Schloss Wittgenstein, in dem man eigens für sie als ‚Ehemalige' die volljährigen Pennäler zusammenrief, um sie nach Ausflügen in und aus der Stadt hinauf zu befragen.

Niemand war zu den fraglichen Zeiten dort unterwegs gewesen. Aber alle waren entsetzt zu erfahren, welche Widerwärtigkeit sich unweit von ihnen abgespielt hatte. Zumal die meisten von ihnen den ‚freundlichen Mann am Fenster' auch kannten. Vom Sehen zwar nur. Aber er habe immer gelächelt, wenn man zu ihm herübergeschaut habe.

Auf dem Rückweg hinunter in die Stadt hielt Sarah selbstverständlich bei der Brandruine an und schaute nach den Kollegen Mertz und Lukas. Die sahen gerade zu, wie der total ausgeglühte Rollstuhl Feistauers auf eiernden Felgen aus dem Haus gerollt wurde, wo Siebert bereits wartete und das Ding kurzerhand auf die Seite legte.

„Was macht'n Ihr da?“, wollte die Kommissarin wissen, als sie auf einer Eisplatte zu den Kollegen geschlittert kam und aufgehalten werden musste, um nicht durchzurauschen.

„Sorry“, entschuldigte sich Rüdiger, der Sarah mit ausgestreckten Armen empfangen und am Busen gebremst hatte. „Nix passiert“, lächelte sie die Peinlichkeit weg, „wäre ich drauf geflogen, hätte das deutlich unangenehmere Folgen gehabt. – Also, was treibt Ihr hier mit dem abgefackelten Rollstuhl?“

„Will ich Ihnen gerne sagen“, übernahm der Forensiker die Antwort und damit die Chance, sich der Kommissarin vorzustellen, deren unprätentiöse Art ihn auf Anhieb beeindruckte. ‚Mein Gott, hätten andere Beamtinnen einen Kollegen rund gemacht, wenn ihm das passiert wäre.‘

„Ich bin übrigens Steffen Siebert. Freut mich“, winkte er kniend. „Ich suche das Typenschild hier unten am Gestänge. Das ist sowas wie ein Fahrzeugschein. Da steht alles drin über Hersteller, Bauart, Baujahr und so weiter und so fort. Übrigens auch eine Seriennummer. Und die ist für Ihre Kollegen besonders wichtig.“

„Präzise auf den Punkt gebracht“, lächelte sie zurück. „Danke. Ich bin übrigens Sarah Renner. Freut mich auch.“

„Und weißt Du, was wir mit der Seriennummer anfangen können?“, fragte Sven Lukas, schon fast ein wenig eifersüchtig, weil sich der KTU-Mann so ranwanzte. „Wir können damit rauskriegen, wer den Rollstuhl wo bestellt hat und für wen er ausgeliefert wurde. Vor allem der Besteller ist für uns wichtig. Weil wir so eventuell Rückschlüsse darauf ziehen können, in welcher Klinik unser Mann wegen seines Querschnitts behandelt worden ist."

Siebert atmete kleine Dampfwölkchen aus, während er das schwere Rollstuhlgerippe drehte und wendete. Noch immer lag die Außentemperatur deutlich unter null Grad. Und hätten sie nicht ständig die schaurige Kulisse im Blick gehabt, wären die Beamten wohl begeistert gewesen von einem traumhaft schönen Wintertag.

Im Telegrammstil informierten sich die Drei gegenseitig über die Ergebnisse ihrer bisherigen Ermittlungen und verabredeten sich auf eine Fortführung der zweigeteilten Arbeitsweise. Wobei Sven und Rüdiger reinweg begeistert waren von dem, was Sarah zu präsentieren hatte und ihr schon allein wegen ihrer lokalen Kenntnisse gerne die Recherchen in Bad Laasphe überließen.

„Das hat schon seine Vorteile, wenn man jahrelang bei der Schutzpolizei in einem und demselben Revier tätig und viel auf der Straße unterwegs ist", war das Credo der ausgesprochen sympathischen Kollegin. „Außerdem kenne ich viele der Menschen hier schon seit meiner Schulzeit. Von der achten Klasse bis zum Abi war ich oben im Schloss."

„Mein lieber Scholli", lachte der ‚Freak' etwas unpassend, „da haben Deine Eltern aber ordentlich in Deine Schulbildung investiert."

„Naja, besonders schwer ist es ihnen nicht gefallen", meinte sie und friemelte dabei mit Daumen und Zeigefinger. „Papa Exportchef und ständig unterwegs, Mama gut engagierte Schauspielerin und nicht so arg an mir interessiert. Die haben sich mehr auf sich konzentriert, weißt Du?! Und das haben sie sich halt was kosten lassen."

„Oje, das tut mir leid."

„Muss es nicht", heiterte die Kommissarin Sven wieder auf, der es schon bedauerte, die Kollegin dazu gebracht zu haben, ihre Seele auf den Tisch zu legen. „Ich kann prima damit leben. Das erste Jahr hier in Laasphe hat wehgetan. Das stimmt. Aber ich habe so viele liebe Leute hier kennengelernt. Da wäre ich sogar in den Ferien lieber hiergeblieben, als mir ständig diese Zwangsprogramme anzutun, die meine Mutter für mich konstruiert hatte. Aber komm, lass uns das Thema wechseln."

„Gerne." Dankbar nahm der ‚Freak' diesen Vorschlag an und ging neben dem KTU-Mann in die Hocke, der immer noch auf der Suche nach dem Typenschild des Rollstuhls war. Kein dankbarer Job angesichts der Brandspuren an dem sperrigen Teil. An den meisten Stellen war der nackte Stahl zu sehen, der aussah wie an einem abgebrannten Pkw. Der Stahl zeigt seltsamerweise nach kurzer Zeit so etwas wie Rostspuren.

An anderen Stellen war die Lackierung aufgepilzt oder von den herabtropfenden Kunststoffresten aus der Sitzpolsterung überzogen und verrußt. Immer wieder setzte Siebert ein kleines Schabeisen ein, um winzige Partikelchen abzulösen und den Untergrund freizulegen. Aber trotz der enervierenden Arbeit zeigte der Mann eine schier unglaubliche Geduld bei seinem Vorarbeiten in Millimeterabständen.

„Meinen Sie, Sie finden noch was, Sie Armer?", nahm Sven Lukas Anteil an der Arbeit des Mannes, den er noch am Abend zuvor aus lauter Wut hätte an die Wand nageln können.

„Noch habe ich die Hoffnung nicht aufgegeben. Oder meinen Sie etwa, ich kratze hier den Lack ab, um den Rollstuhl für einen neuen Anstrich vorzubereiten?"

„Okay, okay", riss der Kommissar beide Hände hoch, „war 'ne saublöde Frage. Ich geb's zu." Insgeheim dachte er, ‚der Typ kommt nicht aus seiner Haut raus. Aber witzig ist er. Wenn er will.'

Jürgen Winter war der Verzweiflung nahe. Denn seine stille Hoffnung, dass er irgendjemanden finden würde, der mal offiziell irgendwo Flechette-Munition eingekauft hatte, ging so langsam den Bach runter. Je mehr er telefonierte, desto größer wurde seine Enttäuschung. Er hatte den Eindruck, größtes Entsetzen unter den Waffen- und Munitionsgroßhändlern auszulösen.

„Wie bitte, Highspeed-Munition? Sind Sie verrückt? Bringen Sie mich bloß nicht mit einem solchen Mist in Verbindung. Gibt es die überhaupt noch? Ich denke, die wäre längst verboten und geächtet."

„Was? Flechettes? Um Gottes Willen, nie und nimmer!"

„Diesen Ami-Dreck würde ich nicht mal mit spitzen Fingern anpacken. Lassen Sie mich bloß in Ruhe damit!"

Quer durch NRW dasselbe Bild. Winter hatte den Eindruck, jedem Einzelnen seiner Gesprächspartner persönlich an die Ehre gegangen zu sein.

„Ich bin doch nicht wahnsinnig! Die zu verkaufen wird mit dem Tod nicht unter drei Jahren bestraft", hatte der letzte Flintendealer in einem Anfall von humorverpacktem Sarkasmus bitter ins Telefon gelacht. „Nee, nee, nee. Das war doch sowieso ein totaler Irrsinn, dieses Zeug überhaupt zu entwickeln. Wir haben die auch nie im Programm gehabt."

„Ja", konterte der Kommissar, bevor der andere auflegen konnte, „das ändert aber nichts daran, dass es die Munition noch immer gibt und sie auch eingesetzt wird."

„Von wem?"

„Wissen wir nicht."

„Gibt's doch nicht."

„Doch, das können Sie mir ruhig glauben. Was meinen Sie, warum ich Sie anrufe?"

Auf der anderen Seite der Leitung wurde es still.

„Sind Sie noch dran?“, fragte Jürgen vorsichtshalber nach.

„Klar, ich bin noch dran. Aber ich schau gerade mal was nach. Moment bitte.“ Wieder kehrte Stille ein. Jürgen konnte leises Blättern hören und dann das Klappern einer Computertastatur. Dann tiefes Einatmen. „Hören Sie noch?“, meldete sich der Händler zurück, „Sie scheinen recht zu haben.“

„Inwiefern?“

„Ich hab’ hier was gefunden, was Ihnen vielleicht weiterhelfen kann.“

„Oh, das wäre natürlich toll. Lassen Sie mal kommen.“

„Ich habe einen Artikel aus der Waffen-Rundschau gefunden, in dem über einen Typen aus Wolfsburg berichtet wird, der noch vorletztes Jahr mit dem Dreckszeug auf einem Schießstand rumgeballert hat.“

„Ein Zivilist oder ein Soldat?“

„Ein Zivilist. Will sich die Munition für teures Geld bei einer nicht benannten Quelle besorgt haben. Dem sind alle möglichen Polizeidienststellen und Staatsanwälte aufs Dach gestiegen und haben sein umfangreiches Waffen- und Munitionslager ausgeräuchert. Der Kerl hat vor Gericht ordentlich eine abgekriegt.“

„Ja, okay“, antwortete Winter. „Aber dem werden sie doch seither so sehr auf die Finger gucken, dass ihm der Spaß an den Flechettes vergangen ist.“

„Kann schon sein. Aber der Fall belegt ja Ihre Behauptung, dass es eine oder sogar mehrere Beschaffungsquellen gab, vielleicht sogar noch gibt.“

Jürgen runzelte die Stirn. „Da ist was dran. Sind Sie bitte so lieb und lassen mir den Artikel per Fax oder Mail zukommen?“

„Ich schicke Ihnen gleich den passenden Link fürs Internet. Dann können Sie sich das selbst in aller Ruhe anschauen.“

Nur knapp zwanzig Minuten später hatte Jürgen nicht nur den Artikel mindestens zweimal gelesen, die entsprechenden Polizeidienststellen in Niedersachsen ausfindig gemacht und sogar den zuständigen Ermittler am Telefon gehabt. Und er war auch im Besitz von Namen und Adresse des Delinquenten.

Ob es ihm helfen würde, die Personalien des Menschen zu kennen, das konnte er im Augenblick noch nicht sagen. Immerhin aber hatte er gegen ihn ein gewichtiges, hässliches Pfund in der Hand, das das Landgericht Braunschweig seinerzeit nicht hatte. Es war ein Mord geschehen, mit der gleichen verbotenen Munition, deren Besitz und Einsatz dem Jägersmann aus der Volkswagen-Stadt immerhin Tausende Euro Strafe, den Verlust einer Waffe und ein zeitlich begrenztes Jagdverbot eingebracht hatte. ‚Das kann man schon mal als Daumenschraube einsetzen', befand Jürgen und lehnte sich erst einmal zurück, um sich einen Schluck Kaffee zu gönnen. Vielleicht würde sein neu erworbenes Wissen ja reichen, um dem Mann ein richtig schlechtes Gewissen zu machen. Wegen des Verdachts auf Mitwisserschaft in einem Mordfall.

Das war zwar nicht die feine englische Art. Denn selbst bei Mord konnte kein deutsches Gesetz den Flechette-Schützen aus Wolfsburg zu einer Aussage zwingen. Aber wusste er das? Man müsste es halt ausprobieren.

„Können wir Ihnen irgendwie helfen?", fragte Sarah Renner einen bärtigen Mann, der von einem schwarzen Peugeot in der Bucht der Privatstraße aus zur Ruine herübergekommen war und mit andächtigem Gesicht händereibend in das schwarze Gerippe gestarrt hatte. Man hätte fast meinen können, er bete.

„Ich weiß nicht", antwortete der Mann, während er von einem Fuß auf den anderen trat, um sich warm zu halten. „Ich weiß nicht, ob Sie mir helfen können. Was ist mit dem Mann passiert, der hier gewohnt hat? ... Ist er verbrannt?"

„Nein, er ist nicht verbrannt."

„Also hat er überlebt?"

„Nein, hat er nicht."

Der Mann mit dem gepflegten Vollbart schaute die Polizistin mit großen Augen an. „Wie denn? Ist er erstickt, oder hat er seine Brandverletzungen nicht überlebt?"

„Nichts von alldem", antwortete Sarah. „Darf ich erst einmal fragen, wer Sie sind? Ich bin übrigens Sarah Renner von der Kripo in Bad Berleburg."

„Ach so, ja, natürlich. Mein Name ist Kleinbruckner-Gautam. Ich bin Kunstlehrer dort oben im Internat Schloss Wittgenstein."

Nun war es an der Kommissarin, verblüfft zu sein. „Aber nicht schon länger. Oder?!"

„Nein, nein. Seit 2015 bin ich dort oben. Wieso fragen Sie?"

„Weil ich da oben zur Schule gegangen bin. Liegt aber schon länger zurück. Wir können uns also gar nicht kennen."

Gautam lächelte. „Interessant, was aus den Schülerinnen und Schülern so alles wird", murmelte er, während er weiter in Bewegung blieb. „Was ist denn nun mit dem Mann hier passiert?"

„Ich frage mal anders herum: warum wollen Sie das denn so genau wissen?"

„Weil ich ihn ein wenig kannte und er mir in seiner Situation einfach nur leidtat."

„Sie kannten ihn? Wo haben Sie ihn kennengelernt?"

„Hier neben seinem Haus. In diesem saumäßig heißen Herbst. Ich war auf Motivsuche für meine Klasse und hatte den Platz dort drüben ausgeguckt." Mit der rechten Hand zeigte der Kunstlehrer auf eine ebene Fläche rechts neben der Ruine.

„Ich hatte Landschaftsmalerei auf den Stundenplan gesetzt und brauchte nun nicht nur einen tollen freien Blick ins offene Tal, sondern auch genügend Platz für 15 Schülerinnen und Schüler. Er saß am offenen Fenster. Dort, wo er eigentlich immer saß. Da habe ich ihn einfach gefragt, ob er uns das erlauben würde."

„Und? Hat er?"

„Oh ja. Sogar gerne. Ich glaube, es hat ihm gefallen, so viele junge Menschen um sich herum zu haben. Ich kann mir nämlich nicht vorstellen, dass es bei ihm vor sozialen Kontakten nur so gestrotzt hat."

„Wie kommen Sie darauf?"

„Na ja, ich habe Herrn Feistauer schon gelegentlich mal besucht an seinem Fenster. Dabei hatte ich immer den Eindruck, dass er förmlich nach Gesellschaft gierte. Aber er wäre wohl nicht im Traum auf die Idee gekommen, mich einmal hinein zu bitten."

Die Kommissarin hatte sich auf dieses Frage- und Antwortspiel eingelassen, um dahinter zu kommen, wes Geistes Kind der Passant tatsächlich war. Immerhin trug Kleinbruckner Gautam außer einem Sakko und einem Schal nichts, was ihn auch nur ansatzweise hätte wärmen können. ‚Da muss jemand schon ein ordentliches Informationsbedürfnis haben, um das auszuhalten', mutmaßte sie.

„Über was haben Sie sich denn so unterhalten?", bohrte sie weiter.

„Über Gott und die Welt. Am liebsten sprach er allerdings über die Kunst. Er war reineweg begeistert, als er erfuhr, dass ich eigentlich Maler und Bildhauer bin. Ich hatte den Eindruck, dass der Mann ein sehr feingeistiger Zeitgenosse war."

‚Ach Gott', dachte sie, ‚feingeistig.' So ganz von der Hand zu weisen war diese Vermutung Gautams nicht. Schon allein die Existenz dieser sündhaft teuren Porzellanhunde könnte ein Beleg für die Richtigkeit dieser Annahme sein.

„So. Und jetzt schulden Sie mir noch eine Antwort, Frau Renner." Der Bärtige schaute seinem Gegenüber tief in die Augen. „Woran ist Herr Feistauer gestorben?"

„Er wurde erschossen. Gestern Abend."

Gautam verlor jede Menge Gesichtsfarbe. „Erschossen?", röchelte er. Man sah, wie sein Adamsapfel große Schwierigkeiten hatte, das notwendige Wasser im Mund zu halten, um seinen Besitzer nicht gänzlich stimmlos werden zu lassen. „Wer war das?"

„Wir wissen es nicht. Keine Ahnung."

„Das gibt es doch gar nicht. Wie kann denn jemand diesen armen Kerl einfach abknallen?"

„Das wissen wir auch nicht. Vielleicht war es eine Art Vergeltung." Eine Antwort, die ihr spontan und völlig unüberlegt über die Lippen gekommen war. ‚Mist!', dachte sie.

„Ja, wie ..., äääh ... ich mein', wem soll er denn was getan haben?", kam auch prompt die Verständnisfrage.

„In diesem Zustand wahrscheinlich nicht. Da haben Sie recht. Aber es gab für ihn ja auch eine Zeit *vor* der Querschnittlähmung."

Sarah wusste, dass sie sich bei dem Gespräch verdammt weit aus dem Fenster lehnte. „Vielleicht liegt die Antwort auf Ihre Frage also vor seiner Behinderung."

‚Oder vielleicht im Grund *für* seine Behinderung', fiel ihr siedend heiß ein. ‚Das musst du dringend mit den Kollegen besprechen.'

Der Künstler schien zu grübeln. „Sie meinen, da hatte noch jemand eine alte Rechnung mit Feistauer offen?"

„Hat er Ihnen denn erzählt, was ihm widerfahren ist?“

„Wie meinen Sie das?“

„Na ja, irgendein Unfall oder eine Krankheit hat ihn ja in den Rollstuhl gebracht.“

„Nein, hat er nicht. Aber das müssten Sie doch spielend aus seinen Akten erlesen können.“

‚Akten? Hast du ‘ne Ahnung‘, dachte Sarah, ‚kein Blatt Papier haben wir gefunden.‘

„Hören Sie“, erklärte sie schließlich, „ich kann Ihnen unmöglich mehr zu dieser Sache sagen. Wir sind noch ganz am Anfang unserer Ermittlungen. Bitte haben Sie Verständnis.“

„Natürlich. Aber bitte haben Sie Verständnis dafür, dass ich so intensiv nachfrage. Das Bild hier hat mich doch ziemlich geschockt. Und Ihre Info über den Mord erst recht. Ich kannte den Mann ja schließlich. Was ich gar nicht auf die Reihe bekomme, ist die Tatsache, dass das Haus abbrennt, nachdem Stunden zuvor darin ein Mann umgebracht und seine Leiche längst herausgetragen worden ist. Das kann doch kein Zufall sein.“

„Vermutlich haben Sie recht. Aber Sie sehen ja selbst, wir bewegen uns hier in einem extrem spekulativen Bereich. Aus dem Stand lässt sich da gar nichts sagen.“ Die Kommissarin beeilte sich nun, das Gespräch zu beenden. Allerdings nicht, ohne sich vorher die Personalien von Kleinbruckner Gautam geben zu lassen.

Im Abdrehen zu seinem Wagen hin schnüffelte der wie ein Drogensuchhund in der Luft, die aus dem schwarzen Haufen aufstieg und hätte dazu noch zu gern eine Frage gestellt.

Doch die Polizisten war bereits wieder zu ihren Kollegen hinübergegangen, die nach wie vor mit Argusaugen beobachteten, was Steffen Siebert dort mit filigranem Werkzeug veranstaltete. Doch jetzt nicht mehr am ausgeglühten Rollstuhl, sondern an einem kleinen mobilen Arbeitstisch, den der KTU-Mann neben dem Rüstwagen seines Instituts aufgebaut hatte.

„Ich kriege Dich, das verspreche ich Dir“, flüsterte er sich gebetsmühlenartig selbst vor, während er mit hauchfeinen Werkzeugen Ruß von einem kleinen, fast hauchdünnen Metallschild abtrug.

„Ist das das Typenschild?“, wollte Sarah wissen. Siebert nickte. Ihm war jetzt nicht nach Konversation.

Da klopfte sie Rüdiger auf die Schulter und bedeutete ihm, ihr ein Ohr zu leihen.

„Gibt's was Neues?“, fragte der.

„Ja, ich habe mich gerade eine ganze Weile mit einem Bildhauer unterhalten, der oben am Internat Kunstunterricht gibt. Er hat Feistauer bei einer seiner Exkursionen kennengelernt und danach auch besucht. Der beschreibt unser Opfer als einen feingeistigen und kunstinteressierten Menschen mit hohem Gesprächsbedarf.“

„Interessant. War er denn häufiger hier zu Gast?“

Sarah berichtete ausführlich von der Unterhaltung und von den ‚Fenstergesprächen‘, die die beiden geführt hatten. „Er hatte den Eindruck, dass Feistauer förmlich nach Gesprächen gierte. Aber eben nur auf Distanz.“

„Seltsam. Was wäre für den Rollifahrer denn so schlimm gewesen, wenn jemand ins Haus kommt? Die Wohnung war doch nach dem Bericht der Kollegen picobello sauber und aufgeräumt.“

„Sagt mal, ist Euch eigentlich klar, dass Feistauers Mörder nicht alleine war?“ Irritiert schauten die Teilnehmer der Nachmittagsrunde ihren Chef an.

„Wie kommst Du denn darauf?“, wollte der ‚Freak‘ wissen.

„Ganz einfach. Du erinnerst Dich, wie wir den Toten vorgefunden haben?“

„Natürlich. Er saß in seinem Rollstuhl, als sei nichts gewesen. Nur hatte er ein Loch im Kopf und war tot.“

„Und sonst nichts?“

„Doch. Seine rechte Hand hing im Vorhang. Deswegen hat der Schneepflugfahrer ja auch zunächst geglaubt, Feistauer habe ihn gegrüßt.“

„Hat er aber nicht. Wieso also hatte er die Hand erhoben?“

„Keine Ahnung.“

„Na, denk doch mal nach!“

„Meinst Du ... weil er noch jemanden gegrüßt hat, bevor er erschossen wurde?“

Klaus nickte.

„Ach, das würde mich aber sehr wundern. Wer grüßt schon einen Menschen, der mit einer Waffe auf einen zielt?“

„Vielleicht hat er ja nicht den Schützen gegrüßt, sondern dessen Begleiter.“

„Das wird ja immer abenteuerlicher“, schaltete sich Pattrick Born ein. „Kannst Du uns vielleicht mal Einblick in Deine Gedankenwelt gewähren?“

„Gerne“, antwortete Klaiser. „Feistauer hat gewunken. Das ist sicher. Dass er damit nicht seinen Mörder gemeint haben kann, weil der ja mit einer Waffe gekommen sein muss, ist auch klar. Im Übrigen wäre er vom Fenster verschwunden, wenn er dergleichen beobachtet hätte. Ergo wird da doch noch eine weitere Person gewesen sein, die ihm, also unserem Opfer, bekannt gewesen sein muss.“

„So weit, so gut“, drängte Sven. „Aber das heißt doch nicht zwingend, dass da zwei zusammen gehandelt haben.“

„Doch. Oder kannst Du Dir vorstellen, dass derjenige, der Feistauer zugewunken hat, nicht mitbekam, dass hinter oder neben ihm in aller Seelenruhe einer mit einem Gewehr auftaucht, anlegt, einen Schuss abfeuert und dann wieder verschwindet?“

„Nein, kann ich nicht“, lenkte Sven ein. „Du hast recht.“ So sahen das die Kollegen ebenfalls.

„Natürlich muss da einer gewesen sein, der das Opfer abgelenkt hat, während sich in dessen Hintergrund der Mörder in Stellung gebracht hat. Ein abgekartetes Spiel also.“

„Richtig. Womöglich ist der Bekannte mit seinem Wagen in so'ner Art Halbkreis in die Einmündung der Privatstraße hineingefahren und hat mit der Fahrzeugfront zur Schloßstraße hin angehalten. Er steigt aus und geht ein paar Schritte auf Feistauer zu, während der Killer unbemerkt auf der anderen Autoseite aussteigt, womöglich sogar noch auf der Motorhaube anlegt und abdrückt.

Und so, wie sie kamen, so sind sie auch wieder verschwunden.“

„Könnte tatsächlich so gewesen sein“, meinte Sven. Aber er hatte noch eine andere Variante auf Lager. „Und wenn die stimmt“, meinte er, „gäbe es auch eine Erklärung für das großvolumige Fahrzeug, das Frederik Tiemann hat wegfahren hören, als er von seinem Unimog abstieg.

Stellt Euch folgendes vor: die Tat läuft ab, wie vom Chef beschrieben. Die beiden Gangster steigen ein und wollen los, da sehen sie das gelbe Rundumlicht des Schneepflugs von unten den Berg hinaufkommen. Bergauf, fürchten sie, kommen sie nicht weg. Weil sie von dem Schneepflugfahrer gesehen und auf der glatten Straße eventuell sogar zu langsam sind und von ihm eingeholt werden könnten. Also suchen sie ihr Heil in der Rückwärtsfahrt in die Straße ‚Schloßberg‘ hinein.“

„Dorthin hätte der Schneepflug ja aber auch fahren können“, gab Claudia Siegemund zu bedenken.

„Hätte er nicht. Die Privatstraße wird von Tiemann und seinen Kollegen nicht geräumt.“

„Aber das konnten die Verbrecher doch nicht wissen.“

„Doch, konnten sie. Denn sie haben ja sehen können, dass die Fahrbahn richtig tief verschneit war, während vorne an der Einmündung nur das an Schnee lag, was seit dem letzten Räumen dazugekommen war. Sowas sieht man auch an den typischen Randhaufen, die ein Schneepflug hinterlässt.“

„Wow.“ Nicht nur Klaiser war beeindruckt von Svens Kombinationsgabe. „Also ist das Duo Deiner Theorie nach rückwärts in die Privatstraße rein und hat gewartet, bis der Schneepflug vorbei ist.“

„Demnach sogar noch ein bisschen länger. Vielleicht haben sie sich auch festgefahren oder sowas in der Art. Sie sind ja erst wieder raus, als Tiemann schon wieder zurück war und seinen Unimog quer auf der ‚Schloßstraße‘ abgestellt hatte. Der hörte dann das Blubbern eines hochmotorisierten Wagens.“

Klaiser nickte. „Am ‚Schloßberg‘ gab es wohl gestern Abend sonst kein Fahrzeug dieser Größenordnung, wenn ich Dich richtig verstanden habe.“

„Stimmt.“

„Ich habe das übrigens überprüft“, erklärte Petra Fischer. „Der einzige Sechszylinder aus dieser Straße gehört einem Herrn Fechner und steht schon seit Tagen in der Werkstatt. Bei einem Anruf dort hab’ ich erfahren, dass der Range Rover auf eine neue Antriebswelle wartet. Weil die aber zunächst bestellt werden musste, könne sie erst heute eingebaut werden.“

„Und das Fahrzeug ist seither nicht bewegt worden?“

„Keinen Millimeter. Konnte er auch nicht, weil die kaputte Welle ausgebaut ist."

„Na, dann dürfte die Theorie vom großvolumigen Täterfahrzeug ja stimmen."

„Schön und gut. Aber wesentlich weiter bringt uns das im Augenblick auch nicht", wandte Born ein. „Das einzige, was wir mit ziemlicher Sicherheit wissen, ist, dass es sich womöglich um zwei Täter handelt, die vermutlich einen Sechs- oder Achtzylinder gefahren haben, Typ unbekannt."

„Pattrick, nicht so defätistisch", lachte Klaiser. „Für einen halben Tag haben wir immerhin schon einiges zusammengetragen."

„Und es kommt noch mehr", unterbrach Jürgen Winter, der gerade zur Tür hereinkam. „Steffen Siebert und seine Leute haben das Typenschild des ausgeglühten Rollstuhls von Feistauer entschlüsselt. Und jetzt wissen wir doch schon einiges mehr über den Herrn."

Triumphierend warf Jürgen ein Bündel Papier auf den Tisch, setzte sich grinsend hin und schenkte sich zunächst eine Tasse Kaffee aus der großen Thermoskanne ein. Die anderen warteten mit unterschiedlich langen Geduldsfäden.

„Ja komm, mach's nicht so spannend", forderte Klaiser den Kollegen auf. „Tu mal Butter bei die Fische."

„Also", hub Winter theatralisch an, „der Rollstuhl wurde am 14. Juni 2018 von der orthopädischen Universitätsklinik in Bonn bestellt. Und dort ist unser späteres Mordopfer zuvor auch mehrfach operiert worden, nachdem man es halbtot eingeliefert hatte."

„Weiß man, wieso der Mann halbtot war? Was war ihm passiert?"

Der Kommissar nahm einen Schluck Kaffee und berichtete: „Habe ich gerade eben von den Kripo-Kollegen in Bonn erfahren. Ein oder mehrere Unbekannte haben ihn am 19. November vorletzten Jahres mit einem Truck gegen eine Verladerampe gedrückt und den Mittelteil seines Körpers nahezu total zerquetscht. Becken, Lendenwirbelsäule, Oberschenkel, innere Organe – alles ein Matsch, wurde mir gesagt. Das hier", er zeigte auf den Papierstapel, „sind Auszüge aus den Ermittlungsakten. Haben sie mir gerade erst zugemailt, sind aber bisher noch auf keinen grünen Zweig gekommen."

Es gab niemanden in der Runde, der nicht spätestens in dem Moment zusammengezuckt war, als Jürgen Winter von der Tortur an der Rampe berichtete. Lediglich der Kripo-Chef hatte seine Gesichtsfarbe behalten. „Das deckt sich mit dem, was Doc Kölblin nach der Obduktion bereits vermutet hatte."

„Wo hat sich dieses Drama überhaupt abgespielt? Etwa in Bonn?"

„Nein, nein. Feistauer ist in einem verlassenen Militärdepot in der Nähe von Porz-Wahn gefunden worden. Spaziergänger hatten jenseits des Sperrzaunes seine Schreie gehört und Alarm geschlagen. Aber die Kollegen mussten auf dem riesigen Gelände erst eine ganze Weile suchen, um den Mann auch zu finden."

„Von den Tätern keine Spur?"

„Doch ein paar schon. Immerhin hatten sie den Zaun an einer Stelle aufgeschnitten, wo ein Waldweg direkt an das Gelände heranführt und waren von dort aus mit dem Lkw eingedrungen und so auch wieder abgehauen. Dabei haben sie einen Blinker kaputtgefahren. Und an einer Stelle Fahrspuren im Boden hinterlassen.

Mit denen konnte die Kriminaltechnik überhaupt erst die Tat rekonstruieren und sind schließlich über die Blinkerfragmente dahintergekommen, dass es sich um einen russischen Truck vom Typ KAMAZ gehandelt hat."

Klaiser pfiff durch die Zähne. „Wow, gar nicht schlecht. Ein Russe. Kennt jemand die Marke?“

„Nee.“ Kopfschütteln allenthalben.

„Und? Haben sie den Lkw gefunden?“, fragte Claudia Siegemund nach.

„Nein, haben sie nicht. Von der Sorte gibt’s hier in Deutschland keine.“

„Na eben. Also werden die Täter wohl aus dem Ausland gekommen und auch wieder nach dort ausgereist sein. Und? Warum findest Du das dann trotzdem ‚gar nicht schlecht‘, Klaus?“

„Genau deswegen. Weil es ein Stück weit ein Bild von Herrn Feistauer vervollkommnet.“

„Verstehe ich jetzt nicht. Inwiefern vervollkommnet?“

„Weil es durchaus sein kann, dass unser Mann einer Abrechnung unter östlichen Geheimdienstlern zum Opfer gefallen ist.“

„WIE BITTE?“ In diesem Moment hätte man kein Foto der Versammelten machen und weiterreichen dürfen. Weil alle ziemlich dämlich dreinblickend mit offenen Mündern dasaßen und ein erbärmliches Bild abgaben.

„Ich habe nochmal beim LKA nachgebohrt und von dort erfahren, dass der BND früher wohl ein hehres Interesse daran hatte, den Mann zu schützen.“

„Weshalb das?“ Pattrick Born wurde ganz hibbelig. Immerhin war er ja dahintergekommen, dass das Mordopfer die ganze Zeit unter einem falschen Namen gelebt hatte.

„Er war Überläufer aus der DDR. HVA-Agent auf westdeutschem Territorium.“

„Was ist denn ein HVA-Agent?“

„Einer von der Hauptverwaltung Aufklärung. Das war die Auslandstochter der Stasi."

„Und der hat hier in der Bundesrepublik spioniert?"

„Demnach schon. Bis er sich dem BND als Überläufer gestellt hat. Und die Brüder aus Pullach, beziehungsweise jetzt Berlin, haben ihn umgedreht und gegen seinen eigenen Laden eingesetzt."

„Ja gut. Aber das ist schließlich schon 30 Jahre her. Der hatte doch Ewigkeiten keinen Job mehr."

„Sag das nicht. Es gibt auch heute noch ehemalige Stasi-Topagenten, die eine panische Angst davor haben, enttarnt und zur Rechenschaft gezogen zu werden. Ich stelle mir vor, dass Feistauer durch seine Doppelagenten-Tätigkeit viele von denen gut kannte.

Davon hat er jahrelang profitiert und konnte noch lange nach der Wende jede Menge wichtiger Infos abschöpfen. Vor allem über den großen Bruder vom Roten Platz. Aber irgendwann haben ihm unsere Trenchcoat-Träger die Freundschaft entzogen."

„Warum?"

„Er wollte nach wie vor den vollen Schutz, hat aber im Gegenzug überhaupt nichts mehr geliefert. Und dann fing er meinen Informationen nach an, fortwährend irgendeinen Mist zu bauen."

„Au prima", freute sich Pattrick Born, „dann werden wir jetzt aber wenigstens erfahren, wie er wirklich geheißen hat."

„Vergiss es. Der hat sogar unsere Geheimdienstler geleimt. Denen hat er nach dem Überlaufen zwar seinen angeblich richtigen Namen mit *Markus Dreher*, geboren in Weimar, anvertraut. Aber der war auch erstunken und erlogen.

Die HVA hat ihm damals eine derart wasserdichte Legende mit Namen, Stammbaum der Familie und deren angeblichem

Vorkriegsbesitz in der Lausitz verpasst, dass sie jeder Überprüfung standgehalten hat. Die sei so belastbar gewesen wie eine Eisenbahnbrücke, hat man mir erzählt. Aber gestimmt hat sie, wie man heute weiß, mit keinem Wort."

„Das heißt, wir kennen zwar zwei Alias-Namen von ihm, aber nicht seinen echten."

„Stimmt genau. Vielleicht hat er den selbst schon nicht mehr gekannt."

„Naja", sagte Pattrick und schabte an seinem Kinn, „vielleicht brauchen wir den ja auch gar nicht. Mich würde viel mehr interessieren, was der Vogel da draußen in Porz-Wahn getrieben hat."

„Mich auch", lachte der Kripo-Chef, „klemmt Euch dahinter! Übrigens: wer kümmert sich um die Fahndungsmeldungen, die dringend präzisiert und rausgegeben werden müssen?"

„Ich grüße Sie. Was kann ich für Sie tun?", fragte die adrette Inhaberin der Physio-Praxis Lienhardt, als Sarah Renner den Eingangsbereich betrat und sich zur großen Überraschung als Polizeibeamtin outete. „Kommen Sie als Patientin? Oder sind Sie etwa dienstlich hier?"

„Letzteres", antwortete die Kommissarin und setzte sich auf den ihr angebotenen Stuhl vor der Empfangstheke. „Haben Sie einen Moment Zeit?"

Heike Lienhardt wirkte etwas irritiert, schaute auf die Uhr und nickte. „Ungefähr 20 Minuten. Dann kommt der nächste Patient. Wird das reichen?"

„Ich denke schon", antwortete Sarah und schaute in wunderschöne rehbraune Augen, die sie aus dem hübschen Gesicht der vielleicht 45-jährigen Frau anblickten.

„Okay. Worum geht es? Habe ich was ausgefressen?"

„Nein, keine Sorge. Ich möchte mich mit Ihnen nur über einen Ihrer Patienten unterhalten."

„Oh, da bin ich aber nicht sicher, ob ich Ihnen helfen kann. Sie wissen sicher, dass auch für uns Physiotherapeuten so eine Art Schweigepflicht gilt."

„In diesem Fall glaube ich das nicht."

„Wieso?"

„Weil der Patient nicht mehr lebt."

„Ach, dann meinen Sie sicher Herrn Schottmüller. Ich dachte, der sei für all seine Überfälle und Einbrüche verurteilt worden. Das Kapitel muss doch für Sie abgeschlossen sein."

Sarah schüttelte heftig mit dem Kopf. Albertus Schottmüller war ein sehr spezieller Typ gewesen, den Jens Höver und sie ganz allein zur Strecke gebracht hatten. Doch das lag schon über ein Dreivierteljahr zurück.

Der Mann aus Niederlaasphe war ihnen bei einer nächtlichen Streife gewissermaßen in die Arme gelaufen, nachdem er in ein Radio- und Fernsehgeschäft eingestiegen war. Beim Beladen seines Transporters mit Fernsehern und Kameras hatten die Handschellen geklickt.

Als man ihn schließlich vor Gericht gebracht hatte, standen sage und schreibe 43 Einbrüche und Überfälle zu Buche, die es zu verhandeln gab. Schottmüller gestand sie alle und bekam dafür 12 Jahre Knast. Drei Wochen später war er tot. Er hatte sich in seiner Zelle erhängt.

„Ich wusste gar nicht, dass Schottmüller Ihr Patient war", staunte die Kommissarin.

„Doch, doch", antwortete Frau Lienhardt. „Sogar jahrelang. Wegen kaputter Bandscheiben."

„Ja okay, aber wie gesagt, um Herrn Schottmüller geht es mir nicht. Ich möchte von Ihnen eher Auskünfte über Herrn

Feistauer. Der war doch auch Ihr Patient, wenn ich das richtig verstanden habe."

„Herr Feistauer?" Die Miene der hübschen Frau verfinsterte sich. „Christof Feistauer?"

Sarah nickte.

„Ja", brachte die Physiotherapeutin langsam über ihre Lippen und blickte dabei zu Boden, „der war auch mal mein Patient." Pause. „Und der ist tot, sagen Sie?"

„Allerdings", antwortete Renner knapp. Sie ahnte, dass die Frau offenbar von einer unschönen Erinnerung heimgesucht wurde. Wieder entstand eine Pause.

„Wann ist er gestorben?"

„Gestern Abend."

„Und was hat die Polizei damit zu tun?"

„Er wurde ermordet."

„WAS?" Mit weit aufgerissen Augen schoss Heike Lienhardt aus ihrem Bürostuhl hoch und starrte die Kripo-Frau an. „Dann war Feistauer der Mann, der da am Schlossberg erschossen worden ist?"

„Richtig. Haben Sie in der Zeitung davon gelesen?"

„Eine Zeitung haben wir heute Morgen noch keine bekommen. Wahrscheinlich im Schnee steckengeblieben", antwortete Heike Lienhardt eher abwesend und setzte sich wieder hin. „Nein, ein Patient hat vorhin von dem Mord erzählt. Er wusste aber auch nicht viel mehr, als dass man einen Mann erschossen in seinem Haus gefunden habe. Wer hat ihn ermordet?"

„Das wissen wir noch nicht."

„Hm, schlimm!" Dann war es wieder still.

„Sagen Sie“, holte Sarah ihre Gesprächspartnerin in die Gegenwart zurück, „irgendetwas bedrückt oder irritiert Sie doch, seit ich den Namen des Toten genannt habe.“

Die Lienhardt hob den Kopf und schaute die Polizistin an. So etwas wie Abscheu lag in ihrem Blick. „Frau Kommissarin“, begann sie langsam, „Sie sind doch gekommen, weil Sie von mir etwas über diesen Mann wissen wollten. Also, stellen Sie bitte Ihre Fragen.“

Sarah war irritiert. Die Therapeutin mauerte plötzlich. Was war da los? Irgendetwas musste es da doch gegeben haben, was dieser netten Frau massiv zugesetzt hatte. Könnte das für sie von Interesse sein? ‚Lieber erstmal die eigentlich geplanten Fragen abspulen‘, dachte sie und begann: „Frau Lienhardt, wie schwer waren die Behinderungen von Herrn Feistauer?“

„Sie meinen, wie schwer seine Verletzungen waren. Das müssten Sie eigentlich aus den Krankenakten erlesen können. Er wurde zwischen November 2017 und Mai 2018 mehrfach in der Uniklinik Bonn operiert.“

„Das ist uns bekannt. Was wir aber nicht wissen ist, was von den ursprünglichen Behinderungen übrig geblieben ist. Denn wir besitzen derzeit weder Dokumente über eine spätere stationäre, noch über die ambulante Reha daheim. Und für die waren Sie ja wohl zuständig.“

„Stimmt. Ich *war* zuständig.“

Das extra betonte ‚*war*‘ überhörte die Beamtin zunächst einmal geflissentlich und wiederholte ihre Frage. „Wie schwer waren seine Behinderungen?“

„Herr Feistauer war vom 3. Lendenwirbel an abwärts querschnittgelähmt. Dazu kamen zwei ganz massive Bandscheibenvorfälle im Halswirbelbereich, die zu teils anfallartigen Schmerzzuständen im Brustkorb und zu Bewegungseinschränkungen in den Armen führten.“ Der Bericht kam wie abgespult und ohne jede Bewegung in der Stimme.

„Heißt das, er war nicht dazu in der Lage, sein Leben weitgehend selbst zu führen?"

„Nein, das heißt es nicht. Gut, er konnte weder alleine duschen, noch selbstständig in die Badewanne klettern. Aber er konnte schon die grobe Körperpflege alleine besorgen und selbst auch ins Bett und wieder hinauskommen. Wenn auch unter Schmerzen. Wie das allerdings mit dem An- und Auskleiden war, weiß ich nicht."

„Hatte er eine Betreuung?"

„Ja. Eine junge Polin. Mehr oder weniger inoffiziell. Ob er sie aber bis zu seinem Tod hatte, weiß ich nicht."

„Wieso? Konnte er etwa nicht zahlen? Oder wurde nicht für ihn gezahlt?"

„Oh doch. Mich hat er immer und sofort bezahlt. Bar auf die Hand. Ich brauchte nie etwas über eine Krankenkasse mit ihm abzurechnen. Er war offenbar privat versichert."

„Wieso meinen Sie dann, dass er seine Betreuerin eventuell verloren haben könnte?"

Wieder bekam die Physiotherapeutin diesen angewiderten Gesichtsausdruck. „Das wollen Sie gar nicht wissen."

„Doch, das möchte ich gerne wissen. Oder gehört das zur viel zitierten Schweigepflicht, Frau Lienhardt?"

Langsam schüttelte sie den Kopf und sagte mit gesenktem Blick: „Weil Feistauer ein Schwein war."

„Wie bitte? Das verstehe ich jetzt nicht."

„Frau Renner, bitte, ich möchte nicht darüber reden."

Sarah kam in Konflikt mit ihrem weiblichen Einfühlungsvermögen einerseits und ihrem Ermittlerauftrag andererseits. Die professionelle Neugier siegte letztlich. Immerhin konnte es ja sein, dass die Erlebnisse dieser Frau Auslöser für einen Mord gewesen waren.

„Sie werden darüber reden *müssen*, Frau Lienhardt. Das kann ich Ihnen nicht ersparen. Und, wenn ich Sie richtig verstehe, ist es wohl besser, Sie tun es lieber mit mir als mit einem Staatsanwalt. Also, bitte, was ist passiert?"

Die Therapeutin schaute kurz auf die Uhr und sagte dann: „Geht nicht. In ein paar Minuten ist der nächste Patient da."

„Okay", reagierte Sarah Renner blitzschnell, „dann kommen Sie bitte morgen um neun Uhr ins Kommissariat in Bad Berleburg. Ich weiß allerdings nicht, ob ich dann allein bin. Widrigenfalls werden Sie auch mit einem meiner Kollegen reden müssen."

Entsetzen sprach aus den Gesichtszügen der Therapeutin. „Das geht nicht. Ich habe morgen den Laden voll. Von acht Uhr bis 17 Uhr. Fast ohne Pause", versuchte sie eine Rettung aus der Vorladung.

„Da werden Sie wohl einige absagen oder sich eine Vertretung besorgen müssen."

Das war hart. Die Kommissarin wunderte sich über sich selbst. Aber sie wollte wissen, ob es da etwas gab, was zu einem Kurzschluss und damit zu einem Verbrechen hätte führen können.

„In Ordnung, warten Sie", lenkte Heike Lienhardt schließlich ein. Aus einem Karteikasten beförderte sie eine Karte hervor, schaute kurz darauf und wählte dann eine Nummer auf ihrem Handy. Kurz darauf hatte sie den gewünschten Kontakt. Der Gesprächspartner war offenbar sehr einverstanden damit, dass man den heutigen Termin sausen lasse. „Ist sowieso viel zu kalt", hörte Sarah ihn noch sagen, bevor das Handygespräch beendet wurde.

Während sie ihrem Gast und sich selbst ein Glas Mineralwasser einschenkte, schien sich die Praxisinhaberin zu sammeln. Dann allerdings begann sie ungefragt zu erzählen. „Es ist mir wirklich peinlich. Und es ist mir zuwider, überhaupt darüber zu reden. Das können Sie mir glauben. Denn was sich dieser schwerbehinderte Mensch mir gegenüber erlaubt hat, übertrifft alles, was ich bisher an Widerwärtigkeiten erlebt habe.

Es ging alles damit los, dass ich ihn, wie jeden Mittwochmorgen massiert habe. Zunächst seine Rückenmuskulatur, während er bäuchlings auf seinem Bett lag. Dann habe ich ihm auf einen bequemen Stuhl geholfen und seine Schultermuskulatur massiert. Eine seit Monaten so geübte Praxis.

Dazu gehörte auch, dass ich ihm anschließend half, sich weiter anzuziehen. Weil es sehr warm war, bat er mich, ihm zu den Shorts, die er trug, ein T-Shirt überzuziehen. Es war mir nicht entgangen, dass er eine ziemlich starke Erektion hatte. Das war bei ihm, wie bei manchen Querschnittgelähmten, keine Seltenheit."

Sarah Renner konnte das kaum glauben. „Sind die Menschen dann nicht total taub – unterhalb der Stelle, von wo an sie gelähmt sind?"

„Eben nicht. Denn die Steuerung der Genitalien läuft auf anderem Wege. Unter anderem natürlich durch die Blutzufuhr."

„Okay, okay", beeilte sich die Kommissarin, diese Exkursion in die Anatomie zu beenden. „Was passierte dann weiter?"

„Dann", die Therapeutin unterbrach sich gleich wieder und pustete und wischte imaginären Staub von der Theke, „dann hat er mich mit der einen Hand in den Haaren gefasst, meinen Kopf in seinen Schoß heruntergerissen und mir mit der anderen seinen Penis auf den Mund gepresst. ‚Komm, blas' mir einen', hat er lachend gesagt. ‚Du willst es doch auch, du geile Sau. Komm, nimm ihn in den Mund!"

Sarah hatte so etwas in der Richtung geahnt. Doch allein die Vorstellung, dass ein Patient derart Gewalt anwendet, schockierte sie.

„Ich habe versucht, mich zu wehren. Aber er hat eine unglaubliche Kraft entwickelt und meine Situation ausgenutzt. Ich stand nämlich seitlich neben ihm, hatte meinen rechten Arm hinter seiner Schulter und konnte nur versuchen, mit links zu agieren. Er merkte das und riss an meinen Haaren, dass mir vor Schmerz die Tränen kamen."

„Unglaublich. Was haben Sie dann gemacht?"

„Ich wusste mir keinen Rat mehr. Denn mit meiner freien Hand kam ich nicht an seine Hoden. Die hätte ich ihm nämlich zerquetscht. Aber er hatte sie in der Hose, deren Schlitz offenstand. Da hab' ich dieses riesige Teil schließlich wirklich in den Mund genommen und so fest zugebissen wie ich nur konnte. Es war so ekelhaft."

„Und dann?"

„Hat er aufgeschrien und meine Haare losgelassen. Ich hoch mit dem Oberkörper und haue ihm mit der Faust voll zwischen die Beine. Dann habe ich mich umgedreht, sofort das Haus verlassen und mich erst einmal übergeben."

Kommissarin Renner war sprachlos und musste aufpassen, dass es ihr nicht selbst schlecht wurde. Mit tief durchatmen gelang es ihr aber, dieses aufkommende Gefühl erfolgreich zu bekämpfen.

„Puh, ich bewundere Sie für diese Reaktion", nahm sie das Gespräch wieder auf. „Ich weiß nicht, ob mir das gelungen wäre."

„Was hätte ich denn machen sollen? Es war meine einzige Chance."

„Ja, schon klar, aber ich weiß nicht, ob ich die Überwindung aufgebracht hätte, einen fremden Penis einfach so in den Mund zu nehmen. Und ich bin wirklich nicht prüde."

„Einfach so?", fragte die Therapeutin verärgert. „Wissen Sie, dass das für mich noch wesentlich schlimmer war, als es für Sie wahrscheinlich jemals sein könnte?"

Sarah stutzte. „Nee, wieso?"

„Weil ich mit Männern nichts am Hut habe. Ich bin nämlich lesbisch."

Es verging ein Moment, bis die Beamtin das Gehörte verdaut und eingeordnet hatte.

„Wie lange ist das jetzt her?", fragte sie schließlich.

„Ziemlich genau ein Vierteljahr." Wieder nahm Heike einen Schluck Wasser und schaute nach draußen in die verschneite Landschaft. „Aber verarbeitet habe ich das beileibe noch nicht und mich immer wieder gefragt, wie es wohl der jungen Polin ergangen ist, die ihm den Haushalt gemacht und ihn auch sonst betreut hat."

„Kennen Sie deren Namen?"

„Milena, glaube ich. Ja, genau, Milena Kowalczyk, mit ‚cz'."

Sarah klappte ihr kleines Notizbüchlein auf und schrieb mit. „Mit ‚cz'. Sind sie sicher?"

„Absolut sicher. Ich hab' mir bei dem Nachnamen nämlich immer mit einer Eselsbrücke aus Kowalsky, diesem durchgeknallten Fernsehdetektiv und dem Onkel meiner Mutter, Bruno Saftczik geholfen. Und dessen Name wurde auch mit ‚cz' geschrieben"

„Solche Eselsbrücken würden mir das Genick brechen", lachte die Kommissarin, um dann, mit wieder ernster Miene nachzufragen, ob es irgendeinen Kontakt zu der Betreuerin gäbe.

„Nee, seit damals nicht mehr. Es gab ja auch keine Veranlassung mehr. Bis dahin hatten wir uns hin und wieder abgesprochen, an welchen Tagen ich morgens die Physiotherapie mit Feistauer mache. In dieser Zeit brauchte er sie ja nicht und sie konnte sich um kleinere Einkäufe und dergleichen mehr kümmern."

„Wie haben Sie sich abgesprochen?“

„Per Handy.“

„Und? Haben Sie vielleicht ihre Nummer noch?“

Hatte sie. Und auch die fand Platz unter den Notizen der Polizistin, die sich natürlich die Frage stellte, ob ihre Gesprächspartnerin zu einem Mord fähig sein könnte. Aus Rache für das Erlebte. Doch den Gedanken verwarf sie ganz schnell wieder. Denn in diesem Fall hätte ihr Heike Lienhardt mit Sicherheit nicht eine solche Story aufgetischt, die sie ja zwangsläufig verdächtig machte. Und außerdem: wo hätte sie die sehr spezielle Mordwaffe herhaben sollen?

Nachdem auch klar war, dass es schon seit über einem Jahr keine feste Partnerin mehr gab, die ihrerseits an der Schloßstraße hätte meucheln können, bedankte sich Sarah bei ihrer Gastgeberin und machte sich auf den Heimweg. Am kommenden Tag würde sie versuchen, Kontakt zu der Polin aufzunehmen. Für heute hatte sie genug von Befragungen und Nachsuchen.

Jetzt freute sie sich auf einen schönen Abend mit Tom, ihrem Lover, den sie auf einer Silvesterparty kennengelernt hatte. Seither war die beiden schier unzertrennlich. ‚Es ist ja grotesk‘, dachte sie lächelnd. ‚Manchmal können einen auch unschöne Geschichten, wie die mit Feistauer und der Physiotherapeutin richtig anturnen.‘

Mittwoch, 6. Februar

„Ich begraif des net“, rief der Ur-Hesse Rainer Jägersberg dem Kollegen Messmer auf der Brücke zu. „Däa Zeusche hat doch gesaacht, däa Mann hätt’ des Tail direkt vo da owwe runnä ins Wassä g’schmisse.“

„Ich kapiere das auch nicht“, gestand der Kommissar, der sich oben über das Brückengeländer beugte. Senkrecht schaute er in den Bach mit dem seltsamen Namen ‚Wetschaft‘. Aber es war einfach noch zu früh am Tag für gute Sicht.

Nach dem neuerlichen Schneefall der vergangenen Nacht hatte die Sonne den Himmel zurückerobert und lugte schüchtern über die Berge östlich des Lahntals. Das reichte nicht für einen klaren Blick bis auf den Grund des schmalen Gewässers.

„Komm, lass uns noch einen Moment warten. Wir haben mehr Chancen, wenn es richtig hell ist.“

„Da komm isch abä liebä so lang’ raus“, freute sich Jägersberg insgeheim. Messmers Entschluss zur Unterbrechung seiner Bemühungen kam ihm gerade recht. Obwohl die hessische Polizei materiell für Einsätze am und im Wasser ganz gut ausgerüstet und seine isolierte Wathose ordentlich gefüttert war, hatte er nämlich mittlerweile eiskalte Füße.

Gestützt auf seinen Rechen, den er im Kies des Bachbetts hin und hergezogen hatte, versuchte er förmlich, sich ans Ufer zu quälen, rutschte aber in dem vielleicht 25 Zentimeter tiefen Schnee immer wieder aus. Der Kommissar musste an sich halten, um nicht laut loszulachen. So albern sah dieser Slapstick von oben aus. Doch schließlich erbarmte er sich und schlitterte die kleine Böschung hinunter, um dem Kollegen mit Hilfe des Rechenstiels an Land zu helfen.

Am Abend des Vortages war ihnen auf der Wache eine abenteuerliche Geschichte erzählt worden. Von einem Mann, der bereits morgens Zeuge eines Unfallgeschehens geworden war, das sich kurz vor der Einmündung der B 252 in die B 62 in Lahntal-Göttingen ereignet hatte.

Der Mann gab an, dass er gerade an einer Tankstelle vorgefahren war, als es knapp hundert Meter hinter ihm krachte. Als er sich umgedreht habe, sei ein offenbar unverletzter Mann aus der Beifahrertür eines recht demolierten SUV ausgestiegen, habe sich mehrfach umgesehen und dann einen länglichen Gegenstand von einer Brücke herunter ins Wasser geworfen. Dann seien er und der offenbar ebenfalls unverletzte Fahrer aus dem Blickfeld des Zeugen verschwunden.

Im Übrigen hätten weiter vorne zwei Trucker vor einer offenen LKW-Tür gestanden und heftig aufeinander eingeredet, nachdem sie sich kurz wegen des Krachs nach hinten umgedreht hatten. „Die hätten die Typen eigentlich sehen müssen. Aber die haben sich nicht mal um den Unfall gekümmert."

Deshalb und weil er auf schneeglatter Fahrbahn noch am Vormittag in Köln habe sein müssen, hatte der Mann seine Fahrt fortgesetzt. Erst nach seiner Rückkehr am Abend war er in einem Bericht des Lokalradios wieder an den Crash erinnert worden.

In dem Nachrichtenbeitrag war die Rede davon, dass ein Jaguar, der auf spiegelglatter Fahrbahn in einen Lastzug am Ende eines Ampelstaus geknallt war, vom Unfallverursacher einfach stehen gelassen worden sei. Er habe sich nicht um den Schaden gekümmert und sei spurlos verschwunden.

Da fiel dem Heimkehrer ein, dass es da ja auch den Beifahrer gab, der sich mit der ‚Wegwerf-Aktion' höchst suspekt verhalten hatte. Er informierte die Polizei in Cölbe, wo man froh war, endlich etwas Erhellendes zu dem Unfall am Stauende erfahren zu können.

Die Nummer war ohnehin schräg genug. Denn der letzte der beiden beschriebenen Lastzüge vor dem Jaguar war kurz zuvor bei Glatteis ebenfalls in den Vordermann gerauscht. Wahrscheinlich hatten die beiden Trucker deshalb keinen Kopf für die ‚Sache hinten'.

Der Zeuge war jedoch eine reine Enttäuschung. Vor allem, was die Beschreibung des Beifahrers anbelangte. Es sei einfach noch zu dunkel dafür gewesen, hatte der gesagt, wohl aber eindrücklich darauf hingewiesen, dass ihn die Entsorgung dieses länglichen Teils im Wasser der ‚Wetschaft' sehr nachdenklich mache.

„Warum?", hatte ihn Kommissar Messmer gefragt.

„Weil ich glaube, dass das ein Gewehr war, was dort weggeworfen wurde."

„Aha. Wie kommen Sie so plötzlich darauf?"

„Weil ich mir, je länger ich darüber nachdenke, ziemlich sicher bin, dass an dem Ding so etwas wie ein Trageriemen hing."

„Und das haben Sie gesehen, obwohl es für andere Beobachtungen noch zu dunkel war?"

„Das ist ja das Seltsame. Ich meine mich erinnern zu können, dass ich nicht nur den Riemen als Schemen gesehen, sondern auch das typische Klappern der Karabinerhaken am Schaft gehört zu haben. Wissen Sie, ich war zwölf Jahre lang Soldat. Da gehen solche Geräusche in Fleisch und Blut über. Die vergessen Sie nicht mehr."

‚Ein Gewehr?', hatte sich Hubert Messmer gefragt, nachdem der Mann seine Beobachtungen zu Protokoll gegeben hatte. ‚Das passt irgendwie zu der außergewöhnlichen Unfallgeschichte mit Fahrerflucht und hohem Sachschaden.'

Einem Schaden, den man zumindest zum Teil niemandem hätte in Rechnung stellen können. Denn der Jaguar F-Pace SVR, ein sündhaft teures Gefährt mit V8-Motor, war in Winterberg geklaut und zudem mit Nummernschildern gefahren worden, die eigentlich zu einem Dortmunder BMW gehörten. Jeder Hinweis auf den oder die Flüchtigen war also dringend vonnöten.

So standen die Beamten schließlich in der Uferwiese unterhalb der B 62 und froren wie die Schneider. An Jägersbergs nassen Watstiefeln hatten sich dicke Schneeklumpen festgesetzt, die bei minus sieben Grad langsam gefroren.

Er versuchte zwar mit der Rückseite des Rechens, die Beschwernisse von den Füßen zu bekommen, indem er immer ein Bein anhob und gegen die Sohlen des freien Fußes klopfte. Doch das erforderte ein hohes Maß an Balance- und Stehvermögen. Als er dabei plötzlich das Gleichgewicht verlor und Halt an Messmers Schulter suchte, stürzten beide in den Schnee.

„Au, verdammt", stöhnte der Polizist auf und griff instinktiv nach seinem Knie, das auf etwas Hartes unter dem Schnee gestoßen war. Doch dabei verfing sich seine Hand in einem gefrorenen Lederriemen. Als er daran zog, beförderte er das gesuchte Gewehr zutage.

„Hey Rainer!", rief der Kommissar begeistert aus, „Du bist ja super" und griff auf den Knien liegend mit seiner behandschuhten Rechten nach der Waffe.

„Ja, moinste?“, gab der andere mit schmerzverzerrtem Blick zurück und zog die Luft scharf zwischen den Zähnen ein. „Des het ganz schee gekrocht.“ Er musste mit dem gesamten Körpergewicht auf den Gewehrkolben geknallt sein. Nur langsam und mit Schmerzen erhob er sich und kam auf wackligen Beinen zum Stehen.

„Geht's wieder?“, fragte der Kollege eher beiläufig, während er den Pulverschnee von dem Fundstück klopfte. „Der Mann hat die Knarre ganz offensichtlich daneben geschmissen. Da hätten wir ja ewig suchen können.“

Vorsichtig öffnete er den Verschluss und schaute ins Patronenlager. „Leer“, stellte er fest. Der Demolierte rieb sich indes leicht gebückt das angeschlagene Knie und schaute dabei kurz schnurgerade in den Lauf des Gewehrs. „Is des 'n Kloinkalibä, oder was?“

„Scheint so. Hab' sowas, glaub ich, noch nicht gesehen.“ Wie ein Jäger hängte sich Messmer das Gewehr um den Hals und reichte dem Kollegen Rainer eine Hand. „Komm, ich helfe Dir rauf. Geht's?“ Jägersberg verkniff sich jeden weiteren Schmerzenslaut, musste sich aber ganz schön quälen, um hinauf auf die Straße zu kommen.

Als sie wenig später im standbeheizten Streifenwagen saßen, meinte er: „Da bin isch awwer mal gespannt, was es mit däa Flinde uff sisch hat.“

„Ich auch“, erwiderte der Kommissar und gab Gas. Die Straße war mittlerweile schneefrei und trocken.

Noch während der Fahrt zurück nach Cölbe setzten sie einen Funkspruch an die Polizeidirektion Marburg ab, in dem sie von ihrem Fund berichteten. Und sie waren total baff, als sie wenige Minuten später die Aufforderung erhielten, gleich zur übergeordneten Dienststelle in die Universitätsstadt weiterzufahren.

Jörg Kilian schwitzte Blut und Wasser am Telefon, das er nun schon seit geschlagenen zehn Minuten am Ohr hatte. Der Mann aus Wolfsburg war eigentlich auf dem Sprung zu einer Joggingrunde gewesen, als ihn der Anruf von Jürgen Winter jäh in seinen Vorbereitungen gestoppt hatte.

Der Berleburger Kommissar war nach der eher unergiebigen Morgenrunde noch einmal intensiv in die Aktenlage über den Flechette-Schützen eingetaucht, bevor er dem ‚so richtig auf die Knochen stieg', wie er sich auszudrücken pflegte.

Mehrfach hatte Kilian schon gedroht, das Gespräch zu beenden. Doch Winter schaffte es immer wieder, den Mann davon abzuhalten. „Dann schicke ich Ihnen halt die Kollegen von der Kripo in Wolfsburg auf den Hals", hatte er ihm angedroht und dabei klar gemacht, dass es diesmal nicht nur um ‚Rumballern mit Flechettes' auf einem Schießstand gehe.

„Diesmal hat das Schießen mit dieser Munition ein Menschenleben gekostet. Und Sie wissen, wo sich der Mörder die Geschosse besorgt hat."

„Schwachsinn! Weiß ich nicht."

„Wissen Sie doch!"

„Weiß ich nicht, verdammt nochmal! Wie sollte das denn gelaufen sein? Ich weiß ja noch nicht mal, wo dieses Bad La..., äääh La..., äääh, wie heißt das Kaff, um das es da geht?"

„Das Kaff, wie Sie sagen, heißt Bad Laasphe und liegt in Südwestfalen."

„Wo in Südwestfalen?"

„Direkt an der hessischen Grenze."

„Oje, wissen Sie, wie weit es von uns bis dorthin ist? Mindestens 350 Kilometer."

„Nicht so übertreiben. Es sind knapp 300 Kilometer."

„Na und? Dort bin ich noch nie gewesen."

„Sind Sie sich da so sicher?“

„Absolut sicher! Was soll diese blöde Frage überhaupt?“

„Ich glaube, Sie verkennen den Ernst Ihrer Lage“, begann Jürgen, dem Mann Angst zu machen. „Wer sagt mir denn, dass Sie die Wahrheit sagen? Kann es nicht doch sein, dass bei Ihnen noch so die eine oder andere Flechette-Patrone in irgendwelchen Verstecken rumliegt und Sie versuchen, gewinnbringenden Handel damit zu treiben? Und dafür muss man halt gelegentlich auch mal aus dem Haus.“

„Sie sind ja bekloppt!“, brüllte Kilian. „Mir reicht's! Ich lege jetzt endgültig auf! Ende der Durchsage!“

„Das würde ich mir genau überlegen“, rettete Winter das Telefonat erneut. „Sonst kommen tatsächlich die Wolfsburger Kripo-Kollegen bei Ihnen vorbei. Und die stellen nicht nur Ihre ganze Wohnung auf den Kopf, sondern zerlegen alles in Einzelteile, was auch nur ansatzweise mit Ihnen zu tun hat. Wissen Sie, bei Mord hört nämlich für uns alle der Spaß auf. Und die Jungs und Mädels haben immerhin noch eine Rechnung mit Ihnen offen.“

Dem Mann im Wintermarathon-Outfit wurde abwechselnd heiß und kalt. Dieser Bulle ging ihm gehörig auf den Zeiger. „Es gab in meinem Besitz weder Munition, die ich vertickt habe, noch habe ich etwas mit Ihrem Scheiß-Mord zu tun!“, bellte er heiser ins Telefon. „Rein gar nichts!“

„Doch“, beharrte Jürgen.

„Wieso doch? Sie machen mich wahnsinnig!“

„Weil Sie unseres Wissens weltweit der Letzte waren, von dem bekannt ist, dass er solche Munition verschossen hat. Vor Gericht haben Sie ausgesagt, Sie hätten sie von einem Händler oder was auch immer bezogen, sich aber standhaft geweigert zu erzählen, wer der Verkäufer war. Aber der muss eindeutig der Letzte unter den Flechette-Dealern gewesen sein. Denn das Zeug wurde unter Strafandrohung verboten und aus dem Handel gezogen. Und zwar lange, bevor Sie es gekauft haben wollen."

„Und, was beweist das?"

„Das beweist, dass Sie einen Menschen decken, der durch illegalen Handel einen Mord ermöglicht hat. Falls er nicht selbst der Mörder war."

„Das ist doch ausgemachter Schwachsinn!", ereiferte sich der Niedersachse. „Im Übrigen bin ich, falls es doch so sein sollte, nicht für Vergehen anderer Menschen verantwortlich. Sie können mir damit gar nichts."

„Können wir doch", log Winter und dachte: ‚Dich krieg' ich weich, Bursche, verlass Dich drauf.'

Kilian atmete schwer und sein Hals wurde trocken. Ein Schluck Wasser hätte ihm jetzt gutgetan. Aber da war nichts in erreichbarer Nähe. Mit kratziger Stimme bemühte er sich weiter, keinen Fingerbreit von seiner Unschuldsposition abzuweichen. „Und? Wie lautet Ihr Tatvorwurf?"

„Sagte ich doch bereits. Mitwisserschaft in einem Mordfall."

„Wie bitte? Sie glauben doch wohl selbst nicht, dass Sie damit auch nur einen Blumentopf gewinnen können."

„Das glaube ich nicht nur. Das weiß ich!", beharrte Winter und hoffte insgeheim, dass niemand von seinen Kollegen mitbekam, was er da gerade veranstaltete. Und trotzdem bohrte er lauthals weiter. „Das macht sich gar nicht gut in Ihrer Vita, Herr Kilian. Denken Sie an Ihren letzten Prozess. Da hatten Sie mehr Glück als Verstand."

„Wissen Sie was?", tönte der Mann aus Wolfsburg plötzlich, „ich hab' keine Lust mehr, mit Ihnen hier rumzumachen. Rufen Sie meinen Anwalt an. Dem können Sie diesen ganzen Schwachsinn erzählen. Sie müssen nur einen Moment warten, ich suche Ihnen mal gerade seine Telefonnummer raus."

„Nicht nötig, die hab' ich", beeilte sich Jürgen zu sagen. „Okay. Dann hören Sie in Kürze von uns", wollte er sich verabschieden, aber da war der andere schon aus der Leitung.

Leise fluchend legte der Kommissar den Hörer auf. Viel zu sanft für seinen augenblicklichen Gemütszustand. Er hätte nämlich das Telefon vor lauter Wut am liebsten zertrümmert. Diese Chance, wenn es denn überhaupt eine war, hatte *er* vergeigt. Und eine zweite würde es nicht geben. Da war er sich nach dem Gespräch mit dem Niedersachsen sicher.

Natürlich käme er nicht im Traum auf die Idee, den Anwalt zu behelligen. Das würde er Kilian überlassen und sich dann gegebenenfalls von dem Advokaten anhören müssen, dass er seinen Klienten mit unlauteren Mitteln ‚verhört' und zu Unrecht verdächtigt hätte.

Bettina Reisers Stimmbänder drohten ihren Geist aufzugeben. So laut schrie sie. Immer und immer wieder. Doch der dicke Schnee auf den Feldern drumherum schluckte die Schreie einfach weg. Niemand hörte sie. Denn die Frau war allein auf dem Parkplatz an der B 62 kurz vor Lahntal-Göttingen. Nur Baumaschinen ruhten hier unter Schnee im Tiefschlaf.

Schreiend und rückwärts von einem Bein auf das andere springend entfernte sich die Frau aus Biedenkopf immer weiter von dem entsetzlichsten Bild, das sie jemals zu Gesicht bekommen hatte. Von einem Kopf mit leeren Augenhöhlen einer durchtrennten Kehle und einem offenbar von Wild angefressenen Körper.

Auf der Fahrt von Marburg zurück nach Hause war ihre Schäferhündin Asta unruhig geworden und hatte nach Auslauf verlangt. Und da auch Frau Reimers nach dem Besuch bei ihrem Mann in der Uniklinik dringend nach frischer Luft zumute war, hatte sie die Sperrschilder an der Zufahrt zu dem Parkplatz einfach ignoriert und war dort herausgefahren.

Ein Schwarm von Krähen war aufgeflogen. Und neben dem Parkplatz machte sich ein Fuchs bergauf zurück auf den Weg in den Wald. Weil sie befürchtete, dass Asta das Tier im freien Feld verfolgen könne, hatte sie zunächst noch mit dem Aussteigen gewartet. Doch als sie ihre Hündin schließlich von der Leine gelassen hatte, zeigte die keinerlei Interesse an einer Jagd im Schnee.

Eilig hatte die sich vielmehr ein eigenes Gassi-Plätzchen im angrenzenden Feld gesucht und war nach kurzem Geschäft wieder auf den Parkplatz zurückgekommen. Doch auf dem Weg zu ihrem Frauchen hatte sie plötzlich seitlich abgedreht und war zwischen einem Hublader und einer Straßenwalze verschwunden. Kurz darauf begann sie wie wild zu bellen.

Alle Rufe und Pfiffe der Frau verhallten. Asta war nicht zur Rückkehr zu bewegen und bellte weiter. Erst als Bettina Reiser näherkam, zeigte sich die Hundedame zwischen den Maschinen. Ihre Schnauze war blutverschmiert.

Sie sei starr vor Schreck gewesen, gab sie später bei der Polizei zu Protokoll. Denn sie habe zunächst nur eine klaffende Wunde und diesen Kopf gesehen, der da aus einem Schneehaufen herausragte. Asta, als Rettungshündin ausgebildet, hatte durch Ablecken des Kopfes offenbar versucht, den Mann, den sie da gefunden hatte, wieder aufzuwecken.

Der Körper des steif gefrorenen Toten wies mehrere Bissstellen auf, seine Kleidung war zerfetzt, alle Finger schienen angefressen zu sein. Wahrscheinlich hatten hier mehrere Tiere versucht, ihren Hunger zu stillen und den Toten, der wohl ursprünglich mit Schnee bedeckt war, ausgegraben.

„Und Sie sind sicher, dass es hier keine Reifenspuren von anderen Fahrzeugen gab?“, fragte Kommissar Messmer nun schon zum zweiten Mal. Denn ihm schien, dass Frau Reiser durch irgendetwas abgelenkt war.

„Ja, hab' ich Ihnen doch vorhin schon einmal gesagt", reagierte sie unwirsch. „Als ich auf den Platz fuhr, gab es außer verschiedenen Fußspuren nichts. Die Einfahrt war blütenweiß. Nach dem letzten Schneefall ist außer mir hier niemand hineingefahren. Da bin ich absolut sicher."

Dann bat der Notarzt, ihr eine Pause zu gönnen und sie untersuchen zu dürfen. „Die Frau macht mir einen instabilen Eindruck. Das sollten wir nicht auf die leichte Schulter nehmen."

Messmer nutzte die Gelegenheit, sich die Umgebung genau anzuschauen. Doch es fiel ihm nichts Besonderes auf. Der Platz schien ausschließlich als Lagerplatz für Baumaschinen und Material genutzt zu werden. Drüben auf der anderen Seite der stark befahrenen B 62 liefen deutlich erkennbar die Arbeiten zum Bau einer Umgehungsstraße.

Rainer Jägersberg war mit seinem Smartphone unterwegs und machte Fotos von allen Seiten. Auch von der Straße aus. Denn die beiden Kriminalbeamten hatten sich gefragt, ob es wirklich möglich war, dass hier ein Toter unbeobachtet abgelegt und mit Schnee bedeckt werden konnte.

„Jederzeit", war schließlich ihr Fazit beim Betrachten der Bilder. Schon allein die Rhododendronbüsche zur Straße hin boten Deckung genug.

Hubert Messmer ließ seine Blicke weiter durch die Gegend schweifen und überlegte. „Das ist doch wirklich sowas von verrückt", meinte er schließlich. „Da sind wir vor nicht mal zweieinhalb Stunden hier vorbeigekommen, nachdem wir diese Knarre an dem Bach da vorne geborgen haben. Und nun liegt hier ein mausetoter Mensch im Schnee rum."

„Ja, aber den hätten wir ja auch nicht sehen können."

„Nein, nein, das meine ich nicht. Ich wollte sagen: das kann doch kein Zufall sein."

„Wie meinst Du das?"

„Überleg doch mal. Der Zeuge beobachtet, wie nach dem Unfall auf der Brücke, keinen Kilometer von hier entfernt, ein Mann aus dem Unfallwagen springt und ein Gewehr, wie er meint, ins Wasser schmeißt. Dann macht er sich zu Fuß vom Acker. Und ein zweiter, wohl der Fahrer, hinterher.

Die zwei mussten sehen, dass sie so schnell wie möglich irgendwo Unterschlupf finden. Denn sie mussten ja damit rechnen, dass man sie als Unfallverursacher verfolgt. Hier wäre wenigstens eine schnell erreichbare Deckung gewesen. Und jetzt liegt hier ein Mann, von dem wir weder wissen, wer er ist, noch, wie er hierhergekommen ist."

Jägersberg nickte. „Du hast recht. Solche Zufälle gibt es nicht. Das könnte einer von den beiden Flüchtigen sein."

„Das ist einer von ihnen. Ich garantiere es Dir."

„Ich hab's doch gewusst", murmelte Klaus Klaiser beim Nachmittagsmeeting.

„Was hast Du gewusst?", fragte der ‚Freak'.

„In Laasphe müssen zwei Täter am Werk gewesen sein. Hier ist die Bestätigung", wedelte er mit einem DIN A4-Blatt in der Luft.

„Was ist das?" Jürgen, der direkt neben dem Chef saß, versuchte, den Mail-Ausdruck zu entziffern. Das klappte aber nicht, weil Klaiser das Papier gleich wieder hochriss und gestenreich erklärte: „Das haben uns die Kollegen aus Marburg geschickt. In der Nähe von Cölbe, in Lahntal-Göttingen, sind gestern Morgen zwei Männer mit ihrem schwarzen 8-Zylinder-Jaguar verunglückt. Die Typen sind offenbar unverletzt ausgestiegen, haben ein Flechette-Gewehr weggeworfen und sind anschließend getürmt."

„Müssten unsere Täter gewesen sein", meinte Winter.

„Müssten? Das *waren* unsere Täter! Wie deutlich willst Du's denn noch haben? Ein 8-Zylinder-Wagen, ein Flechettegewehr, zwei Mann, die stiften gehen ..."

Klaus' Vortrag ließ keine andere Version zu. „Ich bin froh, dass der Marburger Kollege, dem wir das Papier hier zu verdanken haben, erst kurz zuvor unsere Fahndungsmeldung nach dem Feistauer-Mord gelesen hat. Deswegen hat er so schnell geschaltet.

Was wir von ihm aber auch noch bekommen haben, ist eine Fahndungsmeldung, die die Hessen selbst rausgegeben haben." Damit hob Klaus das nächste Papier in die Höhe. „Mord an einem bisher unbekannten Mann auf einem Parkplatz. Gerade mal 900 Meter entfernt von *der* Stelle, wo der Typ das Gewehr weggeworfen hat. Schon allein wegen der nahegelegenen Gewehr-Fundstelle spekulieren daher auch die Marburger Kollegen, dass die beiden Fälle zusammenhängen könnten."

„Wie? Die meinen, dass der Tote einer der beiden Jaguar-Passagiere sein könnte?"

„Aber natürlich. Und das zu Recht. Wie gesagt, wegen der Nähe der beiden Fundorte zueinander, weil der Mann keinerlei Papiere bei sich hatte und wegen des ekelhaften Mordes."

„Wenn wir diesen Gedanken weiterverfolgen, müssen wir also davon ausgehen, dass sich die beiden Männer, also unser Mörder und sein Fahrer, plötzlich nicht mehr grün waren und daher einer den anderen abgemurkst hat. Oder verstehe ich da was falsch?", hinterfragte der ‚Freak' sicherheitshalber seine These.

Klaus schaute ihn kopfschüttelnd an. „Da verstehst Du zum einen vielleicht etwas falsch. Und zum anderen bitte ich Dich, Vokabeln wie ‚abgemurkst', ‚gekillt' oder ähnliche zu unterlassen. Aus Respekt vor den Toten. Auch wenn man manchmal meinen könnte, sie hätten diesen Respekt nicht verdient."

Sven guckte etwas bedeppert. „Okay. – Aber erklär' mir bitte, warum ich da ‚vielleicht falsch' liege, wie Du sagst."

„Weil der Tote sein rechtes Sprunggelenk gebrochen hatte. Er hätte also nicht weiter flüchten können."

„Aber wer bringt denn seinen Kumpel um, weil der die Knochen gebrochen hat? Der Typ hätte doch einfach abhauen und den Verletzten liegenlassen können."

„... und damit in Kauf genommen, dass der mit dem Knöchelbruch den Abgehauenen verpfeift. Aus diesem Grund wurden in der Vergangenheit schon öfter Freunde umgebracht."

In der Zwischenzeit waren Kopien der Berichte an die Kolleginnen und Kollegen ausgegeben worden. So hatte jeder Gelegenheit, sich mit den wesentlichen Erkenntnissen der Ermittler an der B 62 vertraut zu machen.

Sven Lukas nickte nachdenklich. „Ich fasse unsere bisherigen Erkenntnisse und Vermutungen also nochmal zusammen. Die beiden Täter sind nach dem Mord am Abend und der Brandstiftung am frühen Morgen auf der Flucht.

In Göttingen krachen sie bei Glatteis hinten in einen Lkw, verlassen das Wrack, werfen das Gewehr weg und verschwinden spurlos. Am nächsten Tag wird einer von ihnen mit durchgeschnittener Kehle auf einem Parkplatz bei Göttingen gefunden."

„Korrekt", antwortete der Chef. „Wenn sich das also mit ‚unseren' beiden Männern etwa so abgespielt hat, und davon müssen wir derzeit ausgehen, ergeben sich dazu folgende Fragen:

Erstens: Wo haben sie die Nacht zwischen Todesschuss und Feuerlegen verbracht? Das Wissen darum könnte uns unter Umständen in den Besitz wichtiger Personen-Infos bringen.

Zweitens: Wie war es möglich, dass sie an der Unfallstelle bei Cölbe unerkannt entkommen konnten?

Drittens: Einer der Männer schmeißt die Flechette-Flinte weg, die Armbrust aber offenbar nicht. Wurde die einfach nicht gefunden, oder ist sie noch im Besitz des einen Gangsters? Könnte von Bedeutung bei der Verfolgung des Mannes sein.

Viertens: Wo hat der Mord stattgefunden? Laut KTU-Bericht kann der Fundort ja nicht gleich Tatort gewesen sein.

Fünftens: Wie ist der Überlebende von diesem Parkplatz weggekommen? Per Anhalter ist er sicher aufgefallen. Da müsste es Zeugen geben. Hat er sich mit einem Taxi irgendwo in der Nähe abholen lassen, dann erst recht.

Sechstens: Wie hieß der ermordete Täter und wie heißt der andere?

Mehr fällt mir auf Anhieb zu den beiden nicht ein."

„Mir aber", meldete sich der ‚Freak'. „Warum klaut einer für einen Mordanschlag unbedingt ein so teures Auto wie diesen Jaguar? Ihm muss doch von vornherein klar sein, dass er mit einem solchen Schlitten auffällt und sich damit erst recht der Gefahr aussetzt, gefasst zu werden."

„Gelegenheit macht Diebe", antwortete Klaus und zog wegen der schrägen Geschichte, die folgen sollte, die Stirn in Falten. „Nach dem, was wir wissen, hat die Besitzerin den Wagen mit laufendem Motor und Schlüssel im Zündschloss am Montagnachmittag vor einem Kino in Winterberg stehen lassen, um ihre beiden Kinder bei Schneesturm hineinzubringen. Als sie wenige Minuten später wieder rauskam, war das Auto weg."

„Warum hat sie denn den Motor laufen lassen?"

„Angeblich, um die Wärme im Wagen zu erhalten. Sie habe Angst gehabt, dass die Scheiben vom Schneesturm so zugeplästert werden, dass sie bei dem Mistwetter noch länger draußen bleiben und fegen und kratzen muss. Aber die Winterberger Kollegen berichteten, die Dame sei unter ihrem Pelzmantel nur sehr, sehr leicht bekleidet gewesen."

Allgemein amüsiertes Geraune am Tisch folgte den Ausführungen des Chefs. Claudia Siegemund blieb jedoch ernst. „Es ist doch nur ganz schwer vorstellbar, dass jemand einen so auffälligen Wagen klaut, um Stunden später einen Mord begehen und damit wieder verschwinden zu wollen. Das Auto war doch für uns und unsere Kollegen heiß wie Frittenfett."

„Aber nicht mit einem gestohlenen Kennzeichen", meinte der Chef. „Und bei dem Sauwetter hat auf der Straße jeder genug mit sich selbst zu tun und achtet allenfalls darauf, dass er keinem reinfährt oder ins Schleudern gerät. – Okay", meinte er schließlich, „war's das für den Moment?"

„Ich hätte noch was", meldete sich Sarah Renner zu Wort und berichtete vom Gespräch mit der Physiotherapeutin.

„Das muss ja ein ziemliches Ferkel gewesen sein, dieser Herr Feistauer", meinte der Chef kopfschüttelnd.

„Allerdings. Ich werde mich jetzt mal um die junge Polin kümmern. Bis jetzt weiß ich jedoch noch nicht, wo ich sie finden soll. Aber ich knie mich rein. Versprochen."

„Prima. Dann mach mal. Ich wünsch Dir viel Glück dabei." Klaus Klaiser war begeistert davon, wie nahtlos sich die Kollegin in sein Ermittlerteam eingefügt und Verantwortung übernommen hatte.

Frank Hünemeier würde die letzten beiden Tage bis zu seinem Lebensende nicht mehr vergessen. Das war so sicher wie das Amen in der Kirche. Der Trucker wäre um ein Haar erfroren, zumindest aber verdurstet oder verhungert, wenn ihn nicht zufällig zwei junge Männer hätten husten und rufen hören. Die hatten gerade neben dem LKW geparkt und ihre Snowboards entladen.

Zufall war es auch deshalb, weil sich die beiden einen ungewöhnlichen Parkplatz ausgesucht hatten, um Kosten für eines der teuren Winterberger Parktickets zu sparen. Sie stellten ihren Wagen kurzerhand zwischen Haufen von Baumaterial auf einer Supermarkt-Baustelle ‚Am Hagenblech' ab. Direkt neben einen Lastzug mit zugefrorenen Scheiben.

Als sie gerade ihre Bretter für einen Marsch rüber zum Lift hinter dem Wohnmobil-Park unter die Arme geklemmt hatten, hörten sie ein Rufen. „Haaallooo, haaaaaallooooo!" und dann einen heftigen Hustenanfall. Irritiert drehte sich Jay Klamroth zu seinem Kumpel um. Er stand der Fahrerkabine des Lkw am nächsten. „Hast Du das gehört?"

„Was?"

„Da ruft doch einer."

„Wo?"

„Na hier. Gerade eben. Und gehustet hat er auch."

„Ich glaube, Du hörst die Flöhe ..."

Wieder ein Husten. Und dann ein „hey, hört Ihr mich da draußen?" Husten. „Holt mich bitte hier raus!"

„Jetzt hab' ich's auch gehört." Tim Lorbiecki warf sein Board in den Schnee und kam rüber zur Fahrertür des Trucks, um dagegen zu hämmern.

„Hallo! Sind sie da drin?"

„Ja!" Husten. „Hier, hinten in der Fahrerkabine, auf der Pritsche."

„Und warum können Sie nicht raus?"

„Weil ich ..." Husten „... gefesselt bin, verdammt nochmal. Bitte holt mich hier raus. Ich friere mir den Arsch ab, muss dringend pinkeln und ..." Husten „... werd' noch verrückt vor Schmerzen in meinen Gelenken. Der Schlüssel muss in der Nähe des Vorderrads liegen. Da, wo Ihr steht."

„Ach du Scheiße, hast Du das gehört? Gefesselt. Los, ruf die Polizei an", wies Jay den total irritierten Tim an. „Nun mach schon! Und den Rettungsdienst auch. Polizei 110, Rettung 112. Geht auch mit dem Handy."

Eine Viertelstunde und mehrere vergebliche Versuche später, den Schlüssel im Schnee zu finden, war die Tür von zwei Feuerwehrleuten geknackt worden. Und die hatten damit einen abscheulichen Piepton der eingebauten Alarmanlage ausgelöst. Der war zwar durch den Druck auf einen Knopf am Armaturenbrett schnell verklungen. Das Pfeifen in den Ohren der Beteiligten hielt jedoch noch eine ganze Weile lang an.

Als sie den blaugefrorenen Frank Hünemeier schließlich von der Schlafpritsche hinten in der Kabine losgebunden, ihm die Hände vom Rücken befreit und ihn nach vorne geholt hatten, versuchte der sofort, das Fahrzeug zu verlassen. „Ich muss ganz dringend", hatte er den Feuerwehrleuten zugerufen und sich vom Sitz nach draußen gleiten lassen.

Doch dort versagten seine Beine den Dienst. Er verfehlte die erste Stufe, verpasste mit dem anderen Fuß auch die zweite und stürzte unsanft in den Schnee. Doch es wurde ihm sofort wieder auf- und hinter den Lkw geholfen, damit er sich nicht in die Hosen machte.

Nach einer Untersuchung durch den Notarzt und zwei großen Bechern heißen Tees mit Schuss im geheizten Polizei-Bulli, hatte der Lkw-Fahrer bibbernd zu erzählen begonnen. Wie er an einer Pommesbude nahe Göttingen bei Marburg einen frierenden Mann aufgepickt und auf seiner Fahrt nach Medebach mitgenommen hatte.

Ein eigentümlicher Kerl sei das gewesen, berichtete Hünemeier, immer wieder heftig hustend. „Er war nicht sehr unterhaltsam und auch nicht besonders freundlich." Wenn er etwas geredet hätte, dann seien es meist Fragen nach der Dauer der Fahrt und danach gewesen, warum es denn nicht schneller ginge.

„Ich hatte schon bald kein gutes Gefühl mehr. Aber irgendwie war ich trotzdem froh, einen Beifahrer zu haben. Wissen Sie, ich bin schon seit Genua allein unterwegs mit dieser Ladung Palmen für den Ferienpark in Medebach."

„Was? Sie haben Palmen geladen?", war einer der Polizeibeamten entzückt, „wo kommen die denn her?"

„Soweit ich weiß, aus Ägypten."

„Ja, aber halten die diese Kälte hier denn überhaupt aus?"

„Ich glaube schon. Die sind dick mit Sackleinen umwickelt. Aber sie sollten jetzt langsam mal in diesem Lagunenbad in Medebach abgeliefert werden. Dort wartet man seit gestern auf mich."

„Wissen wir", meinte der Polizist. „Sie werden seit heute Vormittag offiziell gesucht. Wir haben die Kollegen schon informiert, dass es sie noch gibt. Aber erzählen Sie erst mal weiter. Was ist denn passiert, dass Sie plötzlich hier gelandet sind und gefesselt wurden?"

„Tja, was ist passiert." Wieder überfiel den Mann ein Hustenanfall. „Wir waren gerade aus diesem Tunnel in Winterberg raus, da hat er mir einen Revolver an den Kopf gehalten und gebrüllt, er übernähme ab sofort das Kommando. Ich hab' zunächst gedacht, der Typ erlaubt sich einen üblen Scherz. Aber dann hab' ich zu ihm rübergeschaut und von vorne die Geschosse in der Revolvertrommel gesehen. Das hat mir gereicht. Mir ist abwechselnd heiß und kalt geworden."

„Und was wollte er? Hat er das gesagt?"

„Klar, hat er das gesagt. Er wollte, dass ich links in die B 480 einbiege, also weg von meiner Strecke. ‚Kannst Du vergessen', hab' ich gesagt. Ich muss heute noch abladen' und bin geradeaus weitergefahren."

„Ganz schön mutig", meinte der Polizist.

„Ja, ja. Von wegen mutig. Mir ist der Stift gegangen wie verrückt. Nur hab' ich mir gedacht: ‚solange ich noch fahre und mein Brummi rollt, wird er mit Sicherheit nicht schießen. Und da hab' ich's halt laufen lassen. Aber paar hundert Meter weiter im Kreisverkehr wollte er, dass ich wieder zurückfahre und dann in die B 480 einbiege."

„Und?"

„Hab' ich nicht gemacht. Ich bin zwar im Kreis rumgefahren. Aber immer weiter, immer weiter. Zweimal komplett rum. Ich hatte plötzlich eine unheimliche Wut im Leib. Da hat er angefangen zu toben. ‚Ich schieß Dich ab, Du Schwein!', hat er gebrüllt.

‚Mach doch', hab' ich gesagt. ‚Dann rollt der Zug einfach weiter und kracht irgendwo rein. Und dann kannste sehen, wo Du bleibst. Da hat er mir einfach ins Lenkrad gegriffen und daran gerissen wie ein Irrer. Der Truck schlingerte wie ein Lämmerschwanz. Mit Riesenglück ist es mir gelungen, die Kreiselausfahrt in dieses Gewerbegebiet hier zu erwischen. Und das ohne umzukippen.

Nur hatte ich inständig gehofft, dass wir irgendwo gegen knallen, damit dieses Arschloch nach vorne gegen die Scheibe geschmissen wird. Er war nämlich nicht angeschnallt. Aber das hat nicht geklappt. Wir haben nur einen Mordshopser gemacht. Weil wir über 'ne Verkehrsinsel rüber sind. Und dann waren wir schließlich auf diesem Gelände hier."

Die Polizisten hatten den Trucker kopfschüttelnd angeschaut. „Wie hat er reagiert?"

„Der machte zuerst einen total verdatterten Eindruck, weil es ihn so derbe hin- und hergeschmissen hat. Also reiß' ich die Tür auf und will raus. Aber er war schneller. Er hat mir derart eine mit seiner Kanone übergezogen, dass bei mir die Lichter ausgegangen sind. Hier hab' ich 'ne richtige Beule", zeigte Hünemeier auf seinen Hinterkopf.

„Dann müssen wir Sie wohl doch noch ins Krankenhaus bringen“, riet einer der Polizisten. „Sie werden doch wahrscheinlich eine Gehirnerschütterung haben.“

„Unter keinen Umständen“, wehrte sich der Lkw-Fahrer. „Ich muss die Palmen dringend abliefern. Sonst können die in Medebach das Bad nicht wie geplant wiedereröffnen.“

„Das lassen Sie mal ganz schön bleiben“, antwortete der andere Beamte. „Wir dürfen Sie gar nicht fahren lassen, bevor die Frage nach einer Gehirnerschütterung nicht geklärt ist. Die Leute vom Lagunenbad wissen ohnehin schon, dass sie nicht vor morgen mit der Lieferung rechnen können.“

„In Ordnung“, fügte sich der Trucker, „dann hab' ich wenigstens Kost und Logis frei. Ich hoffe doch, die haben geheizt in Ihrem Krankenhaus.“

„Naja, Ihren Humor haben Sie auf alle Fälle behalten. Dann kann es ja nicht ganz so schlimm bestellt sein um Ihre Psyche.“

„Also, Alpträume hab' ich schon gehabt in der vergangenen Nacht. Denn der Hundesohn wollte mich umbringen.“

„Wie kommen Sie denn darauf?“

„Als ich bewusstlos war, hat er mich auf die untere Schlafkoje geschmissen und mir mit den Schnürsenkeln aus meinen Stiefeln Hände und Füße dermaßen stramm gefesselt, dass da wahrscheinlich kein Tropfen Blut mehr floss.

Als ich wach wurde, saß er auf dem Fahrersitz und wollte gerade den Lkw starten. Aber ich hatte nach dem Anhalten die Schlüssel abgezogen und sie beim Versuch rauszukommen in den Schnee fallen lassen. Das hatte er nicht mitbekommen und wollte von mir wissen, wo ich sie versteckt hätte.

‚Such sie doch‘, hab' ich gesagt. Da kniete er sich auf den Beifahrersitz und hat alle meine Taschen in Hose und Jacke durchsucht. Natürlich erfolglos. Also hat er mir mit rechts an die Gurgel gepackt, mehrmals zugedrückt, wieder losgelassen und immer wieder gebrüllt: ‚wo sind sie? Wo sind die verdammten Schlüssel?'

Aber ich hab's ihm nicht gesagt. Als er wieder mal zudrücken wollte, hab' ich ihm blitzartig den Rücken zugedreht und den Kopf auf die Brust gedrückt. Und in dem Moment, in dem er nachfasste, hab' ich seinen Daumen zwischen die Backenzähne bekommen und so fest zugebissen, dass es krachte. Ich glaub', den hab' ich ihm gebrochen."

„Das ist ja kaum zu glauben. Den Daumen gebrochen?"

„Doch, doch, da bin ich mir ziemlich sicher. Denn er schrie auf wie ein kleines Kind und das Ding baumelte so komisch rum. ‚Der ist kaputt, Du Arschloch'!, hat er gebrüllt, auf seine Hand gepustet. Während er einen riesigen Veitstanz aufführte, hat es plötzlich hinter ihm gepoltert. Sein Revolver war ihm in den Fußraum gefallen. Und nach dem hat er Ewigkeiten gesucht. Denn so hell war es ja nun nicht mehr. In der Zeit konnte ich mich auf den Rücken legen, meine Beine anziehen und mich seitlich eindrehen. So habe ich wenigstens zwischen den Sitzen hindurch etwas gesehen. Denn ich hatte panische Angst, dass er mich erschießen würde. Dafür hätte seine linke Hand ja gereicht."

„Ja eben. Und? Hat er es versucht?"

„Na klar. Mein Glück war nur, dass der Drecksack fast in Zeitlupe zwischen den Sitzen wieder auftauchte und brüllte: ‚So, jetzt mach' ich Dich fertig!' Da hab' ich mit aller Kraft die ich hatte, blitzartig die Beine gestreckt und ihm mit meinen Stiefelsohlen voll in seine fiese Fresse getreten. Daraufhin ist er rückwärts gegen das Armaturenbrett geflogen und hat vor Schmerzen gebrüllt wie ein kleines Kind."

„Du lieber Himmel, was hat er denn dann gemacht?"

„Das ist es ja. Erstmal ein paar Sekunden gar nichts. Dann hat er die Fahrertür aufgerissen, ist ausgestiegen, hat die Tür zugehauen und ist verschwunden."

„Wie? Einfach so weg?"

„Einfach so weg! Aber ich hatte nicht die geringste Chance, rauszukommen. Mit den Händen auf dem Rücken ein Ding der Unmöglichkeit."

Die beiden Studenten, die Hünemeier gefunden hatten und eigentlich längst auf der Piste sein wollten, waren von dem Bericht ebenso geschockt wie die Beamten. Ihnen war schlagartig klargeworden, dass sie dem Mann das Leben gerettet hatten. Und dafür dankte er ihnen. „Noch eine Nacht hätte ich das sicher nicht durchgestanden. Ich stehe tief in Eurer Schuld."

„Blödsinn", tat Tim Lorbiecki ab. „Das war doch selbstverständlich."

„Nur würden wir jetzt gerne Snowboarden gehen", ergänzte sein Kumpel Jay. „Brauchen Sie noch was von uns?"

„Ja. Eigentlich müssten wir noch ein Protokoll machen," meinte einer der Beamten lächelnd. „Aber angesichts Ihrer dringlichen Termine reicht es erstmal aus, wenn Sie uns Ihre Personalien und Erreichbarkeiten dalassen. Die Situation, in der Sie auf ihn aufmerksam geworden sind, ist ja eigentlich klar. Wenn wir noch was brauchen, werden wir uns bei Ihnen melden.

Und von Ihnen, Herr Hünemeier, brauchen wir noch Angaben für ein Phantombild. Können Sie den Gangster gut beschreiben?"

Der Trucker überlegte einen Moment. „Vielleicht", sagte er zögerlich. „Das Problem war halt, dass der Kerl die ganze Zeit über 'ne Kappe getragen hat und 'ne Sonnenbrille. Bis ich ihm die runtergetreten hab'. Aber Augenpartie und Augenfarbe können Sie vergessen. Und ob er oben drauf volles Haar hatte oder 'ne Glatze – keine Ahnung. Allerdings hat der Kerl zwei Narben auf der rechten Backe und ein Kinn wie ein Preisboxer."

„Das hört sich ja nicht so schlecht an. Aber ich habe noch eine Frage, Herr Hünemeier. Wenn Sie doch die Schlüssel neben den Truck haben fallen lassen, wie konnte es dann sein, dass Ihr Fahrzeug verschlossen war, als Ihre Retter auftauchten."

„Das ist schnell beantwortet. Die Türschlösser verriegeln automatisch nach zwei Minuten, nachdem der Zündschlüssel gezogen, sich außerhalb des Fahrzeugs befindet und die Tür geschlossen ist. Aus Sicherheitsgründen. Von drinnen kommt man dann immer noch raus. Aber von draußen nicht mehr rein.

Und die Schlüssel", fügte er noch an, „die hab' ich vorhin aus dem Schnee gefischt. Ich wusste ja, wo ich sie hatte fallen lassen. Die Jungs hatten da weniger Glück."

„Herrgottnochmal, das war mit Sicherheit unser Mann." Patrick Born sprang von seinem Schreibtischstuhl auf und lief mit der Meldung der Winterberger Polizei rüber zum Chefbüro. „Hast Du das schon gesehen?", stürmte er in Klaisers Büro und legte ihm das Papier auf den Schreibtisch.

Klaus las die Meldung kurz durch und schaute den Kollegen groß an. „Nein, habe ich nicht. Aber ich glaube, wir denken das Gleiche."

„Das glaube ich auch. Das ist unser übrig gebliebener Mann."

„Genau. Kann eigentlich gar nicht anders sein. Was ist das nur für ein Schwein, dieser Typ?! Da lässt der sich als Tramper mit nach Winterberg nehmen und bringt zum Dank fast seinen Chauffeur um."

Born nickte. „Aber was wollte der schon wieder in Winterberg? Dort haben die Kerle doch am Montag den Jaguar geklaut. Ist das dort so 'ne Art Schlaraffenland für Autodiebe oder sowas in der Art?"

„Wäre mir neu.“ Der Chef dachte nach und spielte mit einer seiner Haarlocken. „Kann es vielleicht sein, dass er dort einfach nur ein Auto abholen wollte, das die beiden Verbrecher dort geparkt hatten?“

„Wozu sollten sie dort ein Auto geparkt haben? Die konnten doch nicht ahnen, dass sie mit dem gestohlenen Jaguar verunglücken.“

„Nee, das konnten sie nicht. Aber irgendwie mussten sie ja vor dem Jaguar-Klau nach Winterberg gekommen sein. Oder?“

„Da könntest Du recht haben. Es sei denn, sie leben selbst dort.“

„Ja gut. Aber Schwerverbrecher dieses Schlages klauen ihre Autos nicht dort, wo sie leben. Schon gar nicht so ein auffälliges. Ich glaube viel mehr, dass die Männer von woanders bis nach Winterberg gefahren kamen und ab da ihre Spur mit dem gestohlenen Wagen verwischen wollten.

Dass sie ihre neue Eroberung auf ihrer Flucht zu Schrott fahren würden, damit hatten sie natürlich nicht gerechnet. Und deshalb ging der Weg zurück nach Hause nur über Winterberg, wo das andere Fahrzeug von Montag noch stand. Das war zumindest einfacher, als wieder irgendwo ein weiteres Auto zu klauen. Zumal nur noch einer von dem Duo übriggeblieben war.

Es würde mich aber vor allem mal interessieren, wo der Kerl abgeblieben ist. Wenn er tatsächlich einen gebrochenen Daumen und womöglich noch eine plattgetretene Nase hat, müsste er ja irgendwo medizinische Hilfe bekommen haben. Im Krankenhaus sei er bis jetzt jedoch genauso wenig aufgetaucht wie bei Ärzten, schreiben die Winterberger Kollegen.“

„Also hat er’s vielleicht tatsächlich bis zu seinem Auto geschafft und ist damit abgehauen“, meinte Jürgen. „Ich wüsste aber schon ganz gerne, wo die Gangster den Wagen abgestellt haben könnten. In Winterberg kriegst Du doch während der Skisaison nicht mal einen Parkplatz für einen Tretroller."

Mit dieser Überlegung lag Winter gar nicht schlecht. Denn die Verbrecher hatten an jenem Montag tatsächlich ihre Last, den natürlich ebenfalls geklauten Ford Focus, mit dem sie gekommen waren, so abzustellen, dass er nicht auf Anhieb auffiel. Winterberg war zugeparkt dort, wo es freigeschaufelte Lücken in den Schneehaufen am Straßenrand gab.

Auf ihrer Suchfahrt durch alle Straßen und Gassen war ihnen vor dem Kino der Jaguar aufgefallen, aus dem gerade eine schöne Blonde im Pelzmantel ausgestiegen und mit zwei Kindern im Lichtspieltheater verschwunden war. Aus beiden Auspuffrohren stiegen Wölkchen auf. Ergo musste der Motor laufen. Und wenn der lief, dann musste auch der Zündschlüssel stecken.

Es war eine Sache von Sekunden, in der sich die beiden Gewaltverbrecher entschieden hatten, diese Chance nicht verstreichen und den Jaguar mitgehen zu lassen. Der Focus hielt an und der Beifahrer stieg kurzerhand um. Dann verschwanden beide Wagen nach wenigen Metern rechts um die Ecke und gleich wieder links, in Richtung Neuastenberg.

Als die finanziell nicht schlecht bestallte Mutter das Cinema wieder verließ, wurde ihr schnell klar, dass ihr fahrlässiges Verhalten eine kostspielige Angelegenheit werden würde. Und eine eiskalte dazu. Denn die Dessous unter dem dicken Pelz vermochten dem Schneewirbel von unten nicht annähernd standzuhalten. Das geplante Schäferstündchen mit ihrem Gattenersatz musste ausfallen und verschiedene Polizisten durften sich so ihre Gedanken machen.

Die Autodiebe aber hatten sich derweil aus Winterberg abgesetzt. Hintereinander herfahrend hatten sie jedoch zur Kenntnis nehmen müssen, dass es entlang der gesamten

B 480 bis zum Ortsausgang Langewiese nicht einen einzigen freien und möglichst noch unauffälligen Parkplatz gab. Da an ein Zurück aus nachvollziehbaren Gründen jedoch nicht zu denken war, bewegten sie sich im dichten Schneetreiben eher im Schneckengang als in einem angemessenen Fluchttempo vorwärts.

Schließlich wurden sie fündig. Am Hotel Hoheleye. Neben dem Haus, das schon seit Jahren im Dornröschenschlaf lag, gab es jede Menge Parkplätze. Und von denen waren die wenigsten belegt. Wo, das erkannte man an verschieden großen Schneehaufen. Die Autos darunter mussten schon längere Zeit dort gestanden haben.

Genialer hätte es für die beiden Männer mit ihrem düsteren Plan nicht laufen können. Nicht nur, weil sie damit rechnen konnten, dass der Ford in Kürze ebenfalls zugeschneit sein würde. Sondern auch, weil sich für sie dort die Gelegenheit bot, aus einem der Schneehaufen andere Nummernschilder für den Jaguar zu organisieren. Und das taten sie auch. Ohne groß Gefahr zu laufen, dass man sie dabei behelligen würde. Die wenigen vorbeifahrenden Autofahrer hatten bei dem Sauwetter besseres zu tun, als auf zwei Männer zu achten, die sich auf Knien um einen Pkw bemühten.

Einen Haken hatte dieser Parkplatz allerdings, war dem ‚Übriggebliebenen' schon einen Tag später klar geworden. Er hatte nämlich nicht die Spur einer Ahnung, wie er ihn unauffällig von Winterberg aus hätte erreichen können. Ursprünglich wollte er ja den Lastzugfahrer dorthin umleiten. Dass das schiefgehen würde, damit hatte er nicht gerechnet.

Philip Joobs hatte aber nicht nur die Sorge, den Focus an diesem Tag nicht mehr zu erreichen. Den Killer quälten zudem tierische Schmerzen. Sein rechter Daumen, den er notdürftig mit einem Taschentuch stabilisiert hatte, war vom Grundgelenk an dick geschwollen und schien fast zu platzen. Und sein linkes Auge zierte ein Hämatom von der Größe eines kleinen Hühnereis, das kaum mehr einen Durchblick erlaubte.

Dazu kam, dass sein erster Versuch, eine Schmerzlinderung durch Schneekühlung zu verschaffen, gründlich danebengegangen war, weil er beim Bücken ausrutschte und auf die kaputte Hand fiel. Seine Schmerzensschreie müssen noch am Kahlen Asten zu hören gewesen sein.

Dem Mörder war aber klar, dass er nach seiner Flucht vor dem wehrhaften Trucker Winterberg so bald wie möglich verlassen musste. Es war ja nicht auszuschließen, dass dieser zufällig gefunden würde und eine Personenbeschreibung von ihm liefern könnte. ‚Hoffentlich verreckt der Typ, bevor er das Maul aufmachen kann', wünschte er sich sehnlichst.

Eigentlich hatte er ihn ja erschießen wollen. Einer mehr oder weniger spielte für Joobs keine Rolle. Doch bevor er noch die ungeschicktere linke Hand mit dem Revolver gehoben hatte, war des Fahrers Cowboystiefelabsatz in sein Gesicht geknallt und hatte ihn rückwärts durch die Fahrerkabine geschleudert.

Der Killer hatte so schnell nicht realisieren können, was das Krachen zu bedeuten hatte, das er im Moment des Aufschlags im Schädel über dem Oberkiefer verspürt hatte. Zumal dem ein kurzfristiger Schwindelanfall gefolgt war, der ihn in einem Anflug von Selbstschutz nach draußen getrieben hatte. Später allerdings musste er feststellen, dass es sein Jochbein war, das den Geist aufgegeben hatte.

Mit unendlicher Mühe und unter Ausnutzung jeder möglichen Deckung vor Passantenblicken, war der Schwerverletzte durch den Schnee Richtung Innenstadt geschlurft. Die rechte Hand im geöffneten Reißverschlussausschnitt seiner Winterjacke. Die Linke umklammerte den Griff des Revolvers in seiner Jackentasche.

Er war sich unschlüssig, was er tun sollte. Ins Krankenhaus oder zu einem Arzt? ‚Lieber nicht', entschied er trotz aller Schmerzen. ‚Du musst durchhalten, bis du 30, 40 Kilometer von hier weg bist.' Doch dann fiel sein Blick ins Schaufenster eines Friseurladens. Drinnen ein riesiger Spiegel, der dem Passanten draußen den Zustand seiner Frisur zeigen und ihn zum Geldausgeben beim Barbier überreden sollte.

Auf so etwas hatte Joobs nun wirklich keine Lust. Als er aber sein zugeschwollenes linkes Auge sah und die Mordsbeule in der Wange darunter, erschrak er furchtbar. Er brauchte dringend Hilfe. Nicht erst, wenn er sich von hier abgesetzt hatte. Mit einem Blick auf die Uhr traf er schließlich eine Entscheidung. Es war Dienstagnachmittag, kurz vor 17 Uhr.

Donnerstag, 7. Februar

Es gab jede Menge Neuigkeiten, als Klaus Klaiser ganz gegen seine Gewohnheit erst um zehn nach sieben ins Kommissariat kam. Auf seinem Schreibtisch lagen unter anderem der Obduktionsbericht des Rechtsmediziners und der vorläufige Abschlussbericht der KTU aus Marburg. Darunter diverse andere Schriftstücke. Aufs Feinste drapiert von Petra Fischer, die zudem zwei Minuten nach seinem Eintreffen mit einer Tasse dampfenden, frischen Kaffees in der Tür stand und dem Chef ein fröhliches „Guten Morgen" entgegenträllerte.

„Ich bin einfach geplättet von Deiner immerwährenden Fröhlichkeit", erwiderte er den Gruß der Kriminalassistentin, die er und alle Kolleginnen und Kollegen für einen absoluten Glücksfall hielten.

„Ja, ja, macht Ihr nur weiter so, Hochwohlgeborener", schaute Petra den Chefkriminalisten mit gespielt gequältem Blick an. „So früh des Tags ein solch hoffnungsfrohes, itzo unbemanntes Weib wie mich zu betören, um es hernach für jegliche Stund' des Tags enttäuscht dahindarben zu lassen. Ihr werdet schon sehen, was Ihr davon habt."

„Oh, ich Fehlgeleiteter!", rief er theatralisch zurück. „Ach, gäb's in meinem Gemach daheim doch nur nicht dieses stets nach Liebe lechzend' Weib. Ich wär' frei für all Euer Werben und ließe Euer Herz springen vor Glück."

Im Flur brandete Beifall auf. Klatschend kam Claudia Siegemund um die Ecke. „Wollt Ihr nicht um Eure Zweisamkeit kämpfen?", fragte sie lachend.

„Bloß keine falschen Schlüsse ziehen, Verehrteste“, lachte nun auch Klaus. „Unsere Liebe ist rein platonisch. Du weißt, ich bin daheim bestens beweibt.“

„Und ich bemannt“, sprühte Petra Fischer vor lauter guter Morgenlaune und fasste sich plötzlich erschreckt an den Mund. „Ach Gott!“, rief sie, „das habe ich Euch ja noch gar nicht erzählt.“ Pause.

Claudia erschrak. „Was ist los? Ist was Schlimmes passiert?“

„Wie man's nimmt“, brummelte der Chef mit mittlerweile trauerumflortem Blick.

„Sag schon, Petra. Was ist denn nun? Oder kannst Du nicht darüber reden?“

„Doch, kann ich! Und zwar gerne. Und Du bist nach Klaus die zweite Person, die es im Kommissariat erfährt. Björn und ich werden heiraten.“

„Das ist ja super! Herzlichen Glückwunsch.“ Mit weit ausgebreiteten Armen stürmte Claudia auf die Glückliche los und nahm sie in den Clinch. „Toll! Alles, alles Gute Euch beiden! Wann ist es denn soweit?“

„Das glaub' ich jetzt aber nicht. Du bist schwanger?“ Drei Köpfe flogen herum, weil der ‚Freak‘ sich leise herangepirscht und zunächst gelauscht hatte, bevor er sich bemerkbar machte.

„Schwanger? Blödsinn“, Petra wurde rot. „Wie kommst Du denn darauf?“

„Weil Claudia doch fragte, wann es soweit ist.“

„Ach so. Nein. Für ein Kind wäre es jetzt wirklich zu spät. Nein, ich heirate.“

„Weiß ich doch“, lachte er und umarmte die verblüffte Braut in spe. „Alles Liebe und Gute.“

„Wieso weißt Du davon?“

„Weil ich Euch schon eine ganze Weile zuhöre." Mit einem Riesensatz rettete sich der Ulkvogel des Reviers vor Petras angedeuteten Schlägen. „Aber jetzt mal im Ernst. Wann werdet Ihr denn heiraten?"

„Ihr erfahrt es, sobald wir es wissen. Björn würde nämlich zu gerne in Göteborg heiraten. Immerhin hat er dort seine ganze Verwandtschaft. Ungefähr dreimal so viel wie ich hier in Wittgenstein."

„Jo, jo", erhob Sven Lukas belehrend den rechten Zeigefinger, „die alte Swede hatte son immer eine Hang su große Familie. In Winter is immer so lange dunkel. Un dann ..." Wieder musste er ausweichen, um nicht in die Fänge der offensichtlich total glücklichen Petra zu geraten.

„Gut, gut, gut!", rief Klaiser. „Kommt mal wieder runter. Schön, dass alle so gut drauf sind. Aber wir haben weiß Gott genug zu tun. Petra, wo sind die anderen Kollegen?"

„Sarah und Rüdiger sind schon unterwegs. Jürgen und Pattrick kleben förmlich am Telefon."

„Okay. Und wir werden jetzt auch reinhauen. Wir sollten schnellstens wissen, wer dieser Mann ist, der hier offenbar wahllos Menschen umbringt. Den letzten wohl vorgestern Abend."

„Waaas? Wo?" Der ‚Freak' stand mit weit aufgerissenen Augen im Raum. Er war offenbar der Einzige, der am Morgen keine Regionalnachrichten gehört hatte.

„In Winterberg", antwortete Claudia. „Ein Arzt. Gestern Abend gefunden. Lag schon einen Tag."

„Oh nein. Etwa auch wieder dieser ... Killer?"

„Sieht so aus. Leute, diese Blutspur muss ein Ende haben! Und wir sollten so schnell wie möglich wissen, was er mit unserem Mordopfer zu tun hatte und was Feistauer getrieben hat, dass man ihn dafür umbringen musste. Vielleicht kommen wir so schneller an ihn ran."

„Ich verstehe das nicht so ganz", murmelte Jürgen Winter ins Telefon und drehte dabei ständig seinen Kuli in der rechten Hand. „Dass der Arzt, wie Du sagst, Dienstagabend ermordet wurde, habe ich ja begriffen. Aber warum ist er denn erst gestern Abend gefunden worden?"

„Weil seine Praxis am Mittwoch geschlossen war", knödelte Kommissar Jentsch von der Kripo Winterberg leicht genervt zurück. Jürgen war der gefühlt hundertste Frager, dem er Rede und Antwort stehen musste. „Doktor Paulsen behandelte montags, dienstags und freitags in seiner Winterberger Praxis. Am Mittwoch und am Donnerstag hatte er zusammen mit einem Kollegen nachmittags Sprechstunde in Hallenberg.

Weil er dort aber nicht aufgetaucht war, hatte man zunächst vermutet, er habe womöglich einen Unfall gehabt. Denn sein Wagen stand nicht vorm Haus und in Wohnung und Praxis war er nicht erreichbar. Ans Handy ging er auch nicht. Und eine Frau oder Freundin hatte er nicht. Jedenfalls zur Zeit nicht."

„Ach so. Und als dann gestern Abend seine Schwester nach ihm sehen wollte, hat sie ihn in der Praxis gefunden. Jetzt hab' ich's auch kapiert. Wie ist er gestorben?"

„Schuss ins Genick."

„Genickschuss? Das klingt ja wie eine Hinrichtung."

„War es wahrscheinlich auch. So, wie sich die Spurenlage darstellt, war der Arzt gerade dabei, seinem Patienten am PC eine Rechnung auszustellen, als er von hinten erschossen wurde."

Jürgen schluckte. „Rechnung? Wieso Rechnung?"

„Weil Doktor Paulsen ausschließlich Privatpatienten behandelt hat. Er muss seinem Mörder also vorher klar gemacht haben, dass es bei ihm nur gegen Cash geht.“ „Aha. Konntet Ihr denn rauskriegen, was der Arzt an dem Patienten behandelt hat?“

„Sogar ziemlich genau. Warte einen Moment, ich such’s gerade mal raus“, unterbrach Jentsch und legte dem Geräusch nach den Hörer zur Seite. Nach einigem Klappern auf einem Computer-Keyboard meldete er sich zurück.

„Also, ich hoffe, ich übersetze es richtig. Diagnose: Commotio cerebri, also Gehirnerschütterung, Fraktur Polex rechts, also rechter Daumen, Fraktur Os zygomaticum links.“

„Hä? Fraktur Os zygo ... was?“

„Bruch des linken Jochbeins. Weiter: Röntgen rechter Daumen, Richten der Fraktur, Fixation mit Orthese, Röntgen Schädel in 2 Ebenen. Dazu kommen noch diverse Medikamente. Offenbar Spritzen, weil hier von ‚subkutan‘ die Rede ist, eine Augenklappe ... Und das war‘s. Weiter kam Doktor Paulsen nicht. Danach liefen lauter ‚g‘ über den Bildschirm, weil er mit dem Kopf aufs Keyboard gefallen war.“

„Gott, oh Gott, oh Gott.“ Winter überlegte einen Moment. „Es bedarf ja wohl keiner weiteren Frage, ob das ‚unser Mann‘ war.“

„Was heißt hier ‚unser Mann‘?“

„Hallooo?!“, rief Jürgen ungläubig in den Hörer, „was meinst Du, warum wir hier die ganze Zeit telefonieren? Mit ‚unser Mann‘ meine ich den Typen, der mit größter Wahrscheinlichkeit am Montag einen Schwerbehinderten in Laasphe erschossen, am Dienstagmorgen wahrscheinlich ein Haus angezündet, mit Sicherheit aber seinem Kumpan den Schlund aufgeschnitten und am Dienstagnachmittag bei Euch da oben fast einen Lkw-Fahrer umgebracht hat.

Von dem ist er ja dann aber so zugerichtet worden, dass er wohl nicht mehr anders konnte, als zum nächsten Arzt zu gehen. Euer Bericht von dem Trucker deckt sich mit all den beschriebenen Verletzungen."

„Ist ja gut, ist ja gut. Du musst mir jetzt hier nicht den Papst katholisch reden. Den Bericht kenne ich. Ich hab' ihn schließlich selbst geschrieben. Tut mir leid. Bei ‚unser Mann' hatte ich vorhin einen Aussetzer. Ich bin seit gestern Morgen so gut wie durchgehend auf den Beinen. Personalnot ohne Ende."

„Ach Gott. Ja, dann tut's mir leid, dass ich Dich so angepflaumt habe. Aber noch was. Wie ist das denn jetzt mit dem Auto von diesem Doktor? Ist der Killer damit abgehauen?"

„Allerdings. Und es ist heute Morgen auch schon verlassen gefunden worden. In Hoheleye, auf dem Parkplatz eines geschlossenen Hotels an der B 480. Ich weiß nicht, ob Du das kennst."

„Natürlich kenne ich das." Jürgen war fast beleidigt, eine solche Frage gestellt zu bekommen. Ein Wittgensteiner hatte sich dort auszukennen. Der Ort hatte schließlich mal zum Altkreis gehört.

„Wie habt Ihr es so schnell geschafft, den Wagen zu finden?"

„Naja, wir hatten ihn ja schon gestern Abend zur Fahndung ausgeschrieben. Zusammen mit dem Verbrecher. Da drauf haben wir übrigens ein Phantombild von dem Typen."

„Oh, ist mir leider bisher entgangen. Ich schau's mir gleich an", versprach Jürgen Winter, bedankte sich einstweilen für das Telefonat und die Infos und wünschte dem Kollegen, er möge doch bald mal ausschlafen dürfen.

Dann hatte er sich das Bild samt Fahndungsmeldung auf seinen Bildschirm geholt und ausgedruckt. Schwer zu sagen, wie alt der Typ sein mochte. Denn die Sonnenbrille und die Schirmmütze machten eine Schätzung verdammt schwer. Ein

Charakteristikum allerdings stimmte ihn hoffnungsfroh. Zwei nebeneinander liegende, schräg verlaufende Narben auf der rechten Wangenseite.

„Das soll er sein“, verkündete Jürgen, als er Klaiser den Fahndungsaufruf auf den Tisch legte.

„Hab’ ihn schon gesehen. Fiese Type. Auch mit Brille.“

„Was schätzt *Du*, wie alt der ist?“

„Oha. Ich bin schlecht im Schätzen. 60, Mitte 60. Weiß nicht.“

Die Spurenakten vom Parkplatzmord bei Lahntal-Göttingen bargen erschütternde Details, die Claudia Siegemund schwer atmen ließen. Eine durchschnittene Kehle und abgetrennte Fingerkuppen ‚zur weiteren Anonymisierung des Toten‘, der zu allem Überfluss auch noch von Tieren angefressen worden war. Die Kommissarin musste heftig gegen ihren rebellierenden Magen kämpfen.

‚Zur weiteren Anonymisierung des Toten. Was für ein beschissenes Amtsdeutsch‘, dachte die sonst eigentlich so hartgesottene Kriminalbeamtin. ‚Und trotzdem weiß man auf Anhieb, was damit gemeint ist. Ohne Fingerkuppen keine Fingerabdrücke. So einfach ist das. Und so brutal.‘

Die hessischen KTUler hatten am Tag nach der Entdeckung des Mordopfers nochmal einen Sondereinsatz auf dem Parkplatz gefahren und schließlich den Ort gefunden, an dem der Mann mit dem gebrochenen Sprunggelenk getötet worden war. Es war ein riesiger Radlader, der ganz am Anfang der Reihe von Baufahrzeugen stand.

Laut Akte wurde vermutet, dass die beiden Gangster darin Zuflucht gesucht hatten, um sich so gut wie möglich vor der Kälte und fremden Blicken zu schützen. Die überstürzte Flucht aus dem zertrümmerten Jaguar war ja nicht geplant gewesen.

‚Des Weiteren wird vermutet, dass der später Getötete seinen Knöchelbruch dadurch erlitt, dass er von der Baumaschine heruntersprang und dabei unglücklich aufkam. Weil er durch die Fraktur zu keiner weiteren Flucht mehr fähig war, wurde er von seinem Begleiter getötet, indem der ihm die Kehle und beide Halsschlagadern durchtrennte und sein Opfer nach vorne fallen ließ. Was Blutantragungen an der Kleidung des Täters weitestgehend ausschließt.‘ Wenig später seien dem Mann dann die Fingerkuppen entfernt worden.

Der Tatort am Radlader war erst durch intensives Nachsuchen ausgemacht worden, nachdem man am Auffindeort des Opfers ausgesprochen wenig Blut gefunden hatte. Der Boden neben dem Radlader sei dagegen von gefrorenem Blut in Zentimeterstärke durchtränkt gewesen und nur durch eine Schneeabdeckung unentdeckt geblieben. Demnach hatte der Täter dafür einfach Schnee von der Baumaschine auf die Blutlache herunter geschoben.

Claudia schluckte zum wiederholten Mal und verzichtete großzügig auf die Betrachtung der Tatortfotos, die in großer Menge beigefügt waren. Von einem Mann, dessen DNA in keiner Verbrecherdatei zu finden war und dessen Körper noch in der Pathologie lag. Dort sollte er in Kürze geröntgt werden. Denn auch sein Zahnstatus hatte auf der Suche nach seiner Identität kein Licht ins Dunkel bringen können.

„Klaus, das LKA Düsseldorf, ein Herr Dreyfus für Dich!“, rief Petra Fischer aus dem Nebenzimmer.

„Danke, stell bitte rein. ... Klaiser, hallo.“

„Dreyfus vom Landeskriminalamt. Guten Tag, Herr Kollege. Ich habe eine ziemlich gute Nachricht für Sie.“

„Oh, das hört man gerne in diesen Tagen. Was wäre denn das, wenn ich fragen darf?“

„Dürfen Sie natürlich. Der Mann, den Sie, die Kollegen aus Marburg und die aus Winterberg suchen, heißt Philip Joobs, ist 67 Jahre alt und war so etwas wie der Vize-Henker der DDR."

Klaus blieb die Spucke weg. ‚Henker'? Ihm wurde leicht schwindelig. Das war ein Begriff, den man eigentlich seit der Nazizeit nicht mehr mit Deutschland in Verbindung brachte. Zumindest nicht mit Westdeutschland, verbesserte er sich in Gedanken. Plötzlich schossen ihm Bilder durch den Kopf, die er am liebsten niemals gesehen hätte.

„Grundgütiger", brachte er schließlich heraus. „Ist das sicher?"

„Absolut sicher. Zwei Kollegen des Dauerdienstes waren schon gestern Abend durch den Fahndungsaufruf mit seinem Phantombild auf ihn aufmerksam geworden. Wegen der beiden Narben und seinem kantigen Kinn. Ich sende Ihnen gleich ein Originalfoto von ihm. Sie werden staunen, wie gut das Phantombild ist.

Hundertprozentige Sicherheit haben wir aber seit etwa dreißig Minuten. Seit die DNA ausgewertet ist, die in der Praxis des toten Arztes gefunden wurde. Der Mann ist Philip Joobs."

„Sie sagten ‚Vize-Henker'. Was heißt das?"

„Das heißt, dass er als Ersatz hätte einspringen müssen, wenn der hauptamtliche Henker krank oder sonst wie verhindert gewesen wäre und eine Hinrichtung nicht hätte stattfinden können. Es gab immerhin über 160 Todesurteile in der ehemaligen DDR. Die mussten vollstreckt werden. Das wäre auch seine Aufgabe gewesen."

„Wäre, hätte können, Sie sagen das alles im Konjunktiv."

„Bewusst. Denn angeblich ist er nie zum Einsatz gekommen. Aber wir glauben, dass er einer der skrupellosesten Mörder ist, die zur Zeit in Deutschland herumlaufen.

Er ist nämlich in einer Vielzahl von Mordfällen ins Raster der Fahnder geraten. Und zwar immer dann, wenn es Tötungsdelikte gab, denen ehemalige Stasi-Leute oder Geheimdienstler anderer Staaten zum Opfer fielen.

Dann haben immer wieder irgendwelche Umstände auf die Beteiligung von Joobs hingewiesen. Doch es gab nie Zeugen. Zumindest keine lebenden. Alle abgeräumt. Bisher konnte diesem Menschen nicht ein Mord nachgewiesen werden. Diesmal allerdings lassen wir uns nicht mehr den Zucker von der Schnitte lecken. Wir werden ihn festnageln und ein für alle Male aus dem Verkehr ziehen."

„Und? Was können wir da tun?", fragte Klaiser vorsichtig an.

„Nichts, sofern er Ihnen oder Ihren Leuten nicht unversehens vor die Flinte läuft. Halten Sie sich da bitte so weit wie irgend möglich raus! Wir sind bereits mit allem unterwegs, was möglich ist. MEK's aus NRW und Hessen sind alarmiert. Wir kriegen diesen Unmenschen. Da bin ich sicher. Passen Sie auf sich auf. Ciao!"

„Halt, Herr Dreyfus, sind Sie noch dran?"

„Ja, gibt es noch was Wichtiges?"

„Ja. Habe ich das richtig verstanden, dass Joobs vor allem im Zusammenhang mit politisch motivierten Taten aufgefallen ist?"

„Ich habe von Tötungsdelikten gesprochen, denen ehemalige Stasi-Leute oder Geheimdienstlern anderer Staaten gesprochen. Legen Sie's aus, wie Sie wollen. Wieso fragen Sie?"

„Unser erstes Mordopfer war ein ehemaliger Stasi-Agent."

„Grad' mache ich den Mund zu", lachte er. „Machen Sie's gut."

Die Kälte hatte an diesem Vormittag deutlich nachgelassen und das Thermometer zeigte nur noch ein Grad unter Null. Die Sonne feuerte ihre Strahlen von einem tiefblauen Himmel auf die schneebedeckte Landschaft. Ein perfekter Wintertag, fand Sarah Renner, die auf der Suche nach Feistauers polnischer Betreuerin endlich fündig geworden war.

Eine Vermittlungsagentur hatte ihr nach langem Hin und Her eine Handynummer gegeben, unter der sie Milena Kowalczyk auch tatsächlich erreichte. Denn die Kontaktnummer, die sie von der Physiotherapeutin bekommen hatte, war tot gewesen. „The number you've called is temporarily not available."

Drei Anläufe hatte es sie zwar gekostet, um sie unter der neuen Nummer zu erreichen. Aber immerhin war die junge Frau bereit gewesen, sich mit der Kriminalbeamtin zu treffen. Vor allem, nachdem die Kripo-Frau ihr gesagt hatte, dass sie im Mordfall Feistauer ermittle. Nur schnell müsse es gehen, hatte Milena gebeten. Denn sie habe eine Menge Arbeit.

Als Frau Kowalczyk pünktlich auf die Minute das Café am Fuße des Schlossbergs betrat, hatte die Kommissarin nicht den Eindruck, dass es sich bei dieser Person um ihre Gesprächspartnerin handeln könnte. Denn die bildhübsche blonde Frau mit modischer Kurzhaarfrisur ähnelte mehr einem Starmodel als einer Betreuerin. Als sie sich aber suchend umblickte und Sarah als einzige Soloperson an einem Tisch entdeckte, steuerte sie direkt auf die Polizistin zu.

Nachdem sie sich gegenseitig vorgestellt und gesetzt hatten, bat die Kommissarin darum, kurz in den Pass der jungen Frau schauen zu dürfen. Dabei beschimpfte sie sich in Gedanken für ihr Vorurteil. ‚Verfluchte Klischees', dachte sie, ‚warum soll eine Frau mit einem solchen Job kein so strahlendes Äußeres haben?'

Die Polin, gerade mal 26 Jahre alt, schien Sarahs Gedanken zu erraten und lächelte sie an. „Womit kann ich Ihnen helfen?", fragte sie in nahezu perfektem Deutsch.

„Erst einmal damit, dass Sie mir verraten, wieso Sie unsere Sprache so gut beherrschen“, entgegnete die Beamtin lächelnd.

„Oh, ich habe deutsche Großeltern und schon von Kindesbeinen an polnisch und deutsch gesprochen. Sie sehen ja in meinen Papieren, dass ich in Schlesien geboren bin. Außerdem habe ich in Breslau sechs Semester Deutsch auf Lehramt studiert. Da bleibt das nicht aus.“

„Und wie kam es, dass Sie umgesattelt haben und als Betreuerin für behinderte Menschen arbeiten?“, fragte die Kommissarin und reichte den Pass zurück.

„Für Gehandicapte, sagt man, Entschuldigung.“

Die Bedienung unterbrach das Gespräch und meldete: „Tut mir leid, Frau Renner, Sie werden am Telefon verlangt.“

„Wie bitte?“ Sarah zog ihr Handy aus der Tasche und starrte auf das Display. „Oh Mist, Akku leer. Verzeihen Sie,“ sagte sie im Aufstehen, „bin gleich wieder da. Sie sind übrigens eingeladen. Bestellen Sie sich in der Zwischenzeit, was Sie mögen. Und für mich bitte ein Wasser. Medium!“

Sanft schob die Bedienung Sarah in die Küche hinter dem Kuchentresen und drückte ihr das Telefon in die Hand. „Kommen Sie, hier können Sie in Ruhe telefonieren.“

„Sarah, Klaus hier“, meldete sich der Chef. „Ist Dein Handy kaputt?“

„Nee“, murmelte sie verlegen. „Akku leer, ‘tschuldigung.“

„Oh. Ich sag’ jetzt nicht, dass ich das von meiner Frau und von anderen Damen kenne. Mensch, Du weißt doch, dass Du erreichbar sein musst. Dann nimm doch wenigstens die ‚Funke‘ mit.“

Besser jetzt nichts dazu sagen, dachte Sarah. Denn zumindest das mit der Pflicht zur Erreichbarkeit stimmte ja. „Woher weißt Du, wo ich gerade bin?“

„Hey“, lachte er, „ich bin bei der Kripo. Schon vergessen?“

‚Na, Gott sei Dank, er ist nicht sauer.‘

„Hab’ in der Laaspher Wache angerufen und den Kollegen Hirschmann an der Strippe gehabt. Der hat’s mir erzählt.“

„Ach so. Ja, den habe ich vorhin noch kurz getroffen und ihm gesagt, dass ich mich mit einer Informantin hier treffe.“

„Und? Erfolgreich?“

„Du, wir haben uns gerade erst bekannt gemacht und kaum was sprechen können. Aber deshalb suchst Du mich doch sicher nicht. Oder?!“

„Natürlich nicht. Ich wollte wissen, ob Du weitergekommen bist, auf der Suche nach der Unterkunft der beiden Verbrecher, in der Nacht von Montag auf Dienstag.“

„Bisher nicht. Die vom Tourismusbüro haben alle Hotels, Gasthöfe und Pensionen gebeten, ihre Gästemeldungen so schnell wie möglich abzuliefern. Aber die waren bis heute Morgen noch nicht alle da. Ich werde am späten Vormittag nochmal bei denen anklopfen.“

„Anklopfen wird nicht reichen“, antwortete Klaus etwas ungeduldig. „Wir haben nämlich ein Problem. Wegen der Identität des getöteten Gangsters.“

„Wieso nur dessen Identität?“

„Weil wir die des anderen mittlerweile kennen. Philip Joobs. Ein ganz übler Vogel, kann ich Dir sagen. Viel übler noch als wir bisher angenommen hatten. War in seinem früheren Leben staatlich finanzierter Mörder.“

Sarah Renner schluckte. „Staatlich finanzierter Mörder?“

„Ja, erkläre ich Dir später. Bitte sei so lieb und kümmere Dich um die Daten. Die Marburger Kollegen sind ganz verlegen darum. Sie stochern nämlich im Nebel. Fingerabdrücke gab’s von dem Mann keine. Dieser Unmensch hat ihm nach dem Mord auch noch alle Fingerkuppen abgeschnitten.“

Als sie zwei Minuten später wieder zu Milena Kowalczyk zurückkehrte, war der Kriminalpolizistin noch immer flau im Magen. Und irgendwie gelang es ihr nicht so recht, das Gespräch mit der ehemaligen Betreuerin von Feistauer in Gang zu bringen. Zum Glück aber begann die ihrerseits die Unterhaltung, indem sie weiter ihren Lebenslauf berichtete.

„Bevor wir unterbrochen wurden, wollten Sie wissen, warum ich nicht Deutschlehrerin geworden und stattdessen in den Beruf einer Krankenbetreuerin gewechselt bin."

Sarah nickte dankbar. „Ja, warum?"

„Das will ich Ihnen gerne sagen. Erstens, weil Jakub, mein Freund, Elektroingenieur ist und eine Anstellung bei einem Unternehmen hier in der Nähe gefunden hat. Und zweitens, weil ich als private Betreuerin in Deutschland viel mehr Geld verdiene als in meinem erlernten Beruf als Lehrerin in Polen."

„Das ist ja kaum zu glauben."

„Aber wenn ich es Ihnen doch sage."

„Ja, aber, ich denke, hier in Deutschland werden Angehörige der Pflegeberufe besonders schlecht bezahlt. Da wird es den Betreuern doch nicht besser gehen."

„Ich sagte doch, ich bin *private* Krankenbetreuerin. Da bezahlt der Patient das, was als Lohn verlangt wird."

„Auch Herr Feistauer?"

„Der ganz besonders."

„Und dafür tun Sie, was verlangt wird?"

In Sekundenbruchteilen verfinsterte sich Milenas Miene. „Was wollen Sie damit sagen?"

‚Jetzt mach' bloß keinen Fehler', dachte die Beamtin. Sonst bist du sie los'. „Ich wollte damit sagen", stammelte sie, „... dass das Arbeitspensum, äääh ... vielleicht doch deutlich über das Normalmaß hinausgeht." Sie brauchte einen Schluck von dem Wasser, das vor ihr stand.

„Ich verstehe noch immer nicht, was Sie meinen. Natürlich habe ich hier viel gearbeitet und auch gutes Geld verdient. Vor allem bei Herrn Feistauer." Und dann setzte sie, halb in Gedanken, hinzu: „Als ich noch bei ihm war."

„Wann haben Sie die Arbeit für ihn beendet?"

„Vor zwei Monaten."

„Warum haben Sie da aufgehört?"

„Weil ich immer ordnungsgemäß nach einem Vierteljahr Arbeit nach Polen ausgereist und nach der vorgeschriebenen Wartezeit wiedergekommen bin. Ich habe gegen kein Gesetz verstoßen. Das können Sie mir glauben."

„Nein, Sie missverstehen mich. Das meine ich doch gar nicht." Sarah Renner kam ins Schwitzen. Vielleicht war es doch keine so gute Idee, ausgerechnet ein öffentliches Kaffeehaus zum Schauplatz eines solchen Gesprächs zu machen. Aber da musste sie jetzt durch.

„Hören Sie", rückte sie näher an ihre Gesprächspartnerin heran, um leiser sprechen zu können. „Sie kennen doch Heike Lienhardt, die Physio-Therapeutin. Die hat vor drei Monaten bei Herrn Feistauer aufgehört. Und Sie kurze Zeit später. Das sieht nicht nach Zufall aus."

Frau Kowalczyk schaute sie mit großen Augen an. „Sie glauben mir einfach nicht, oder? Ich halte mich an die Gesetze!"

„Ich bitte Sie. Warum sollte ich Ihnen nicht glauben? Ich will etwas ganz anderes von Ihnen wissen." Sarah holte tief Luft. „Hat er Sie jemals unsittlich berührt oder Sie zu sexuellen Handlungen aufgefordert?"

„Ach so. Das wollten Sie wissen. Warum eiern Sie denn die ganze Zeit so herum? Sagt man doch bei Ihnen, oder?"

„Ja, sagt man so. Hat er, oder hat er nicht?“

„Ja. Aber nur einmal.“

„Was war da passiert?“

„Ganz am Anfang, als ich das erste Vierteljahr für ihn gearbeitet habe, hat er mir mal an die Brust gefasst.“

„Und was haben Sie gemacht?“

„Ich habe ihm eine Ohrfeige gegeben und ihm klargemacht, dass er das nicht wiederholen soll. Sonst wäre er mich gleich wieder los. Das hat er dann auch begriffen und mir versprochen, dass das nicht wieder vorkommt.“

„Das war wirklich das einzige Mal?“

„Ja, das war das einzige Mal.“

„Aber Sie haben ihn doch bei der Körperpflege auch immer wieder an ..., na ja ... an heiklen Körperstellen berühren müssen. Wie hat er denn darauf reagiert?“

Milena nahm einen Schluck von ihrem fast kalten Kaffee und überlegte einen Moment. „Ja, das war schon ein Problem. Natürlich hatte er ständig Erektionen, wenn ich ihn da unten gewaschen habe. Kommt ja bei den Männern völlig automatisch. Und dafür hat er mir auch leidgetan. Aber er hat mich nicht angerührt. Mit dem Problem musste er alleine fertig werden.“

Während der letzten beiden Sätze hatte Milena Kowalczyk hinaus auf die Straße geschaut und ihren Blick dann wieder auf die Kommissarin gerichtet. „Und deshalb wollten Sie mich so dringend sprechen? Das geht Sie doch alles gar nichts an.“

„Oh doch. Bei Mord geht das die Polizei schon etwas an. Weil es ja immerhin sein könnte, dass sich eine sexuell missbrauchte Frau an Herrn Feistauer gerächt und ihn deswegen umgebracht hat“, antwortete Sarah Renner.

„Ich war es jedenfalls nicht“, lächelte sie ein berückendes Lächeln. „Ich weiß überhaupt nicht, was mir ein Mann antun könnte, der auf den Rollstuhl angewiesen ist. Nicht viel jedenfalls. Ich habe mal Kampfsport gemacht. Ich weiß mich zu befreien."

„Naja, immerhin waren Sie die zweite Frau, die Feistauer belästigt hat. In dem anderen Fall ist es deutlich über ein Begrabschen hinausgegangen."

„Sie meinen das mit Heike?"

Die Kommissarin nickte.

„Ich weiß, sie hat mir davon erzählt und mich vor ihm gewarnt. Aber als Betreuerin darfst du nicht prüde sein. Vor allem nicht, wenn du mit Männern zu tun hast, die du waschen musst. Viele von denen haben natürlich ihre Bedürfnisse. Und dann ist die Frage, wie du damit umgehst. Ich kenne Betreuerinnen, für die gibt es da keine Tabus."

„Sie meinen, die lassen sich auf besondere Bitten ein?"

„Natürlich. Ihm einen runterholen, einen blasen oder sich ficken lassen. Für manche kein Problem. Nur kostet das extra Geld."

Die Kommissarin lief rot an. Zumal einige der Gäste aufgeschreckt zu ihnen herüberschauten. Eine derart vulgäre Sprache hatte sie der hübschen und sehr kultiviert wirkenden Frau gar nicht zugetraut. Mit trockenem Hals fragte sie, „wissen Sie denn, welche Betreuerin Herr Feistauer hatte, nachdem Sie gegangen sind?"

„Keine Ahnung. Das müssen Sie die Agentur fragen. Vielleicht kann man Ihnen dort weiterhelfen." Mit den letzten Worten stand Milena auf, trank ihren Kaffee im Stehen aus und wandte sich zum Gehen. „Ich muss, tut mir leid."

„Warten Sie bitte, ich komme mit." Sarah Renner beeilte sich zu zahlen und lief hinter der jungen Frau her. Ein kühler Hauch umlullte sie, als sie draußen waren. „Müssen Sie bald wieder nach Polen?"

„Warum fragen Sie?“

„Weil ich das wissen muss, falls ich noch Fragen habe.“

„Nein, ich muss so schnell nicht wieder nach Polen. Jakub und ich heiraten im März. Dann kann ich hoffentlich hierbleiben. Ich möchte in Deutschland auch gerne noch ein, zwei Semester studieren.“

„Ach, das freut mich. Wo wohnen Sie im Moment?“

„Natürlich bei Jakub. Ich schreibe Ihnen schnell noch die Adresse auf. Dann muss ich weg.“

„Eine Frage habe ich trotzdem noch, Frau Kowalczyk. Hatte Herr Feistauer eigentlich ein Handy?“

Milena überlegte einen Moment, während sie einen winzigen Notizblock und einen Kuli aus der Tasche ihres todschicken Strickmantels zutage förderte. „Klar hatte er ein Handy“, sagte sie, schrieb erst und dachte einen Moment nach. „Eins von Samsung, glaube ich.“

‚Dann war es wohl wirklich nur eins‘, dachte Sarah. Sie war zufrieden. „Vielen Dank. Und alles Gute“, rief sie noch und schaute auf den abgerissenen Notizzettel, den ihr Frau Kowalczyk in die Hand gedrückt hatte. ‚Jakub Nowak, Bahnhofstraße 69‘ stand darauf.

Im sogenannten ‚Labor‘ des Kriminalkommissariats war dessen ‚Bewohner‘ nur mit Mühe zwischen Aktenbergen und Bildschirmen auszumachen. Sven Lukas hatte sich eine Strafarbeit auferlegt. Und mit ihm Pattrick Born, der ihm gegenübersaß. Konventionelle analoge Ermittlungsarbeit nannten sie das, was sie betreiben wollten.

Mehr war im Fall Feistauer auch nicht möglich. Denn der Mann hatte in seinem Leben, zumindest nach offizieller Lesart, kaum Spuren hinterlassen. Inoffiziell quollen die Geheimdienstarchive von Wissen um den ehemaligen Agenten vermutlich über. Aber da gab es ja jene Zugriffssperre, die, aus welchen Gründen auch immer, einfach nicht gelockert wurde.

Lediglich der mörderische Versuch, Feistauers Leben durch Zerquetschen per LKW ein Ende zu bereiten, hatte für gehöriges Aufsehen im Köln-Bonner Raum gesorgt und die Polizei auf den Plan gerufen. Doch so sehr sich die Ermittler auch quälten, sie kamen bei der Suche nach Motiv und Tätern auf keinen grünen Zweig.

Dem Berleburger Kriminalisten-Team schwante aber, dass eventuell nur über diese schon ‚kalte' Spur der Auftraggeber für den Mord von Laasphe zu finden sein könnte. Eine Theorie, die bei einigen Bonner Kripo-Kollegen mitleidiges Grinsen und unverhohlene Häme ausgelöst hatte. „Jetzt holen die Provinzfürsten zum großen Schlag aus", blödelte der Kommissar, der die Kartons mit den Ermittlungsakten auf den Weg nach Wittgenstein schickte.

Sven war ganz hibbelig an diesem Vormittag. Denn er witterte beim Studium der Papiere einen Riesenbock seiner Kollegen aus dem Rheinischen. „Warum", fragte er über den Tisch herüber, „haben die in Bonn nach dem LKW-Anschlag eigentlich nie Kontakt mit uns als zuständige Polizeidienststelle aufgenommen?"

Pattrick verstand die Frage nicht so richtig. „Warum die sich bei uns nicht gemeldet haben? Ach so, klar, Du hast die Akte mit den Personalien noch nicht gesehen. Die liegt hier bei mir." Er nahm Ordner 1 in die Hand, schlug ihn auf und reichte ihn zum ‚Freak' herüber.

„Guck selbst", sagte er, „da steht nichts von Wohnort Bad Laasphe. Der Typ hat laut Personalausweis, eine Kopie ist übrigens auf Seite 2, in Poppelsdorf gewohnt. Das ist ein Stadtteil von Bonn. Aber wundere Dich nicht."

„Wieso?", wollte Sven wissen, während er zur Kontrolle der Info schnell einen Blick in die Papiere geworfen hatte.

„Als die Kollegen nach Feistauers langem Klinikaufenthalt zu weiteren Ermittlungen bei seiner Wohnadresse in der Sternenburgstraße 7 auftauchten, gab es dort keinen Christof Feistauer. Es hat ihn da auch nie gegeben, steht im Protokoll. Weder als Eigentümer, noch als Mieter. Nur auf einem Klingelknopf, der taub gestellt war und auf einem Briefkasten, schreiben die Kollegen. Aber der war zugeschweißt."

„Das ist ja der Hammer! Da muss der Mann ja mindestens zwei Personalausweise gehabt haben. Und keiner von denen stimmte."

„Wieso zwei?"

„Naja, überleg' doch mal. Er war ja schließlich auch im Einwohnermeldeamt Laasphe gemeldet und hat damals dort bei seinem Einzug ins Haus die neue Wohnadresse in seinen Perso eingetragen bekommen. Soviel haben wir von dort erfahren."

„Aber das heißt ja nicht, dass er sich in diesen Ausweis nicht später die Adresse in Bonn hat eintragen lassen. Oder er hat sie vorher bereits gehabt, als er nach Wittgenstein kam."

„Geht ja nicht. Du musst bei der Kommune, in die Du umgezogen bist, immer eine Abmeldebestätigung der Gemeinde vorlegen, aus der Du fortgezogen bist."

„Oh Shit, stimmt ja. Grundwissen Polizei", nölte Pattrick. Er schämte sich ein wenig.

„Und nach Laasphe ist er mit der alten Adresse, ... Moment, muss mal nachsehen, ... mit der Adresse Hindenburgdamm 11, Bad Oeynhausen, gekommen", las der ‚Freak' vor. „Also müsste er ja bei seinem Auftauchen in Bonn auch so 'ne Abmeldebestätigung vorgelegt haben."

Born nickte.

„Weißt Du was, ich ruf' mal bei der Meldebehörde in Bonn an und frage nach, mit welcher ehemaligen Adresse er dort aufgetaucht ist."

Rekordverdächtige sieben Minuten später legte der ‚Freak' nach intensivem Gespräch wieder auf und schüttelte nur den Kopf. „Das gibt's doch nicht. Dieser Mann hatte es dermaßen faustdick hinter den Ohren. Das ist wirklich nicht zu fassen."

„Wieso? Was ist denn los?"

„Weißt Du woher Feistauer angeblich nach Bonn umgezogen ist?"

„Jetzt mach's nicht so spannend. Woher?"

„Aus Bad Oeynhausen, Hindenburgdamm 11."

„Das is' ja'n Ding", lachte Pattrick. „So ein Sausack."

„Stimmt. Wie er das gemacht hat, wird sich wohl nicht mehr klären lassen. Entweder hat er es geschafft, sich in Oeynhausen zwei Abmeldebestätigungen zu besorgen, oder er hat bei einem der Meldeämter eine gute Farbkopie vorgelegt."

„Und das alles mit der Absicht, zu betrügen beziehungsweise zu verschleiern", resümierte Born „Wird also nichts aus Deinem Plan, den Bonnern was anzuhängen. Ist auch besser so", meinte Born und kniff ein Auge zu.

„So'n Mist", lästerte Sven. „Ich hatte sehnlichst gehofft, den Herren Kommissaren eins reinwürgen zu können."

„Wieso denn eigentlich?"

„Weil die beiden Kollegen, bei denen ich am Telefon nach den Ermittlungsakten gefragt habe, dermaßen arrogant und herablassend reagiert haben. Ich hätte denen eine reinhauen können, wenn ich in deren Nähe gewesen wäre."

„Was für ein Glück", lachte Pattrick.

„Wie meinst Du das?"

„Na, dass Du nicht in deren Nähe warst. Ich kenne Dich doch. Oller Heißsporn."

Der ‚Freak' murmelte etwas in seinen nicht vorhandenen Bart. Dann lasen sie wieder Akten, bis ihnen die Köpfe qualmten. Und kamen keinen Deut weiter.

Auch aus den Krankenunterlagen ging nichts Erhellendes hervor. Überall hatte der später Ermordete dieselbe Adresse angegeben, Sternenburgstraße 7. Selbst seine Krankenversicherung hatte keine andere.

Dabei waren sie so sehr darauf angewiesen, eine richtige Wohnadresse ausfindig zu machen. Denn sie hofften, so mehr Aufschluss über das Leben und die Kontakte des geheimnisvollen und immer suspekter werdenden Ex-Stasi-Mannes zu bekommen. Irgendwo mussten schließlich die typischen Beweise dafür, dass jemand gelebt hat, auch zu finden sein.

„Kein Mensch verschwindet spurlos von dieser Erde", hatte man ihnen in der Polizeischule eingebläut. Nur, in seinem Haus in Laasphe hätte man den Eindruck des Gegenteils haben können. Dort war Feistauer papiertechnisch schlicht nicht vorhanden.

Lediglich einen Reisepass und sein Portemonnaie hatten sie nach dem Brand gefunden, mit Personalausweis, Führerschein und um die 320 Euro an Bargeld. Alles ziemlich verkohlt. Sonst nichts. Keine Krankenkassenkarte, keine Kredit- oder gar Girokarte, nicht einmal ein weggeworfener Kontoauszug. Das Lebensumfeld des ehemaligen Hausbewohners stellte sich für die Ermittler wie ein Schaufenster ohne Auslagen dar. Und als Person erschien er ihnen schlicht als Neutrum.

„Ich hab' 'ne Idee!", rief Sven plötzlich und sprang dermaßen heftig auf, dass sein Gegenüber furchtbar erschrak. „Ich werde jetzt mal das Unternehmen anrufen, das das Krankentaxi betreibt, mit dem Feistauer gelegentlich herumgefahren sein soll. Vielleicht haben die irgendwelche verwertbaren Infos." Die Kontaktdaten des Taxlers hatten sie ja über Sarah Renner und die wiederum hatte sie über die Bäckereiverkäuferin bekommen.

Das Telefonat erwies sich als absoluter Glücksfall. „Ach ja, der arme Herr Feistauer", begann die Frau des Inhabers, nachdem Kommissar Lukas sein Anliegen vorgetragen hatte. „Er war ein so netter und ausgesprochen großzügiger Mensch. Und dann ein solch furchtbares Ende. Ich kann es immer noch nicht fassen. Haben Sie denn schon eine Spur von dem Täter?"

„Nein, haben wir leider noch nicht. Aber wir arbeiten fieberhaft an der Aufklärung dieses schlimmen Mordes, verehrte Frau Beinlich."

„Ja, aber wer macht denn sowas?", nahm sie Sven die Chance, seine Bitte zu formulieren.

„Das wissen wir eben noch nicht. Daher rufe ich ja an. Wir sind auf der Suche nach Menschen, die uns mehr über den Alltag von Herrn Feistauer erzählen können. Wir möchten beispielsweise gerne wissen, welche Fahrten er mit Ihrem Unternehmen unternommen hat."

„Fahrten mit dem Rolli-Taxi. Anders ging es ja nicht. Der arme Mann konnte ja nicht mehr laufen und war auf seinen Rollstuhl angewiesen."

„Das weiß ich ja, Frau Beinlich. Ich möchte gerne wissen, was die Ziele dieser Fahrten waren."

„Oh, da müsste ich mal nachschauen. So genau kann ich mich daran nicht mehr erinnern."

„Aber Sie können mir doch wenigstens sagen, ob er sich in erster Linie zu Zielen in und um Laasphe hat transportieren lassen. Oder ob es auch manchmal weiter weg ging."

„Ja, das kann ich. Meistens wollte er zum Einkaufen in die Stadt gefahren werden, oder zur Bank. Und einmal alle zwei Wochen haben wir ihn zum Schwimmen für Menschen mit Handicap nach Wallau gebracht und natürlich wieder abgeholt."

„Zur Bank hier in der Stadt? Welche?"

„Sie wollen es aber genau wissen", merkte Frau Beinlich mit einem schüchternen Lacher an, „ja, die hiesige Filiale der Hinterländer Girobank."

„Wir müssen es genau wissen", verbesserte Sven und schrieb mit. „Und das war's? Oder gab es auch mal die eine oder andere weitere Fahrt?"

„Doch, die gab es auch. Fünf- oder sechsmal nach Bonn."

„Nach Bonn?"

„Ja, zu Nachuntersuchungen. Herr Feistauer ist doch damals in der Nähe von Bonn verunglückt und dort in der Universitätsklinik auch operiert worden. Er hat mir mal erzählt, dass er ohne die Ärzte dieser Klinik sicher nicht mehr leben würde."

„Ja, das kann ich mir gut vorstellen. Wer hat denn diese Fahrten nach Bonn bezahlt? Die Krankenkasse?" ‚Konnte ja eigentlich gar nicht sein', dachte der ‚Freak'. Denn für die lebte Feistauer ja in Bonn.

„Nein, nein, das hat er selbst bezahlt. Er hat mir gesagt, dass er das mit dem Unfallverursacher verrechnen würde. Der sei schließlich vom Gericht dazu verurteilt worden. Das ist ja auch nur recht und billig so. Oder?"

„Ja, ja", beeilte sich der Kommissar zu sagen. „Auf jeden Fall."

Pattrick Born amüsierte sich heftig über die Antworten und die begleitende Gestik seines Kollegen. So, dass der sehr an sich halten musste, um nicht laut loszulachen bei seiner nächsten Frage.

„Mich würde aber noch etwas anderes interessieren. Wissen Sie, ob Herr Feistauer nur in die Klinik gefahren werden wollte. Oder hatte er in oder in der Nähe von Bonn noch andere Ziele?“

„Ich glaube schon. Aber genau weiß ich das nicht. Da müsste ich mal meinen Mann fragen. Denn der hat ihn immer gefahren. Kleinen Moment, ich rufe ihn gerade mal per Funk.“

„Nein, nein, bitte tun Sie das nicht, Frau Beinlich. Das würde ich ganz gerne mit ihrem Mann am Telefon besprechen. Wann wird er denn wieder zurück sein?“

„Ich schätze, in zehn Minuten.“

„Gut. Bitte seien Sie so nett und sagen ihm, dass er mich kurz anrufen möchte, sobald er da ist.“

„Aber gerne.“

„Danke Ihnen sehr, Frau Beinlich. Tschüß.“

Sven klopfte triumphierend auf den Tisch, nachdem er das Gespräch beendet hatte. „So“, sagte er, „drei Sachen sind absolut sicher.

Erstens: Feistauer hat sich mindestens fünfmal von Laasphe aus nach Bonn fahren lassen. Zweitens: Er hatte in Bonn mindestens noch ein weiteres Ziel als nur die Klinik, in der er zur Nachuntersuchung war. Und drittens hat er ein Konto bei der Hinterländer Girobank in Laasphe. Wer weiß. Vielleicht können wir so Geldströme nachverfolgen und daraus vielleicht ein wenig Honig saugen.

Und Geld muss er ordentlich besessen haben. Schon allein die Fahrten mit dem Rolli-Taxi, die er aus der eigenen Tasche bezahlt hat, müssen richtig teuer gewesen sein. Wenn man als Versorgungsempfänger im Rollstuhl sitzt, legt man dafür ein Rezept vor und blecht nicht selbst.“

„Das hört sich alles nicht schlecht an, mein Lieber. Werden wir heute noch erfahren, wohin sich unser Geheimagent hat kutschieren lassen, wenn die Untersuchung in der Klinik fertig war?“

„Heute Vormittag noch, wenn Frau ...“ Svens Telefon klingelte. „Beinlich ist offenbar doch früher nach Hause gekommen“, sagte er nach einem Blick auf das Display und nahm das Gespräch an.

„Das ist doch eine Schlamperei, wie ich sie in meiner ganzen Dienstzeit noch nicht erlebt habe.“ Gerrit Sauermann, Leiter des Fachkommissariats 5 bei der Kripo in Braunschweig, hatte Zornesfalten auf der Stirn. „Wie kann es denn sein, dass aus unserer Asservatenkammer einfach eine Waffe samt Munition verschwindet?“

Der angebellte Beamte, der das Asservatenbuch in der Hand hielt und gemeinsam mit dem Chef nach dem beschlagnahmten Gewehr Kaliber 5,56 x 45 mm gesucht hatte, schaute furchtbar bedröppelt drein. „Ich habe keine Ahnung, Chef. Die ist mir auch noch nie aufgefallen, seit ich hier bin.“

„Ja, verdammt nochmal, das *ist* ja das Problem. Du bist offenbar nicht der Einzige, der keine Ahnung hatte, dass die Flinte *hier im Regal* lag“. Mit langem Finger zeigte der Boss auf die Lücke zwischen zwei Maschinenpistolen und einem Samurai-Schwert. Alles in Ellbogenhöhe, also gut zu sehen.

„Wir haben ja auch so wahnsinnig viele Waffen hier rumliegen. Da verliert man leicht mal den Überblick. Oder? Mann, das gibt's doch gar nicht, sowas.“

Bis auf die beiden Automatikwaffen und den japanischen Säbel gab es tatsächlich keine weiteren Mordinstrumente in der großen Gitterbox, die besonders gesichert in einem noch dazu besonders gesicherten Kellerraum untergebracht war. „Was macht Ihr eigentlich den ganzen Tag hier? Du und Deine Kollegen.“

Keine Antwort. Der arme Tobias Reindel schaute mit gesenktem Kopf zu Boden.

Sauermann marschierte hin und her wie ein Tiger im Raubtierkäfig. „Können wir irgendwie feststellen, wann ungefähr das Ding geklaut worden ist?“

„Äääh ..., wie sollte das funktionieren?“

„Ja, wenn Du's nicht weißt ...!“ Sauermann fuhr mit der flachen Hand über seine Glatze, die vor Aufregung genauso rot geworden war wie sein Gesicht. „Scheibenkleister, verdammter. Der Staatsanwalt reißt mir den Arsch auf, wenn er das erfährt. Und er wird es erfahren. Denn er hat gestern explizit nach dem Gewehr gefragt.“

„Weiß man, warum er danach gefragt hat?“, versuchte der junge Polizist die Lage ein wenig in den Griff zu bekommen.

„Ja, weiß man. Und halte Dich fest! Weil nämlich Anfang der Woche wieder ein Mord mit Flechette-Munition verübt wurde. Das ist eine Hochgeschwindigkeitsmunition, die vor Jahren schon verboten wurde. Und da es die samt der dazugehörigen Knarre nachweislich nur noch *in dieser Asservatenkammer* gibt, beziehungsweise *gab*, muss ..., na Reindel, muss ...“

„... es die Waffe gewesen sein, die hier bei uns lag und verschwunden ist“, komplettierte der Kollege leise. „Ach du Scheiße!“

„Ja. Das brauchst Du gar nicht so leise zu sagen. Das ist wohl Scheiße. Riesengroße sogar! Herrgott, was mach' ich denn jetzt?“ Ohne jeden weiteren Kommentar rannte der Leiter von FB 5 davon und ließ den belämmerten Reindel einfach stehen.

‚Dieser Sauermann', dachte der, ‚was ist das für ein Kotzbrocken.' Schließlich war er erst seit knapp fünf Wochen bei der Kriminalpolizei in Braunschweig und nur gelegentlich zum Dienst in Waffenkammer und Asservatenkammer eingeteilt. Da gab es einige, die schon wesentlich länger in diesem Wechseldienst arbeiteten. Sollte er doch die erstmal zur Sau machen.

Die Nachricht von der geklauten Waffe hatte sich verbreitet wie ein Lauffeuer. Sauermann hatte es dem Staatsanwalt gebeichtet und der pflichtschuldigst neben dem Kollegen in Marburg, wo die Waffe gefunden worden war, natürlich auch dem in Berleburg. Noch am selben Vormittag hatte Puhlmann bei Klaiser angerufen.

„Das ist doch nicht zu glauben", echauffierte sich Klaus daraufhin. „Wieso lag das Gewehr überhaupt so lange bei den Braunschweigern? Der Prozess mit diesem Jäger aus Wolfsburg war doch längst gelaufen, hat mir der Kollege Winter erzählt."

„Das ist eine Frage, die darf man den Braunschweigern, glaube ich, gar nicht stellen.

Denn das Gewehr und die Munition lagen ausschließlich deshalb noch in deren Keller, weil der Polizeipräsident vorhat, ein Museum für außergewöhnliche Waffen einzurichten. Und da sollte sie ausgestellt werden.

Wie groß und breit in der Presse berichtet, will dieser Waffennarr demnächst auch so skurrile Sachen wie eine demontierte, aber noch voll funktionsfähige Selbstschussanlage von der ehemaligen Zonengrenze dort ausstellen."

„Herrgottnochmal! Dieses Faible hat ein Menschenleben gekostet", wurde Klaiser immer fuchtiger. „Der Mann hat ja wohl den Schuss nicht gehört, verdammt nochmal."

„Vorsicht, Herr Klaiser. Ich verstehe Sie ja. Aber vergreifen Sie sich bitte nicht im Ton. Im Übrigen hätte der Mörder sein Werk auch mit einer anderen Waffe getan."

Klaus musste sich ein grimmiges Lachen verkneifen. „Bei allem Respekt , Herr Puhlmann, das glauben Sie doch selbst nicht. Wenn er den Mord mit jeder x-beliebigen Waffe hätte begehen wollen, warum, bitte, bricht der Mörder denn dann in die, wie Sie sagen, mehrfach gesicherte Asservatenkammer einer Polizeidirektion ein?"

„Hm", machte der Staatsanwalt, „so betrachtet haben Sie recht. Aber das ändert ja nichts daran, dass der Polizeipräsident nichts für den Diebstahl kann."

„Ich merke schon, hier muss Rücksicht auf die besondere Dienststellung des Herrn in Braunschweig genommen werden", knirschte Klaiser fast hörbar mit den Zähnen. „Natürlich kann er vermutlich nichts dafür. Aber wenn der Herr Präsident das Gewehr schon vor der Verschrottung bewahren wollte, dann hätte er es doch wenigstens entschärfen lassen können. Er wusste doch um dessen außergewöhnliche Gefährlichkeit."

„Ja, ja, ‚hätte, hätte, Winterreifen', oder wie hat der Lodda gesagt?", prustete Puhlmann los.

„Nee, nee", lachte der Kripo-Chef. Er begriff, dass der Staatsanwalt den Dampf rausnehmen wollte. „das war ganz anders, ist aber genauso doof."

„Stimmt." Kurze Pause in der Leitung. „Was machen wir denn jetzt mit der neuen Erkenntnis, Herr Klaiser?"

„Ich weiß nicht. Ich muss das erstmal für mich neu einsortieren und mit meinen Leuten besprechen. Vor allem mit Jürgen Winter. Der hat sich nämlich unheimlich reingekniet in dieses Thema."

Im ‚Labor' saßen zwei Kriminalisten und grinsten sich an wie die Honigkuchenpferde. Denn sie hatten an einem halben Vormittag das geschafft, was ihre Bonner Kollegen nicht einmal im gesamten Verlauf ihrer Ermittlungen um den Mordversuch an Christof Feistauer geschafft hatten.

Sie waren nämlich im Besitz einer Adresse in Troisdorf, die der Mann im Rollstuhl sogar mindestens fünfmal heimgesucht hatte. Das hatte ihnen der Taxiunternehmer Beinlich gleich erzählt, noch bevor Sven Lukas ihm die erste Frage hatte stellen können. Troisdorf, Haydn-Straße 5. Ein recht großes Wohn- und Geschäftshaus sei das.

„Herr Feistauer hat mich dort immer hinfahren und ihn ausladen lassen. Dann gab er mir jedes Mal 20 Euro, bat mich, was essen zu gehen und wollte, dass ich ihn allein lasse. Eineinhalb Stunden später sollte ich ihn dann wieder abholen."

„Haben Sie denn jemals sehen können, wohin er ging, beziehungsweise fuhr", fragte Pattrick Born nach, der über Lautsprecher am Gespräch teilhatte. „Hat er irgendwo geklingelt oder eine Tür aufgeschlossen?"

„Nein, habe ich nicht gesehen. Weil er immer auf dem Gehweg gewartet hat, bis ich weggefahren war. Nur einmal, als es ziemlich geregnet hat, sah ich im Rückspiegel, wie er mit dem Rolli die Einfahrt zu der Tiefgarage unter dem Haus hinuntergefahren ist."

„Und, was meinen Sie? Was wollte er da?"

„Ich habe keine Ahnung. Ich war ja nie in dieser Garage. Ich habe mir nur gedacht, dass es einen Lift gibt, der ihn von dort unten vielleicht zu einer Freundin hinaufbringt."

„Oder zu einer Prostituierten."

„Oder zu einer Prostituierten. Kann ja immerhin sein."

„Herr Beinlich", brachte Sven das Gespräch auf eine andere Schiene, „über was haben Sie eigentlich bei diesen langen Fahrten miteinander geredet?"

„Oh, über fast nichts. Ich hatte nicht den Eindruck, dass Herr Feistauer auf Gespräche mit mir aus war. Ich glaube, er hat bei den Telefonaten, in denen er mich für die nächste Tour geordert hat, mehr mit meiner Frau geredet, als mit mir während der insgesamt mindestens drei, manchmal vier Stunden, die wir immer zusammen im Rolli-Taxi gesessen haben."

„Darf ich fragen, was er in der Zeit gemacht hat?"

„Er hat viel gelesen und manchmal auch nur aus dem Fenster hinausgeschaut. Stundenlang nur geschaut. Das war ganz schön heftig. Zumal er es auch nicht mochte, wenn ich das Radio angemacht habe. Deshalb bin ich meist mit einem Stöpselkopfhörer im Ohr gefahren, um wenigstens etwas Unterhaltung zu haben."

„War er eher ein Sonderling?"

„Ich sage mal ‚ja'. Aber so sind viele der Menschen, die von jetzt auf gleich erleben mussten, wie ihr Körper zerstört wird und sie sich nicht mehr frei bewegen können. Ich meine, man muss sich das auch mal vorstellen, wie es ist, wenn man auf dem Fußgängerüberweg trotz grüner Ampel von einem Irren mit PKW erfasst und zwanzig Meter durch die Luft geschleudert wird."

„Das hat er Ihnen erzählt?"

„Ja. Das hat er erzählt. Deshalb hat er ja auch so lange in der Klinik gelegen."

„Aha", meinte Pattrick. „Und, hat man den ‚Irren' gefasst?"

„Ja. Der hat leider nur zweieinhalb Jahre Knast bekommen. Weil er total besoffen war."

Sven schaute Pattrick mit erstauntem Blick an. „Interessant", sagte er schließlich nur.

Herr Beinlich schien irritiert. „Ja, war es denn nicht so?", fragte er.

„Nicht ganz, Herr Beinlich. Aber mehr können wir Ihnen dazu auch nicht sagen. Wir sind nämlich gerade erst in den Anfängen unserer Ermittlungen. Sehen Sie uns das bitte nach.

Sie haben uns jedenfalls unheimlich geholfen mit Ihren Informationen. Haben Sie ganz herzlichen Dank. Wir werden uns sicher nochmal bei Ihnen melden. Alles Gute. Und grüßen Sie bitte Ihre Frau."

„Ich hab' Ihnen doch gerne geholfen, meine Herren. Machen Sie's auch gut." Dann legte er auf.

„Tse", machte Pattrick. „Er war offenbar dann doch kein so ganz großer Fan unseres ‚lieben Verstorbenen'." Die letzten beiden Worte betonte er theatralisch. „Der Herr Feistauer wird mir zunehmend suspekt, muss ich Dir sagen. Und ich möchte Oskar heißen, wenn sich dort unter dieser wundersamen Adresse in Troisdorf nicht die ganz große Überraschung finden ließe."

„Da sind wir schon zwei", antwortete der ‚Freak'.

„Zwei was?"

„Zwei, die Oskar heißen wollen", grinste er. „Machen wir'n Nachmittagstrip?"

„Wohin willste? Ins Rheinische?"

Sven nickte. „Ich hab' keine Lust, mich von diesen hochnäsigen Pfeifen in Bonn nochmal auslachen zu lassen. Außerdem haben die mit Sicherheit Wichtigeres zu tun, als uns Provinzlern Amtshilfe zu leisten."

„Au-au-au, ich weiß nicht, ob Klaus da mitspielt", war es Born sichtlich unwohl bei dem Gedanken. „Das ist nicht unser Beritt da unten."

„Ach Mann, Pattrick. Das muss er doch gar nicht erfahren. Wir können doch einfach so mal die paar Kilometer da runter kutschieren."

„Nee, können wir nicht. Nicht bei dem Wetter. Überleg Dir mal, es passiert was. Dann sind wir am Nämlichen des Propheten."

„Dann machen wir das eben in unserer Freizeit mit meinem Privatwagen."

„Nein! Aber mit meinem. Und zwar morgen. Ich hoffe, Du hast noch ein paar Überstunden abzufeiern."

„Ein paar? Ein paar viele. Wahrscheinlich mehr als Du. Aber warum ausgerechnet morgen? Und dann auch noch mit Deinem Wagen."

„Weil ich der FC Köln-Fan im Kommissariat bin. Schon vergessen, Du Borussen-Schädel? Der FC spielt morgen Abend zu Hause gegen St. Pauli. Das wird 'n heißer Kick. Wär' doch 'n Argument, 'n halben Tag frei zu kriegen. Was meinste?"

„Das wär's in der Tat. Und da Freitag früher Dienstschluss ist, hauen wir hier schon so um neun, halb zehn ab, um den halben Tag da reinzubekommen."

„Genau. Und dann fahren wir nämlich erstmal nach Troisdorf und gucken uns an, wo unser Opfer zu Lebzeiten im Untergrund verschwunden ist."

„Wer sagt denn was von Untergrund?"

„Herr Beinlich. Er hat doch gesagt, Feistauer sei mit dem Rollstuhl in die Tiefgarage gefahren."

In dem kleinen Dorf Westfeld bei Bielefeld saß ein Mann auf dem Bett einer Bauernhofpension und heulte wie ein kleines Kind. Philip Joobs kam fast um vor Kopfschmerzen. Der Bruch seines Jochbeins hätte nach Maßgabe von Doktor Paulsen dringend operiert werden müssen. Doch das hätte Klinik bedeutet. Und in die hätten ihn keine zehn Pferde gebracht. Nicht in Winterberg und auch nicht anderswo.

Zwar hatte die Geschwulst unter seinem linken Auge einiges an Substanz verloren. Sehen konnte er jedoch auf dieser Seite so gut wie nichts. Was Wunder auch. „Das Jochbein ist Teil der Augenhöhle", hatte ihn der Arzt aufgeklärt. „Da muss dringend etwas passieren, bevor Sie nachhaltige Schäden davontragen." Und die schienen sich Bahn zu brechen.

Wie es dem Schwerverbrecher überhaupt gelungen war, den Opel Insignia trotz schwerster Schmerzen nach Hoheleye zu fahren und gegen den Focus zu tauschen, war ihm selbst ein Rätsel gewesen. Immerhin hatte er den Wagen ja von seiner Schnee- und Eislast befreien müssen.

Und das nach einer Nacht, die er zwar in Wärme verbracht hatte. Weil der Wagen des Arztes eine hervorragende Standheizung besaß. Aber geschlafen hatte er keine Minute. Aberwitzige Schmerzen hatten ihn gepeinigt. Die Wirkung der Spritze vom frühen Abend war nach knapp vier Stunden verpufft. Zudem fürchtete er, von der Polizei entdeckt zu werden.

Weil er sich keinen anderen Rat gewusst hatte, war er nach seiner Flucht aus Winterberg kurz vor Neuastenberg rechts abgebogen und rauf in das Dörfchen Lenneplätze gefahren, wo er den Wagen des Mediziners einfach auf einem Parkplatz abstellte. Direkt hinter einem Schneehaufen, den die Räumdienste vor einer Brasserie aufgetürmt hatten.

Dass das letztlich ein sicheres Versteck war, zeigte sich nach Mitternacht. Denn da war weiter vorne ein Streifenwagen vorbeigekommen. Im Schritttempo. Offenbar suchten die Polizisten etwas. Dem Killer wäre beinahe das Blut gefroren, als er den Schriftzug Polizei im Lichtreflex sah. Doch er blieb unbehelligt.

Joobs wusste nun, dass das Auto des Mediziners einfach zu heiß war. Deshalb fuhr er schon am frühen Morgen nach Hoheleye, um den Opel gegen den Focus zu tauschen. Das Freiräumen und Kratzen war eine grausame Tortur. Noch dazu, weil der Verbrecher sich ein längeres Laufenlassen des Motors zum Aufheizen und Abtauen der Scheiben verkniffen hatte. Denn er konnte ja nicht einschätzen, ob es in den wenigen Häusern um das Hotel herum Frühaufsteher gab, die ihn hätten beobachten können. Lediglich die eisige Luft und das gelegentliche Kühlen der kaputten Gesichtshälfte mit einer Hand voll Schnee brachte ihm ein wenig Linderung.

Als er schließlich aus Hoheleye heraus und am Albrechtsplatz rechts ab in Richtung Oberkirchen gefahren war, hatte Joobs schließlich vor Schmerzen gebrüllt. In seinem malträtierten Daumen und in seinem Schädel war jeder Pulsschlag zur Unerträglichkeit geworden. Zumal sein Herz in einem wahnsinnigen Tempo arbeitete.

Der Mörder hatte sich auf dem Hotelparkplatz total verausgabt. Und dafür schien ihn sein Körper nach dieser langen schlaflosen Nacht nun final zu bestrafen. Seine schon fast legendäre Fitness war aufgebraucht.

Nur mit ganz großen Schwierigkeiten war es ihm gelungen, die teils doch sehr scharfen Kurven zu nehmen, ohne dabei von der Fahrbahn abzukommen oder ins Rutschen zu geraten. Und er wäre beinahe vor Angst gestorben, als plötzlich ein Polizeiwagen mit Blaulicht und Martinshorn hinter im auftauchte und auf einer kurzen Gerade zum Überholen ansetzte.

Instinktiv hatte Joobs abgebremst und zu seinem eigenen Schrecken rübergeschaut, als der Streifenwagen auf seiner Höhe war. Doch die Beamten blickten geradeaus und nahmen keine Notiz von ihm. Den Focus mit den geklauten Kennzeichen hatten sie wohl nicht auf der Rechnung. Zwei Minuten später war der Einsatzwagen außerhalb seiner Seh- und Hörweite.

Als er durch Fredeburg fuhr, zeigte die digitale Anzeige auf der Sparkassenfassade gerade zwanzig vor sieben. Für einen Apothekenbesuch war es eindeutig zu früh. Im Laden des Pharmazeuten wenige Meter weiter war es noch stockduster. Selbst im Eingangsbereich brannte kein Licht. Der Vorzeigekurort schlief noch. Und der Schwerverbrecher gab aus Verzweiflung Gas.

Erst in Bestwig hatte er sich schließlich mit Unmengen Ibuprofen 400, einer Augenklappe und Mulltupfern eingedeckt. Und in einem Bäckerladen erstand er zwei Brötchen und einen Becher Kaffee mit Milch und viel Zucker, um wenigstens etwas im Bauch zu haben.

Doch die bohrenden Schmerzen nahmen ihm jeden Appetit. So gingen gleich drei ‚Ibus' mit Kaffee in den leeren Magen. Mit den Mulltupfern hatte er die Augenklappe ausgepolstert und aufs linke Auge gelegt. Doch die Hoffnung, dadurch Linderung zu erfahren, verpuffte bald. Immerhin aber irritierte ihn der getrübte Blick des angegriffenen Auges nicht mehr.

Immer in Sorge vor Entdeckung versuchte Philip Joobs, so unauffällig wie möglich zu fahren. Besonders schwierig mit der dick geschwollenen rechten Hand. Die erlaubte wegen der Orthese nicht einmal ein leichtes Eingreifen in die Speiche des Lenkrades. Und das Schalten ging nur mit dem rechten Mittelfinger.

Wie in Trance war er quer durch das Sauerland gefahren und hatte schließlich das nahezu schneefreie aber eiskalte Paderborn erreicht. Dort schwanden seine Kräfte zusehends.

Nur mit Mühe hatte er es noch in ein Gewerbegebiet im Osten der Stadt geschafft. Von einem Schüttelfrostanfall heimgesucht, schaffte er es gerade noch, den Wagen am Straßenrand zwischen abgestellten Lkw-Anhängern zu parken.

Dann versagte ihm sein Körper die Gefolgschaft. Arme und Beine verweigerten den Dienst. Seine Lunge schien unnütze Pumpübungen zu veranstalten. Denn Sauerstoff kam in Joobs Hirn nicht mehr an. Zum ersten Mal in seinem Leben hatte er Angst, sterben zu müssen.

Als er wieder erwachte, wusste er nicht mehr, wie lange er weggetreten war. Aber es mussten Stunden gewesen sein. Denn es wurde schon wieder dunkel. Zu Joobs großem Entsetzen hing die Spritanzeige des geklauten Ford Focus im hinteren Teil der Reserve. Der Motor war nämlich während der gesamten Zeit gelaufen.

Doch das war sein Glück. Denn nur dadurch wurde die Innenraumheizung ordentlich in Schwung gehalten und hatte ihn in seiner Ohnmacht, oder was immer das war, bei angenehmen Temperaturen und ohne Frostbeulen ausschlafen lassen. Sein Körper schien gestärkt und die Schmerzen hatten vor allem im Schädel maßgeblich nachgelassen.

Doch seine Probleme waren nicht kleiner geworden. Er musste dringend tanken, sonst würde er keine 30 Kilometer mehr weit kommen. Geld hatte er genug in der Tasche. Aber er fürchtete seit seiner Flucht aus Winterberg jeden Kontakt mit der Öffentlichkeit.

Also entschied er sich, eine Automatentankstelle zu suchen. Dabei halfen ihm einschlägige Seiten im Internet, die er selbst mit einem Auge auf dem Display seines Smartphones ohne Probleme entziffern konnte. Nach kurzem Scrollen wählte er eine Station, in deren Nachbarschaft er auch seinen aufkommenden Hunger stillen konnte, ohne groß aufzufallen.

Zwanzig Minuten später hatte er nicht nur einen vollen Tank, sondern auch eine Papiertüte, gefüllt mit Chicken Nuggets, Pommes, einem Cheeseburger und dazu eine große Cola Zero ohne Eis. „Ach, Sie armer Pirat, Ihnen haben sie aber böse mitgespielt“, hatte ihm die junge Frau am Autoschalter mitfühlend zugerufen.

Wer weiß, vielleicht hätte er den nett gemeinten Zuspruch mit einem Lächeln quittiert, wenn er denn dazu in der Lage gewesen wäre. So nickte er nur, nahm sein Kleingeld in Empfang und steuerte den nächsten Parkplatz hinter dem Drive-In an.

‚Wenn ich das gegessen habe', dachte er, ‚reicht die Kraft hoffentlich wieder, um noch eine ganze Ecke weiter von hier wegzukommen.'

Doch dieser Wunsch spielte in seiner Vorstellung schlagartig keine Rolle mehr, als er die Hackfleischscheibe im Cheeseburger durchbeißen wollte. Denn da schoss ihm ein irrsinnig bohrender Schmerz ins linke Auge und legte vorübergehend sein Denkvermögen lahm. Joobs ließ sich sabbernd in den Sitz zurückfallen.

Tomatensauce und flüssiger Chesterkäse verließen seinen Mund und flossen über Pullover und Hose.

Doktor Paulsen hatte ihn gewarnt. „Jochbeinbrüche schmerzen vor allem beim Zubeißen und Kauen." Vor allem auch deshalb hatte er ihm dringend eine OP im nächsten Krankenhaus empfohlen. „Unbehandelt werden sie ewig Probleme haben." Als der Killer sich dessen nach Minuten fast unerträglicher Pein erinnerte, war ihm klar, dass es ohne den Eingriff für ihn kein Weiter mehr geben würde.

Nie im Leben hatte er solche Schmerzen erdulden müssen. Und er würde sie auch nicht weiter ertragen können. Da war er absolut sicher. Doch das Naheliegende, nämlich die Fahrt ins nächste Krankenhaus, war an diesem Abend noch keine Option für ihn. Noch immer hoffte er, dass er es bis nach Gardelegen schaffen würde.

Denn in seiner Heimatstadt hatte der Mann derart gute Verbindungen, dass es ein Leichtes sein würde, die notwendige Operation jenseits aller Bettenbelegmeldungen, Krankenkassenabrechnungen und dergleichen zu bekommen. Und das von einem der Besten des alten DDR-Gesundheitswesens. Der Mann stellte keine Fragen. Er hielt nur die Hand auf.

Doch schon nach knapp 40 Kilometern Fahrt war es endgültig aus mit der Hoffnung auf eine Heimkehr noch in dieser Nacht. Joobs musste von der Straße. Und zwar schnell. Mehr in Trance suchte er im Internet eine Unterkunft im Umkreis von Bielefeld und fand die Bauernhofpension in dem kleinen Dorf Westfeld.

Er hatte bereits per Telefon angekündigt, man möge nicht erschrecken, wenn er auftauchen würde. Denn er war sich der Tatsache bewusst, dass die blutunterlaufene, mittlerweile fast tiefschwarze linke Gesichtshälfte, die Menschen schockieren und eventuell abschrecken würde. Doch das Gegenteil war der Fall.

Eine herzensgute ältere Frau, es war die Mutter des Bauern, nahm ihn an der Tür in Empfang und bedauerte ihn wegen des schlimmen Sturzes, den er auf eisglatter Straße gehabt hatte. „Nicht zu fassen, dass man Sie in diesem Zustand aus der Klinik entlässt", hatte sie gesagt, als sie ihm den Zimmerschlüssel in die Hand drückte. Ob er denn wenigstens eine warme Suppe aufs Zimmer haben möchte, wollte sie noch wissen. Und irgendwie war sie gar nicht verwundert, dass Joobs ohne Gepäck unterwegs war.

Dankend hatte der einen großen Teller Blumenkohlcremesuppe angenommen und mit Heißhunger in sich hinein geschlürft. Er hatte sich damit gleichzeitig eine Basis für die nächsten vier Ibuprofen geschaffen. Denn die Option, in der Nacht wieder kein Auge zuzumachen, wäre die reine Katastrophe. Und daher schoss er sich mit dem Schmerzmittel und zusätzlich zwei Steinhäger ab, die ihm die Altbäuerin als Schlaftrunk angeboten hatte.

Draußen war es laut, als der Schwerverbrecher schweißgebadet wach wurde. Der brüllende Motor eines Riesentraktors im Rückwärtsgang hatte ihn aufgeweckt. Und dröhnende

Kopfschmerzen dazu. Schmerzen, wie er sie in dieser Intensität noch nie erlebt hatte.

Als sein einäugiger Blick auf die Uhr seines Handydisplays fiel, erschrak er. 11:14 Uhr! Er musste fast zwölf Stunden geschlafen haben. ‚Weg hier! Nur weg,' dachte er. Doch ein schnelles Aufstehen und einen Gang zur Toilette versagte er sich zunächst. Weil er ahnte, dass ihm jede Bewegung nur noch größere Pein bereiten würde.

Plötzlich flog die Tür auf und im Rahmen erschien ein Schrank von einem Mann, dessen Hände eine Schrotflinte umklammerten. „Mama, Du hast recht!", rief der Hüne über die linke Schulter, „das ist er! Ruf die Polizei!"

Joobs griff instinktiv mit der linken Hand unter sein Kopfkissen. Doch bevor er dort überhaupt fündig wurde, spannte der Bauer knackend den Hahn seiner Flinte. „Gaaanz ruhig!", rief er, „und Finger weg von der Waffe. Sonst knallt's! Ich hab' da keine Hemmungen. Für so ein Dreckschwein wie Dich krieg ich sogar noch 'ne Belohnung, wenn ich Dich tot abliefere. Schieb das Ding auf dem Boden zu mir rüber."

Der Killer reagierte widerwillig. Langsam schwenkte er aus der Liegeposition auf dem Bett zum Sitzen auf der Bettkante. Selbst das und das anschließende Bücken hinunter zum Boden waren die pure Folter. Und so begann Joobs, kaum dass er die Waffe hinübergeschubst hatte, ein Heulkonzert, das den Bauern in Mark und Bein erschaudern ließ.

Mit schmerzverzerrtem Gesicht saß der Verbrecher auf der Bettkante, heulte zum Gotterbarmen und zupfte an seinem Unterhemd, das, vom Nachtschweiß durchtränkt, am Oberkörper festklebte. Ein groteskes Bild. Denn in diesem Aufzug inklusive einer langen Unterhose mit ausgebeulten Knien, wirkte er wie eine Figur aus dem Zille-Milieu.

„Aufstehen, aber dalli!“, befahl Friedemann Thomsen. Doch Joobs traute sich nicht. Er starrte nur teilnahmslos vor sich hin – und heulte.

„Ey! Ich habe gesagt *auf!*“, wiederholte der Hausherr, hatte damit aber wieder keinen Erfolg. Schließlich machte der Bauer drei Schritte auf seinen ungeliebten Hausgast zu, griff ihm mit seiner Riesenpranke an die Gurgel und riss ihn hoch.

Joobs würgte nur noch. Schlagartig endete sein Geheul. Dafür spielten aber auch seine Beine nicht mehr mit. Und kaum hatte sich die Pranke am Hals gelöst, fiel der Verbrecher zusammen wie ein Kartenhaus.

„Einen Krankenwagen sollen die auch mitbringen!“, rief der ‚Schrank‘.

In Laasphe und Umgebung hatte am späten Vormittag vollkommen überraschend Tauwetter eingesetzt. Innerhalb von nicht einmal einer Stunde war das Thermometer auf plus drei Grad geklettert. Begünstigt durch eine unglaublich intensiv strahlende Sonne und absolute Windstille. Die Straßen im tiefer gelegenen Teil Wittgensteins trieften nur so vor Nässe. Und wer jetzt mit seinem Wagen zu dicht hinter seinem Vordermann herfuhr, bekam reichlich Salzplörre auf die Scheibe gespritzt, die nachhaltig weiße Schlieren hinterließ.

„Ach, Mensch“, ärgerte sich Birgit Serr hinter dem Schalter des Tourismusbüros Bad Laasphe, „jetzt haben wir seit Menschengedenken endlich einmal wieder so einen richtigen Winter, und dann verschwindet der nach vier, fünf Tagen schon wieder.“

„Ja, aber dafür sind die Straßen jetzt langsam wieder alle gut befahrbar“, wandte ihre Besucherin ein.

„Ist mir schon klar, dass Sie das als Polizistin so sehen müssen“, lächelte die Fremdenverkehrsspezialistin, während sie auf ihr Computerdisplay schaute und etwas zu suchen schien. „Aber für unsere Gäste hätte das Wetter schon mal zwei, drei Wochen halten können. Es dauert ja wahrscheinlich nicht mehr lange, dann geht auch der Regen wieder los."

„Das wäre mir genauso wenig recht wie Ihnen", lachte Sarah Renner. „Glauben Sie bloß nicht, dass ich etwas gegen einen schönen Winter hätte. Aber ich suche nun mal gerade keinen Skilift oder ein Hotel am Bergwald, ich suche Spuren von zwei Verbrechern. Wie sieht es denn aus? Haben Sie da was gefunden?"

Die nette Dame schüttelte den Kopf. „Nein, nichts. Tut mir leid! Die einzigen An- und Abreisen, die uns in der fraglichen Zeit gemeldet wurden, hatten ausschließlich mit Geschäftsreisenden zu tun. Alles Alleinreisende."

„Sie betonen ‚die uns gemeldet wurden', so besonders. Soll das heißen, dass es der eine oder andere Hotelier oder Pensionswirt mit der Meldepflicht nicht so genau nimmt?"

„Ach, Frau Renner, was erwarten Sie denn nun für eine Antwort? Soll ich Ihnen jetzt Betrüger unter den Zimmervermietern nennen? Die haben wir nicht. Natürlich kann es passieren, dass mal vergessen wurde, einen Gast anzumelden. Aber um die Kurtaxe von 1,70 Euro pro Tag zu sparen, würde das sicher niemand tun."

„Schade, wäre so schön gewesen", meinte Sarah versonnen und knibbelte an einer Nagelhaut herum.

„War das denn so wichtig für Sie, die Personalien der Männer zu bekommen?"

„Ja, zumindest des einen. Den anderen kennen wir."

„Dann kann man ja nur hoffen, dass er Ihnen bald ins Netz geht. Dann können Sie ihn ja selbst fragen. Ha, ha, ha."

Sarah schaute die Frau hinter dem Tresen scharf an.

„Sorry, war albern“, beeilte die sich zu sagen. „Tut mir leid.“

„In der Tat. Das war albern. Übrigens haben wir ihn schon. Nur fragen können wir ihn nicht mehr. Er ist nämlich tot. Danke fürs Gespräch.“ Über die Schulter winkend verließ die Kommissarin die Tourist-Info und schimpfte leise vor sich hin.

Zunächst traute sie sich gar nicht, bei Klaiser anzurufen. Aber an dem Gespräch ging kein Weg vorbei.

„Gut, dass Du anrufst“, freute sich der Chef, als sie sich schließlich zu dem Rapport durchgerungen hatte. „Komm am besten rein. Wir machen heute um 14 Uhr eine große Nachmittagsrunde. Ich möchte, dass alle dabei sind. Es gibt jede Menge Neuigkeiten.“

„Ich hab' aber nicht sehr viel beizusteuern“, gestand Sarah. „Aus dem Gespräch mit Feistauers Pflegerin zwar ein wenig. Aber die Personalien des zweiten Täters habe ich nicht.“

„Komm, ist nicht schlimm“, beruhigte der Chef. „Alles gut.“

„Aber Du wolltest doch unbedingt den Namen des Mannes haben.“

„Alles gut. Den haben wir mittlerweile. Ich erklär's Dir, wenn Du da bist. Ich bin allerdings jetzt erst mal zu Hause zum Essen. Meine Frau wird sicher vom Glauben abfallen, wenn sie mich mal wieder am helllichten Tag erlebt. Und unsere Mieze bekomme ich während der Woche auch immer nur schlafend zu Gesicht. Bis später.“

„Okay, bis später.“

Sarah beneidete Klaus um seine Familie. Seine Ehefrau Ute, eine blendende Schönheit. Was war das für eine tolle und liebenswürdige Frau. Und was für eine Mutter für die kleine Luisa, die von ihren Eltern nur ‚unsere Mieze‘ genannt wurde. Sie war wirklich eine richtig süße Schmusekatze.

Sarah hatte die Kleine erstmals erlebt, als sie von den Klaisers nach ihrem Wechsel zur Kripo zum Kennenlernen eingeladen worden war.

So etwas wie eine Familie hatte Sarah nie gehabt. Der Vater als Geschäftsmann in aller Herren Länder unterwegs und höchst selten mal zu Hause. Und die egozentrische Mutter. Stets darauf bedacht, jünger auszusehen als die eigene Tochter. Schauspielerin halt. „Diva!", fauchte die Renner, während sie durch das Laasphetal rauf nach Sassenhausen brauste.

Je weiter sie bergauf kam, desto weniger Wasser war auf der Fahrbahn. Plötzlich war die Straße sogar trocken. Und beim Blick auf die Bordinstrumente stellte die Kommissarin fest, dass das Thermometer sich schon wieder unter den Nullpunkt bewegt hatte.

Als sie gerade die Kuppe erreicht hatte, kam ihr mit Karacho ein tiefer gelegter Mazda auf ihrer Seite entgegen. Wahrscheinlich, weil auf seiner Seite noch zu viel Schnee lag, benutzte der Fahrer die Hälfte der Gegenfahrbahn. Doch statt dankbar zu sein, dass beide heil aus der Sache rausgekommen waren, hatte der nichts Besseres zu tun, als ihr den Stinkefinger zu zeigen, bevor er rechts in Richtung Stünzel abbog.

„Au warte, Bursche!" Sarah war genau in der richtigen Stimmung, um mit einer solchen Ungehörigkeit aufzuräumen. Nur mit Glück hatte sie ihren Wagen ganz rechts auf der Fahrbahn halten können, ohne in den gut einen Meter hohen Schneerand zu geraten.

Wie sie's in der Polizei-Fahrschule gelernt hatte, bremste sie kurz ab, machte eine ruckartige Lenkbewegung rechts-links und zog die Handbremse. Zack stand der Wagen in entgegengesetzter Richtung. Es dauerte zwei Sekunden, bis die Räder griffen. Dann machte ihr Audi einen Satz nach vorne.

Während sie anschließend ebenfalls nach rechts abgebogen war, zückte die Kommissarin das Funkmikro aus der

Halterung und meldete beim Diensthabenden in Berleburg die „Verfolgung eines roten Mazda auf der Straße zwischen Sassenhäuser Höhe und Stünzel wegen schwerer Verkehrsgefährdung und Beleidigung."

„Allein?", kam die Rückfrage vom Funktisch.

„Allein", antworte sie, knallte die Kojak-Leuchte aufs Wagendach und gab Gas.

Sarah wollte sich auf keinen Fall eine Verfolgungsjagd mit dem Verkehrsrowdy liefern. Deshalb hoffte sie darauf, dass sie einfach schneller war, ihn überholen und dann von vorne ausbremsen könnte. Doch ganz so einfach war das nicht. Denn sie hatte ihn erst geschätzte 150 Meter vor der Stünz'ler Kreuzung eingeholt und bis dorthin keinen Platz mehr zum Vorbeiziehen gesehen.

Plötzlich jedoch blinkte der Mazda-Fahrer rechts und verlangsamte die Fahrt. Sarah sah die Chance, doch noch vor der Kreuzung vorbeizukommen. Die nutzte sie auch und stellte ihren Wagen zwanzig Meter weiter vorne quer auf die rechte Fahrbahn. Gerade so, dass der Ausgebremste noch genügend Anhalteweg hatte.

Als beide Fahrzeuge standen, sprang die Renner aus dem Wagen heraus auf die Straße und lief vier, fünf Schritte zurück zum Mazda. Drinnen erkannte sie einen goldbehangenen Proll mit Trapezmuskeln, die bis unter die Ohrläppchen reichten.

Während sie die rechte Hand auf ihre Waffe im Gürtelholster legte, bedeutete sie ihm mit der Linken, die Scheibe herunter zu lassen. Der Bodybuilder nickte und öffnete. Aber erst nach einem Moment gespielten Überlegens. „Na, junge Frau", grinste er sie schräg an, „was sind das denn für Spielchen hier im tiefen Winter?" Sarah tat, als habe sie nichts verstanden.

„Machen Sie bitte den Motor aus." Doch der Typ reagierte nicht. „Ich bat Sie, den Motor auszumachen!" Wieder nichts.

Der Kerl grinste sie nur an und kaute provozierend und mit gefletschten Zähnen auf seinem Kaugummi herum.

„Pass mal auf Bursche", wurde die Kommissarin lauter und kroch ihm gefährlich nahe förmlich ins Gesicht, „wenn Du nicht sofort den Motor ausmachst und samt aller Papiere aus Deinem Karren aussteigst, kriegt Du richtig Schwierigkeiten."

„Hääà? Was hab' ich denn gemacht? Was willst Du Tucke denn eigentlich von mir?"

Aus seinen Oberarmen hätte man gut und gerne je einen Oberschenkel für sie basteln können. Und Sarah konnte sehen, wie unter seiner Jacke die Muckis spielten. Das und der Geruch von Schweiß und schlechtem Atem ließ sie ein Stück zurückweichen. Aber sie gab keinen Deut ihrer Forderungen auf. „Motor aus jetzt und raus. Und zwar sofort!"

Der grinsende Fleischklops schüttelte den Kopf. „Das kannste vergessen!", rief er, legte den Rückwärtsgang ein, gab Gas und rollte gerade so richtig an, als im Rücken der total geflashten Beamtin ein Streifenwagen in Richtung Sassenhausen vorbeiraste und die Straße hinter dem Muskelmann so blockierte, dass der allenfalls in einen verschneiten Acker hätte ausweichen können.

Sarah atmete erleichtert durch. Doch in dem Moment, in dem sie einsteigen und den Kollegen zu Hilfe kommen wollte, sah sie den Mazda schon wieder auf sich zukommen. Todesmutig stellte sie sich in die Straßenmitte, riss ihre Waffe aus dem Holster und zielte auf den heranrasenden Boliden.

Dessen Fahrer schien von der Bedrohung vor ihm wenig beeindruckt zu sein und blieb einfach auf dem Gaspedal. Als die Kommissarin das erkannte, sprang sie zur Seite in den Straßengraben und wartete auf den Crash, der nun unausweichlich kommen musste.

Doch der Rasende schien seine Nerven im Griff zu haben. Mit einem Affenzahn wich er auf die Gegenfahrbahn aus, umkurvte den Audi und verschwand aus Sarahs Sichtfeld. Sein Schicksal jedoch blieb ihr nicht verborgen. Mit hässlichem Krachen tat nämlich der rote Japaner drei Sekunden später kund, dass er die Kurve rechts runter nach Weidenhausen nicht gepackt hatte.

Als sie und die Kollegen wenig später am Unfallort eintrafen, zeigte sich ihnen ein groteskes Bild. Der Mazda war seitlich aus der Kurve in den Wald hineingeflogen, umgekippt und zwischen zwei Bäumen auf der Fahrerseite liegengeblieben.

Aus dem Motorraum rauchte es. Und aus der langsam sich öffnenden Beifahrertür versuchte der Muskelmann auszusteigen. Das misslang ihm aber ein ums andere Mal. Denn er schaffte es nicht, die Tür hoch zu halten. Offenbar war der Abflug ins Grüne nicht ganz ohne Blessuren für den Mann abgegangen.

Sarah stand mit schlotternden Knien da und fühlte sich außerstande etwas zu tun. Der Mann hätte sie um ein Haar überfahren und nicht einmal im Ansatz erkennen lassen, dass er vor ihr bremsen würde. Trotzdem empfand sie eine gewisse Genugtuung, ihn in dieser Situation zu sehen.

„Hi, alles gut?", rief Sam Weinrebe, der ihr im Vorbeilaufen auf die Schulter klopfte. Auch Harry Senftleben gab ihr einen freundschaftlichen Klaps, als er mit Feuerlöscher und Verbandkasten unterm Arm vorbeikam. „Bleib da stehen. Wir machen das. Rettung ist übrigens schon verständigt."

Als die beiden Uniformierten neben dem umgekippten Wagen standen und der Bodybuilder einen erneuten Ausstiegsversuch machte, rief ihm Harry durch den aufsteigenden Rauch zu: „Hallo, machen Sie bitte erstmal die Zündung aus. Sonst fliegt uns der ganze Kram hier gleich um die Ohren."

Das schien drinnen verstanden worden zu sein. Denn die Beifahrertür ging wieder zu. Doch in diesem Moment machte es ein hässliches ‚Buff'. Und plötzlich konnte Sarah an den

Vorderrädern vorbei einen hellen Schein erkennen. Feuer. „Der Motorraum brennt!“, rief sie den Kollegen zu und kletterte den beiden, wacklig wie sie war, über herumliegendes Astwerk hinterher.

Harry hatte bereits den Sicherungsbolzen aus dem Griff des Löschers gezogen und einen ersten satten Strahl des Löschmittels von unten dort in die Radkästen gejagt, wo man den Feuerschein sehen konnte.

„Sarah!“, rief Sam, „ruf die Feuerwehr. Schnell!“

Der Löschangriff war nur scheinbar ein Erfolg. Denn nach wenigen Sekunden sah man wieder züngelnde Flammen. Sam hatte sich mittlerweile von hinten her auf den Wagen gezogen und griff nach unten, um auch Harry folgen zu lassen. Doch seine Kräfte reichten nicht aus, um Senftleben hochzulupfen. „Mann, bist Du schwer“, stöhnte er.

Also half ihm Sarah mit einer Räuberleiter, bevor sie einen Notruf an die Feuerwehr absetzte.

Weinrebe ging auf der hochgeklappten Wagenflanke in die Knie und lugte durch das Beifahrerfenster. „Verdammt, wo ist denn jetzt der Fahrer abgeblieben?“, fragte er verdutzt. „Ach Gott, da unten liegt er.“ Mit gehetztem Blick richtete er sich auf und sah sich um. „Wir müssen da rein. Und zwar schnell. Aber die Tür bleibt nicht offen.“

„Gib mir den Feuerlöscher. Schnell!“, rief Senftleben der Kollegin zu. Und Sarah funktionierte. Wenn auch mechanisch. ‚Oh Gott, oh Gott‘ dachte sie, am ganzen Leib zitternd. ‚Und das alles, weil ich sauer auf diesen Idioten war.‘

In diesem Moment krachte es. Harry hatte mit dem Löscher das Seitenfenster eingeschlagen. Kurz darauf das zweite. Als hätten sie es abgesprochen, ließ sich Sam durch das rückwärtige Fenster hinab in den Wagen gleiten. Harry legte sich auf den Bauch und machte sich bereit, durch das Beifahrerfenster zuzugreifen. „Hallo, können Sie mich hören?“, sprach er den zusammengesackten Mann an. Ohne Erfolg. Nochmal. Wieder nichts.

Von vorne wurde es heiß. „Sarah, bitte nochmal löschen!", schrie Senftleben, der sich aufrichtete und von oben sehen konnte, wie der Lack auf der geschlossenen Kühlerhaube Blasen warf. „Du musst da raus, Sam. Beeil Dich!"

Sam griff zwischen den Sitzen hindurch und schlug dem Klops flach ins Gesicht. Der Kerl rührte sich nicht. „Verdammt, verdammt, ich kann den doch nicht hier drin lassen."

Senftleben lag wieder über der Luke. „Dann kneif ihm in die Eier! Wenn er das nicht mehr spürt, dann hat's eh keinen Wert mehr."

Sam überlegte nicht lange und folgte dem Rat des Kollegen. „Boaaaah!", brüllte der Liegende und wollte gerade um sich schlagen, wurde aber hart vom Lenkrad gebremst.

„Schnell, aufstehen!", schrie ihn Harry von oben an. „Ihr müsst raus aus dem Wagen. Der brennt gleich lichterloh!"

„Ich kann nicht", kam die schlappe Antwort.

„Du kannst schon. Du musst nämlich. Sonst verbrennst Du hier bei lebendigem Leib."

„Ja, aber mein linkes Knie."

„Dann stell Dich auf das rechte. Wir lupfen Dich hier raus. Und jetzt los. Oder willst Du dafür verantwortlich sein, dass mein Kollege hinter Dir mit verbrennt?"

„Und jetzt auf!", brüllte Sam vom Rücksitz aus. „Sonst reiß ich Dir Deine Kügelchen da unten ganz raus." Im selben Moment griff er nach dem Jackenärmel und riss den rechten Arm des Typen nach oben. „Nu komm, auf! Mach Dich nicht noch schwerer als Du sowieso schon bist."

Die Luft im Innenraum wurde stickig" „Sarah!", rief Weinrebe „schlag die Heckscheibe ein, damit wir hier drin mehr Luft kriegen!"

Da, langsam versuchte der Fleischberg, auf die Beine zu kommen. Es war eng zwischen Lenkrad und Rückenlehne. Aber er bekam seinen massigen Brustkorb frei und stützte sich auf den linken Arm.

„Zieh da oben!", brüllte Sam. „Wenn Du ihn fest hast, komme ich raus und helfe Dir."

Der Muskelmann begann zu jammern.

„Jetzt memm hier nicht so rum, Mann! Was sollen wir denn sagen? Meinst Du etwa, wir steigen freiwillig in brennende Autos ein?"

Das schien gezündet zu haben. Mit einem unheimlichen Brüller arbeitete sich der Verunglückte hoch aufs rechte Bein. „Na bitte", lobte Senftleben von oben und griff mit beiden Händen nach seinen Armen. „Geht doch. So, Sam, Du kannst jetzt raus."

Sekunden später kniete der schon wieder draußen auf der Seitentür.

„So, pass auf", dirigierte Harry das Geschehen. „Wir halten Dich jetzt an beiden Armen fest, damit Du mit dem rechten Bein zwischen den beiden Sitzen auf die Lehne treten und Dich weiter hochdrücken kannst. Und das machen wir jetzt zackig."

Mit hochroten Köpfen zerrten die beiden Polizisten an dem Fleischklops. Der stand auch bald auf dem Seitenteil der Rückenlehne, doch er blieb in der Fensterluke stecken.

„Komm, versuch's mal diagonal", riet Harry. Unten versprühte Sarah Renner gerade das letzte Löschmittel.

Wieder drückte der Fahrer seine ganze Körpermasse in das Loch. Und die Polizisten zerrten wie die Irren. Aber der Mann war nicht hindurchzubekommen. Er blieb wieder an derselben Stelle hängen. „Nun zieht doch!", schrie er. „Sonst verbrenne ich hier. Und Ihr seid schuld."

„Waaaas?“ Sam flippte fast aus. „Wir sind schuld? Wiiir sind schuuuld? Ich glaub', Du hast den Arsch offen, du Vollidiot!“ Dann holte er tief Luft. „Komm, noch'n Versuch, los jetzt!“, rief er und fasste tiefer in die Luke, um dessen Jacke vor der Brust greifen zu können. Da fühlte er eine Beule hinter dem dünnen Kunststoffgewebe.

„Das darf doch wohl nicht wahr sein!“, rief er entgeistert. „Halt ihm mal die Hände fest.“

„So?“, fragte Harry zurück, als er die Hände gegen die Körperspannung nach hinten drehte.

„Genau so.“ Weinrebe machte den Reißverschluss der Jacke auf und traute seinen Augen nicht. „Hier!“, brüllte er. „Hier steckt die Scheiße, wegen der der Typ nicht durch das Loch passt.“ Kaum hatte er ausgesprochen, spuckte ihm der Kerl ins Gesicht.

Sam war fassungslos, ließ aber den dicken Beutel mit Geldscheinen, den er in der Hand hatte, nicht mehr los. Mit einem Ratsch riss er das Teil ab, das mit Klebebändern auf einem T-Shirt rund um den Brustkorb befestigt war, zog es aus der Luke und warf es auf den Waldboden. „So. Und wenn Du jetzt nochmal spuckst, hau ich Dir so in die Fresse, wie Du es noch nie erlebt hast. Nur, damit das klar ist.“ Qualm stieg aus dem Fußraum des Wagens auf.

„Letzter Versuch“, kündigte Harry Senftleben an. „Zieht an!“

Es gab ein knatschendes Geräusch, als sie mit vereinten Kräften zerrten. Die Jacke war im Eimer, aber der Bodybuilder draußen. „Und jetzt runter von der Karre. Aber zügig!“, befahl Weinrebe und sprang als erster runter. Harry folgte ihm kurz darauf. „Und ich?“, jammerte der Gerettete.

„Dich sollte man dort oben grillen, Du Arschloch“, konnte Sam nicht mehr an sich halten, während er endlich dazu kam, sich die Spucke aus dem Gesicht zu wischen. „Leg dich flach hin und lass die Beine runterbaumeln. Wir nehmen Dich entgegen."

Wenig später und diesmal ohne Lamento war auch er unten und wurde genötigt, auf einem Bein aus der Gefahrenzone zu hüpfen.

Nicht so ganz einfach. Aber die beiden Polizisten waren so kaputt von der anstrengenden Arbeit, dass sie sich ein paar Meter weiter einfach atemlos in den Schnee am Waldrand warfen. Das Feuer im Motorraum schien erstickt zu sein.

Und Sarah, die vom Unfallfahrer fast flehentlich mit Blicken um Hilfe gebeten wurde, schüttelte nur den Kopf und zeigte ihm den rechten Mittelfinger.

„Kennst Du doch noch, oder? Kannst Du Dich nicht erinnern? Ist gerade mal zehn Minuten her. Ich geb' Dir einen Tipp. Sassenhäuser Höhe, Du auf der Gegenfahrbahn, Stinkefinger!"

Ob er's wirklich begriffen hatte, wusste Sarah nicht. Jedenfalls guckte der ‚Einbeinige' nur noch doof aus der Wäsche. Vor allem, als er umkippte und Kommissarin Renner die Situation nutzte und auf ihn sprang. In Sekundenschnelle hatte sie seine supermuskulösen Arme auf den Rücken gedreht und ihm Handschellen angelegt.

Und dann bedankte sie sich endlich bei den Kollegen. „Wo kamt Ihr denn überhaupt so schnell her?", wollte sie wissen.

„Das war Zufall, meine Liebe. Wir waren gerade von Leimstruth runter auf dem Weg Richtung Weidenhausen, als wir im Funk mitbekamen, was Du hier oben veranstaltest. Eine Solo-Verfolgungsfahrt." Sam lächelte. „Bitte mach das nicht nochmal, Sarah. Sowas kann ganz derbe ins Auge gehen. Und wir wollen noch 'ne Weile was von Dir haben."

„Versprochen", murmelte sie und lächelte verlegen. „Lieber Gott, wenn ich mir überlege, dass ..." Plötzlich war sie den Tränen nahe.

„Ist schon okay“, tätschelte Harry Senftleben ihre rechte Hand und lächelte. „War uns eine Ehre. Und außerdem ...“, zeigte er auf den Fleischklops, „... haben wir ja einen tollen Beifang gemacht.“ Auf Entfernung hörte man gleich mehrere Martinshörner.

„Wir sollten dem Leitenden mal Vollzug melden. Sonst dreht der womöglich noch am Rad.“ Harry schaute rüber zu dem Autowrack. „Brauchen wir die Feuerwehr eigentlich noch?“

„Glaub' schon“, brummte Sam. „Sicher ist sicher. Ich möchte nicht dafür verantwortlich sein, dass das Ding eventuell nochmal anfängt zu kokeln und der Wald dann Feuer fängt.“

Wenige Minuten später war das Thema erledigt. Die Jungs von der Feuerwehr hatten mit ihren Instrumentarien einfach mehr Möglichkeiten. Binnen kürzester Zeit galt der Mazda als gelöscht. Nur musste er zwischen den Bäumen geborgen, auf die Räder gestellt und damit verhindert werden, dass auslaufender Kraftstoff den Waldboden verseucht.

Die zwei Leute vom Rettungsdienst hatten da andere Probleme. Der Muskelmann weigerte sich beständig, mit ins Krankenhaus zu fahren. „Gefesselt schon mal gar nicht“, hatte er verkündet.

„Und ihre Knieverletzung?“, fragte die Rettungsassistentin. „Wenn ich das richtig einschätze, haben Sie sich einen ordentlichen Bänderschaden zugezogen. Womöglich ist sogar die Kniescheibe in Mitleidenschaft gezogen. Das muss sich dringend ein Arzt anschauen.“ Das Knie des Mannes war bereits dick geschwollen. Und unter der Haut zeigte sich eine leichte Blaufärbung.

„Krankenhaus ist nicht!“, bellte der Verletzte die junge Frau an. „Kommt nicht in Frage. Außerdem lass' ich mir von so 'ner Tucke wie Dir überhaupt nix sagen.“

„Alles klar, Sie haben die Verantwortung“, meisterte die Zurechtgewiesene diesen fiesen Anpfiff souverän und packte ihren Notfallrucksack wieder zusammen. „Jeder, wie er will und wie er es verdient."

„So, jetzt entschuldigst Du Dich erstmal bei der Dame für die Beleidigung und dann kommst Du mit uns auf die Wache und darfst in die freie Arrestzelle einziehen. Da geben sie Dir 'ne Tube Ibutop oder sowas in der Art und 'ne Binde. Dann kannst Du Dein Knie selbst schmieren und verbinden. Und wenn das Gelenk mal richtig mit Blut und Wasser vollgelaufen ist, wirst Du zum Gotterbarmen heulen. Das weiß ich aus Erfahrung", grinste Harry giftig.

Vom Dorf Stünzel her kam ein Mordsgerät von Traktor angefahren und blieb bei den Feuerwehrleuten stehen. Die hatten den Bauern geordert, um den Pkw aus dem Wald ziehen und auf die Räder stellen zu können.

„Halloooo, Du entschuldigst Dich jetzt bei der Frau!", pfiff Senftleben den Typen an, der mittlerweile trotz Folie und Notfallkissen einen eiskalten Hintern haben musste.

„Ich fahr' nirgendwo hin mit. Basta! Und bei *der* da entschuldigen? Nä! Vergiss es."

„Ach, lassen Sie's. Ich bin das gewohnt, von solchen Möchtegernen beleidigt zu werden", lächelte die Frau in der roten Jacke. „Aber eins müsste ich trotzdem wissen. Wie heißen Sie eigentlich?"

„Das ist nicht wichtig."

„Oh doch. Ich muss mir nämlich von Ihnen schriftlich bestätigen lassen, dass Sie auf eine Behandlung und auf einen Transport ins Krankenhaus verzichten."

„Das reicht, wenn ich Dir das sage. Und jetzt zisch ab! Mach 'ne Fliege!"

„So, Freund, jetzt reicht's!", brüllte es aus der offenen Tür des Ambulanzfahrzeugs. „Was bilden Sie sich eigentlich ein, Sie Stänkerer?" Mit hochrotem Kopf stürzte der Rettungswagenfahrer heraus, sprang auf den renitenten Mann zu, ergriff seinen linken Fuß und hob das Bein leicht an.

„Au!“, brüllte der.

„Was heißt hier ‚Au‘? Ich hab’ doch noch gar nichts gemacht. Werde ich aber, wenn Sie nicht parieren. Was ziehen Sie hier eigentlich für eine Show ab? Wir wollen Ihnen helfen und Sie benehmen sich wie der letzte Arsch und beleidigen meine Kollegin. Was soll das?“

„Lass’ mein Bein los. Sofort!“

„Oh gerne. Soll ich’s fallen lassen?“, grinste der Rettungskollege. „Name, Vorname, Adresse, Krankenkasse. Sonst macht’s ‚plopp‘.“

„Ey Leute“, rief’s vom Mazda her, „Ihr müsstet mal ein bisschen Platz machen. Sonst kommen wir nicht so richtig an das Fahrzeug hier ran.“

„Gute Idee“, fand Weinrebe, „wir können unser Gespräch ja im Streifenwagen fortsetzen. Wir müssen den Typen hier ja sowieso mit auf die Wache nehmen.“

„Ja, aber vorher brauchen wir seine Personalien“, beharrte der Rot-Kreuz-Mann auf seine Forderung.

„Kriegen Sie, kriegen Sie. Warten Sie mal, bis der Wagen geborgen ist. Der Kerl hat mit Sicherheit seine Papiere in der Karre. … Falls er mit seinem kugelrunden Kraftprotzarsch nicht sogar darauf sitzt“, fiel Sam gerade ein. „Verbiegen Sie ihm mal ‘n bisschen das Bein, damit er sich dreht und ich in seiner Arschtasche nachsehen kann.“

„Mit Freuden“, meldete der Nothelfer. Tat es aber natürlich nicht.

„Ihr nehmt meine Papiere da nicht raus. Das dürft Ihr gar nicht.“

„Oh doch“, meldete sich Sarah zu Wort. „Das dürfen wir sehr wohl. Sie sind nämlich hiermit vorübergehend festgenommen. Sie haben das Recht zu schweigen. Alles was Sie sagen, kann gegen Sie verwendet werden. Sie haben das Recht auf einen Anwalt. Sollten Sie sich keinen leisten können, wird Ihnen ein Pflichtanwalt gestellt.

So. Und jetzt Schluss mit den Förmlichkeiten und Ausweispapiere raus. Sofort! Sonst dreht der Mann tatsächlich am Fuß oder lässt ihn fallen."

„Okay, okay, Ihr kriegt ja, was Ihr braucht", jaulte er prophylaktisch auf.

„Na, dann mal los."

„Ich heiße Jörg Kleinhans, bin am 12. März 1984 geboren und wohne im Moment in Wingeshausen."

„Aha. Und wo da?"

„Bei 'nem Kumpel."

„Adresse?"

„Weiß ich nicht."

„Wie, weiß ich nicht?"

„Ja, weiß ich nicht. Paar Meter hinter der Kirche."

„Das ist ja nicht gerade präzise", schüttelte Sarah den Kopf. „Wie heißt denn Dein Kumpel?"

„Weiß ich auch nicht."

„Gibt's doch nicht."

„Doch, gibt's wohl."

„Achtung, das Bein fällt!"

„Ey, macht keinen Scheiß!" Dem Muskelmann war panische Angst anzusehen. „Ich weiß wirklich nicht, wie der heißt. Nur seinen Spitznamen. ‚Kutschi' nennen den alle."

„Okay. Prüfen wir nach. Was macht denn dieser ‚Kutschi' beruflich?"

Schulterzucken. „Keine Ahnung. Irgendwas mit Import, Export."

„Und warum darfst Du bei dem wohnen, wenn Du nicht mal seinen Namen kennst?“

„Haja, ich fahr' halt ab und zu für den.“

Von hinten meldete sich die Rettungsassistentin. „Bitte. Wir müssen jetzt weg. Ich brauche die Krankenversicherung.“

Im großen Besprechungsraum herrschte richtig gute Stimmung, als der Chef mit seinem obligatorischen „Hallo, alle da?“, hereinkam und sich setzte.

„Sarah fehlt noch“, meldete Petra Fischer fröhlich. „Aber das wird sich noch eine Weile hinziehen. Sie hat nämlich auf dem Stünzel zusammen mit den Kollegen Weinrebe und Senftleben einen illegalen Alkoholtransport aufgebracht und den Fahrer festgenommen.“

„Waaas?“, lachte der Chef auf, „gibt es oben auf dem Stünzel eine Grenze, über die Schnaps geschmuggelt wird?“

Großes Gelächter bei den Kollegen, die die Geschichte vorab schon alle erfahren hatten. Klaus wollte sie natürlich auch hören, und ließ sie sich von der Kriminalassistentin dezidiert erklären. Dabei erfuhr er, dass der verunglückte Mazda wohl auch deshalb aus der Kurve flog, weil er schwer beladen war. Und zwar mit 300 Litern Whiskey, die in sechs dickwandigen Plastiksäcken im Kofferraum lagerten. Sie waren gefunden worden, nachdem die Feuerwehr den verunglückten PKW geborgen hatte.

„Jetzt überlegt Euch mal, die wären bei dem Unfall geplatzt und ausgelaufen. Das wäre eine Feuerfalle geworden, über die ich gar nicht nachdenken möchte“, sinnierte Petra. „Der Whiskey war nämlich frisch destilliert und noch nicht verlängert. Er hatte noch knapp 80 Prozent. Das hätte richtig übel geknallt.“

Niemand in der Runde mochte sich ausmalen, was den drei Kollegen und dem Fahrer in dem beschriebenen Fall passiert wäre. „Wegen explodierendem Whiskey verbrannt. Wahnsinn“, schüttelte der ‚Freak‘ den Kopf.

„Sarah lässt ausrichten, dass sie noch eine Weile braucht“, berichtete Frau Fischer weiter, „weil sie den Zoll hinzugezogen hat. Der muss sich ja um die Sache mit dem schwarz gebrannten Alkohol kümmern.“

„Vorbildlich“, lobte Klaus Klaiser und berichtete dann vom „Fang des Tages“, wie er die Festnahme des Feistauer-Mörders nannte. Die Kripoleute, die das am Vormittag noch nicht mitbekommen hatten, klatschten Beifall und hörten sich regelrecht begeistert die Geschichte von der Verhaftung in der Bauernhofpension an.

„Tja“, endete Klaus schließlich, „man hat halt manchmal auch beglückende Erlebnisse, die sich einfach so ergeben. Ohne, dass man dazu beigetragen hat. Ich habe ja immer behauptet, Zufälle gäbe es nicht. Aber langsam fange ich an, diese Theorie zu bezweifeln.“

„Zumal das nicht der einzige glückliche Zufall für heute war“, merkte Rüdiger Mertz an, der bisher allen Redebeiträgen aufmerksam gefolgt war. „Wir wissen nämlich mittlerweile auch, wer der Fahrer des Jaguars war. Und diese Erkenntnis ist sogar mittlerweile mehrfach abgesichert. Der Mann hieß Rainer Berlinkofer, war 44 Jahre alt und kam aus Wolfenbüttel.

Das Wissen haben wir durch das Ergebnis eines DNA-Tests, den die Marburger Kollegen haben machen lassen und ins internationale Fahndungsnetz gesetzt haben. Parallel dazu haben wir auch seine Fingerabdrücke auf dem gleichen Weg checken lassen.“

„Fingerabdrücke?“, fragte Claudia Siegemund nach, „ich denke, dem hätten alle Fingerkuppen gefehlt.“

„Das schon. Aber wir haben welche in seiner Winterjacke gefunden. Die hat innen nämlich eine Art Plastiktasche, in die Skifahrer ihr Geld und ihre Liftkarte stecken können. Das Ding habe ich in einer eingesteppten Brusttasche gefunden, die den Kollegen nicht aufgefallen war."

„Das ist wirklich stark", freute sich Klaus. „Du hattest recht. Es hat sich gelohnt, zur Obduktion nach Marburg zu fahren und gleich auch mal bei der KTU reinzuschauen."

„Allerdings. Und irgendwie war es ein Riesenzufall, dass ich mir die Kleidungsstücke der Leiche habe angucken dürfen. Ich hatte nämlich den Eindruck, dass die Leute von der Kriminaltechnik die Schnauze gestrichen voll hatten von der wahnsinnig aufwendigen und total erfolglosen Spurensuche am und im Jaguar. Die haben an dem Wagen nichts Brauchbares gefunden. Rein gar nichts. Nicht einmal hinter den geklauten Nummernschildern.

Die einzigen Fingerprints, die sie zu Hauf gefunden hatten, waren die von der Besitzerin, ihrem Mann und ihren Kindern. Aber die hatten sie ja als Referenz aus Winterberg geliefert bekommen. Das kann schon ganz schön frustrieren, sowas."

„Gut, gut", meinte der Chef, „aber Du hast ja von noch so einem glücklichen Zufall gesprochen. Was meintest Du denn damit?"

„Wir wissen jetzt, dass der getötete Berlinkofer Polizist war."

„WIE BITTE? Polizist?" Klaiser schüttelte den Kopf und holte tief Luft. „Und das nennst Du einen Glücksfall? Ich glaube, Du siehst ..."

„Moment, Moment! Lass mich bitte ausreden", warf sich Rüdiger erneut ins Zeug. „Dass der Mann Polizist war, muss wahrlich nicht als glücklicher Umstand gewertet werden. Aber dass er bei der Kripo Braunschweig in der Waffenkammer gearbeitet hat, aus der das Flechette-Gewehr mit Munition geklaut worden war, sehr wohl."

Die Info hatte in den Köpfen der Kollegen fast hörbar „Wumm" gemacht. „Das ist ja ein Hammer." Plötzlich war mit einem Schlag klar, wie das amtlich wohl letzte Gewehr seiner Art aus dem Arsenal in Braunschweig verschwinden und in Bad Laasphe wieder auftauchen konnte.

Aber die Frage, wieso ein Polizist auf diese extrem schiefe Bahn geraten und sich zu derlei Taten hinreißen lassen konnte, stand natürlich im Raum und bedurfte der dringenden Klärung. Das Palaver war groß und sparte nicht an Verwünschungen und üblen Titulierungen für den Danebengeratenen.

Jürgen Winter versprach schließlich, brauchbare Infos einzuholen. Denn er verspürte eine Art Bringschuld, nachdem der von ihm verdächtigte Kilian aus Wolfsburg vermutlich doch nichts mit dem Verschwinden der Waffe zu tun hatte.

„Sehr ordentlich, was heute so alles zusammengetragen worden ist. Alle Achtung", zeigte sich Klaiser hocherfreut und schaute in eine Runde recht zufriedener Gesichter. „Pattrick, Sven, was war bei Euch? Habt Ihr was Habhaftes in Erfahrung bringen können?"

„Ja, ein wenig schon", knödelte Born mehr als dass er sprach. Wie Sven hatte er gehofft, heute nicht zu ihren Ermittlungsergebnissen gefragt zu werden. „Wir ha..."

In diesem Moment flog die Tür auf und Sarah Renner kam herein. Es wurde laut. Sie hatte noch nicht einmal „Hallo" sagen können, da klopften und klatschten die Kolleginnen und Kollegen schon Beifall. Der Chef stand sogar auf, um der noch recht Neuen in der Runde für ihren Erfolg die Hand zu drücken.

Sarah Renner bekam ein süßes rotes Köpfchen. Und Sven schaute Pattrick an und zwinkerte ihm grinsend zu, während der sich in einem Show-Act Schweiß von der Stirn wischte. Denn eins war klar: in den nächsten 20 Minuten würden sie alle an den Lippen des Kükens kleben. Immerhin hatte sie gemeinsam mit den Kollegen von „S“ den wohl ersten bekannten Fall von Alkoholschmuggel in der Wittgensteinschen Nachkriegsgeschichte aufgedeckt. Und dann auch noch einen der Täter zur Strecke gebracht.

Wenige Stunden später lief die Festnahme des Händlers mit dem Spitznamen ‚Kutschi‘ an. Der Zoll hatte dazu ein Sondereinsatzkommando der Bundespolizei um Hilfe gebeten, das durch seine martialische Aufmachung kurzzeitig für einige Aufregung in der Wingeshäuser Ortsmitte sorgte.

Immerhin konnte keiner der Zöllner einschätzen, wie sehr der vermeintliche Alkoholschmuggler seine Pfründe vor Staatsgewalt und Fiskus verteidigen würde. Und daher fuhr das SEK schwerbewaffnet und in Vollausrüstung vor. Rund um die Kirche holten die Menschen ihre Kinder von der Straße.

Nur zwei Gaffer trauten sich und zückten ihre Handys für Videos. Was ihnen die Schwerbewaffneten jedoch nicht zu Freunden machte. Im Gegenteil. Als sie nach erstmaliger Aufforderung zum Verschwinden nicht reagierten und auch die zweite ignorierten, machten sie mit einem ausgesprochen schmerzhaften Abführgriff Bekanntschaft.

Acht der vermummten Bundespolizisten hatten sich derweil unbemerkt einem Haus im Priesterweg genähert und die Lage sondiert. Drinnen stellte ein Beamter mit einer Art elektronischem Stethoskop Bewegung fest und signalisierte dies den anderen mit einem Handzeichen.

Kurz darauf hörte man ein Reifenschlittern mit anschließendem Krachen in dem schmalen Tal. Offenbar war direkt vor dem Gebäude ein VW-Passat in den dort abgestellten Daimler geknallt.

Sekunden später ein Aufschrei. „Verdammter Vollidiot!“, brüllte ein Mann, der die Haustür aufriss und in Richtung seines Wagens stürmte. Doch so weit kam er nicht. Denn aus der Deckung heraus hatten ihn zwei Mann der Spezialtruppe angesprungen und zu Boden gerissen. Der eine band ihm mit einem Kabelbinder die Hände auf dem Rücken zusammen. Der andere kniete derweil auf dessen Oberschenkeln. Das schmerzhafte Muskelreiten war jedoch nur von kurzer Dauer. Denn während vier weitere Bewaffnete in das Einfamilienhaus stürmten, wurde der total Überrumpelte wieder auf die Beine gestellt.

„Was soll denn das?!", brüllte der Mann und starrte den Einsatzleiter der Truppe an, der sich breitbeinig vor ihm aufgebaut und die Mündung seiner Maschinenpistole zu Boden gesenkt hatte.

„Die Fragen stelle ich!", herrschte er den Gefesselten an. „Ist da noch jemand drin?"

„Leck mich am Arsch. Ich will wissen, was das hier soll?"

„Ich frage ungern zweimal dasselbe. Ist da noch jemand drin?"

„Nein! Niemand. Ich bin alleine. Verdammt nochmal, was wollt Ihr eigentlich von mir? Und was wollt Ihr in meinem Haus, Ihr Bullenschweine?!" Der Mann in Jeans und Pullover vermittelte nicht den Eindruck, als sei dies seine erste Konfrontation mit der Polizei. Weil er sich dabei jedoch zunehmend um besondere Coolness bemühte, wirkten seine Verbalattacken eher wie in einem amerikanischen Serienkrimi.

Doch der Polizist ließ sich dadurch nicht irritieren. Mit ruhiger Stimme sagte er: „Jetzt machen Sie mal hier nicht so einen Aufstand, Herr Dreisbach. So heißen Sie doch, oder?"

„Gegenfrage. Ich will wissen, was das hier soll!", brüllte der Delinquent, dessen Halsschlagadern einen beängstigenden Durchmesser angenommen hatten.

„Kann ich Ihnen sagen. Sie sind vorläufig festgenommen."

„Warum denn das, Scheiße nochmal? Ich hab' doch nichts gemacht!"

„Das sehen wir etwas anders", antwortete ein Uniformierter, der von weiter hinten dazu gekommen war und auf dessen schusssicherer Weste das Wort ‚Zoll' prangte. „Sie sind vorübergehend festgenommen, weil wir gegen Sie wegen gewerbsmäßigen illegalen Vertriebs von Alkohol in großen Mengen ermitteln."

„Wie kommt Ihr denn auf diesen Schwachsinn? Ihr seid doch komplett verrückt!", schnaufte ‚Kutschi' fuchsteufelswild und musste aufpassen, dass er wegen der gefesselten Hände nicht das Gleichgewicht verlor. „Schaut Euch doch mal um. Außer in meiner Hausbar gibt es hier nirgendwo auch nur einen Tropfen Alkohol. Nichts! Nada!"

In dem Moment kamen die vier Beamten wieder aus dem Haus und meldeten „alles sauber".

„So! Da seht Ihr's!", triumphierte Dreisbach. „Und deswegen fahrt Ihr Arschlöcher mir meinen neuen Wagen knitterkaputt?"

„Knitterkaputt?", fragte der Einsatzleiter. An den Falten um seine Augen sah man, dass er unter seiner Sturmhaube grinsen musste. „Wo ist Ihr Wagen knitterkaputt?", erneuerte er seine Frage.

Erst da starrte der Festgenommene verblüfft auf seinen 300er Mercedes, der nicht einen Kratzer abbekommen hatte. Dafür sah er, wie am hauteng danebenstehenden Passat das Seitenfenster geschlossen und drinnen ein großer Lautsprecher vom Beifahrersitz genommen wurde.

„Das war ein Fake, Herr Dreisbach. Oder, wie Sie wohl sagen würden, pure Verarschung. Wir wissen natürlich, wie sehr Männer Ihres Schlages an ihren Protz-Autos hängen. Deswegen sind sie ganz leicht aus der Deckung zu holen, wenn sie auch nur den geringsten Verdacht haben, dass ihnen ihr ‚heilig's Blechle' demoliert wurde."

Kutschi, den der Zoll schon vor dem Einsatz als Torsten Dreisbach identifiziert hatte, knirschte mit den Zähnen und lief dunkelrot an. Einer der Beamten, die ihn arretiert hatten, musste ihn mit stahlhartem Griff ins Genick davon abhalten, den Chef der Sondereinheit gegen das Schienbein zu treten. „Den nehmen die Jungs vom Zoll mit. Könnt ihn in deren Auto setzen!", rief der den Kollegen zu und wandte sich an die Männer, die im Haus gewesen waren. „Alles völlig clean da drin?"

„Soweit wir das in der kurzen Zeit sehen konnten, ja. Aber wir sollten uns ja noch seinen Wagen und die Garage vornehmen. Gibt es da passende Schlüssel?"

„Hier, probier' die mal", lachte einer der Polizisten von der Schwarzbrenner-Eskorte und warf dem Kollegen einen Schlüsselbund zu. „Hab' ich in seiner Hosentasche gefunden."

Der ganze Trupp schien erleichtert, dass die Festnahme des vermeintlichen Schwarzhändlers so reibungslos über die Bühne gegangen war. Und weil schließlich auch die Nachsuche in Garage und Fahrzeug nichts Verdächtiges zutage gefördert hatte, übergaben die Bundespolizisten den Fall zurück an die Beamten vom Zoll und verschwanden so schnell, wie sie in Wingeshausen aufgetaucht waren. Keiner der verschreckten Bürger hatte so recht mitbekommen, warum sie eigentlich da waren.

Freitag, 8. Februar

Auf der A 4 herrschte Schneetreiben. Und das bei tiefblauem Himmel. Ein eiskalter Ost-Nordost-Wind hatte zumindest auf den Höhen den Winter wieder aufleben lassen. Die Schneewechten an den höheren Böschungen entlang der Autobahn wirkten in der grellen Sonne wie Sanddünen, die vom starken Wind Millimeter um Millimeter abgetragen wurden.

„Eine eigentümliche Fahrerei ist das", meinte Sven Lukas am Steuer seines Kuga. Vor ihm schlingerten dünne Schneefahnen über die ansonsten trockene Fahrbahn.

„Stimmt", brummte Pattrick, der die Rückenlehne des Beifahrersitzes ein wenig heruntergeschraubt hatte und vor sich hin döste. „Macht richtig schläfrig."

„Ihr könnt morgen von mir aus beide komplett frei machen", hatte der Kripo-Chef entschieden, als sie bei ihm angefragt hatten. „Ich wüsste nicht, was uns im Moment im Feistauer-Fall weglaufen könnte. Und Ihr habt wirklich genug Stunden auf dem Buckel. Aber müsst Ihr unbedingt bei dem Wetter nach Köln zum Fußball fahren?"

Er wüsste da was Besseres, hatte er vielsagend gegrinst und sich beim ‚Freak' beiläufig nach der „überaus attraktiven Mina" erkundigt, die man doch „wegen eines Bundesligaspiels im tiefen Winter nicht einfach so alleine lassen" könne.

„Ach, weißt Du", hatte Sven fröhlich geantwortet, „sie wird gar nicht alleine sein. Sie hat nämlich bis einschließlich Montagmorgen durchgehend Dienst. Und wenn das eintrifft, was sich momentan abzeichnet, wird sie bis dahin Gesellschaft von mindestens drei aufgeregten Elternpaaren haben. Und, wenn alles gut geht, von drei Neugeborenen."

„Aber haben Hebammen denn nicht auch irgendwann einmal den Wunsch, ein eigenes Baby zu haben?"

„Wer sagt Dir denn, dass dieser Wunsch nicht in absehbarer Zeit erfüllt wird?"

„Wie? Ihr seid schwanger?"

„Dritter Monat", verkündete der ‚Freak' stolz.

„Das ist ja super!", rief Klaus. „Herzlichen Glückwunsch."

Auch Pattrick Born war reineweg baff. „Toll, Mann! Schließe mich an. Alles Gute für Euch."

„Danke, danke. Aber macht noch nicht so viel Gebrauch von der Info. Mina hat's auch im Krankenhaus noch nicht publik gemacht."

„Wir schweigen wie ein Grab", versprach der Chef-Kriminologe.

„Aber wir freuen uns natürlich", komplettierte Born, der froh war, nicht auf seine aktuellen Liebesbeziehungen angesprochen zu werden. Nach der Trennung von Simone im Herbst vergangenen Jahres ging es ihm noch immer nicht so richtig gut. Sein Herz hatte zu tiefe Wunden davongetragen.

Knapp neun Jahre hatten die beiden das ideale Paar verkörpert. Als seien sie verheiratet. Und sie hatte sein unstetes und gefährliches Leben als Polizist stets toleriert. Doch nach der Schießerei in Arfeld, bei der Pattrick genauso gut hätte draufgehen können, war ihre Fähigkeit, Angst auszuhalten, aufgebraucht. Nur drei Wochen nach seinem spektakulären Schusswechsel mit einem Verbrecher zog die Lehrerin aus. Sie hatte sich nach Stolberg bei Aachen versetzen lassen.

An diesen radikalen Schnitt im Leben des Kollegen musste Sven Lukas denken, während er seinen kürzlich erst gebraucht gekauften SUV einfach laufen ließ. Das Bergische

Land gab ihm genügend Gelegenheit dazu. Und je besser es voran ging, desto glücklicher war er über den Deal, den er mit Blick auf die werdende Familie gemacht hatte. ,Toller Wagen', freute er sich und genoss Kraft und Straßenlage des Fahrzeugs.

Gegen 11.10 Uhr hatten sie Troisdorf erreicht und mit Hilfe des Navis die Haydn-Straße auf Anhieb gefunden. Die Nummer 5, ein mehrgeschossiges Geschäfts- und Wohnhaus, lag ziemlich vorne in der Straße auf der linken Seite. Direkt am Anfang des Gebäudes führte eine breite Einfahrt hinunter in die Tiefgarage. Sie war durch ein Rolltor gesichert.

„Da muss der Herr Feistauer aber einen Schlüssel besessen haben, um da reinzukommen", gab der ,Freak' zu bedenken, als sie die Einfahrt passiert hatten und stehen geblieben waren.

„Glaub' ich nicht. Oder hast Du da irgendwo ein Schloss gesehen, mit dem man das Tor öffnen kann." Pattrick schaute nach schräg gegenüber und kontrollierte seine Behauptung noch einmal. „Ich sehe jedenfalls nichts."

„Ich auch nicht. Du hast recht", antwortete Sven beim Blick über die Schulter. „Also gibt es nur zwei Möglichkeiten. Kontaktschleife oder Funkfernsteuerung."

Die beiden Kommissare stiegen aus und zogen sich ihre Winterjacken über ihre dicken Pullover. Dessen hätte es aber nicht bedurft. Denn hier unten, rund 400 Meter unter der Berleburger Meereshöhe, lag nicht nur kein Krümel Schnee. Die Außentemperaturen waren auch deutlich moderater als die im Rothaargebirge.

Mit den Händen in der Tasche und im Tempo zweier spazierender Touristen überquerten Sven und Pattrick die Haydn-Straße und liefen zurück zu der Garageneinfahrt. „Kontaktschleife kannst Du vergessen", befand Born im Vorbeilaufen. „Wie soll denn das gehen, wenn da einer mit dem Rollstuhl runterrauscht? Außerdem müsste der ja auch kodiert sein. Sonst könnte ja jeder x-Beliebige die Garage nutzen."

„Stimmt auch wieder", bestätigte Sven. „Also Funkfernsteuerung. Aber die setzt den Besitz eines Parkplatzes in der Garage voraus. Und für den sollte man tunlichst ein Fahrzeug haben."

„Nicht unbedingt. Aber es kostet halt, sich einen solchen Platz zu gönnen. Da wäre es unsinnig, keins zu haben."

Die zwei Beamten drehten wieder ab, um ihr weiteres Vorgehen zu beraten. Doch bevor sie den Kuga erreicht hatten, schlug Pattrick mit Blick auf die Ladenzeile vor, bei einem kleinen Imbiss über den nächsten Schritt nachzudenken.

„Wo?", fragte Sven.

Pattrick wies mit einer Kopfbewegung in Richtung einer Fensterfront, hinter der Papierlaternen zu sehen waren. „Da, beim Chinesen. Einverstanden?"

„Das war's, Herrschaften. Kollege Niersbach, machen Sie ihn bitte zu." Im OP 3 des Justizvollzugskrankenhauses NRW in Fröndenberg an der Ruhr legte Dr. Linda Breyer die Instrumente beiseite und streifte beim Hinausgehen Schutzmaske, Kopfhaube und Handschuhe ab. Das Jochbein von Philip Joobs war gerichtet, die Einblutungen in Stirn- und Nasennebenhöhlen abgesaugt und gestillt.

„Er wird noch drei, vier Tage ziemliche Kopfschmerzen haben", dozierte die Chefärztin der Kieferchirurgie vor zwei Assistenten, während sie sich ausgiebig die Hände wuschen. „Aber angesichts dessen, was dem Mann wohl vor Gericht bevorsteht, dürften das nicht die letzten sein."

„Wieso, was droht ihm dort?", fragte der Assi zu ihrer Linken.

„Ich denke mal lebenslänglich."

„Lebenslänglich? Das ist heftig. Wofür?"

„Naja, sie sollten wissen, dass wir gerade einen vermeintlichen Mehrfachmörder operiert haben."

Die angehende Ärztin zu ihrer Rechten wurde blass. „Mehrfachmörder?", fragte sie fast tonlos. „Was hat der Mann denn konkret getan?" Anna Lena Steinbach, seit wenigen Wochen erst in der Basisweiterbildung zur Chirurgin, war, was den Patienten anbelangte, völlig unwissend in den Operationssaal gestellt worden. Einzig Name und Alter des Mannes waren ihr bekannt.

„So wie es aussieht, hat er in nur zwei Tagen drei Menschen ermordet. Zwei Männer soll er erschossen haben und einen fast enthauptet."

Frau Steinbach schluckte und schien sich nicht ganz einig, ob sie sich mit dem Thema, das sie gehörig irritierte, weiter befassen wollte. „Warum?", fragte sie trotzdem, brach dann aber ab und trocknete ihre Hände ab.

„Warum was?", fragte Dr. Breyer und ließ der jungen Kollegin lange Zeit für eine Antwort. Doch die bekam sie nicht. „Sie wollten sicher fragen, warum wir einem Gewaltverbrecher eine solche Behandlung angedeihen lassen."

Die Angesprochene eierte herum. „So wollte ich die Frage eigentlich nicht gestellt haben."

„Wie kann man die Frage denn sonst stellen? ... Kommen Sie, ich will Ihnen mal was erzählen. Ich stand vor Jahren vor dem gleichen Dilemma. Als es nämlich darum ging, einem Kindermörder das Leben zu retten. Ich habe schwer mit mir gerungen. Aber im Grunde ist die Frage nach dem ‚Warum' ganz einfach beantwortet. Weil wir dem hippokratischen Eid verpflichtet sind. Den kennen Sie doch."

„Ja, ich weiß. Darin steht auch das Gebot, den Kranken nicht zu schaden und Medikamente zum Patientennutzen zu verschreiben."

„Sehen Sie. Hätten wir ihn also nicht operiert, hätten wir ihm nachhaltig geschadet. Also haben wir ihm mit der OP geholfen."

Auf dem Weg in die Mittagspause machten die Chefärztin und der Kollege Niersbach noch eine kurze Visite bei den Frischoperierten im Aufwachzimmer. Joobs war gerade hereingeschoben und an die Geräte angeschlossen worden. Der Anästhesist zeigte während seiner Arbeit an dem neuen Patienten nur den ausgestreckten Daumen in die Höhe. ‚Alles in Ordnung soweit', sollte das heißen. Philip Joobs war ab sofort auf dem Weg der Besserung.

Kurz darauf trafen die Chefin der Kieferchirurgie und die junge Assistentin bei Sahnehering mit Pellkartoffeln erneut aufeinander. Anna Lena hatte höflich gefragt und war von der erfahrenen Ärztin mit einem „selbstverständlich" an den Tisch gebeten worden.

„Sie kämpfen sehr mit sich, habe ich den Eindruck", eröffnete die Ältere das Gespräch.

„Oh nein, das ist es nicht", widersprach die junge Frau. „Ich glaube vielmehr, dass ich mich entschuldigen muss für mein Verhalten vorhin. Natürlich fühle ich mich verpflichtet, jedem Menschen zu helfen. Aber das heute Vormittag hat mich geschockt. Wissen Sie, ich hatte noch nie mit einem Mörder zu tun."

„Sind Sie da so sicher? Wir halten uns ja hier sehr zurück, was die Lebensläufe unserer Patienten betrifft. Deswegen kann es durchaus möglich sein, dass sie schon dem einen oder anderen Gewaltverbrecher begegnet sind, ohne es zu wissen. Ich glaube, wir haben zurzeit 44 männliche und 18 weibliche Mörder hier. Bis auf diesen Joobs alle rechtskräftig verurteilt."

Anna Lena Steinbach war entsetzt. „Das ist ja furchtbar. Ich hätte niemals damit gerechnet, dass wir in solch mörderischen Zeiten leben."

„Da müssen Sie aber umlernen", lachte ein nebenan sitzender Krankenpfleger. „Denn wir haben hier ja lediglich die kranken Knackies aus Nordrhein-Westfalen. Von 18 bis, glaube ich, 83 Jahren. Da kommt schon ordentlich was zusammen. Hat man Ihnen das denn nicht erzählt, als Sie sich hierher beworben haben?"

„Doch hat man schon. Allerdings habe ich mich nicht nach der Anzahl der Mörder erkundigt."

„Ja, okay. Das wird man sicher in keinen Werbeprospekt schreiben. Aber dieser Kasten hier hat schließlich knapp 240 Betten und ist eine der größten Knast-Kliniken in ganz Europa. Ist doch normal, dass da auch ganz schwere Jungs und Mädels unter den Patienten sind", plauderte der Mann in Weiß munter weiter. „Euer Joobs scheint übrigens im Moment der Rekordhalter in unserem Laden zu sein. Drei Morde. Alle Achtung."

„Jetzt halten Sie mal ein bisschen den Ball flach, Herr Klemm", maßregelte die Chefärztin den Tischnachbarn. „Sie tun ja gerade so, als würden wir hier eine Rangliste für Kapitalverbrecher führen."

„Natürlich nicht, verzeihen Sie bitte, meine Damen. Aber ich arbeite schon so lange in diesem Hause. Da stumpft man gegenüber dem Verbrechen ein wenig ab."

Trotz der unerwarteten Wucht an Informationen schienen Frau Steinbach Sahnehering und Kartoffeln zu schmecken und sie weichte im Verlauf des Gesprächs immer weiter auf.

„Wie ist das denn eigentlich mit der Sicherheit in der Anstalt. Sind hier schon mal Menschen getürmt?"

„Hier?", fragte Toni Klemm. „Nää! Nicht, dass ich wüsste. Das hat noch keiner gebracht. Das heiiißt ...", unterbrach er sich und dachte nach, „... einer hat es mal fast geschafft. Das war dieser Einbrecher-König Jan Zocha. Der hat vor ungefähr 15 Jahren die Gitter vor seinem Zellenfenster mit Diamantfeilen zersägt und ist dann mit so 'ner Art Leiter aus Stoff und Holz tatsächlich bis auf die vier Meter hohe Gefängnismauer geklettert. Da haben sie ihn dann aber erwischt."

„Aha. Und ohne geht gar nichts, sagen Sie? Hier geht es immerhin um einen Mord. Da ticken die Uhren etwas anders, wissen Sie." Claudia Siegemund schnipste vor Verzweiflung fast den Clip von ihrem Kuli ab. So sehr nervte sie der Mann von der Hinterländer Girobank. „Ohne Staatsanwaltliche Verfügung geht gar nichts", hatte der Laaspher Filialleiter schon nach der ersten Frage verfügt.

„Mein Gott, wie kann man denn so stur sein? Sie tun ja gerade so, als wollte ich in Ihren Geldbeutel gucken. Will ich aber nicht. Ich will wissen, woher Christof Feistauer sein Geld bekam. Wir sind auf der Suche nach Spuren, um seinen Mörder zu finden. Und da er zweifellos mindestens ein Konto bei Ihnen geführt hat, wäre es doch für Sie ein Leichtes, einfach mal einen Blick darauf zu werfen."

„Da muss ich Ihnen recht geben", antwortete der Banker betont unaufgeregt, „es wäre ein Leichtes. Aber da gibt es eine Direktive unseres Mutterhauses. Und die besagt, dass es derlei Auskünfte grundsätzlich nur gegen eine Staatsanwaltliche Verfügung gibt. Und damit ist eigentlich alles gesagt. Schönes Wochenende."

Claudia hämmerte den Hörer dermaßen heftig auf das Telefon, dass das ganze Gerät einen Satz machte. „Boooaaah! Dieser affektierte Armleuchter. So ein Sesselfurzer, so ein dämlicher. Woher soll ich denn heute am Freitag noch eine Staatsanwaltliche Verfügung bekommen? Das kannste doch alles in der Pfeife rauchen, sowas!"

Wütend gab sie ihrem Papierkorb einen solchen Tritt, dass der quer durchs Büro flog und Rüdiger Mertz' stattliche Sammlung blecherner Polizei-Tschakos von einem Board räumte.

Scheppernd donnerten die Helme zu Boden und sorgten für einen mittleren Aufruhr unter der Rumpfbesatzung im Kommissariat.

Jürgen Winter hämmerte nebenan an die Wand. „RUHE, verdammt nochmal! Ich muss mich hier konzentrieren!" Und plötzlich stand Klaus Klaiser in der offenen Bürotür. Entsetzt schaute er auf die Relikte einst ruhmreicher Polizeigeschichte. „Ach du lieber Himmel!", rief er, „lass das bloß nicht Rüdiger sehen. Diese Dinger sind nicht nur äußerst selten und schweineteuer, sondern für ihn auch richtige Heiligtümer. Warum hast Du denn hier dermaßen abgeräumt?"

„Ja, würde mich auch mal interessieren", rief Petra Fischer lachend aus dem Flur, „der Mensch, den ich eben an der Strippe hatte, fragte, ob bei uns gerade die Müllabfuhr unterwegs wäre."

Claudia, die nervös auf den Knien umherrutschte, um die Tschakos wieder einzusammeln, bekam feuchte Augen. „Ihr hättet mal erleben müssen, was mir gerade eben passiert ist." Noch immer angefressen berichtete sie von ihrem Gespräch mit der Bank und buhlte um Verständnis für ihren Ausraster.

„Das würde mir auch stinken", meinte der Chef und reichte ihr die rechte Hand. „Allerdings ist er im Recht. Komm hoch, den Rest sammele ich wieder ein."

„Ja, aber die Staatsanwaltliche Verfügung", entgegnete sie fast kläglich. „Kannst Du da nichts machen?"

„Kann ich schon. Aber selbst, wenn wir die heute noch kriegen, dürfte dieser ‚Sesselfurzer', oder wie Du ihn genannt hast, schon längst zu Hause sein. Lass uns bis Montag warten."

Als Klaiser die letzten Helme aufgehoben und ehrfurchtsvoll betrachtet hatte, bauten sie die Tschakos wieder auf dem Board auf. „Achtet bloß auf die richtige Reihenfolge", mahnte Petra. „Rüdiger dreht am Rad, wenn er erfährt, was hier passiert ist."

„Ja, aber wie? Ich kann mich nicht erinnern, wie die gestanden haben.“

„Ich glaub’, da muss man sich nur auf einen Stuhl stellen und schauen, welche Form die staubfreien Stellen auf dem Holz haben“, riet der Chef und konnte sich ein Grinsen nicht verkneifen. „Aber zur Not schaust Du Dir einfach das Foto auf Rüdigers Schreibtisch an. Er hat sich doch kürzlich erst vor seiner Sammlung verewigen lassen.“

In Troisdorf waren sich die Kommissare Born und Lukas nach „Ente süß-sauer mit gebratenen Nudeln“ einig, dass sie die alte Frau Wang nach Feistauer befragen sollten. Die betagte Bedienung des China-Restaurants schien die Seele des ‚Peking Inn‘ zu sein. Und beim Blick auf die Karte, die ein Bestehen des Lokals seit 1983 dokumentierte, waren die beiden auch sicher, dass die Dame seit dessen Gründung dabei war.

Die sehr zurückhaltende, nette Frau begriff beim Kassieren der Rechnung zunächst nicht so recht, was die Beamten von ihr wollten. Zumal ihr Deutsch auch nach so vielen Jahren nicht unbedingt das Beste war. Als Pattrick ihr aber dann ein Foto von Feistauer zeigte, lächelte sie plötzlich und verschwand vor den Augen der verblüfften Polizisten in der Küche.

Kurz darauf kehrte sie gemeinsam mit einer jungen Frau zurück, die sich als Jinjin vorstellte, die Tochter der Chefin. Ja, sie kenne den Mann, erzählte sie in astreinem Deutsch und sie bedauere es sehr, dass er schon so lange nicht mehr in ihrem Lokal gewesen sei. Man wisse auch gar nicht, ob er überhaupt noch lebe.

Dass der Mann auf dem Foto im selben Haus gewohnt hatte, in dem sich das Lokal und auch die Wohnung der Familie Wang befinden, konnte sie nicht bestätigen. Und auch von dessen Unfall und Behinderung hatte sie demnach nichts mitbekommen. Sie konnte sich lediglich erinnern, dass sie vor einigen Wochen einen Mann im Rollstuhl vor dem Haus gesehen habe, der sie entfernt an Feistauer erinnert hatte.

„Ja, was denn nun?“, fragte Pattrick seinen Kollegen, als sie wieder draußen auf der Straße waren. „Hat er nun hier gewohnt? Oder war das auch wieder nur eine seiner vielen Finten und Verarschungen? Die müssen doch mitgekriegt haben, wenn der Typ ihr Mitbewohner war.“

Mit wenigen Schritten schlüpfte er zwischen zwei Geschäften in einen Hausgang, in dem auf der einen Seite Briefkästen und auf der anderen Klingelknöpfe zu sehen waren. „Nichts“, berichtete er, als er wieder zurückkam. „Kein Feistauer und auch keine freie Klingel. Alle zehn Namen passen zu denen auf den Briefkästen.“

„Nur zehn Wohnungen in dem Riesenkasten?“ Sven wollte das gar nicht glauben. „Schau doch mal hoch. Das sind doch mit Sicherheit doppelt so viele Wohnungen wie Klingeln und Briefkästen. Sonst müssten das ja Mörderwohnungen sein. Zweihundert Quadratmeter und mehr.“

„Stimmt. Das ist mir gar nicht aufgefallen.“ Mit gerunzelter Stirn musterte Born den Wohnblock und schaute dann wieder in den Hausgang. „Ach Gott, sind wir blöd“, sagte er plötzlich und klatschte sich mit der Hand auf die Stirn. „Guck mal da. Wir stehen vor Hausnummer 3“, zeigte er auf die Nummer, die direkt über dem Gang angebracht war.

„Oje“, lachte Sven. „Das hätte jetzt von den Kollegen niemand sehen dürfen. Die hätten sich gebogen vor Lachen. Der gesamte Block hat zwei Hausnummern. Wir müssen sicher nur noch ein paar Meter weiterlaufen.“

Tatsächlich fanden sie nach etwa 15 Meter Schaufensterfront einen baugleichen Hausgang, über dem folgerichtig die Nummer 5 prangte. Und hier wurden sie auf den Klingelschildern fündig. ‚Christof‘ stand auf dem der zweiten Etage links. Dazu passend ein Briefkasten mit dem vollen Nachnamen. „Das ist er", waren sich die beiden Männer einig.

Aber wie reinkommen in das Haus und in die Wohnung? Der alte Trick mit Drücken aller Klingelknöpfe wäre da sicher hilfreich. Aber selbst wenn sie von jemandem hineingelassen würden, bliebe immer noch die Tür zur Wohnung. Und die beiden Metallstifte, mit denen sich Wilsberg und andere in Fernsehkrimis illegalen Zugang verschaffen, gibt es in der Realität schlicht nicht.

Grübelnd saßen die beiden bei brummelnder Standheizung im warmen Wagen und waren mit sich und den Umständen absolut nicht zufrieden. „Hätten wir uns eigentlich von Anfang an denken können", meinte Pattrick schließlich. „Wie sollen wir denn da reinkommen, wenn uns keiner aufmacht?"

„Da muss es doch irgendeinen Trick geben", sinnierte Sven laut vor sich hin. „Feistauer ist doch auch reingekommen. Aber wir haben in seinem ganzen Haus in Laasphe nicht einen einzigen Schlüssel gefunden, zu dem es dort kein passendes Türschloss gab."

„Stimmt. Nur solche, die zu seinem Haus am Schlossberg passten, einen für irgendein Schließfach und irgendwas, was total verkokelt war, mit 'ner geplatzten Flachbatterie. Sonst nichts."

„Verkokelt mit Flachbatterie? Weißt Du was das war?"

„Nein."

„Die Fernsteuerung für das Tiefgaragentor. Da wette ich meinen Arsch drauf."

„Okay", meinte Pattrick, „damit war er dann wenigstens drin in der Garage. Aber wie ist er denn in seine Wohnung gekommen? Meinst Du, der hat seine Haus- und Wohnungsschlüssel hier irgendwo versteckt?"

„Möglich wär's immerhin. Aber wo, verdammt nochmal."

„Auf jeden Fall nicht unter der Fußmatte. Da wäre er als Rollifahrer gar nicht dran gekommen."

„Dafür aber jede Putzfrau, die den Hausflur sauber macht."

Born schaute, als habe er plötzlich eine Vision. „DIE PUTZFRAU! Natürlich. Irgendwer muss ja auch seine Bude sauber gemacht haben. Oder? Den Namen von der Dame kriegen wir raus. Wenn's sein muss, vom Hausmeister."

„Aha. Und wie willst Du dem klarmachen, warum Du nach Feistauers Putzfrau suchst? Im Grunde kannst Du ihn dann auch gleich selbst bitten, die Wohnung aufzumachen. Der hat womöglich sogar Schlüssel dazu. Nur wird er uns nicht helfen. Weil wir zwar Bullen sind, aber keinen Durchsuchungsbeschluss haben."

„Jaahaa", reagierte Born genervt, „weiß ich doch selbst. Wir müssen aber irgendwie da rein."

„Dann lass uns mal ein bisschen weiterüberlegen", schlug Sven Lukas vor und blickte hinaus auf die Haydn-Straße. Zum ersten Mal beobachtete er dabei, wie ein Auto die Rampe zur Tiefgarage herunterfuhr. „Das wär's doch, Mensch!", rief er, riss die Wagentür auf und sprang heraus.

„Was?!", wollte Pattrick wissen.

Doch da sprintete der Kollege bereits diagonal über die Straße und schaute die Rampe herunter, wo der Wagen gerade rechts um die Ecke bog und sich das Rolltor wieder in Bewegung setzte. ‚Die Chance lasse ich mir nicht entgehen', nahm er sich vor und rannte hinunter, um noch in gebückter Haltung unter der sich senkenden Metallwand hindurch zu kommen.

Dann hörte er ein Plumpsen und Scharren hinter sich und unmittelbar danach ein unverkennbares Pusten. Pattrick war ihm gefolgt und in einer Hechtrolle auch noch in das unterirdische Parkhaus gelangt. „Mann!“, zischte Lukas, „Du hättest Dir alle Knochen brechen können.“

Der andere nickte und klopfte sich sachte Salzstaub und anderen Dreck aus seinen Klamotten. Ganz hinten hörte man eine Autotür zuschlagen und danach Schritte. Wenig später fiel eine Brandschutztür mit einem dumpfen ‚Buff‘ ins Schloss. Dann war es still.

Zwei, drei Meter mussten sie noch durch die Einfahrt, dann konnten die Kommissare in die hell erleuchtete Garage schauen, in der rund 25 Fahrzeuge standen. Dicke Schlitten und kleine Nuckelpinnen, Sportwagen und Offroader. Aufmerksam studierten sie die Kennzeichen der Wagen.

Soweit sie das sehen konnten, trugen fast alle ‚SU‘ als erste Buchstaben in der Zulassung. Dann allerdings war es vorbei mit Gucken. Denn plötzlich ging das Licht aus.

„Scheiße“, entfuhr es Pattrick Born. „Hast Du hier irgendwo einen Lichtschalter gesehen?“

„Nee“, flüsterte Sven ein paar Meter weiter. „Aber mach mal'n bisschen leiser. Wer weiß, ob uns hier jemand hören kann.“ Dann friemelte er sein Handy aus der Tasche und machte mit zwei Wischern auf dem Display ein sattes Taschenlampenlicht an. Er war regelrecht begeistert, dass die LED-Diode eine so unglaubliche Leuchtkraft entwickelte.

Langsam pirschte er sich vor in Richtung Feuerschutztür, hinter der er den Zugang zu den beiden Häusern vermutete. Da ging plötzlich das Licht wieder an und das Rolltor setzte sich erneut in Bewegung. Pattrick stand wie angewurzelt da und starrte in Richtung Einfahrt, während der ‚Freak‘ einen Platz zwischen zwei PKW in der zweiten Reihe suchte.

„Komm da weg, bevor Dich jemand sieht!“, rief er dem Kollegen zu. Und der schaffte es tatsächlich unterzutauchen, bevor ein Golf um die Ecke bog und gleich einen der ersten Parkplätze belegte. Auf dem Bauch liegend konnte Sven unter den Autos hindurch schlanke Frauenbeine in High Heels entdecken, die sich vor dem Golf aufbauten und offenbar zu einer Hundebesitzerin gehörten.

Denn kaum war die Wagentür zugefallen, erscholl ein glockenhelles Bellen, das eher auf einen winzigen aufgeregten Vierbeiner schließen ließ. ‚Lieber Himmel, mach, dass mich diese Fußhupe nicht verrät', betete Born mit höchst despektierlichen Worten, ‚Sonst muss ich dem Köter den Hals umdrehen.' Er lag gerade mal eine Fahrzeuglänge von dem kläffenden Wesen entfernt.

Doch dessen Besitzerin hatte offenbar andere Pläne als ihrem Wollknäuel nachzustelzen. „Komm, mein Schätzchen, wir gehen mal schnell ein Bächlein machen. Schwups hatte sie den Knilch aufgenommen und strebte der Ausgangstür zu. Dann waren die Polizisten wieder allein.

Pattrick rappelte sich auf und stellte sich dabei so ungeschickt an, dass er fast umgefallen wäre. Er konnte sich jedoch mit der rechten Hand auf der Haube eines ziemlich verstaubten schwarzen BMW in der zweiten Reihe abfangen. „Pfui Deiwel", entfuhr es ihm, als er erst seine Hand und dann verwundert den Wagen betrachtete.

Dort, wo er die Hand weggezogen hatte, zeigte sich ein edler metallic schwarzer Perllack.

„Wer um alles in der Welt lässt denn einen so wunderbaren Wagen derart verstauben? Langsam ging er in die Knie und musterte die Luxuskarosse genauer. Der Wagen musste schon länger nicht bewegt worden sein. Denn darunter fanden sich mehrere leere Getränkebecher, alte Zeitungen und ein Haufen Herbstlaub.

„Sven", zischte er, „guck Dir das mal an hier. Ich glaube, das könnte uns interessieren."

„Warte, ich muss erstmal für Dauerlicht sorgen", flüsterte der zurück und vollendete endlich seinen Marsch zum Lichtschalter neben der Feuerschutztür. „So, hoffentlich bleiben die Funzeln jetzt an.“ Schnellen Schrittes kam er rüber zu Born, der zwei, drei Meter zurückgegangen war, um das Mordsschiff von einem Auto zu begutachten.

„Ui, ein 7er BMW. Und dann noch in einer solchen Farbe. Prachtvoll. Aber offenbar schon länger nicht gefahren“, befand auch der Kollege.

„Ja. Und dreimal darfst Du raten, wer sein Besitzer ist. Oder war, Entschuldigung.“

„Wen meinst Du? Feistauer etwa?“

„Jede Wette.“

„Wie kommst Du da drauf?“

„Guck mal auf die Autonummer.“

„‚MI‘. Ja und? Was ist damit?“

„Steht für den Landkreis Minden. Minden-Lübbecke, genauer gesagt.“

„Schlaumeier“, frotzelte der ‚Freak‘.

„Wissen ist Macht“, erwiderte Pattrick. „Auch das Wissen, welche Stadt zu dem Landkreis gehört.“

„Welche?“

„Bad Oeynhausen.“

„Bad Oeynhausen? ... Ach Gott, da hat Feistauer doch gewohnt, bevor er nach Laasphe umgezogen ist.“

„Eben. Und dass in der Garage hier ein schon länger nicht gefahrener Wagen mit der Zulassung *der* Stadt steht, aus der ein mittlerweile toter Mann kam, der *wahrscheinlich* in diesem Haus wohnte, zu Lebzeiten aber *nachweislich* mit dem Rolli in diese Garage gefahren ist, ist für mich ein eindeutiges Zeichen.“

Sven schüttelte den Kopf und klopfte seinem Partner lachend auf die Schulter. „Das Satzgerüst musst Du mir bei Gelegenheit mal als Grafik aufmalen. Ich häng's mir dann ins Wohnzimmer."

„Was denn? Glaubst Du etwa, das wäre Zufall, oder was?"

„Nein! Ganz bestimmt nicht. ‚Zufälle gibt's nicht', sagt Klaus immer. Und einen solchen wie hier erst recht nicht. Das ist Feistauers BMW. Das ist so sicher wie das Amen in der Kirche. Aber dass Du so genau gewusst hast, das Bad Oeynhausen im Kreis Minden-Lübbecke liegt, das hat mich schon schwer beeindruckt. Es geht doch nichts über eine gute Vorbereitung."

„Blödsinn. Schau Dir lieber mal das Firmenlogo auf dem Nummernschildhalter und den Stempel auf dem Kennzeichen an", grinste Born breit und ging schon mal zwei Schritte zur Seite. ‚BMW-Haus Weiler Bad Oeynhausen' stand auf der oberen Leiste.

„Du Arsch", spielte Sven Lukas Sekunden den Entrüsteten und zeigte dem anderen eine geballte Faust. „Wenn ich Dich erwische ..."

„Okay, komm, lass uns mal wieder ernst werden. Was machen wir denn jetzt mit unserem Wissen und dem Wagen hier?"

„Gute Frage, Mann. Ohne Schlüssel geht hier nix. Wir müssen ihm wohl 'ne Scheibe einschmeißen."

„Nääää, bist Du verrückt? Es muss doch eine andere Möglichkeit geben, in den Wagen zu kommen."

Lukas blies die Backen auf und pustete. „Mir fällt auf Anhieb keine ein. Aber warum bist Du eigentlich so scharf darauf, das Auto aufzumachen?"

„Weil ich ziemlich sicher bin, dass wir darin den Schlüssel für Feistauers Wohnung finden. Warum sollte er sonst in die Garage fahren, um ins Haus zu kommen? Der Hauseingang ist schließlich ebenerdig. Und einen Aufzug haben die mit Sicherheit auch hier. Es wäre für ihn also praktischer gewesen, den direkten Weg zu nehmen."

„Ganz schön schlau, mein Lieber“, zollte Sven Anerkennung. „Und als er wieder raus wollte, ist er erst runter bis auf Garagenebene gefahren, hat den Schlüssel im Wagen versteckt und dann wieder rauf ins Erdgeschoss, um aus dem Haus zu kommen. Die Rampe nach oben hätte er nämlich mit dem Rolli garantiert nicht alleine geschafft.“

Um nachzusehen, ob es tatsächlich einen Lift im Hause gab, schlängelte sich Sven zwischen den PKW hindurch, um zum Hausübergang zu kommen. Da ging plötzlich die Tür auf. Zum Glück ganz langsam. „Schätzchen, lass doch. Mami hat doch gesagt, die Tür ist zu schwer für Dich.“ Pattrick duckte sich hinter eine Motorhaube.

Neben der Stimme der besorgten Mutter ertönte aus dem Haus das Plappern eines Babys. Und der Versuch, die schwere Tür aufzubekommen, schien nicht von Erfolg gekrönt. Immer wieder drohte sie wieder zuzuschlagen.

Der Kommissar gab sich deshalb keine Mühe, noch länger in irgendeiner Deckung zu bleiben und sprang zum Hausdurchgang hin. „Darf ich?“, fragte er höflich, ohne bisher jemanden gesehen zu haben. „Oh, gerne. Danke. Schätzchen, mach' doch dem Mann ein bisschen Platz.“

Born wollte nicht glauben, was er da gerade miterleben musste. Ohne Not gab da der Kollege seine Anonymität auf, um einer Mutter in Alltagsnöten zu helfen. ‚So etwas passiert der Frau doch wahrscheinlich alle zwei Tage mal‘, schimpfte er in sich hinein. ‚Die braucht doch seine Hilfe gar nicht. Nicht zu fassen!‘

Als die Mutter und ihre Kinder in der Garage erschienen, tauchte er zwischen den Fahrzeugen ab und wartete. ‚Hoffentlich kommt sie nicht ausgerechnet in meine Richtung‘ dachte er und machte sich noch kleiner. Doch die Schritte und das Babygeplapper entfernten sich zum Glück in Richtung Ausfahrt.

Dann dauerte es ein Weile, bis die beiden Sprösslinge in einem Auto verstaut waren. Babysafe festmachen, Kindersitz beladen. Jedem der Kinder etwas zum Spielen in die Hand drücken. Sowas dauert, wusste er von Besuchen seiner Schwester.

‚Ein Mini', riet Born, als er das Motorengeräusch des schließlich ausfahrenden Wagens hörte. In der Vorgängergeneration dieses Kultautos hätte seiner Meinung nach nicht einmal ein Kinderwagen im Kofferraum Platz gehabt. Wieder blieb er in der Versenkung, bis das Rolltor unten war.

Plötzlich stand Sven wieder neben ihm und reichte ihm die Hand. „Komm, ich helfe Dir hoch, alter Mann", meinte er grinsend. Pattrick ließ sich hochziehen und kam ganz nah an der Nasenspitze des Kollegen zum Stehen.

„Sag mal, bist Du eigentlich von allen guten Geistern verlassen?"

„Wieso, was ist?"

„Jetzt weiß doch jeder, dass wir hier in der Tiefgarage sind. Sowas fällt doch auf. Uns kennt doch keine Sau."

„Nicht jeder, sondern nur die Frau. Und nicht uns, sondern mich", korrigierte der ‚Freak'. „Außerdem hatte ich doch gar keine Chance. Das kleine Mädchen, das da versuchte, die Tür aufzubekommen, hatte mich doch ohnehin schon gesehen", log er zu seiner Verteidigung. Denn er hatte mehr aus Reflex als aus Überlegung heraus gehandelt. Doch das wollte er Born gegenüber nicht eingestehen.

„Okay, okay", sagte der zögerlich, „aber gut ist das nicht gelaufen."

„Ach komm, jetzt mach' Dir mal keine überflüssigen Gedanken. Die junge Frau war froh, dass ich ihr geholfen habe und hat mich längst schon wieder vergessen. Außerdem hatte das Ganze ja auch sein Gutes. Ich weiß jetzt, dass es zwei Aufzüge gibt. Wenn man hinter der Stahltür um die Ecke geht, liegt einer auf der linken Seite für Haus 3 und einer auf der rechten Seite für Haus 5. Die münden in den einzelnen Etagen jeweils direkt in die Flure."

„Prima. Aber hilft uns das, in Feistauers Wohnung zu kommen?"

„Ganz sicher nicht. Und einen Schlüssel unter der Fußmatte gibt es auch nicht. Das ist mal sicher."

„Du warst doch nicht etwa auch oben?" Pattrick holte tief Luft und wollte gerade loswettern, als ihn der Kollege bremste.

„Hey, jetzt mach doch deswegen kein Fass auf. Hier sind noch mehr Leute im Haus unterwegs, die nicht hier wohnen. In der ersten Etage sind allein zwei Arztpraxen. Im Übrigen hat mich oben und im Lift kein Mensch gesehen."

„Oh Mann, Du kannst einem ganz schön auf die Nerven gehen", ließ der Kollege trotzdem Dampf ab. „Du bringst uns beide in Gefahr, wenn Du so weitermachst."

„Hey, jetzt ist es aber gut. Wir haben doch von vornherein gewusst, dass das nicht hasenrein ist, was wir hier machen. Was hast Du denn gedacht, wie das ablaufen wird? Dass am Hauseingang einer steht und uns auf einem Samtkissen die Wohnungs- und die Autoschlüssel präsentiert?"

„Nein!" Voller Zorn haute Born, der mit dem Rücken zum 7er BMW stand, mit der flachen Hand gegen den Kotflügel des Wagens. „Aber ich möchte das mittragen, was hier von uns verzapft wird."

„Alles klar. Das verstehe ich. ... Feistauers Wohnung liegt übrigens im 2. OG, ganz vorne links im Flur", hängte der ‚Freak' noch beiläufig an. „Sag mal, hast Du das eben gehört?"

„Was soll ich gehört haben?“, fragte sein Partner immer noch ziemlich geladen zurück.

„Na, das Klimpern eben, als Du gegen den Kotflügel gehauen hast.“

„Waaas? Jetzt soll ich auch noch das Auto hier demoliert haben? Spinnst Du jetzt endgültig?“

„Nein. Ich spinne nicht. Und ich werfe Dir auch nichts vor“, versuchte Sven, die Wogen zu glätten. „Aber da hat was geklimpert. Hau nochmal so dagegen wie eben.“

„Pah, Du hast sie doch wirklich nicht mehr alle.“ Wütend ging Born einen Schritt zur Seite. „Verarschen kann ich mich alleine. Mach’ doch selbst!“

„Kein Problem.“ Der Technikfreak ging auf die Knie und begann, erst sachte und dann immer fester gegen den Kotflügel zu klopfen. Und plötzlich war das Klimpern wieder zu hören. „Klingt wie ein Schlüsselbund. Oder?!“

„Stimmt!“, nickte Pattrick, „klingt wie ein Schlüsselbund.“

Lukas’ Schläge wurden immer intensiver, je näher er mit dem linken Ohr an den Wagen herankam. „Das ist hier ganz nah“, meinte er schließlich. „Aber der wird doch seinen Schlüssel nicht auf dem Vorderrad abgelegt haben.“

„Hat er nicht. Hab’ ich schon nachgeguckt. Außerdem würde es da nicht klimpern.“

„Stimmt.“ Sven klopfte und horchte weiter. Dann griff er Richtung Vorderrad und drehte die Handfläche nach oben in den Radkasten. Ein breites Grinsen lief über sein Gesicht, als er die Hand wieder zurückzog. „Ta-ta-ra-taa! Hier sind sie.“ Stolz präsentierte er einen Bund mit drei Sicherheits- und einem BMW-Schlüssel.

„Das gibt’s doch gar nicht“, war Born völlig perplex. „Wo waren die denn?“

„Der Sausack hat sich hier in die Kunststoffverkleidung des Radkastens einen Haken gebohrt. Und daran hingen die Schlüssel."

„Nicht zu fassen. Komm, lass mal checken, ob wir den Wagen aufkriegen."

„Da, probier' selbst", bat Lukas und drückte dem Kollegen die Schlüssel in die Hand, während er aufstand und den Staub von seinen Hosenbeinen klopfte.

Born drückte auf den Button zur Türöffnung. Doch es tat sich nichts. Kein ‚klack', kein ‚quiek-queck', kein Blinker-Aufflammen. Auch der nächste Versuch ging in die Hose. „Mist, falscher Schlüssel!"

„Nee, warte mal. Ich gucke mal eben aufs Armaturenbrett." Mit der Taschenlampe an seinem Handy leuchtete Sven ins Innere des Schlittens. Doch selbst nachdem er die Seitenscheibe richtig staubfrei geputzt hatte, konnte er nicht eine Anzeige ausmachen. „Ich glaube, wir haben ein Problem. Die Instrumente fressen dermaßen viel Strom, dass die Batterie im Laufe der Zeit schlicht und ergreifend schlapp gemacht hat."

„Okay. Aber was machen wir jetzt? Einfach so aufschließen wie früher – das geht ja gar nicht." Traurig schaute Pattrick auf den Schlüssel ohne Bart. „Das ist ja gar kein richtiger Schlüssel."

„Ja, da gibt es irgendeinen Trick, um das Teil wirklich so umzufunktionieren, dass es doch zum Aufschließen taugt. Aber den kenne ich nicht. Deswegen fahren wir jetzt rauf zu seiner Wohnung und sehen uns da mal ein wenig um."

„Gute Idee." Born schien mutiger geworden zu sein und marschierte als Erster durch die Brandschutztür und um die Ecke zum rechten Aufzug. Doch es war gar nicht nötig, den Lift anzufordern.

Mit einem ‚Ping' ging die Schiebetür auf und drei rot-weiß bemützte und beschalte FC Köln-Fans kamen heraus und begannen sofort zu skandieren: „Eeef-zeh-Köóölle!", um dann im Rhythmus 1-2, 1-2-3-4 zu klatschen. „Eeef-zeh..." Die schwere Tür fiel ins Schloss. Trotzdem waren Svens Glaubensgenossen noch zu hören, als die beiden Beamten schon fast das 2. Obergeschoss erreicht hatten.

„Du brauchst mich gar nicht so anzugucken. Bevor wir ins Stadion fahren, will ich hier Klarheit haben", meinte der ‚Freak'. Pattrick sah ihm an, dass ihm dieser Entschluss nicht leichtfiel. Aber immerhin waren sie genau deshalb hergekommen.

Als sie ausstiegen, empfing sie ein betörender Kaffee- und Kuchenduft, der durch den Flur zog. Born verdrehte verzückt die Augen. Doch sie hatten jetzt Wichtigeres zu tun, als sich derlei sinnlichen Genüssen hinzugeben, denen womöglich hinter einer der Wohnungstüren Geburtstagsgäste frönten.

„Hier ist es", zeigte Sven Lukas auf ein Namensschild rechts neben einem Wohnungseingang, auf dem lediglich ‚Christof F.' stand.

Die Beamten, die mittlerweile Vinylhandschuhe übergezogen hatten, schauten sich sichernd um, bevor Sven sachte und so geräuschlos wie möglich versuchte, einen der BKS-Schlüssel ins Türschloss zu drücken. Fehlanzeige. Doch bereits der zweite passte. „Bingo", flüsterte der ‚Freak'. Zwei Umdrehungen und die Tür ließ sich öffnen. Langsam schwang sie auf und gab den Blick in einen etwas düsteren Vorraum frei.

Die beiden schlüpften hinein und verschlossen die Tür umgehend hinter sich. „Gibt's hier irgendwo einen Lichtschalter?", fragte Sven. „Hier." Pattrick hatte ihn im selben Moment gefunden und für Beleuchtung gesorgt. „Wow!", entfuhr es ihm kurz darauf. „Der Mann hat offenbar nicht schlecht gelebt."

„Woran erkennst Du das denn schon hier in der Diele?", wollte Sven wissen.

„Na, guck Dir doch das Bild vor Dir mal an. Das ist'n Kandinsky."

„Hab' ich gesehen. Das ist aber 'n Repro."

„Von wegen", lachte Born, „das ist ein echter. Hier, guck's Dir an. Das kann man ohne große Probleme an der Oberfläche erkennen und am Signet." Zur Bestätigung seiner These ging er ganz nah an das Bild heran und strich sachte über die Leinwand. „Ein Hammer", flüsterte er leise. „Und schweineteuer."

Lukas war baff. Dass der Kollege sich ausgerechnet hier in der Wohnung eines Toten als Kunstkenner entpuppte, nötigte ihm Respekt ab. „Hast Du mal Kunstgeschichte studiert?", fragte er.

„Nein. Aber mein Onkel mütterlicherseits hatte eine Kunstgalerie in Berlin. Und bei dem habe ich in meiner Jugend fast zweieinhalb Jahre verbracht, als mein Vater so unheimlich krank und ich zu Hause nur im Weg war. Ich bin dort auch zur Schule gegangen. Ich hab' einiges von Onkel Bernhard gelernt.

Das Bild hier ist fast so aufgebaut wie das Werk ‚Delicate Tension'. Sein Name ist mir zwar nicht geläufig. Aber es hat mit Sicherheit einen immensen Wert."

Der Kollege schlackerte mit den Ohren. „Das gibt's doch gar nicht, Mensch. Warum bist Du denn mit diesem Wissen nicht auch ins Galerie-Geschäft eingestiegen, statt einfacher Bulle zu werden?"

„Weil mein Onkel seine Galerie aufgeben musste, nachdem ihm der Laden bei einem Einbruch komplett ausgeräumt wurde. Er war leider nur saumäßig versichert und hätte sich am liebsten umgebracht. Nur durch die Hilfe seiner Geschwister und guter Freunde konnte er sich letztlich eine Existenz knapp über der Armutsgrenze sichern. Aber daran ist er zugrunde gegangen. Er hat sich zu Tode gegrämt."

„Oje, das hört sich nicht gut an." Sven wusste nicht so recht, was er sonst hätte sagen sollen. Aber er spürte, dass dem Kollegen die Geschichte noch immer sehr zu schaffen machte.

„Ich habe mir damals fest vorgenommen, dass ich Polizist werde und solche Drecksäcke zur Strecke bringe. Bis heute ist mir aber noch keiner ins Netz gegangen", jammerte Pattrick gekünstelt und fuhr wieder sachte mit der Hand über die Leinwand. „Vielleicht gehörte Feistauer ja auch zu dieser Scheiß-Clique."

„Na komm, lass uns mal weiterziehen", fasste ihn der ‚Freak' am Arm und zog Born aus der Diele in ein großes Wohnzimmer. Auch hier musste Licht gemacht werden. Denn die Jalousien waren bis auf kleine Rippchen zwischen den Leisten geschlossen. Blumen und andere Pflanzen gab es nicht. Die hätten dort auch keinerlei Überlebenschance gehabt.

„Also eine Putzfrau gab es hier ganz offensichtlich nicht", lachte Sven. „Oder sie hatte beide Arme gebrochen." Mit einem Finger fuhr er über eine schwarze Musikanlage, die richtig was hermachte und blies den Staub vom Finger. „Sehen Sie mich noch?", fragte er lachend.

„Nein, ich erkenne Sie nur an Ihrem Mundgeruch", stimmte der andere ins Gelächter mit ein. Seine Laune hatte sich zum Glück wieder gebessert. Eine ganze Weile lang schauten sich die Beamten nur um und versuchten, sich einen groben Überblick über die fremden Räumlichkeiten zu verschaffen.

„Hast Du gesehen, wie das Parkett aussieht? Jede Menge Reifenspuren. Von Feistauer, keine Frage."

„Natürlich, von wem sonst? Aber was wollte der Vogel hier? Sich immer wieder mal rückversichern, ob's zwischenzeitlich gebrannt hat, oder was? Nä! Das glaube ich nicht."

„Wieso? Immerhin war das *seine* Wohnung. Und ganz offensichtlich *sein* Eigentum. Da ist es doch normal, wenn man hin und wieder mal nachschaut, ob alles in Ordnung ist. Oder?"

„Dann hätte er aber auch ohne große Probleme hierbleiben und damit in der Nähe der Uniklinik sein können, ohne ständig hin- und hergekarrt werden zu müssen. Das war doch extrem beschwerlich für ihn."

„Hm", machte Pattrick, „da ist was Wahres dran. Diese Wohnung hatte womöglich wirklich eine besondere Bedeutung. Über diesen Mordanschlag hinaus. Die Frage ist nur, welche?"

Und das wollten sie möglichst schnell herausbekommen. Immerhin hatten sie noch die Fahrt nach Köln und den dort erschreckend langen Fußweg zum Stadion vor der Brust. Deshalb teilten sie die Wohnung in zwei Suchbereiche auf. Pattrick entschied sich für Wohnzimmer und Küche, Sven für das Schlafzimmer, das Bad und eine Vorratskammer.

Nach einer halben Stunde, in der aus den einzelnen Räumen immer wieder mal ein erstauntes „Aaah" oder ein „ach, guck mal da" zu hören war, kamen sie im Wohnzimmer zusammen, um ihre Funde auf dem Esstisch auszubreiten.

Das Aufregendste dabei waren drei komplette Sätze Personal- und Reisepässe mit identischen Passfotos, aber auf unterschiedlichste Namen ausgestellt und teilweise mit Ein- und Ausreisestempeln verschiedenster Länder. Pattrick hatte sie und zwei dicke Bündel Euro- und Dollarscheine in der Geheimklappe eines antiken Sekretärs gefunden, vor dem auffallend viele Reifenspuren eines Rollstuhls endeten.

In diversen Fächern des Sekretärs lagen zudem der Kaufvertrag für das Haus am Schlossberg in Laasphe, quittierte Rechnungen über Umbauarbeiten und einige handgeschriebene Briefe mit eher unverfänglichem Inhalt, die deshalb aber nicht liegen gelassen wurden. Dazu ein Laptop, zwei Speichersticks und zwei ziemlich neue Smartphones, die aber beide leere Akkus hatten.

Sven war nach vergeblichem Durchsuchen des Bettes, der Nachtschränkchen und zweier Kommoden schließlich im

Schlafzimmerschrank fündig geworden. Neben einer schussbereiten und gesicherten Kalaschnikow AK 47 förderte er eine Paradeuniform der Nationalen Volksarmee samt diesem, wie er sagte, „unerträglich hässlichen Stahlhelm“ zutage. Dazu blitzblank geputzte Stiefel, und eine komplette Kampfausrüstung, die auf ihren nächsten Einsatz zu warten schien.

„Hier zeigt sich die wahre Gesinnung des angeblich umgedrehten DDR-Agenten“, war er sich sicher. „Weiß der liebe Himmel, was der Typ wirklich getrieben und wie er unsere ‚Geheimen‘ verarscht hat.“

Die Kripo-Männer wussten ja, dass Christof Feistauer beim BND in Ungnade gefallen und deshalb auch von dessen Gehaltsliste gestrichen worden war. Doch waren die Funde wirklich dazu geeignet, daran zu zweifeln, dass er es mit der Loyalität zur Bundesrepublik jemals ernst gemeint hatte?

„Was wäre denn gewesen, wenn er sich in seiner alten Heimat einmal bei einem offiziellen Anlass unter seinesgleichen hätte zeigen müssen?“, fragte Pattrick den zweifelnden Sven. „Da musste er doch sicher in vollem Wichs antreten. Immerhin galt er in der DDR ja nach wie vor als ‚eigener Mann im Auslandsgeheimdienst‘.“

„Da magst Du recht haben. Aber die Zeiten liegen 30 Jahre zurück. Da lasse ich mir vielleicht noch eine alte Uniform als sentimentale Erinnerung gefallen. Aber ‘ne geladene Kalaschnikow und eine komplette Kampfausrüstung, die einen halben Schrank füllt. Nee, mein Lieber, der Typ war anders präpariert. Glaub’ mir.“

„Anders präpariert? Verstehe ich jetzt nicht. Wie meinst Du das?“

„Naja, es könnte ja immerhin sein, dass er sich mit Gleichgesinnten zusammentun wollte und bei ausreichender Stärke eine Palastrevolution plante.“

„Du meinst, er wäre so ‘ne Art ‚sozialistischer Reichsbürger‘ gewesen?“, frotzelte Born mit finsterem Gesicht.

„Könnte doch sein. Oder? Ich glaube, ich mach’ mich morgen mal daran, den Laptop flottzukriegen. Vielleicht hilft der uns, diesen Feistauer besser zu verstehen.“

„Willst Du etwa den ganzen Bettel hier mitnehmen?“

Der ‚Freak‘ zuckte mit den Schultern. „Weißt Du was Besseres? ... Ich mein’, den Uniformkrempel können wir ja hierlassen. Aber die ganzen Datenträger, also Laptop, Handys, Speichersticks und auch den Papierkram, nehmen wir mit. Und natürlich die Pässe und die Wumme. Wir müssen vorher bloß alles fototechnisch dokumentieren.“

Pattrick Born war bei dem Gedanken nicht wohl in seiner Haut. „Mensch, das mit der Kalaschnikow im Auto würde ich mir nochmal überlegen. Was ist denn, wenn wir mal angehalten werden und die Kollegen das Ding bei uns im Auto finden? Oder wenn uns der Wagen am Stadion geklaut wird.“

Sven musste lachen. „Sei mal ehrlich, Pattrick. Wann bist Du das letzte Mal von den Bullen angehalten worden?“

„Keine Ahnung. Ist schon ‘ne Ewigkeit her. Aber Du weißt doch, wie das ist. Wenn Du mal mit der Karre bei der Anfahrt zu einem Stadion so richtig in ein Fan-Gerangel gerätst, dann haben sie Dich mal ganz schnell am Kanthaken, weil ihnen irgendwas an Deiner Fahrweise, Deinem Gesicht oder sonst was nicht passt. Und dann bist Du reif.“

„Hm, stimmt auch wieder. Weißt Du was? Wir packen das alles wieder dorthin, wo wir’s gefunden haben und fahren nach Köln. Sonst wird uns das zu knapp mit der Zeit. Wir holen den Krempel dann auf der Rückfahrt hier ab. So hat keiner von uns Stress.“

„Verdammt gute Idee.“ Plötzlich konnte der Kollege Born wieder lachen. „So machen wir’s.“ In Windeseile machte er sich daran, seine Funde so auf einem Tisch zu drapieren, dass er sie mit wenigen Fotos seines Handys dokumentieren konnte. Das war jedoch vor allem bei den Geldscheinbündeln ausgesprochen kompliziert.

„Fächere sie doch einfach auf“, ermunterte Sven den Kollegen. „Dann kann man sie sogar via Foto zählen. Aber achte darauf, dass die Stückelung erkennbar wird.“

„Sonst noch was?“, fragte der lachend und versuchte sich im Aufblättern der Scheine.

„Ja. Du solltest Euro und Dollar sauber trennen.“

„Hau bloß ab, Duuu...!“, feixte Pattrick und warf dem flüchtenden ‚Freak‘ einen Duden hinterher, der auf dem Sekretär gestanden hatte. ‚Schwer, das Scheißding‘, dachte er noch, als er ausgeholt hatte.

Vielleicht wegen des falsch eingeschätzten Gewichts traf der Wälzer statt des Kommissars Rücken nur den Türrahmen und fiel dann seltsam lärmend zu Boden. Born hatte dem fliegenden Alleswisser nachgeschaut und bekam plötzlich große Augen.

„Guck mal hier!“, rief er. „Was ist *das* denn?“

„Was soll sein?“ fragte Sven im Umdrehen und bückte sich, um nachzuschauen, was der Kollege entdeckt hatte. Beinahe wären die beiden Kriminalbeamten mit den Köpfen zusammengestoßen. „Das gibt’s doch nicht!“, riefen sie bei näherem Hinsehen wie aus einem Mund. „Das sind ja Druckplatten.“

Sven hielt eine von ihnen in der Hand. Sie war aus einer Art leichter Filzhülle herausgefallen. Es war die elastische Negativform einer 50 Euro-Rückseite. Auch wenn sie die Note spiegelverkehrt wiedergab, so konnte man sie doch ohne weiteres als Urform derselben erkennen. Vorsichtig legte

er sie und neun weitere Platten auf den Wohnzimmertisch.
„Das ist ja ein ganzer Satz. Und was hast Du da?“

„Die Gegenseite“, meinte Pattrick und zeigte eines der Stücke vor, die er gerade aus einer Schutzhülle gezogen hatte. „Sag mal, spinne ich – oder was? Hat der Typ etwa 'ne Gelddruckmaschine betrieben?“

„Sieht ganz danach aus.“

„Ja aber ..., das darf doch alles nicht wahr sein! Wieso verstaut er denn die Druckplatten in einem solch billigen Versteck?“

Der ‚Freak‘ hob den Duden auf und betrachtete ihn von allen Seiten. „Naja“, sagte er, „so billig ist das Versteck gar nicht. Guck mal, gut die Hälfte der Seiten sind sauber ausgesägt, um Platz zu schaffen für die Platten samt Verpackung. Und der Band hat zwei durchgehende Bohrungen vom ersten bis zum letzten Blatt.“

In jeder dieser Bohrungen steckte ein Metallbolzen, der fest mit dem rückwärtigen Coverdeckel verbunden war. Born sah sich das Teil genau an und drehte und wendete den Band. „Das ist so 'ne Art ‚innerer Verschluss‘. Guck mal, die beiden Metallplatten im vorderen Deckel. Die sind magnetisch.“

Zum Beweis klappte er den Deckel zu und hatte seine liebe Not, das Buch wieder aufzubekommen. „Klasse Idee“, befand er. „Und überhaupt auch ein klasse Versteck. Wer blättert als Fremder in einer Wohnung schon mal zufällig in einem Duden rum?“

„Was machen wir denn jetzt? Wir müssen doch hier dringend Kriminaltechniker haben, die sich den ganzen Prassel angucken.“

„Kommt überhaupt nicht infrage!“, entrüstete sich Kommissar Lukas, „wir nehmen die natürlich mit nach Hause. Meinste etwa, ich lasse mich von einem Staatsanwalt dafür zur Sau machen, dass wir ‚in fremdem Gebiet‘ einem superkriminellen Falschmünzer auf die Schliche gekommen sind und damit eventuell sogar den Grund für gleich zwei Mordanschläge gefunden haben?“

Klaus Klaiser bekam einen Wutanfall, als er von Pattrick telefonisch über die Funde des Duos informiert wurde. „Sag’ mal, seid Ihr beiden noch ganz zu retten?!“, brüllte er ganz gegen seine Gewohnheit derart laut ins Telefon, dass man es gut in der Nachbarschaft hätte hören können. „Welcher Teufel hat Euch denn zu dieser Aktion geritten?

Wie kommt Ihr nur auf eine solch schwachsinnige Idee, in fremdem Territorium zu wildern? Das ist doch Sache der Polizei in Troisdorf und nicht Eure, verdammt nochmal!“

„Jetzt lass Dir doch erstmal erklären, wieso wir das gemacht haben“, versuchte Pattrick, den Chef zu beschwichtigen.

„Da gibt’s nichts zu erklären! Ihr habt gegen alle Regeln und polizeilichen Gepflogenheiten verstoßen. Und das noch nicht mal zufällig. Sondern bewusst. Wie sollen wir das denn den wirklich zuständigen Kollegen erklären? Die halten uns doch für komplett daneben.“

„Klaus, bitte. Lass Dir erst einmal erklären, wie die ganze Geschichte zustande gekommen und was letztlich daraus geworden ist. Vielleicht kannst Du dann wenigstens ansatzweise nachvollziehen, warum wir so gehandelt haben.“

„Na, da bin ich aber mal gespannt“, knirschte Klaiser immer noch mit den Zähnen. „Aber glaubt bloß nicht, dass danach mit einer Generalabsolution zu rechnen ist. Also leg los und mach’ den Lautsprecher an. Damit Sven an dem Gespräch teilnehmen kann.“

Born legte mit zitternder Stimme los. Beginnend bei dem arroganten Kollegen der Bonner Kripo über die Recherchen und Ermittlungen in Laasphe und den Zufallsfund der Adresse durch die Gespräche mit dem Taxiunternehmer Hans Beinlich und seiner Frau Hella. „Und dann war uns klar, dass wir eine brauchbare Spur haben."

„Soweit hab' ich das verstanden. Aber anschließend habt Ihr Euch bewusst entschieden, mich zu hintergehen, indem Ihr mir erzählt, dass Ihr zum Fußball nach Köln fahrt."

„Hintergehen, hintergehen. Klaus, wir ..., okay, sauber war das nicht", lenkte Born ein. „Wir wollten aber zunächst nur mal schauen, ob es diese Wohnung überhaupt gibt, nachdem wir festgestellt hatten, dass die andere eine reine Postkasten-Adresse war. Alles andere hat sich dann von allein ergeben."

„Jaaa, jaaa, von alleine ergeben. Wer hat Euch denn die Wohnung aufgemacht? Da habt Ihr ja wohl dem Hausmeister mit Eurem Dienstausweis vor der Nase rumgefuchtelt, hä?!"

„Nix Hausmeister. Wir haben die Wohnung aufgeschlossen. Mit Feistauers Schlüsseln."

Klaiser kochte. „Also jetzt geht's aber los. Bei Feistauer wurden keine Schlüssel gefunden, die nicht zu seinem Haus in Laasphe passten. Wollt Ihr mich jetzt endgültig hopp nehmen?"

„Neiiiin, Chef", fuhr Sven dazwischen, „wir haben die Schlüssel gefunden. Durch puren Zufall!"

„Och komm, hör' doch auf", wurde Klaus noch lauter. „Sagt mir doch einfach die Wahrheit."

„Es war wirklich Zufall", erklärte Lukas den Fund der Schlüssel und wie es dazu gekommen war. Und der Chef, das merkten sie, hörte mit offenem Mund zu, wie die ganze Geschichte weitergegangen war. „Ja, und dann ist Pattrick ein Duden ...".

Zum Glück konnte Klaus in Berghausen nicht sehen, wie Born plötzlich heftig mit den Händen wedelte und Sven bedeutete, er möge ja nicht die originale Story erzählen.

„Entschuldige“, ... hustete der dann auch prompt los und hörte gar nicht mehr auf. „Moment“, sagt er schließlich mit kratziger Stimme, „ich muss mal eben einen Schluck trinken. Ich gebe Dich an Pattrick weiter. Der kann's Dir erklären.“

„Okay, was war mit dem Duden?“

„Der ist mir aus der Hand gefallen, als ich ihn von einem Sekretär runtergenommen habe, um zu schauen, ob das Möbelstück oben eine Klappe hat. Der war unnatürlich schwer und ist mir einfach so durch die Finger geflutscht. Als der auf den Boden knallte, ging er auf. Und plötzlich kamen daraus zehn Sätze Druckplatten für 50 Euro-Noten zum Vorschein.“

Klaus saß in seinem Wohnzimmer und schüttelte nur den Kopf. „Noch so ein Zufall, oder?“

„Ja, was soll es denn sonst gewesen sein? Damit hat doch keiner gerechnet. Wir sind doch selbst total baff gewesen. Und weil uns klar war, dass das Ganze hier nicht ohne Kriminaltechnik und so weiter vonstattengehen kann, haben wir Dich angerufen.“

„Na, immerhin. Hört sich ja fast nach Lichtblick an.“ Klaiser überlegte einen Moment und meinte dann: „Ich will eben mal das eine oder andere im Internet recherchieren. Ich rufe Euch wieder an. Bis dahin haltet Ihr die Füße still! Ist das klar? Und Fußball könnt Ihr Euch heute Abend auch abschminken. Damit das schon mal feststeht.“ Dann unterbrach er das Gespräch.

Im Flur hörte Klaiser die Stimmen seiner Frau Ute und von Töchterchen Luisa, deren zweiten Geburtstag sie in einer Woche feiern wollten. Die beiden kamen aus dem Schnee und hatten unheimlich gute Laune. Im Gegensatz zu ihrem Ernährer. Aber der wollte sich nichts anmerken lassen und lief den beiden Damen lachend entgegen.

Luisa hatte es furchtbar wichtig, ihm in ihrer Kindersprache zu erklären, was sie draußen getrieben hatten. „Papa, wir sind Slitten defahrt und, und, und haben einen Sneemann debaut."

Glücklich schloss Klaiser die ‚Süße' in die Arme, hob sie hoch und gab erst ihr und dann Ute einen Kuss, während die, eher im Blindflug, versuchte, der Kleinen die Moonboots auszuziehen. Familienglück pur. ‚Wie schön', dachte er, ‚dass die Schätze vorhin noch nicht daheim waren.'

„Musst Du noch arbeiten?", wollte Ute wissen. Sie hatte natürlich mitbekommen, dass ihr Gatte mit dem Smartphone in der Hand zu ihnen hingekommen war und auf dem Wohnzimmertisch der offene Laptop stand.

„Ja, ist aber kein Hexenwerk", antwortete Klaus und schälte Luisa aus ihrem Schneeanzug. „Ich muss nur kurz etwas Organisatorisches recherchieren und zwei, drei Telefonate führen.

„Gut, dann gehen wir beiden Frauen jetzt erst mal ins Bad und lassen uns ein wenig warmes Wasser über den Bauch laufen. Wird uns gut tun, nach der Kälte draußen."

„Ist gut", flüsterte er im Abdrehen. „Ich beeile mich. Und dann mache ich uns ein Abendessen."

„Kriminalkommissariat West, Küfer am Apparat", klang es wohltemperiert kölsch aus dem Telefon. „Wat kann isch Ihnen jutes tun?"

„Oh, das ist ja mal ein wunderbarer Einstieg in ein Telefonat zwischen zwei Kripo-Chefs an einem späten Freitagnachmittag", lachte Klaus in die Sprechmuschel und stellte sich dem Kollegen auf der anderen Seite vor. Und diese sehr freundliche Stimmung wollte Klaus auch nicht zerstören.

Deshalb legte er sein Herz gleich auf den Tisch und offenbarte dem doch schon etwas älteren Kriminalrat, was ihn umtrieb, so knapp vor dem Wochenende um Gehör und

Hilfe zu bitten. Nicht, ohne sich x-mal „für seine Jungs“, wie er sagte, zu entschuldigen.

„Leewer Jott, Herr Kolleje, uns is, wat dat anbelangt, doch och nix Menschlisches fremd. Dat sin halt jonge Kollejen, die wollen zeijen, wat se drop hawwen und schießen als mal üwwa dat Ziel eruss.“

„Ja, ja“, wandte der Anrufer aus Berleburg ein, „aber sowas geht doch nun wirklich nicht!“

„Beruhigen Se sisch. Dat lohnt nit, daröwer zu diskutieren“, antwortete der nette Mann und wechselte schließlich ins Hochdeutsche. „Passen Sie auf. Weil es sich hier ja ganz offensichtlich um ein dickeres Ding handelt, passiert jetzt Folgendes: Ich alarmiere zunächst die Jungs und Mädels von der Technik, damit die schon mal Zugriff auf den ganzen Schlamassel haben.

Dann rufe ich die Kollegen vom 2. Kommissariat in Siegburg an. Die sind nämlich zuständig für Falschgeld, Betrug und so was. Kann einen Moment länger dauern, bis die da sind. Aber dann ist wenigstens alles in geregelten Bahnen.“

„Prima. Sie tun uns einen Riesengefallen, danke“, antwortete Klaiser erleichtert. Ein wenig Bauchgrimmen blieb dennoch. „Meinen Sie, das geht ohne größere Friktionen über die Bühne?“

„Ja sischer dat. Ohne Ihre Jongens hätte ma dä Driss doch jar nit jefonne. Da wosste doch keijner jet von.“ Das wolle er den Leuten vom K 2 auch eindringlich klarmachen, erklärte er. Und wenn die dann auch noch mitbekämen, dass sich die Bonner Kollegen bei der Geschichte um Feistauer damals nicht mit Ruhm bekleckert und damit die Funde verbockt hätten, würden sie sich vor Begeisterung kugeln.

Klaus fragte sich, warum der alte Haudegen so offen über diese seltsamen Verhältnisse redete. Manche der Polizisten in der ehemaligen Bundeshauptstadt hatten offenbar selbst bei den Kollegen in unmittelbarer Nachbarschaft kein besonderes Standing. „Ach, lassen Sie uns nicht weiter darüber reden“, meinte Kriminalrat Küfer nur nachdenklich. „Das ist alles so bedauerlich.“

Weil sich die Wartezeit bis zu Klaus‘ Rückruf für Pattrick und Sven unerträglich in die Länge zog, hatten sich die beiden Kripobeamten noch ein wenig intensiver in dem Verbrechernest an der Haydn-Straße in Troisdorf umgesehen. „Schlimmer wird’s sowieso nimmer“, war Borns Devise gewesen. „Wenn wir schon den Lack abgekratzt kriegen, muss es sich wenigstens gelohnt haben.“

Und damit lag er wesentlich richtiger, als er es in seinem Anflug von Dienstgrad-Endzeitstimmung vermutet hatte. Denn noch vor Eintreffen der Spurensicherer hatten die Wittgensteiner Polizisten einen weiteren unglaublichen Fund gemacht.

Bei der weiteren Durchsuchung des Schlafzimmerschranks waren ihnen drei vakuumierte Plastiksäcke mit auf- und hintereinander gestapelten Bündeln neuer Banknoten förmlich in die Hände gefallen. Sven hatte nämlich bemerkt, dass der Schrank innen deutlich niedriger war als außen.

Deshalb hatte er mit seinem Leatherman von innen die Verschraubung der Deckenplatte gelöst. Schon als er an die vorletzte Schraube ging, krachte ihm das breite Holzbrett mit einem ordentlichen Rums auf den Schädel und gab die knüppelharten Beutel frei. Richtig schwere Dinger, in denen sich jeweils drei nebeneinanderliegende fest zusammengepresste Türme von 50-Euro-Scheinen befanden.

Als er das sah, musste sich der ‚Freak‘ ernsthaft fragen, ob ihm wegen des Schlages auf den Kopf oder wegen des Fundes plötzlich so schummerig zumute war. „Mein Gott!“, rief er dem schockstarren Born zu, „was denn nun noch alles?

Finden wir hinter seinem Nachtschränkchen jetzt eventuell auch noch 'ne Druckerpresse?"

„Weiß man's? Ausschließen würde ich hier rein gar nichts mehr", kam Pattrick langsam wieder in Gang. „Das ist doch Wahnsinn, Mensch. Das müssen ja Hunderttausende sein, die der hier gebunkert hat."

„Keine Ahnung", flachste Sven Lukas schon wieder und betastete seine Beule am Schädel. „Ich weiß auf jeden Fall jetzt, was es bedeutet, wenn einem Geld richtig viel Kopfzerbrechen bereitet."

In das aufkommende Gelächter klingelte Pattricks Handy. „Oh Gott", knirschte Born mit den Zähnen, „gehst Du ran?"

„Du bist ja vielleicht 'n Vogel", lachte der Kollege. „Was soll Klaus denn von uns denken, wenn ich an Dein Telefon gehe? Der muss doch glauben, dass bei uns wirklich ein paar Schrauben locker sind. Geht Dir denn derart die Muffe?"

„Ich ..., ich ..., ich muss dringend aufs Klo. Mach Du das!", rief Pattrick und verschwand um die Ecke.

„Lukas, Apparat Born", meldete sich der Alleingelassene schließlich und hörte, wie sein Gesprächspartner tief durchatmete.

„Was ist denn das schon wieder für eine Albernheit? Seid Ihr eigentlich für nichts mehr zu gebrauchen? Warum gehst Du denn an Pattricks Telefon?"

„Weil der auf der Toilette ist", berichtete der ‚Freak' wahrheitsgemäß. „Ich glaube, ihm ist das Essen beim Chinesen heute Mittag nicht bekommen. Der hat sich eben fast so richtig in die Hosen ge..."

„Ja, ja, das reicht", unterbrach der Chef das sich anbahnende unerkleckliche Thema ziemlich barsch, „ich habe, ehrlich gesagt, überhaupt keine Lust mehr auf irgendwelchen Scheiß. Das, was Ihr da veranstaltet habt, geht mir nämlich so furchtbar auf den Zeiger, das kannst Du Dir überhaupt nicht vorstellen."

Lukas bekam schlagartig einen trockenen Mund. Was sollte das bedeuten? Hatte Klaus tatsächlich seinen und Pattricks Abschuss beschlossen? So, wie der es schon die ganze Zeit vermutete. Zumal Klaus lautstark nachlegte.

„Ihr habt Euch dermaßen unprofessionell verhalten und gegen jede polizeiliche Lehre verstoßen. Das stinkt zum Himmel! Von Euch bis hierhin! Wenn man sich das einmal in Ruhe durch den Kopf gehen lässt, fällt es einem schwer zu glauben, dass Ihr schon zum Teil mehr als zehn Jahre im Polizeidienst seid. Das war richtig, richtig daneben!"

„Ich weiß", hauchte Sven.

„Wie bitte? Ich habe Dich nicht verstanden!"

„Ich weiß es. Du hast recht. Das war daneben. Ich hab's kapiert." In Bruchteilen von Sekunden überlegte der Kommissar, wie es nach diesem Fiasko weitergehen sollte. Doch er kam zu keinem Ergebnis. Denn der Chef riss ihn jäh aus seinen Gedanken.

„Aha, ich habe recht. Super! Und, sonst fällt Dir nichts mehr dazu ein?"

„Was soll mir noch einfallen? ... *Es tut mir leid. Es wird nicht wieder vorkommen",* antwortete er kleinlaut und kam sich vor wie ein kleiner Junge, der von Mama beim Schokoladestibitzen ertappt worden war.

„Immerhin. Eine Entschuldigung. Die war auch längst überfällig. Meinst Du nicht auch?"

„Doch. Aber das hilft jetzt wahrscheinlich auch nichts mehr."

„Stimmt! Denn bei den Kollegen, die nachher bei Euch anklopfen werden, müsst Ihr wahrscheinlich nochmal barfuß aufs Rasiermesser. Es kommen Leute von der KT in Troisdorf und welche von ‚Falschgeld und Betrug' in Siegburg. Verhaltet Euch denen gegenüber bitte nicht wie Superbullen. Das könnte Euch ganz schlecht bekommen."

„Haben wir auch nicht vor." Lukas schluckte. Die Abreibung eben hatte ihm eigentlich gereicht. Aber er fragte vorsichtshalber mal mit rauer Stimme, „wie sind die denn so drauf?"

„Ich würde mal sagen: Wenn die so sind wie der Polizeirat, mit dem ich eben gesprochen habe, kann's nur noch schlimmer werden", unkte Klaiser und lauschte seinen Worten nach. Und die zeitigten ihre Wirkung.

Denn Sven atmete schwer und meinte nur: „Na, dann Gute Nacht Marie. Ich sag' Pattrick mal Bescheid, was uns da erwartet."

„Ja, solltest Du dringend. Und sag ihm mal, dass das, was ich Dir gesagt habe, genauso für ihn gilt: Das war ganz große Scheiße, um dieses Unwort einmal zu benutzen. Und jetzt viel Glück!"

„Okay. War's das?"

„Ja."

„Dann mach's gut. Wir melden uns."

„Halt, stopp!", rief Klaus, „eins noch."

„Was?" Der ‚Freak' zog den Kopf in den Nacken. Jetzt würde es ganz fies, vermutete er.

„Ihr werdet heute Nacht nicht mehr nach Hause fahren. Das wird zu spät, bis Ihr mit den Kollegen da in der Wohnung fertig seid. Nehmt Euch ein Hotelzimmer und kommt morgen zurück. Das ist eine dienstliche Anordnung. Hast Du das verstanden?"

„Ja, habe ich verstanden."

„Und wenn Ihr zurück seid, will ich einen mündlichen Bericht von Euch. Und wenn es am heiligen Sonntagvormittag ist. Klar?!"

„Ja, ist klar. Tschüss." Der ‚Freak' beeilte sich, das Gespräch zu beenden. Als hätte er sich die Finger daran verbrannt, ließ er Pattricks Handy unsanft auf den Tisch fallen. Einen solchen Anschiss hatte er in seiner ganzen Polizisten-Laufbahn noch nicht bekommen.

Klaus mochte solch derbe Maßregelungen eigentlich nicht. Und in Gedanken beschimpfte er sich bereits jetzt dafür, dass er Sven und mit ihm stellvertretend auch Pattrick so zur Sau gemacht hatte. Aber es musste sein.

Ausgerechnet seine zwei besten Männer hatten sich und ihn mit ihrem disziplinlosen Verhalten in größte Schwierigkeiten gebracht. Und dass er ihnen vor dem Eintreffen der fremden Kollegen noch ein wenig Angst eingeflößt hatte ... Die feine englische Art war das sicher nicht. Aber es sollte auch die einzige Strafe sein, nahm er sich vor.

Falls die Kollegen aus dem Rheinischen nicht noch Trouble machen sollten. So ganz sicher war er sich da nämlich nicht.

„Die zwei können dem lieben Gott danken, wenn die zuständigen Kollegen im Rheinland das Ganze genauso locker sehen wie dieser nette Polizeirat", erzählte er seiner Frau beim Abendbrot. Ute hatte ihn nach dem Grund für seine „Aufgeregtheit am Telefon" gefragt.

„Trotz allem ist den Jungs aber ein Coup gelungen, der uns jetzt bei der Beurteilung des Toten aus Laasphe um einiges weiterbringen wird."

„Dann verstehe ich nicht, warum Du so hart mit ihnen ins Gericht gehst."

„Ach Schatz, bitte." Klaus legte sein Wurstbrot zurück auf den Teller und schaute seiner wunderschönen Gattin tief in die Augen. „Lass uns heute Abend nicht noch streiten, wegen einer dienstlichen Angelegenheit. Die beiden haben mich hintergangen und gegen die Dienstordnung verstoßen. Wenn uns die Kollegen da unten in Troisdorf böse wollen, reißen die uns den Hintern auf bis ins Genick."

„Obwohl sie einen solch tollen Coup gelandet haben?"

„Obwohl sie einen solch tollen Coup gelandet haben. Aber dieser nette Kollege Küfer hofft, dass er die Gemüter in Zaum bekommt."

„Wie dick ist eigentlich ein 50-Euro-Schein?", wollte Sven von Pattrick Born wissen. Er versuchte, sich und den Kollegen abzulenken vom Ergebnis des jüngsten Telefonats, dessen Inhalt beide tief getroffen hatte. Klaus lag zwar sicherlich richtig mit den Vorwürfen zu ihrem Fehlverhalten. Von ihrem sensationellen Fund aber war keine Rede gewesen. Ganz zu schweigen von den Geldbündeln, die sie gefunden hatten. Aber von denen wusste er ja auch noch nichts.

„Wie dick ein 50-Euro-Schein ist?", wiederholte Born die Frage. „Keine Ah..., doch, Moment. Die Frage wurde neulich bei unserem Quizabend gestellt. Wie dick ist ein Stapel von 100-Euro-Banknoten? Da haben wir uns alle total verhauen. Ich glaub', die Lösung war ein Zentimeter. Ja, genau. Ein Zentimeter!"

„Was denn, 100 Stück sind zusammen einen Zentimeter hoch? Sind die alle gleich stark?"

„Ja, alle. Egal ob Zehner, Zwanziger oder Zweihunderter. Alle aus demselben Material und in der derselben Stärke."

Sven Lukas begann mit Hilfe seines Smartphones zu rechnen. Zuvor hatte er die Stapellänge gemessen. Ebenfalls mit seinem Multiwerkzeug ‚Leatherman'. „Das ist unglaublich", sagte er schließlich kopfschüttelnd. „Wenn die Stärke der Scheine wirklich stimmt, dann sind in jedem dieser Beutel 825.000 Euro an falschen 50-Euro-Noten. Zusammen macht das satte 2,475 Millionen Euro."

„Booa, das ist ja mal 'ne Stange Geld. Oder in unserem Fall sogar mehrere."

„Mehrere was?"

„Mehrere Stangen. Jetzt weiß ich endlich, woher der Ausdruck ‚eine Stange Geld' stammt." Pattrick versuchte sich in einem Grinsen. Es wollte ihm aber nicht so recht gelingen. „Komisch ist bloß, warum in den Beuteln nicht gleich eine komplette Million steckt."

„Habe ich mich auch gefragt. Und ich glaube, ich weiß warum. Die Beutellänge von 55 Zentimetern ist identisch mit der Breite der Holzplatte, auf der sie lagen. Man muss hier also, wenn man so will, von einer Auftragsproduktion der Vakuumsäcke ausgehen, wenn ich das mal so geschäftsmäßig formulieren darf."

„Das ist doch nicht zu fassen. Da hat dieser Verbrecher gewerbsmäßig Falschgeld hergestellt oder herstellen lassen und sich hier in der Wohnung einen kleinen Betrag für den privaten Gebrauch hinterlegt."

„Wie kommst Du darauf, dass das für seinen Privatgebrauch war?", wollte Sven wissen.

„Naja, wenn es hätte in Umlauf gebracht werden sollen, dann wäre die Unterbringung in dem Schrank da wohl eher etwas zu kompliziert gewesen. Meinst Du nicht auch?"

„Nee, meine ich nicht. Ich kann mir nämlich nicht vorstellen, dass man solche Unmengen an Blüten auf einen Schlag auf den Markt bringen kann, ohne erwischt zu werden."

Born schob die Unterlippe vor. „Stimmt. Kann ich auch nicht. Aber das vollgepackte Depot sah ja nicht unbedingt so aus, als ob sich Feistauer daran irgendwie gütlich getan hätte. Die Scheine müssen ohnehin schon dort gelandet sein, bevor er mit dem LKW platt gedrückt worden ist. Danach wäre er kaum dazu in der Lage gewesen, die Kohle dort selbst unterzubringen."

Sven schabte an seinen kurzen Bartstoppeln. „Wie wäre es denn, wenn die drei verschwundenen Säcke vielleicht sogar der Grund für das Attentat auf ihn waren. Vielleicht wollten seine Mitstreiter oder seine ‚Kohlehändler' damit etwas über das Versteck aus ihm raus..."

Es klingelte an der Tür. „Oh Shit, die Kollegen." Pattrick spürte plötzlich wieder seine alte Verspannung im Nacken. „Jetzt wird's ernst. Komm, mach' Du bitte auf."

„Nä." Der ‚Freak' verzog das Gesicht. „Ich hab' mir schon den Anschiss am Telefon abgeholt. Jetzt bist Du dran. Nun los, mach', Du alter Muffengänger."

Wieder klingelte es.

„Sind ein wenig ungeduldig, die Herrschaften", meinte Sven, der Born mehr schob, als dass der alleine vorwärts gegangen wäre. Schließlich nahm er aber den Hörer der Sprechanlage und meldete sich. „Ja, bitte."

„Jungs, kommt macht auf. Hier draußen ist es saukalt."

„Wer sind Sie?"

„KT von der Kripo Troisdorf."

„Okay, kommt rein. Den rechten Aufzug nehmen, 2. OG, 1. Wohnung links." Pattrick drückte die Taste für den Türsummer und öffnete die Wohnungstür. Hinten im Flur lärmten zwei Buben, die mit einem großen Softball herumbolzten.

‚Starke Technik', stellte der Polizist bewundernd fest, als der eine Fußballer den anderen durch eine geschickte Drehung mit anschließendem Hackentrick einfach umkurvte und den Ball in einem umliegenden Papierkorb versenkte. Da klatschte ihm eine breite Hand auf die Schulter. „Hi, da sind wir. Joshua Böhmer, Timo Jarres und Tobias Schmitz. Grüß Dich."

Erschrocken fuhr er herum. „Pattrick Born, hallo. Ich hab' Euch gar nicht kommen hören."

„Das ist unsere Stärke", lachte der mit der Pranke und drängte darauf, in die Wohnung zu kommen. „Die Jungs da glotzen schon."

Das war aber auch kein Wunder. Denn die Männer in ihren Ganzkörperkondomen sahen aus wie die Schneemänner. Böhmer sogar eher wie ein Eisbär. Mit seinem mächtigen Körper schob er alle anderen Kollegen samt Pattrick vor sich her in die Wohnung und schloss die Tür. „Und wer bist Du?", fragte er den ‚Freak', der den Auftritt mit offenem Mund beobachtet hatte.

„Hi, ich bin der Sven. Sven Lukas. Schön, dass Ihr da seid", beeilte er sich noch zu sagen, um der guten Stimmung nicht gleich wieder den Stecker zu ziehen.

Doch die drei KTler schienen gar keine Anstalten zu machen, schlechte Laune zu verbreiten. Im Gegenteil. Mit fröhlichem „Hallo" stellte sich jeder einzelne per Handschlag vor und baute sich anschließend mit großen Augen vor dem Esszimmertisch auf, um zu betrachten, was da bereits alles an Fundstücken zusammengetragen worden war.

Nach einer Weile drehte sich der Hüne zu Born und Lukas um und schaute sie fast ungläubig an. „Und das habt Ihr alles hier in der Wohnung gefunden?"

Die beiden nickten.

„Dat jiddet doch ja net. Wat is dat dann för ne bekloppte Jeck, de su jet in singe vier Wänd deponiert, uhne die besunners abzesischere", sagte er mehr zu sich selbst als zu den anderen.

Sven grinste ihn an. Er mochte Dialekte.

„Oh Verzeihung, war etwas in Gedanken", entschuldigte der sich für sein Kölsch und wollte übersetzen. Aber die beiden winkten ab. Sie hatten es auch so verstanden.

Böhmer drehte sich wieder zu seinen beiden Kollegen um und fragte: „Schon allein wegen diesem Kandinsky in der Diele“, fuhr er fort. „Habt Ihr Euch den schon genauer angesehen? Ich glaube, das ist ein echter.“

„Glaub’ ich auch“, bestätigte ihn Pattrick zu dessen großer Überraschung. „Und wenn das so ist, dann hat der richtig viel Geld gekostet.“

„Naja, aber davon hat der Mensch hier ja ganz offensichtlich jede Menge besessen“, mutmaßte Tobias Schmitz, der immer noch mit großen Augen auf die Geldsäulen in der Plastikfolie starrte. „Das müssen doch Millionen sein.“

„Wenn sie echt sind“, wandte Sven ein und zeigte auf die beiden Druckplatten, die von dem Kollegen der Kriminaltechnik offenbar noch gar nicht registriert worden waren.

„Was denn? Hat der Typ sich etwa die Kohle selbst gedruckt?“ Schmitz pfiff durch die Zähne und tat so, als wolle er die Platten wegnehmen und unter seiner Jacke verschwinden lassen.

„Finger weg!“, bestimmte Joshua Böhmer unter dem Gelächter der Anderen. „Äääh, Ihr habt die doch hoffentlich nicht mit bloßen Fingern angepackt, Jungs?“

„Natürlich nicht“, antwortete Sven und zeigte seine vinylblauen Hände vor. „Wir sind zwar aus der Provinz. Aber so weit reicht unser Wissen dann schon.“

„Ach übrigens, Provinz“, mischte sich Jarres betont bedächtig ein. „Wie weit ist das von hier bis nach, ääh, wie heißt das, ääh nach ... Bad Berleburg?“

‚Oh Mist‘, dachte Lukas, und Born wohl auch, ‚jetzt gibt es dann doch Trouble. Schade. War eigentlich ganz nett bis jetzt.‘

„Wie weit? Och, so um die 120 Kilometer.“

„Dann stimmt das also doch“, sagte Jarres an Schmitz gerichtet. „Das liegt ganz in der Nähe von Winterberg.“

„Richtig, sag ich doch. Das haben wir doch auf dem Verkehrsschild gelesen, als wir beim letzten Mal vom Skifahren kamen“, antwortete der. „Ihr habt doch da diese freilaufenden Büffel.“

„So was ähnliches“, lachte der ‚Freak‘ erleichtert. „Das sind Wisente. Echt riesige Apparate.“

„Da muss ich mal mit meiner Familie hin.“

„Ich auch“, schloss sich Böhmer an. „So, Leute!“, wechselte er schlagartig das Thema, „wir machen uns jetzt an die Arbeit. Mal gucken, wer sich hier alles verewigt hat und ob sich noch so das eine oder andere findet. Ihr lasst mal vorsichtshalber noch Eure Fingerabdrücke hier und geht dann unten beim Chinesen was essen. Der scheint gut zu sein. Timo, hol mal Dein Zauberkästchen raus.“

Jarres öffnete seinen Alukoffer und holte einen Laptop und einen elektronischen Abdruckscanner heraus. In weniger als drei Minuten hatte er die Fingerprints der beiden Beamten genommen und unter Angabe der persönlichen Daten ins System eingespeist. „Nur zur Sicherheit und um eine Referenz zu haben.“

Und das, obwohl die beiden nochmal darauf hingewiesen hatten, dass sie in der Wohnung ausschließlich Handschuhe getragen hatten.

Nach kurzer Wartezeit meinte er schließlich grinsend, „alles klar, das System hat Euch wiedererkannt“ und deutete auf das Display, das Borns Passfoto in Uniform zeigte.

„Wundert mich nicht“, antwortete der etwas angefressen, „wir haben schließlich schon häufiger was mit Verbrechen zu tun gehabt.“ Sven konnte dessen Genöle gar nicht verstehen. ‚Der soll doch froh sein, dass das hier alles so friedlich abläuft‘, dachte er zähneknirschend.

„Komm, mach nicht so'n Gesicht", bat Jarres. „Ich mache das grundsätzlich so. Wenn mir wirklich mal ein Abdruck von einem Kollegen durch die Lappen geht, dann bin ich doch der Arsch und suche mir den Wolf nach einem Unbekannten, der gar nicht existiert."

„Da hast Du allerdings auch wieder recht", lenkte Born schließlich ein, stand auf und kopfte dem KTler auf die Schulter. „Wir sollten allerdings noch kurz unser grobes Wissen über die Wohnung und den BMW des Herrn Feistauer an Euch weitergeben. Das würde Euch ganz gewiss helfen."

„Deshalb stehe ich hier", konterte Böhmer gutgelaunt. Er hatte sich an der Wohnungstür postiert und Block und Stift in der Hand. „Kommt, ich gehe mit Euch runter zum Essen. Ich habe seit meinem Frühstück noch nichts wieder in den Bauch gekriegt. Und, da zitiere ich meinen Vater, ‚großer Körper braucht schließlich Erhaltungsfutter'."

Samstag, 9. Februar

Glatteis auf der L 717 und ein eiskalter Ostwind hatten die Fahrt für Mina Nölke in dieser Nacht zu einem Erlebnis der besonderen Art gemacht. Kurz hinter dem Hotel Laibach war ihr Wagen plötzlich von einer Windböe erfasst und auf die Gegenfahrbahn gedrückt worden.

Nur ihrer schnellen Reaktion und einem offenbar hellwachen Schutzengel war es zu verdanken, dass die Hebamme heil aus dieser Situation herausgekommen war. Diagonal über die Fahrbahn rutschend, hatte sie das Steuer instinktiv nach rechts gerissen und Vollgas gegeben, bevor ihr Wagen mit einem Baum kollidiert wäre.

Zum Glück griffen die Vorderräder ihres SUV und zogen sie quer über die Straße hinüber zum Hotelparkplatz, wo der Opel Crossland allerdings recht unsanft im aufgeschobenen Schneewall landete. Mit einem Ruck war sie zum Stehen gekommen und in den Sicherheitsgurt geworfen worden.

„Mist! Das hat mir gerade noch gefehlt!", schimpfte die resolute Frau in ihrer schicken Winterjacke und legte den Rückwärtsgang ein. Doch die Räder drehten durch. Trotz mehrerer Versuche kam sie aus dem Haufen nicht heraus. Wie ein Rohrspatz schimpfend schnallte sie sich ab, kramte ihre Taschenlampe raus und stieg aus, um nach dem Rechten zu sehen.

Doch sie konnte die Front ihres Wagens nicht ausmachen. Die hatte sich in den weißen Haufen gebohrt. Und unter dem linken Vorderrad hatte sich eine spiegelglatte Fläche gebildet. Auf der anderen Seite sah es genauso aus.

Sich einfach in ihr Schicksal zu ergeben und im Auto bei laufender Standheizung auf den nächsten Streudienst zu warten, war für sie allerdings nicht drin. Denn sie war nicht aus Jux und Tollerei zu nachtschlafender Zeit auf dem Weg nach Berleburg. Es war immerhin 3.50 Uhr. Und im Krankenhaus wartete eine Hochschwangere auf ihre Hilfe.

Schwester Stefanie auf der Entbindungsstation klang wenig begeistert, als Mina ihr per Handy von ihrem Ungemach berichtete. Denn die Erstgebärende war in höchster Aufregung. Und nun war nicht nur die Hebamme nicht da. Auch der zuständige Bereitschaftsarzt war nicht greifbar. Der war nämlich im OP gefragt. Bei einem nächtlichen Noteingriff.

Immerhin aber hatte die leicht angefressene Schwester einen Tipp für die Hebamme auf Lager. „Ich bin sicher", sagte sie, „dass da oben am Laibach eine Streugutkiste steht. Guck Dich mal um."

„Danke, mache ich. Aber tu mir einen Gefallen und hol zur Sicherheit einen diensthabenden Arzt von einer anderen Station." Dass der dringend nötig sein könnte, schloss Mina aus dem Aufschrei, den sie im Hintergrund hörte, bevor sie das Gespräch beendete.

„Gott, oh Gott, hoffentlich kriege ich das auf die Reihe", murmelte sie. „Nicht, dass es im Kreißsaal noch zu einer Katastrophe kommt."

Als sie auf der eiligen Suche nach dem Streugut schon fast an dem Kasten vorbei war, bevor sie ihn richtig erkannte, hätte es sie beim Bremsen fast der Länge nach hingehauen. Sie konnte sich aber gerade noch auf den Beinen halten. „Das wär's ja noch gewesen, wenn ich mir hier auch noch die Knochen gebrochen hätte."

Zum Glück fand sie unter dem Blechdeckel der Kiste eine Schaufel, mit der sie auch gleich von oben Splitt herausnahm. Das war einfacher, als ihn aus dem zugefrorenen Auswurf unten heraushacken zu müssen. Viermal schlitterte sie hin und her, um hinter jedes der Vorderräder zwei Schaufeln

Streugut zu werfen. Doch trotz mehrfachen Hin- und Herjuckelns mit Wechsel zwischen Vorwärts- und Rückwärtsgang fanden die Räder einfach keinen Grip. Der Splitt schien in den Eisplatten unter den Rädern zu verschwinden.

Verzweifelt stieg sie wieder aus und überlegte, was sie noch tun könnte, als sich vom Tal her ein Scheinwerferpaar näherte. Instinktiv kroch Mina ins Cockpit und machte die Warnblinkanlage an, um dann die wenigen Meter zu Fuß zur Straße zu schlittern und händewinkend auf sich aufmerksam zu machen.

Prompt setzte der Fahrer des herannahenden Wagens den Blinker links und schwenkte auf den Parkplatz ein. „Hallo Frau Nölke", rief es fröhlich aus dem heruntergelassenen Fahrerfenster, „was ist denn mit Ihnen passiert?"

„Ach, Herr Freiberger, hab' Sie auf Anhieb gar nicht erkannt. Sie schickt der Himmel!" Schnell erklärte die Hebamme, die Freibergers Zwillingen kürzlich auf die Welt geholfen hatte, ihre Lage. Und der junge Vater war natürlich sofort bereit, eine „Gegenleistung für Ihre wunderbaren Dienste" zu erbringen.

„Setzen Sie sich mal ans Steuer, legen Sie den Rückwärtsgang ein und geben Sie sachte Gas, wenn ich das sage. Ich kriege Sie da raus." Und es gelang auf Anhieb, nachdem Freiberger nochmal Splitt unter das drehende linke Rad geworfen und dann mit Griff an den Türrahmen kräftig geschoben hatte.

Sachte ließ die erleichterte Frau den Opel rückwärts bis zum Straßenrand rollen. Nach Schäden zu schauen versagte sie sich. Denn sie musste jetzt sehen, dass sie in die Klinik kam. Im Schneehaufen hatte sie das Licht beider Scheinwerfer erkannt. Das musste für den Moment reichen. Sebastian Freiberger hätte das im Übrigen auch sehen müssen.

„Ich danke Ihnen ganz herzlich!", rief sie beim Anfahren. „Ich hoffe, ich kann das mal wiedergutmachen."

„Kein Thema!“, rief er. „Aber eine kurze Frage habe ich noch, Frau Nölke. Ihr Lebensgefährte ist doch bei der Kriminalpolizei. Das stimmt doch. Oder?“

„Ja, das ist richtig. Wieso fragen Sie?“

„Ich habe ein ganz komisches Erlebnis gehabt, Anfang der Woche. Darüber wollte ich eigentlich schon längst mit der Kripo gesprochen haben. Meinen Sie, ich könnte ihn am Wochenende mal anrufen und damit behelligen?“

„Ich denke schon. Aber im Moment ist er gar nicht da. Er ist gemeinsam mit einem Kollegen unterwegs und kommt wohl erst heute Mittag zurück, soweit ich weiß.“

„Gut, dann erlauben Sie bitte, dass ich mich mal nachmittags kurz melde. Wenn ich ausgeschlafen habe. War eine lange Nacht“, gähnte der Barkeeper. „Gute Fahrt.“

„Ja, machen Sie das. Bitte nicht böse sein. Ich muss. Da wartet das nächste Baby. Ciao!“ Dann brummte sie davon. Unterwegs kam der ‚Crossland‘ immer wieder mal kurz ins Schlittern. Doch so schlimm wie am Laibach erwischte es Mina nicht mehr.

Zwanzig Minuten später als geplant traf sie schließlich heil in der geburtshilflichen Abteilung ein, wohin auch der Frauenarzt von der OP zurückgekommen war. Beide noch rechtzeitig, um der kleinen Emely auf die Welt zu helfen und sie den glücklichen Eltern in den Arm legen zu können.

Alle waren glücklich. Nur der Bereitschaftsarzt der Inneren war ein wenig frustriert. Weil er nun doch nicht zum Zuge gekommen war. Das fuchste ihn. „Mensch, warum haben Sie denn bei diesem Wetter nicht hier im Krankenhaus auf die Geburt gewartet und sind erst daheim gestartet, als es fast schon zu spät war?“, nölte er.

Es wäre schließlich die erste Geburt unter seiner Verantwortung gewesen. Und so oft bekommen Internisten eine solche Chance nicht.

„Weil uns die Geburt nicht angekündigt war. Wir wussten nichts davon", gab Mina freundlich zurück. Aber die Wehen gingen ein paar Tage zu früh los. Und dann war Holland in Not."

„Na dann", meinte Dr. Glöde, streifte seinen Kittel über die blaue OP-Kluft, die er vorsichtshalber angezogen hatte und verabschiedete sich.

„Vielen Dank, Herr Doktor, dass Sie da waren. Der Fehlalarm tut mir leid. Aber ich war dort oben im Schnee auf dem Laibach in höchster Aufregung und hatte Angst, dass hier was schiefgehen könnte."

„Ist schon gut", rief er über die Schulter beim Rausgehen und winkte, bevor er die Stationstür öffnete. Plötzlich blieb er stehen, drehte sich noch einmal um und sagte, „ich hätte trotzdem gerne mit Ihnen zusammengearbeitet." Dann ging er endgültig.

„Ui, bei dem hast Du aber einen Stein im Brett", zischte Schwester Stefanie leicht eifersüchtig. Sie hatte zwar nicht unbedingt einen Grund dazu. Denn sie war eine hübsche, gepflegte Frau. Mina allerdings war eine echte Schönheit. Und dazu noch ein paar Jährchen jünger. Da hatte man bei den Weißkitteln schon eher Chancen.

„Ich glaube, den kannst Du Dir krallen. Der ist seit zwei Jahren unbeweibt", erzählte Stefanie beiläufig, während die Hebamme ihren notwendigen Schreibkram erledigte.

„Nee Du", antwortete Mina. „Ich bin schon bemannt, um bei Deinem Sprech zu bleiben. Und zwar deutlich besser als mit diesem Herrn Doktor, vermute ich." Dass sie schwanger war, behielt sie für sich.

„Ach so, wusste ich ja gar nicht", antwortete Stefanie und lächelte. So, als sei sie sehr erleichtert. „Hast Du Dir etwa einen Oberarzt geschnappt?"

„Nein."

„Was dann?"

„Du wirst es nicht glauben. Einen Polizisten."

Die Schwester war perplex. „Einen Bullen?"

„Nein, einen Stier."

„Ja, aber Du sagtest doch eben, er sei Polizist."

„Stimmt ja auch. Kriminalpolizist, wenn Du's genau wissen willst."

„Aber zu Polizisten sagt man doch nicht Stier. Die nennt man doch Bullen."

„Aber mein Bulle ist ein Stier", lachte Mina und ließ Stefanie nachdenklich stehen.

‚Hätte ich gar nicht von ihr gedacht', schüttelte die Schwester den Kopf, nachdem sie langsam den Hintersinn begriffen hatte. Doch da war die Hebamme längst im Zimmer der frischgebackenen Mama und ihrem Kind verschwunden.

In Troisdorf war es ausgesprochen spät geworden. So spät, dass Sven und Pattrick den Nachtportier ihres Hotels alarmmäßig herausklingeln mussten. Der arme alte Mann war hinter seinem Counter eingeschlafen und hatte erst gar nicht mitgekriegt, dass dort jemand an der Glastür Einlass begehrt hatte.

„Sie hawwen die Zimmer zwofuffzehn un zwoseschzehn", hatte er ihnen mitgeteilt und um Verzeihung dafür gebeten, dass er fortwährend gähnen musste. „Wissen Sie, isch hab' ene kranke Frou daheijm. Da moss isch och tachsöwwer imma Jewehr beij Fooß stonn."

„Machen Sie sich keine Gedanken", lächelte Born nachsichtig. „Wir müssen uns eher entschuldigen und dafür bedanken, dass Sie uns überhaupt noch zwei Zimmer gegeben haben, als wir Sie so spät angerufen haben." Er nahm die angebotenen Schlüssel und drückte dem Mann einen Zehn-Euroschein in die Hand.

„Das ist für Sie. Von meinem Kollegen und mir."

„Oh, Danke", war der alte Herr plötzlich hellwach. Solche Großzügigkeiten kannte er offenbar nicht. „Kommen Sie, isch bringe Ihnen ... Ach je, Sie hawwen ja jar keijn Jepäck dabeij", stutzte er plötzlich.

„Wir waren auch nicht auf eine Übernachtung eingerichtet", erklärte Sven. „Wir wollten eigentlich zum FC nach Köln. Aber dann kam alles anders."

„Dat is sehr schade, wenn isch dat ma so sagen darf. Se hawwen nämlisch jet verpasst. Die Jongens hawwen nämlisch mit ..." .

„Stoooopp, nichts sagen!", rief der ‚Freak' und fuchtelte mit den Armen in der Luft herum, als wolle er einen ICE auf freier Strecke anhalten. „Ich will das Ergebnis nicht wissen." Insgeheim hoffte er nämlich, dass er die Wiederholung des Sportstudios noch auf dem Zimmer würde anschauen können.

Doch dazu kam er nicht mehr. Denn kaum hatte er sich in eine Decke eingehüllt, aufs Bett gelegt und den Fernseher eingeschaltet, war er tief eingeschlafen. Dass die Kölner Geißböcke den Kiez-Club aus Hamburg mit 4:1 geschlagen hatten, bekam er erst mit, als er mit Born beim Frühstück saß. Dreimal Cordoba und einmal Terodde. Sensationell!

Zum Glück hatte der Portier die Ermittler mit Einwegzahnbürsten und einer Portion Zahnpasta ausgerüstet. So hatten sie sich nicht wie die Barbaren fühlen müssen, als sie um halb zehn im Frühstücksraum auftauchten. Frisch geduscht und mit sympathischem Atem. Aber mit bleischweren Knochen.

Der Abend und die Nacht danach hatte sie richtig Körner gekostet. Nicht nur, weil sie pausenlos gefordert waren, den Kollegen von ‚Falschgeld und Betrug' Auskunft zu geben über ihre Ermittlungen und die Funde in Feistauers Wohnung. Sondern auch, weil der anschließende ‚Spätschoppen' mit allen Beteiligten bis in die Puppen gegangen war.

Von wegen Anschiss und Vorwürfe, wie vom Chef orakelt. Die Jungs waren schon fast überbordend freundlich und voll des Lobes über das Ergebnis, das der Alleingang der Kollegen aus der Provinz gezeitigt hatte. Wie aus dem Nichts waren sie zu einem spektakulären Fall von Falschmünzerei gekommen, dessen wahre Ausmaße noch keiner abschätzen konnte.

„Da wären wir doch höchstens drauf gestoßen, wenn irgendwann einmal jemand die Wohnung geöffnet hätte." Doch dazu hätte zunächst einmal kein Anlass bestanden. Denn sie befand sich im Besitz eines Mannes, von dem in Troisdorf niemand wissen konnte, dass er schon nicht mehr unter den Lebenden weilte.

Ein Mann aus der Nachbarwohnung, der sich am späten Abend über den Betrieb nebenan gewundert und ‚ganz nebenbei' mal erkundigt hatte, wusste noch nicht einmal, dass Feistauer seit längerer Zeit bereits auf den Rollstuhl angewiesen war.

„Den habe ich, glaube ich, das letzte Mal vor drei, vier Jahren gesehen", berichtete er. „Hier im Haus kümmert sich keiner um den anderen, wissen Sie."

„Nee, um die anderen kümmert sich keiner", hatte Hauptkommissar Klement vom Betrugsdezernat geuzt, „aber neugierig sind wir schon. Der Mann lügt doch wie gedruckt. Ich glaube, den werden wir uns nächste Woche mal zur Brust nehmen."

„Und seine Frau, diese Ziege", legte sein Kollege Kiefer nach. „Die hat sich ja fast den Hals verrenkt, als sie mit ihrem Alten vor der offenen Wohnungstür stand und wissen wollte, was wir da machen. Ich gehe jede Wette darauf ein, dass wir spätestens am Montag Gespräch im ganzen Viertel sind."

Tobias Schmitz nickte. „Wir haben sie sogar bitten müssen Platz zu machen, als wir mit dem ganzen Krempel aus der Wohnung raus sind, um ihn in unseren Transporter zu verladen. Ich wäre dem Nachbarn fast über die Füße gestolpert.

Ach, übrigens", fügte er hinzu, „wir haben da noch so einige andere Sachen gefunden. Darunter so einen komischen Minitresor. Saumäßig schwer und nicht aufzukriegen. Dafür gibt's nämlich keinen Schlüssel."

„Ich glaube doch", antwortete Pattrick. „Kann es sein, dass der so aussieht wie ein Schlüssel für ein Schließfach? So mit Doppelbart rechts, links."

Schmitz nickte.

„Dann haben wir den wahrscheinlich bei den Asservaten. Müssen wir Euch per Kurier zuschicken."

„Ja, und dann haben wir noch einen hochinteressanten Fund im BMW gemacht, als wir den endlich aufgekriegt haben." Offenbar war es Böhmer als Chef der KT-Truppe vorbehalten, diese Nachricht zu verbreiten. Wir haben im Ersatzrad des Wagens nämlich noch weitere gebrauchte Druckplatten gefunden. Und zwar welche für ältere Fünfzig- und Hundertmarkscheine."

Sven und Pattrick waren sprachlos.

„Ist das ein Hammer?", grinste Gerrit Klement. „Ich glaube, das dürfte ein klarer Beweis dafür sein, dass Euer Christof Feistauer wohl schon einige Zeit vor der Wende im Falschgeldgeschäft tätig war."

„Ich kann mich noch erinnern", erzählte er beim Kölsch, „dass es mal eine riesige Schwemme falscher Hundertmark-Scheine gegeben hat, deren Herkunft nie geklärt werden konnte. Nicht zuletzt deshalb wurden ab Oktober 1990 völlig neue, angeblich fälschungssicherere Hunderter rausgebracht. Und ein paar Monate später gab es dann neue Fünfzigmark-Noten.

Nach dem, was wir jetzt wissen, kann man nicht ausschließen, dass dieser ‚umgedrehte DDR-Agent' mit der Herstellung von Falschgeld mit dazu beigetragen hat, dass seinem Heimatland die Devisen nicht so leicht ausgehen."

„Ja, aber solche Mengen nagelneuer Scheine fallen doch auf." Born mochte dieser These nicht so recht Glauben schenken.

„Wenn Du wüsstest, was sich diese Falschmünzer so alles einfallen lassen. Die schmeißen ihre Blüten zum Beispiel zusammen mit ein paar Schaufeln Sand und etwas Kies in Betonmischmaschinen und trimmen die so auf alt. Anschließend werden sie peu à peu an zig verschiedenen Stellen in Umlauf gebracht. Das merkt kein Schwein."

„Ja, aber das war doch in der DDR gar nicht möglich."

„Da hast Du recht. Aber wenn die Falschmünzer der DDR nahestanden und ihre Druckerzeugnisse an Händler in der BRD verkloppt haben, dann bekam die Heimat des real existierenden Sozialismus dafür immerhin 10 bis 15 Prozent des Nominalwertes. Und die hat man sich natürlich in harter Valuta auszahlen lassen, also in echter D-Mark."

Sven war ganz hibbelig geworden. „Das heißt, die in der ‚Täterä' waren von der Blütenproduktion so richtig begeistert, damit Westwährung reinkommt?"

„Es gibt zumindest die Vermutung. Naheliegend wäre es ja immerhin, wenn wir uns den Fund hier und die Vita des Mordopfers zu Gemüte führen."

„Da ist allerdings was dran", war Lukas schwer beeindruckt. „Wäre ja irre, wenn sich 'n Knopf an die Geschichte machen ließe."

„Immerhin habt Ihr ja schon mal Nadel und Faden dazu gefunden. Den Knopf sollten wir jetzt gemeinsam suchen", lachte Linus Kiefer.

Die Kollegen aus Wittgenstein fühlten sich in dieser Nacht regelrecht gebauchpinselt von den einheimischen Beamten. Noch vor wenigen Stunden hatten sie es nicht einmal für möglich gehalten, dass ihnen auch nur einer von ihnen überhaupt Guten Tag sagen würde. Und jetzt das. Sie genossen das und ließen sich das einiges kosten.

Was für ein Glück, dass es gegenüber der Kneipe, in der sie bis in die späte Nacht gefeiert hatten, dieses Hotel gab, in dem sie jetzt einen guten Kaffee und frische Brötchen kredenzt bekamen. Sie brauchten Mumm in den Knochen. Nicht nur für die Heimfahrt, für die der WDR Schneefall orakelt hatte. Sie mussten schließlich auch noch zu Klaus.

Nachdem sie sich bei einem guten Frühstück ausreichend wiederhergestellt hatten und fahrtüchtig fühlten, fuhren die Kommissare los in Richtung Heimat. „Lass mich mal fahren", hatte Pattrick gebeten, „ich überlege nämlich, ob ich mir nicht auch so'n SUV anschaffe."

„Um Dich von der Hälfte der Menschheit dafür anmotzen zu lassen?" Sven hatte ihn gerne ans Steuer gelassen und ihm während der Fahrt einige unschöne Geschichten über Begegnungen mit Umweltschützern, aufgebrachten Eltern und berufsmäßigen Randalierern erzählt. „Wenn Du solch einen Wagen fährst, noch dazu einen Diesel, bist Du bei denen Klimakiller und Massenmörder zugleich."

„Ich weiß", meinte Born. „Aber gut zu fahren ist er trotzdem. Der geht ja ordentlich ab und liegt super auf der Straße."

„Wir hoffentlich nicht, nachdem wir beim Chef waren." Der ‚Freak' rettete sich mal wieder in Sarkasmus.

„Blödmann“, erwiderte Pattrick. „Du bist so ein richtiger Schwarzseher.“

„Ja, entschuldige mal“, begehrte Lukas lachend auf, „wer hat sich denn seinen Generalanschiss anhören müssen? Du hast Dich doch aufs Klo geflüchtet. Woher willst Du also wissen, was uns da nachher erwartet?“

„Komm, jetzt uz' hier nicht so rum. Sonst geht mir gleich wieder die Düse.“ Born wusste nicht so recht, wie er die Laune des Kollegen werten sollte. Müsste Klaiser nicht eher begeistert sein wegen der Fahndungserfolge, die sie bei ihrer Exkursion in fremden Gefilden eingefahren hatten? Nachdenklich wechselte er am Autobahnkreuz Köln-Ost auf die A 4.

„Hey, was ist denn los? Du machst ja vielleicht ein Gesicht. Klaus wird uns schon nicht den Kopf abreißen. Wenn der erst mal klar sieht, was wir da alles ausgegraben haben, dann wird er ...“ Pattricks Handy klingelte.

„Geh Du dran, ich kann ja jetzt nicht.“

„Okay. ... Aber das ist der Chef!“, stellte der ‚Freak‘ mit Blick aufs Display überrascht fest. „Wenn man den Esel nennt ...“

„... dann kommt er gerennt, weiß ich. Und? Sollen wir's einfach klingeln lassen? Oder soll ich beim Fahren telefonieren und mich von den Autobahn-Kollegen erwischen lassen? Nun mach' schon!“

„Ist das jetzt üblich bei Euch, dass Du den Telefonisten von Pattrick spielst?“, brummelte Klaus irritiert, nachdem Sven sich endlich erbarmt hatte an den Apparat zu gehen. „Oder muss ich neuerdings bei Dir anrufen, um Born zu erreichen?“

Sven blies die Backen auf. „Nee, aber Pattrick sitzt im Moment am Steuer. Wir wollten uns nicht noch einen Fauxpas leisten.“ ‚Der ist ja immer noch so mies drauf‘, dachte er.

„Dann mach' mal laut, dass er mithören kann.“

„Moment. ... So, jetzt.“

„Hallo, Ihr Superbullen“, begann er. „Ich hab’ gerade eben einen Anruf von dem Kriminalrat aus Troisdorf bekommen. Und ich kann Euch sagen …“ Lange Pause.

„Was kannst Du uns sagen?“, wollte Pattrick wissen und knirschte fast hörbar mit den Zähnen. „Guten Morgen, übrigens.“

„Ja, guten Morgen. Entschuldigung. Ich wollte Euch sagen, dass der Mann völlig fertig war.“

„Wieso denn das?“

„Er hat gesagt, er könne es sich nicht verzeihen, mit seiner Frau in einem furchtbar langweiligen Theaterstück gesessen zu haben, statt sich vor Ort Eure sensationellen Funde anzuschauen.“

Pattrick und seinem Beifahrer blieb die Spucke weg. Was war das denn? Zuckerbrot statt Peitsche?

„Hört sich gut an“, versuchte Sven Lukas nach einmal Durchatmen auszuloten, was da sonst noch alles zu erwarten war.

„Ja, das hört sich nicht nur gut an. Das war auch gut. Das war gestern auch schon gut, verdammt nochmal. Nur lasst nie irgendjemanden hören, dass ich das gesagt habe. Den Anpfiff *musste* ich Euch verpassen. Das war Euch doch hoffentlich klar. Oder?! Natürlich war Euch das klar“, gab er sich die Antwort selbst.

„So, Themenwechsel. Wo seid Ihr denn im Moment?“

„Seit vier, fünf Minuten auf der A 4 Richtung Olpe“, meinte Born. „Warte mal, … äääh … kommen gerade an Untereschbach vorbei.“

„Interessant, kenne ich leider nicht“, lachte Klaus. „Aber ich habe schon verstanden.

Ihr braucht wahrscheinlich noch mindestens zweieinhalb Stunden.“

„Neeee, doch nicht so lange.“

„Wetten? Hier schneit es nämlich wieder wie verrückt. Oben auf der Lützel ist Chaos, habe ich gerade bei Radio Siegen gehört. Deshalb lasst Euch lieber Zeit und fahrt langsam. Wir sehen uns am Montag in der Morgensitzung. Der Kollege Küfer versprach mir, wir hätten bis dahin auch ausführliche Berichte von der KT und vom Betrugsdezernat."

„Wie? Ernsthaft. Nichts mit Antreten bei Dir heute, egal zu welcher Zeit?"

„Kein Antreten. Kommt gut heim und schlaft Euch aus."

„Danke. Schönes Wochenende."

Es hatte sogar fast vier Stunden gedauert, bis sie schließlich zu Hause waren. Zwar hatten sie sich unterwegs immer wieder nach dem Zustand der Straßen erkundigt und erfahren, dass Wittgenstein wegen eines Lkw-Unfalls an der Kronprinzeneiche weder über Hilchenbach, noch über Afholderbach erreichbar war.

Da aber auch die Alternative von Netphen über Walpersdorf total dicht war, hatten sie sich bereits vor Olpe entschieden, ihr Heil durchs Lennetal bis nach Fleckenberg zu suchen, um von dort aus über den Rothaarkamm zu kommen.

Doch die Idee hatten vor ihnen zig andere Autofahrer auch. Ganz vorne eine Familie aus Gelsenkirchen, deren Vorstand meinte, es sei kein Problem, mit Sommerreifen die Wisent-Wildnis dort oben zu erreichen. Die letzte Rechtskurve vor Jagdhaus belehrte ihn eines Besseren. Der Wagen gehorchte ihm nicht mehr. Seine Lenkbewegung wurde von den Vorderrädern schlicht ignoriert.

Der folgende ‚Ausritt' auf die Gegenfahrbahn endete in der Kollision mit einem Pkw, dessen Fahrerin keine Chance zum Ausweichen hatte. Drei Verletzte, Straße voll gesperrt. Der anschließende Stau war wohl der längste in der Geschichte dieser Straße. Und die Kripomänner wären wohl nie heimgekommen, wenn Pattrick nicht irgendwann die Kojak-Lampe aufs Dach gesetzt und die gesamte Kolonne einfach überholt hätte.

„Dreist, aber wirkungsvoll“, hatte der Kollege Kremser grinsend bemerkt, als die beiden Männer an der Unfallstelle eintrafen und leutselig nachfragten, ob sie irgendwie helfen könnten. Beide kannten den Kollegen von der Schmallenberger Polizeistation. Mit ihm und anderen Beamten seiner Dienststelle gab es schon seit Jahren eine hervorragende Zusammenarbeit über den Rothaarkamm hinweg.

„Nee, Ihr könnt uns nicht helfen. Allenfalls dadurch, dass Ihr Platz macht für die Abschlepper“, hatte er ihnen zugerufen und auf eine Gasse gezeigt, die Einsatzkräfte um den querstehenden Wagen aus dem Ruhgebiet herum freigeschaufelt hatten. Nur zu gerne hatten sie den Wink verstanden und sich zügig vom Unfallort entfernt.

‚Mein Gott, diese Frau riecht einfach nur unfassbar gut‘, schwärmte Sven Lukas in Gedanken, als er unter die Bettdecke seiner Lebensgefährtin geschlüpft war. ‚Und sie fühlt sich so gut an.‘ Ganz sachte streichelte er ihren Körper und küsste sie sanft in den Nacken. Er begehrte Mina wie am Tag ihres Kennenlernens. Und sie ihn.

Das spürte er, als seine Hand über ihre Brust glitt und ein eindeutiges Signal ertastete. „Du gemeines Weib, Du hast mich reingelegt“, säuselte er ihr ins Ohr. „Du schläfst ja gar nicht. Du tust ja nur so.“

„Wer ist hier gemein?“, fragte sie lachend zurück. „Du doch. Lässt mich arme schwangere Frau hier im harten Winter voller Angst um Dich allein. Welches Glück, dass ich Dich unversehrt wiederhabe.“ Wie ein Aal wand sie sich in seinen Armen, drehte sich um und gab ihm einen langen Kuss, während sie nach seinem Slip griff.

„Hey!“, rief er verblüfft, „Du legst ja ein Tempo vor. Du bist ja schneller als die Polizei erlaubt.“

„Glaub’ ich nicht!“, rief sie lachend und verschwand mit dem Kopf unter der Bettdecke.

‚Ich muss es doch wissen!“, protestierte der ‚Freak‘ gespielt, „schließlich bin ich ja bei der Pooolìiii... Wooooaaaaaah!“

Beide hatten wenig Schlaf bekommen in der vergangenen Nacht – aus den unterschiedlichsten Gründen. Aber davon war vor allem bei Mina nichts zu spüren. „Hey, Süßer“, flüsterte sie, während sie an einem seiner Ohrläppchen knabberte, „ich bin zwar schwanger, aber nicht krank. Also tu was!“ Und Sven folgte – und jagte beide bis dahin ungeahnten Höhen entgegen.

Als sie schließlich schwitzend und hechelnd auf dem Bett lagen, schlug die Standuhr von 1877 in der Diele des mindestens ebenso alten Fachwerkhauses dreimal. „Was für ein wunderbarer Samstagnachmittag“, japste der ‚Freak‘ und küsste den schönen Körper seiner Geliebten, die sich neben ihm frivol und wolllüstig ausgestreckt hatte.

„Ja, das ist er“, erwiderte sie mit rauchiger Stimme, „ein wunderbarer Samstagnachmittag. Aber er muss ja noch nicht zu Ende sein.“

„Was denn? Nochmal?“ Der atemlose Kommissar war begeistert, mit welch atemberaubender Grazie sie sich rittlings auf ihn schwang.

„Hey!“, lachte Mina, „streng Dich mal ein bisschen an, mein süßer Bulle.“ Doch das Telefon durchkreuzte ihre Pläne.

„Mist! Wer kann das denn sein?“, fragte Sven. „Hast Du Dienst?“

„Nee, nur Bereitschaft. Keine Ahnung, wer das ist." Die schöne Nackte stand auf, hüllte sich in eine Art Nichts aus nahezu transparentem duftigem Stoff und ging hinüber in ihr Arbeitszimmer.

„Ja bitte", meldete sie sich am Telefon.

„Sebastian Freiberger", gab sich der Anrufer zu erkennen, „ich grüße Sie, Frau Nölke. Um Himmels Willen, wo habe ich Sie denn jetzt hergeholt? Sie sind ja völlig außer Atem."

„Das wollen Sie aber jetzt nicht ernsthaft wissen, oder?", antwortete sie und versuchte freundlich zu klingen, obwohl sie ziemlich angesäuert war. Doch der Mann hatte ihr immerhin aus der Patsche geholfen und darüber hinaus diesen Anruf ja auch angekündigt.

„Nein, verzeihen Sie bitte. Natürlich war das nur so eine Floskel. Sie machen sicher gerade Sport. Oder sowas in der Art."

„Stimmt. Sowas in der Art", brummelte die Hebamme. Sollte er doch glauben, was er wollte. „Sie wollen sicher Sven sprechen."

„Ja, bitte, wenn ich nicht zu sehr störe."

„Nein, nein, ist schon gut." ‚Gar nichts ist gut', ärgerte sich Mina, als sie Sven das Mobilteil ans Bett trug und dabei die Sprechmuschel zuhielt. „Hier, ein Herr Freiberger. Er möchte Dir von einer seltsamen Beobachtung erzählen."

„Was? Jetzt?"

„Ja, jetzt. Er hat mein Auto heute Nacht aus dem Schnee gezogen und von seiner Beobachtung erzählt, von der er Dir berichten möchte. Da hab' ich ihm versprochen, dass er heute mal anrufen darf."

Dass er sich als eine Art fernmündlicher Coitus interruptus betätigt hatte, begriff der Barkeeper spätestens, als der gewünschte Kontakt zu dem Kommissar hergestellt war. Denn der offenbarte auch noch Minuten nach der totalen Verausgabung konditionelle Schwächen.

Sven konnte förmlich hören, dass der Anrufer auf der anderen Seite diese Erkenntnis mit einem Grinsen quittierte.

„Was kann ich für Sie tun, Herr Freiberger?“, fragte er ihn schließlich und legte erstmal eine Atempause ein, bevor er anmerkte, dass es ein wenig ungewöhnlich sei, wenn ein Kripobeamter an einem Samstagnachmittag in dienstlicher Sache privat kontaktiert werde.

„Ja, tut mir auch leid. Aber erstens denke ich, dass es die Polizei womöglich im Zusammenhang mit dem Mord an dem Mann im Rollstuhl interessieren könnte. Und außerdem habe ich wegen meines Berufs als Barkeeper tagsüber wenig Gelegenheit zu Kontakten mit der Polizei. Weil ich ja auch mal schlafen und mich um meine Familie kümmern muss.“

„Ja, ist ja schon gut. Was wollen Sie mir denn nun erzählen?“

„Also“, begann Freiberger, „ich muss vorausschicken, dass ich erst vorgestern von dem Mord erfahren habe. Wissen Sie, ich arbeite in einem Hotel in Feudingen und schmeiße dort die Bar, die augenblicklich von sehr anspruchsvollen Gästen bis in die späte Nacht frequentiert wird. Und da hat man mir von dem Verbrechen erzählt.

Das ist ja wirklich furchtbar, was mit dem armen Mann passiert ist. Wie kann man denn einen so schwer behinderten Menschen, der sich sowieso nicht wehren kann, einfach erschießen? Auch die Frau, die mir davon berichtet hat, meinte, dass ...“

„Herr Freiberger“, unterbrach ihn Sven ungeduldig, „bitte etwas knackiger. Was wollen Sie mir berichten?“

„Ach so, ja. Also, weil ich, wie gesagt, erst vorgestern von dem Mord erfahren habe und das alles gestern nochmal in der Zeitung nachgelesen habe, ist mir eigentlich erst klar geworden, wie gefährlich es mittlerweile auch in unserem Wittgenstein geworden ist. Man weiß ja gar nicht mehr, wem man überhaupt …"

‚Mein Gott, der Typ hätte Frisör werden sollen', dachte Lukas und fuhr erneut dazwischen. „Herr Freiberger, bitte kommen Sie zur Sache."

„Ja, okay, entschuldigen Sie, man hat ja so selten solche Erlebnisse, da …"

„Was für Erlebnisse?"

„Also. Als ich das in der Zeitung nochmal nachgelesen habe …"

„Herr Freiberger, ich lege auf, wenn Sie jetzt nicht zu Potte kommen!"

„Will ich doch!", reagierte der Mann gereizt. „Als ich das in der Zeitung nochmal nachgelesen habe, fiel mir wieder ein, dass ich in der Nacht zu Dienstag in Laasphe eine ganz komische Beobachtung gemacht habe."

„Aha. Und was war das?"

„In dieser Nacht war ich ausnahmsweise schon gegen 23.15 Uhr auf dem Heimweg. Und weil ich einer Servicekraft aus dem Hotel versprochen hatte, sie bei diesem Mistwetter mitzunehmen und bis vor die Haustür zu fahren, bin ich über Laasphe gefahren, statt über die Leimstruth."

„So weit kann ich folgen. Aber was haben Sie denn nun beobachtet?"

„Einen Mann beim Schneeräumen."

„Einen Mann beim Schneeräumen?"

„Ja, sage ich doch!" Hinten klingelte Minas Handy.

„Gut, das mag so spät in der Nacht etwas ungewöhnlich sein. Aber nichts, was die Kripo interessieren könnte."

„Ich glaube aber schon. Der Mann räumte den Schnee nämlich nicht mit einer Schneeschaufel, sondern mit einem winzig kleinen Klappspaten."

„Mit einem Klappspaten? Bei diesen Schneemassen. Wo war das genau?"

„In der Wasserstraße im Laasphetal. Direkt in der Einfahrt zu dem Campingplatz. Der Fahrer hatte bei dem Schneetreiben offenbar die Einfahrt zu früh genommen und ist samt seinem Karren in den Graben gerutscht. Nicht weit weg von dort wohnt übrigens die Kollegin, die ich nach Hause bringen wollte."

„Ah ja. Und das war nicht etwa ein Verwandter oder Bekannter Ihrer Kollegin?"

„Nein. Es war ein fremder Mann, der mit einem Klappspaten Schnee hinter den Rädern eines SUV wegschaufelte. Und es schien, als hätte er Angst gehabt, dabei gesehen zu werden."

„Wie kommen Sie darauf?"

„Weil er abtauchte, als wir näher kamen. Er hatte uns vorher offenbar nicht bemerkt. Denn knapp hundert Meter vor uns war gerade ein Schneepflug bei ihm vorbeigekommen. Wegen dem hatte er sich wohl vorher versteckt, war aber gerade wieder aufgetaucht, als wir näherkamen. Kaum hatte er uns gesehen, war er wieder weg. Das war wie im Kasperletheater."

„Haben Sie gesehen, was für ein Fahrzeug das war?"

„Ich sagte doch: ein SUV."

„Nein, das meine ich nicht. Was für ein Hersteller? Audi, BMW, VW, Mercedes?"

„Ein Jaguar."

Sven fuhr wie elektrisiert hoch. „Wie bitte? Ein Jaguar?"

„Genau. Der war seitlich rechts in einen Graben gerutscht und kam aus dem tiefen Schnee ganz offensichtlich nicht mehr heraus."

„Können Sie sagen, welche Farbe das Auto hatte?"

„Schwer zu erkennen. Schwarz oder dunkelblau, vielleicht dunkelgrau. Aber dunkel auf jeden Fall. Deshalb hab' ich auch den silbernen Jaguar auf der Heckklappe so gut erkennen können."

„Konnten Sie das Autokennzeichen erkennen?"

„DO für Dortmund. Mehr weiß ich nicht."

‚Bingo'!, dachte der Kommissar, ‚eindeutig unser Jaguar! Soviel Zufall kann es beim besten Willen nicht geben.'

„Mehr weiß ich wirklich nicht", beteuerte der Anrufer, als Lukas nicht sofort antwortete. „Ich hab' mich ja mehr für den Fahrer interessiert. Weil ich dem aus dem Graben raushelfen wollte."

„Nee, nee, ist schon gut. Das reicht mir. Haben Sie ihm denn wenigstens helfen können?"

„Nein. Der Kerl war, wie gesagt, abgetaucht und blieb verschwunden. Auch als ich stehen blieb, ließ er sich nicht blicken. Der winzig kleine Klappspaten war das Einzige, was von ihm übrig geblieben war. Der lag nämlich auf der Fahrbahn."

„Und dann?"

„Dann bin ich einige Meter weitergefahren und hab' in den Rückspiegel geschaut. Weil ich hoffte, dass er dann wieder auftaucht. Aber Fehlanzeige! Erst als wir viel weiter weg waren, habe ich im Rückspiegel gesehen, dass der Mann wieder um den Jaguar herumkam und am Hinterrad zu schaufeln begann. Und ich glaube, dass da plötzlich noch ein zweiter Mann mit dabei war."

„Ein zweiter Mann? Können Sie den beschreiben?"

„Nein. Da war ich schon zu weit weg. Und im Spiegel ... Jedenfalls hatte meine Kollegin diese seltsame Geschichte ja auch miterlebt und es mit der Angst zu tun bekommen. Sie wollte ganz schnell heim. Konnte ich auch verstehen. Das ist da hinten raus ja auch ziemlich einsam an der Straße.

Ich habe sie dann die paar Hundert Meter weiter direkt vor ihrer Haustür aussteigen lassen und gewartet, bis sie drin war und abgeschlossen hatte."

„Gut. Sind Sie dann nochmal zurück?"

„Nee, ich bin dann weitergefahren, zu mir nach Hause. Der oder die Kerle wollten ja scheinbar keine Hilfe."

Sven überlegte einen Moment. „Das ist in der Tat bemerkenswert, was Sie da erzählen. Aber wie kommen Sie denn darauf, dass das mit dem Mord auf dem Schlossberg zu tun haben könnte?"

„Weil mir gestern ein Gast in der Bar erzählte, dass die Täter mit einem gestohlenen Jaguar SUV irgendwo bei Marburg verunglückt seien."

„Das ist richtig", antwortete Lukas, der überlegte, in welcher der Pressemitteilungen das wohl gestanden haben könnte. Eigentlich war darin immer nur von einem gestohlenen Fahrzeug der Oberklasse die Rede gewesen. „Ich danke Ihnen sehr, dass Sie mir die Geschichte erzählt haben."

„Herzlich gerne. Können Sie denn etwas damit anfangen?"

„Das werden wir sehen. Sollte sich herausstellen, dass es sich um das Täter-Fahrzeug aus dem Laaspher Mordfall handelt, und das halte ich nicht für unmöglich, haben wir jetzt wenigstens einen Anhaltspunkt, wo sich die Täter in der Nacht nach der Tat aufgehalten haben könnten." ‚Fragt sich nur, was die dort wollten', überlegte der Kriminalist. ‚Vielleicht tatsächlich auf den Campingplatz?'

„Auf jeden Fall vielen Dank. Sie haben uns sehr geholfen." Irgendwie spürte Sven das dringende Bedürfnis, das Gespräch zu beenden und ein, zwei Recherche-Telefonate zu führen. Schnell ließ er sich noch Telefonnummer und Adresse von

Freiberger geben und fragte nach der Erreichbarkeit von dessen Kollegin. Dann beendete er das Telefonat und machte sich ein paar Notizen.

Mina Nölke werkelte unterdessen im Bad und hatte offenbar bereits geduscht. Jedenfalls hörte Sven den Fön brausen, als er hinaus in die Diele gegangen war, um ihr zu berichten, was dem Anrufer so sehr unter den Nägeln gebrannt hatte.

Als er die Badezimmertür sachte öffnete, hineinlinste und ihr bedeutete, sie möge mal eine Pause machen, pustete sie ihm kurz mit dem Haartrockner ins Gesicht. „Kannst Du mir alles später erzählen!", rief sie, um den Lärm zu übertönen. „Ich hab' gerade einen Anruf auf meinem Handy bekommen. Die angekündigte Hausgeburt bei ‚Heisers' in Alertshausen kündigt sich nun doch früher an, als errechnet!"

„Na, klasse. Dann haben wir ja beide Arbeit!", rief er ihr zu und verschwand wieder im Schlafzimmer, um sich etwas anzuziehen.

Eine Viertelstunde später hatte der ‚Freak' Sarah Renner an der Strippe. Die Kollegin hatte Wochenendbereitschaft. Gemeinsam mit dem alten Haudegen Rüdiger Mertz. Aber Sarah war für Lukas die Laasphe-Kennerin schlechthin und daher seine erste Ansprechpartnerin in Sachen Campingplatz.

Der jungen Kollegin war schnell ein Licht aufgegangen, als Sven ihr die Geschichte vom Jaguar im Graben an der Wasserstraße erzählt hatte. „Jetzt ist mir klar, wo die beiden Gangster in der Nacht nach dem Mord waren. Die haben wahrscheinlich einen von diesen Wohnwagen dort geknackt und sich da ins Bett gelegt."

„Oh, könntest Du das bitte checken, meine Liebe. Wäre schon interessant zu wissen, ob es da tatsächlich einen Einbruch gab und ob den Leuten dort die Geschichte mit dem Jaguar nicht aufgefallen ist."

„Heute noch?“, fragte Sarah zurück.

„Naja, schlecht wäre das nicht. Wer weiß, wie lange noch Spuren zu finden sind, falls es tatsächlich so gewesen sein sollte.“

„Gut. Dann will ich mal sehen, ob ich die Besitzer dort erreiche. Ich weiß nämlich nicht, ob der Platz bei diesem Wetter überhaupt offen ist. Wagen stehen auf jeden Fall einige dort. Das habe ich gestern noch gesehen. Aber das heißt ja nicht, dass da im Moment jemand drin wohnt.“

„Gut, mach das. Du gehst aber bitte nicht allein dorthin.“

„Doch, doch. Ich kenne die Besitzer nämlich ganz gut. Ist’n unheimlich nettes älteres Ehepaar. Wenn da was gewesen sein sollte, werde ich es von den Herrschaften mit Sicherheit erfahren.“

„Das mag ja sein. Aber wenn etwas gewesen sein sollte, darfst Du dort auf keinen Fall allein weiterermitteln und schon gar nicht allein in einen Wohnwagen einsteigen. Nimm bitte Rüdiger Mertz mit. Der hat schließlich auch Dienst.“

„Jaaa, aber … Rüdiger …“ Sarah knödelte herum.

„Was meinst Du? Is’ was mit Rüdiger?“

„Ach, ich weiß nicht, ob ich Dir das überhaupt sagen kann. Er …, hach, Menno …, er hat im Moment ein Problem.“

„So. Und darüber darfst Du nicht reden? Oder was?!“

„Ha, mein Gott“, stotterte die Kommissarin herum, „er hat halt gestern Abend ein bisschen zu tief ins Glas geschaut.“

„Hab’ ich auch. Aber ich bin in der Zwischenzeit schon wieder vier Stunden mit dem Auto unterwegs gewesen.“

„Ja, aber die hatten gestern Abend in Röspe so was wie ein Neujahrsfest. So mit allen Einwohnern. Eine alte Tradition. Muss eine Riesenfete gewesen sein und sehr lange gedauert haben.“

„Ach so. Sag das doch gleich. Hat er sich denn krankgemeldet?"

„Neiiin, das nicht. Aber ich habe heute Vormittag mit ihm telefoniert. Da hatte er gerade mal drei Stunden geschlafen und war platt wie 'ne Flunder."

„Hey, da müssen wir doch gar nicht weiter drüber reden. Warte 'ne halbe Stunde", vertröstete er Sarah, „bis dahin bin ich bei Dir in Laasphe. Ich komme zur Wache."

Für den ‚Freak' war es gar keine Frage, dass er für den Kollegen einspringen würde. Sowas regelt man untereinander. Und gut ist's.

Zum Glück waren die Straßen in ordentlichem Zustand und die Fahrerei trotz des Neuschnees kein Problem. So tauchte Sven fast auf die Sekunde genau 30 Minuten später vor der Laaspher Wache auf. Sarah wartete bereits und kletterte schnell in den Kuga. „Brrr, ist schon wieder ganz schön kalt geworden."

„Schon bei der Hinfahrt hatte der ‚Freak' nach Spuren an der Einfahrt zum Campingplatz Ausschau gehalten. Gesehen hatte er allerdings nichts. Doch das änderte sich, als die Beamten dorthin zurückfuhren und von der Wasserstraße abbogen. „Stopp, hier muss es sein!", rief Sarah. „Halt' bitte mal an.

Schau mal, da hinter dem Schneewall, den der Räumdienst aufgeworfen hat. Da muss einer ordentlich gekämpft haben."

Tatsächlich konnte man beim Blick in die recht seichte Böschung Zickzackspuren erkennen, die schon fast wieder zugeschneit waren.

„So, wie das aussieht, muss dem aber jemand geholfen haben", mutmaßte Sven. „Nach Schilderung des Zeugen hatte der Fahrer des Jaguars ja wohl schon Probleme, weil er nur mit den rechten Rädern in den seichten Graben gerutscht war. Das hier sieht aber so aus, als sei der ganze Wagen in der Böschung gewesen und dann rausgezogen worden."

Sarah quittierte das mit einem „Tja, ohne jemanden zu fragen werden wir wohl nicht erfahren, wie der wieder rausgekommen ist. Vielleicht haben die Leute hier ja was beobachtet."

„Hab' ich mir auch gedacht. Aber viel wichtiger als das wäre die Antwort auf die Frage, ob der Mensch tatsächlich auf den Platz wollte und dann auch hier war. Und ob der andere wirklich dabei war. Komm, wir fahren mal da rein."

Wenige Meter weiter unten schaufelte ein bärtiger älterer Herr mit dicker Fellmütze den Weg von einem Wohnhaus frei. „Halt mal an", bat Sarah, „da ist ja der Herr Düsberg. Das ist der Platzbesitzer."

Geschmeidig rutschte sie vom Beifahrersitz und lief um den Kuga herum, um dem Mann als Erste die Hand geben zu können. ‚Das ist ja mal gar nicht schlecht, wenn man bei solchen Aktionen Leute dabei hat, die Leute kennen', dachte Lukas und freute sich einmal mehr, mit der jungen dynamischen Kommissarin eine wirklich Gute mit im Team zu haben.

Gerne ließ er ihr daher den Vortritt, um sich dem pensionierten Lehrer und ehemaligen Bürgermeister der Stadt vorzustellen. Genauer gesagt, in Erinnerung zu bringen. Denn der konnte sich nicht nur an Sarah erinnern, die eine ganze Weile als Sängerin in der Girlsband ‚Magic Eyes' Furore gemacht hatte. Er hatte sie später auch als uniformierte Polizistin im Einsatz erlebt.

„Das hier", zeigte Kommissarin Renner auf den ‚Freak', „ist mein Kollege, Kriminaloberkommissar Sven Lukas."

„Freut mich", lächelte der den Ex-Schultes an und drückte ihm die durchaus noch kräftige Hand.

„Otto Düsberg. Freut mich ebenfalls", entgegnete der Mann mit der Fellmütze freundlich. „Was kann ich für Sie tun? Sie sind doch nicht etwa wegen dieses entsetzlichen Mordes hier?"

„Indirekt schon", antwortete Sarah. „Aber bitte nicht erschrecken. Wir suchen zunächst mal nur Zeugen für einen kleineren Unfall, der sich in der Nacht von Montag auf Dienstag, also in der Nacht nach dem Mord, dort oben an der Einfahrt zu Ihrem Platz ereignet haben soll."

„Einen Unfall soll es dort gegeben haben?"

„Nein", verbesserte Sven, „das war eigentlich kein richtiger Unfall. Da soll lediglich ein Auto in den Graben gerutscht und nicht wieder herausgekommen sein."

„Ach ja, das habe ich gesehen. Mehr durch Zufall. Das war so gegen viertel vor zwölf in der Nacht. Ich war wach geworden, aufgestanden und hatte mir etwas zu trinken geholt. Da sah ich, wie der Schneepflug einen dunklen Wagen dort oben aus dem Schneehaufen am Fahrbahnrand zog. Und da dort offenbar nichts weiter passiert war, habe ich mich wieder ins Bett gelegt."

„Stimmt also, die Geschichte", nickte Lukas seiner Kollegin zu. „Wir sollten mal versuchen rauszukriegen, wer der Schneepflugfahrer war. Denkst Du bitte daran?"

„Oh, das dürfte kein Problem sein", übernahm Düsberg die Antwort. „Das war ein Fahrer von ‚Straßen NRW'. Jedenfalls war der Schneepflug von dort. Das habe ich am Logo auf der Tür gesehen."

„Prima. Danke. Das hilft schon mal jede Menge weiter. Ist Ihnen denn darüber hinaus noch etwas aufgefallen?"

Der Mann rückte seine Mütze zurecht und überlegte. „Nein. Eigentlich nicht. ... Oder doch. Doch. Klar. Am nächsten Morgen haben wir auf dem Platz Fahrspuren im Schnee gesehen.

Die führten bis fast ganz nach hinten. Und dann muss dort jemand gewendet haben. Fußspuren von jemandem, der aus- oder eingestiegen ist, gab es dort aber nicht."

„Wann haben Sie die entdeckt?"

„Ach, ziemlich spät. So gegen neun Uhr. Wir wollten gerade frühstücken. Da ist mir das beim Blick aus dem Fenster aufgefallen."

„Interessant", meinte Sarah. „Sind Sie sicher, dass das nicht irgendeiner Ihrer Gäste gewesen sein kann?"

„Ziemlich sicher. Wir hatten zu der Zeit nämlich nur die Freidanks am Platz. Aber die stehen dort in der Platzmitte", zeigte er auf eine Luxusausgabe von Wohnmobil. „Ich glaube, die haben ihr Fahrzeug schon seit über einer Woche nicht mehr bewegt. Die Leutchen sind nämlich Wanderer vor dem Herrn und eigentlich jeden Tag unterwegs. Ansonsten ist es hier im Winter immer recht ruhig, wissen Sie."

„Ja, aber hier stehen doch einige Caravans. Sind die denn alle unbewohnt?"

„Im Winter meistens. Deren Besitzer haben den Standplatz das ganze Jahr über gemietet. Und die können kommen und gehen, wann sie wollen. Nur Strom und Wasser müssen eingeschaltet werden."

„Aha. Was ist mit dem da vorne?" Sarah zeigte auf einen Wohnwagen, bei dem ein kleines Wölkchen aus dem Kaminrohr aufstieg.

„Oh, da wohnen die Mielkes aus Oberhausen. Unheimlich nette ältere Herrschaften, die hier ihre Ruhe suchen. Die sind hin und wieder auch im Winter hier. Aber die kamen erst am Mittwoch. Und sie fahren morgen wieder", ergänzte Herr Düsberg. „Sie pendeln mit ihrem Pkw zwischen Oberhausen und hier. ...

Kommen Sie mal mit", bat er schließlich die Polizisten, „ich zeige Ihnen, wo der Wagen gewendet hat."

Ganz so tot war es auf dem Campingplatz im Lahntal dann doch nicht, fand Kommissarin Renner, während die drei über den geräumten Hauptweg schlenderten. „Was ist denn mit denen dort vorne, wo das Licht brennt. Sind das auch Dauermieter?"

„Nein. Das ist eine Familie aus Holland, die gestern Abend hier ankam. Die Leute sind zum Skilaufen hier und wollten eigentlich in Neuastenberg campen. Aber der Platz dort oben ist voll. Wie die anderen auch rund um Winterberg. Wir waren wohl der nächste, auf dem noch was frei war. Wenn das Wetter so bleibt, ist es durchaus möglich, dass noch der eine oder andere Camper aus den Niederlanden hier eintrudelt."

„Tja, wem's Spaß macht", lachte der ‚Freak. „Aber ein Holländer ohne Caravan ist ja ohnehin kaum vorstellbar", bediente er ein uraltes Klischee. „Ich wundere mich bloß immer wieder, wie die Leute ihre Wagen mit diesen dünnen Außenhüllen bei solchen Temperaturen überhaupt warm bekommen. Das muss doch eiskalt da drin sein."

„Wenn Sie nicht ordentlich heizen, wird es schon ungemütlich. Aber die modernen Wohnwagen und Wohnmobile sind mit hervorragenden Gasheizungen ausgestattet und sehr gut isoliert. Wer also genug Gas eingekauft hat, der muss nicht erfrieren."

Die Gruppe brauchte nicht besonders lange, bis sie am Ende des Platzes angekommen war. Natürlich konnte man die Fahrspuren nicht mehr erkennen. Zumal der Hauptweg in der Zwischenzeit wenigstens zweimal geräumt worden war.

„Räumen Sie das alles selbst?", fragte Kommissarin Renner den pensionierten Studiendirektor.

„Nein, nein", lachte der, „das macht ein befreundeter Landwirt, der auch verschiedene Wirtschaftswege und Wege zu den Forsthäusern räumt. Wenn es heftig geschneit hat, dann kommt er hier vorbei und fährt einmal über den Platz. Für ihn keine große Übung. Und ich hab' einen Haufen Arbeit gespart."

Sven Lukas hatte sich am vermeintlichen Wendeplatz ein wenig von den beiden anderen abgesetzt und war zielstrebig durch den Schnee auf den vorletzten Wohnwagen zugestapft. Er hatte etwas entdeckt und rief: „Sarah, ich glaube, Du hattest recht!"

„Mit was?"

„Hier war wirklich jemand. Hier gibt es Fußspuren am Wagen. Sagen Sie, Herr Düsberg", fragte er, während er sich dem Eingang des Wagens näherte, „gehört der Wagen hier auch Leuten, die im Winter gelegentlich vorbeikommen?"

„Nein, der gehört einer Familie hier aus dem Ort. Diese Parzelle ist eher so eine Art Luxusparkplatz für die Besitzer. Die haben zu Hause nämlich keinen Platz, wo sie den Wagen unterstellen könnten."

„Und dann steht der hier für alle Zeiten rum?"

„Nein, nein. Im Frühjahr und Sommer holen sie ihn immer wieder mal ab und fahren damit in Urlaub oder campen auch mal für ein paar Tage hier am Platz. Und ganz selten lassen sie auch mal jemand anderes für ein paar Tage darin wohnen."

„Aber der Besitzer kommt immer wieder mal, um nachzuschauen."

„Eigentlich nicht. Er und seine Frau waren, glaube ich, zum letzten Mal im Herbst hier. Zum Aufräumen nach einer Kindergeburtstagsfete. Danach nicht mehr. Die Herrschaften melden sich ja immer bei mir, wenn sie hier sind."

„Sie sind also absolut sicher, dass in den letzten Tagen keiner mehr in dem Wohnwagen war?“

„So sicher, wie man nur sein kann. Immerhin müssen die Camper ja wenigstens melden, dass sie da sind und sich Strom und Wasser einschalten lassen. Und das Dusch- und Toilettenhäuschen muss aufgesperrt werden.“

„Dusch- und Toilettenhäuschen?“

„Ja, das ist unser Alleinstellungsmerkmal unter den Campingplätzen. Jede der Parzellen hat ein solches Häuschen. Das macht unsere Mieter unabhängig. Und wir brauchen kein großes Gemeinschafts-Dusch- und Toilettenhaus.

Aber jetzt zeigen Sie mal, wo sind denn die Spuren, von denen Sie eben geredet haben?“, fragte Düsberg und steuerte ebenfalls den Wohnwagen an. Er versuchte dabei, in Lukas' Fußabdrücken zu bleiben, die der im tiefen Schnee hinterlassen hatte. Sarah tat es ihm gleich. Beide stelzten sie vorwärts, wie Störche in einem Sumpfgebiet.

„Hier, schauen Sie“, wies der Beamte auf Mulden im Schnee, die eindeutig durch menschliche Schritte verursacht worden waren. „Das waren wenigstens zwei Personen. Kein Zweifel.“

„Ja nun, das ist ja kein Wunder, dass ich die nicht gesehen habe. Die Spuren kommen ja von drüben vom Bachufer her. Da sind diese Schweinehunde klammheimlich von der anderen Seite gekommen und womöglich in den Wagen eingebrochen.“

„Scheint so“, gab ihm Lukas recht und schaute im schwächer werdenden Tageslicht nach dem weiteren Verlauf der Fußspuren. Doch ein lautes „Stopp! Nicht anfassen!“ ließ ihn erschreckt herumfahren.

Sarah hatte Otto Düsberg lauthals aufgefordert, ja nicht den Türgriff des Caravans anzufassen. Er hatte testen wollen, ob sich die Unbekannten tatsächlich Zutritt zu dem Wagen verschafft hatten.

„Ich hab' doch Handschuhe an“, meldete er über die Schulter nach hinten und schaute fragend zu Sven herüber. „Es ist mir schon wichtig zu erfahren, ob hier wirklich was passiert ist.“

„Kann ich ja verstehen“, sagte die Kommissarin. „Aber wissen Sie, wir müssen den Ort hier zunächst mal als Tatort behandeln. Und da haben Dritte, tut mir leid, das sagen zu müssen, einfach nicht mehr stattzufinden, geschweige denn etwas anzufassen oder zu betreten.“

„Da hat die Kollegin zwar recht“, rief Lukas herüber. „Aber wenn sie die Klinke mit einem Finger mal ganz sachte nach unten drücken und dabei Handschuhe anhaben, dann schadet das ganz sicher nicht.“

„Nee, nee“, antwortete der leicht irritierte Campingplatz-Besitzer. „Machen Sie das mal lieber selbst.“ Vorführen lassen wollte er sich nun auch nicht. „Sonst verrutscht da noch was.“

‚So ein shit‘, dachte Sarah, ‚das hättest du auch eleganter regeln können, du dummes Huhn.‘ Es ärgerte sie über die Maßen, dass sie dem ehemaligen Lehrer und Bürgermeister so schulmeisterlich gekommen war. Düsberg sah ihr die Verlegenheit an, nahm ihre rechte Hand, tätschelte sie mit links und sagte: „Macht nichts. Alles ist gut. Ich möchte aber trotzdem gerne wissen, ob das hier nun ein Tatort ist oder nicht.“

Die Renner hätte vor Scham im gefrorenen Erdboden verschwinden können, ließ sich aber keine weitere Schwäche anmerken. Ohne weiteren Kommentar versuchte Sie, den Türgriff nach unten zu drücken. Doch der war blockiert. Ein erneuter, weniger zaghafter Versuch zeitigte das gleiche Ergebnis. Der Wagen war verschlossen.

„Abgeschlossen!“, zischte sie und umrundete den Caravan, um zu versuchen, durch eine der Scheiben ins Wageninnere zu schauen. Doch das gelang ihr nicht. Denn die Scheiben waren außen mit einer Schicht aus Raureif überzogen.

Sven, der vom Bachufer aus die Versuche beobachtet hatte, kam zu ihr rüber und versuchte, durch Anhauchen kleine Löcher in die Eiskruste zu bekommen. Doch der Erfolg der Aktion blieb aus. Die Fenster waren von innen beschlagen.

„Herr Düsberg, sind Sie bitte so nett uns zu sagen, wem dieser Wohnwagen gehört?"

„Natürlich. Der gehört der Familie Gonsior hier aus Laasphe. Warten Sie, ich schaue mal nach, ob ich die Nummer in meinem Handy gespeichert habe. Ich glaube, es wäre ganz gut, wenn jemand von der Familie mal herkommen könnte, um nach dem Rechten zu schauen."

Umständlich friemelte er sein Mobiltelefon aus einer Seitentasche seiner Winterjacke, musste aber dann seine dicken Handschuhe ausziehen, um das Display bedienen zu können. Nach einigem Hin- und Herscrollen hatte er die Nummer gefunden und Sarah vorgelesen, die sie gleich in ihr iPhone eintippte.

„Warten Sie aber bitte", sagte er, „ich glaube, es ist besser, wenn ich dort anrufe. Ich bin schließlich der Platzbesitzer und dafür verantwortlich, was hier passiert."

Die Kommissarin schaute rüber zu dem Kollegen, der zustimmend nickte. „Natürlich", antwortete sie, „wenn Sie das machen wollen. Gerne."

Gut zwanzig Minuten später, am Platz brannte längst die Wegebeleuchtung, kam Meinrad Gonsior mit einem Mini Cooper vorgefahren. „Das ist der wintertauglichste Wagen in unserem Fuhrpark", grinste der hochgewachsene, schlanke Mann, als er sich aus dem Wagen schälte. „Hallo meine Herrschaften, Hallo Herr Düsberg, ich grüße Sie!", rief er lächelnd.

‚Perfekter Auftritt', dachte Sven ein wenig neidisch, während Gonsior sich erst Sarah und dann ihm lächelnd und per Handschlag vorstellte. ‚Der Mann hat keinerlei Berührungsängste. Null Unsicherheit', registrierte der Kriminalist.

„Wie kann ich Ihnen denn am geschicktesten helfen?", fragte die knapp 40-jährige Frohnatur. „Soll ich den Wagen mal aufschließen? Würde mich schwerstmäßig interessieren, ob und wie da jemand reingekommen ist."

„Uns auch", lachte der ‚Freak'. „Bitte tun Sie sich keinen Zwang an."

Gonsior pulte einen kleinen Schlüsselbund aus seiner Thermohose und beugte sich vor, um das Türschloss anzuhauchen. Nach drei, vier Schüben Warmluft steckte er schließlich einen Schlüssel hinein, drehte ihn herum und öffnete behandschuht die Tür nach außen, während er eine mitgebrachte Campinglampe anknipste.

„Voila!", rief er. „Bitte eintreten zu wollen. Aber klopfen Sie sich vorher den Schnee von den Schuhen."

„Warten Sie bitte!", rief Sven noch. Aber da war der dynamische Mann mit den Worten „Ich darf dann mal vorausgehen", bereits eingestiegen.

„Oh!", stöhnte er auf, als er gerade den ersten Schritt nach drinnen gemacht hatte, „das ist ja, ... oh Mann, was für eine verdammte Sauerei!"

„Bleiben Sie bitte stehen, fassen Sie nichts an!", rief Lukas von hinten „und kommen sie am besten gleich wieder raus."

„Natürlich. Das müssen Sie sich ansehen", murmelte der blasse Besitzer, als er wieder ausstieg. „Da muss jemand eine Orgie drin gefeiert haben."

Der gesamte Innenraum des wirklich schicken Caravans war mit Tomatenketchup, Wein und Schnaps eingesaut. Auf dem Tisch, auf den Sitzpolstern, in der Küchenzeile und am Boden lagen und klebten teils zertretene Tortellini. Überall Korken und Flaschen, verschmierte Bestecke und verknatztes Geschirr.

Kaffee hatte es auch gegeben. Doch die Tassen hatten es nicht mehr bis in die Spüle geschafft. Sie lagen auf der Anrichte, von der eine braune Plörre auf den Boden troff. Und aus der Nasszelle stank es infernalisch.

„Ich kapiere das nicht", meinte Sarah. „Wenn die zeitlichen Abläufe tatsächlich so waren, wie wir sie annehmen, dann ist es mir schleierhaft, wie man sich in nicht mal einer halben Nacht inklusive Schlafenszeit so austoben kann."

Lukas schüttelte den Kopf. „Nee Du, es gibt Kriminologen, die bezeichnen ein solches Bild als typisches Bild, das Gewaltverbrecher nach ihrer Tat hinterlassen. Die haben sich einfach abreagiert nach einer ungeheuren Anspannung."

Es war das reinste Chaos, für das nach Meinung der Betrachter eigentlich mehr als zwei Leute verantwortlich gewesen sein müssten. Doch dagegen sprachen die Spuren der ‚Fremdwohner'. „Nur zwei Leute." Mehr gab die Spurenlage nicht her.

Sie hatten den Wohnwagen der Gonsiors offenbar erst nach einer Suchrunde auf dem Platz gefunden und, nachdem sie den Jaguar irgendwo geparkt hatten, den Fußweg entlang des Laasphebachs bis zu ihrem Ziel genommen. So waren sie auch wieder verschwunden und niemandem aufgefallen.

„Unglaublich", stellte Kommissarin Renner fest. „Wenn man sich überlegt, dass die Typen noch kurz vor Mitternacht damit beschäftigt waren, ihr Auto aus dem Graben zu bekommen."

„Das setzt allerdings voraus, dass es sich dabei um dieselben Leute gehandelt hat," wandte Lukas ein.

„Wie? Hast Du etwa Zweifel daran?"

„Nein, habe ich nicht. Aber Du weißt ja: ohne Beweis ist jede Behauptung nur eine Behauptung und keine Tatsache. Ich glaube, wir werden die Jungs von der Spurensicherung mal wieder nach Laasphe bemühen müssen.

Aber bevor wir das anleiern, brauchen wir die Schlüssel von Ihnen, Herr Gonsior und eine Antwort auf die Frage, ob noch jemand einen solchen Schlüssel besitzt."

„Meinen Schlüssel können Sie natürlich haben. Aber wer den Ersatzschlüssel hat, kann ich Ihnen beim besten Willen nicht ..." Gonsior stockte. „Doch", sagte er nach einem Moment des Überlegens, „das kann ich Ihnen doch sagen. Der Schlüssel hängt im Schlüsselsafe meiner Firma."

„Ihrer Firma?", fragte Sarah interessiert nach. „Was für eine Firma?"

„GonTec. Wir bauen elektronische Schaltanlagen für die Fertigungstechnik."

„Interessant. Ein größeres Unternehmen?"

„Wie man's nimmt. 55 Mitarbeiterinnen und Mitarbeiter."

„Seltsam", meinte die Laasphe-Kennerin, „ich kenne Ihre Firma gar nicht. Haben Sie Ihren Sitz unten im Industriegebiet ‚Espen'?"

„Nein, nein. Wir haben unseren Firmensitz in Wallau. Aber meine Familie und ich wohnen hier in Laasphe."

„Sagen Sie", lenkte Sven das Gespräch auf für ihn wesentlichere Dinge, „wer kommt denn an diesen Schlüsselsafe heran?"

Meinrad Gonsior zählte auf und klappte dabei einen Finger nach dem anderen hoch. „Meine Frau, Frau Feldmann aus dem Sekretariat, Herr Hollrich, das ist unser Industriemeister und ich. Vier Leute", zeigte er mit erhobener rechter Hand.

„Und glauben Sie, dass diese Verwüstungen hier von einer der genannten Personen veranstaltet worden sein könnten?"

Der Firmenchef schüttelte energisch den Kopf. „NEIN! Unter keinen Umständen. Meine Frau und ich sowieso nicht. Und auch die beiden anderen nicht. Unser Personal ist handverlesen. Das können sie mir gerne glauben. Für die Leute lege ich meine Hand ins Feuer. Das hier müssen Fremde gewesen sein."

„Haben Sie denn den Wagen schon mal anderen Leuten zur Verfügung gestellt."

„Jaaa", antwortete er zögerlich, „so ein paar Mal haben wir das schon gemacht. Wissen Sie, wir haben einige wichtige ausländische Mitarbeiter, von denen der eine oder andere seinen Eltern oder Freunden gerne einmal zeigen will, in welch herrlicher Gegend er lebt und arbeitet. Und der Campingplatz hier liegt ja nun wirklich phantastisch. Denen stellen wir den Caravan dann gerne mal für ein, zwei Wochen zur Verfügung. Gegen einen kleinen Obolus."

„Oh, das muss man dann aber auch wollen." Sarah Renner befremdete diese Info eher. „Das hat mich vorhin schon irritiert, als Herr Düsberg davon erzählte."

„Wie meinen Sie das?"

„Naja, immerhin stellt so ein Wohnwagen doch auch so etwas wie ‚eigene vier Wände' dar, wenn ich das mal so formulieren darf. Das ist doch eine eher intime Umgebung."

Gonsior lächelte und schüttelte den Kopf. „Ach was, das sehen wir völlig anders. Bevor wir unseren Caravan kauften, haben wir häufig in geliehenen Campingmobilen Urlaub gemacht. Das sind Fahrzeuge, die zwar Privatleuten gehören, von denen aber über spezielle Firmen weiterverliehen werden, wenn sie sie gerade selbst nicht brauchen. Auf diese Weise lässt sich die Investition für das Gefährt besser stemmen."

„Ja, aber darin hinterlässt doch jeder so seine Spuren."

„Die muss der Mieter natürlich auf seine Kosten beseitigen. Er ist vertraglich nämlich zu einer perfekten Schlussreinigung verpflichtet. Innen wie außen. Tut er das nicht, wird er bei Rückgabe zur Zahlung einer saftigen Rechnung fürs Saubermachen und gegebenenfalls für Reparaturen verdonnert. Und so halten wir das auch."

„Wann haben Sie denn zum letzten Mal an fremde Personen vermietet?"

„Da fragen Sie was", meinte der Unternehmer. „Das ist schon länger her. Ich glaube, im Sommer. Wir waren auf jeden Fall die Letzten, die den Wagen genutzt haben, bevor der Winter kam. Im vergangenen Oktober haben unsere Zwillinge hier ihren sechsten Geburtstag mit allen Spielkameraden gefeiert."

„Oh ja", erinnerte sich Herr Düsberg lächelnd, „das war für die Kinder ein tolles Erlebnis. Die Gegend hier drum herum ist ja wie ein riesiger Abenteuerspielplatz. Die haben sich alle sauwohl gefühlt und wollten abends überhaupt nicht mehr nach Hause."

„Stimmt. Das war gar nicht so einfach, sie für den Heimweg zu interessieren. Aber ich habe ihnen am Lagerfeuer als ‚Häuptling Verknitterter Hut' das Indianerehrenwort abgenommen." Theatralisch machte er eine weite Armbewegung und klopfte auf seine Brust. „Und Howgh, keiner meiner roten Brüder hat auch nur eine Träne des Abschieds vergossen."

Die große Ernüchterung sei für den stolzen Häuptling aber bereits nach dem nächsten Morgenrot eingekehrt. Da habe ‚Verknitterter Hut' nämlich gemeinsam mit seiner Squaw ‚Liebliches Reh' den rollenden Wigwam wieder auf Hochglanz bringen müssen.

„Das haben diese Schweine hier allerdings nicht für nötig befunden", endete er in der Gegenwartssprache des angefressenen weißen Mannes.

„Sagen Sie", wandte sich Gonsior an die Kriminalbeamten, „Sie haben wohl schon eine Ahnung, wer das gewesen sein könnte. Oder?"

„Wie kommen Sie darauf?", wollte Kommissarin Renner wissen und sah kurz zu Sven Lukas herüber, der kaum merklich den Kopf schüttelte.

„Ach, Sie machten mir so den Eindruck, dass das mit diesem widerlichen Mord am Schloßberg zu tun haben könnte."

„Ich bitte Sie um Verständnis, dazu können wir Ihnen zur Stunde noch nichts sagen. Wir müssen erst einmal das Ergebnis der Spurensicherung abwarten", versuchte Lukas das Interesse des Unternehmers auszubremsen und machte gleich noch eine Seitgrätsche: „Die SpuSi sollten wir übrigens schleunigst bestellen, Sarah. Die werden begeistert sein. Bleibst Du hier, bis die Kollegen da sind?

Ach, übrigens, Herr Gonsior, was mich noch interessieren würde ... Haben Sie eine Erklärung dafür, wo die Einbrecher hier mitten in der Nacht einen Italiener gefunden haben könnten, bei dem sie an Tortellini, Schnaps und Wein gekommen sind? Da hat doch sicher um diese Zeit keiner mehr offen."

„Das waren unsere eigenen Bestände. Das kommt ja noch erschwerend hinzu. Seit wir campen, haben wir in der Packkiste unter dem Bett immer zwei Dosen Tortellini in Tomatensahnesoße als Notreserve gebunkert. Außerdem Spaghetti, löslichen Kaffee, Kakao, haltbare Milch, Zucker, Salz, Dosenwurst, Knäckebrot und einen kleinen Vorrat an Wein und Obstbränden. Und natürlich Gas zum Kochen und Heizen.

Das macht uns für eine gewisse Zeit unabhängig, wenn wir unterwegs sind. Daher achten wir immer darauf, dass der Bestand wieder aufgefüllt wird. Weil uns hin und wieder mal der Koller packt. Und dann brechen wir Hals über Kopf für ein langes Wochenende irgendwohin auf, ohne vorher groß einzukaufen.

Oder wir kommen einfach hier raus auf den Campingplatz und machen Urlaub zu viert. Nur meine Frau, die Kinder und ich. Luftlinie zwei Kilometer von unserem Haus entfernt. Aber in ganz anderer Umgebung und für niemanden erreichbar."

An diesem Abend war Klaiser nicht unbedingt erbaut von der Nachricht, dass Sven die Kollegin Renner quasi im Alleingang eingespannt und ihn nicht informiert hatte. Nicht etwa, weil er die beiden für ungeeignet gehalten hätte. Aber Klaus hatte echte Bedenken wegen einer sich anbahnenden Überlastung der beiden.

„Irgendwie scheinst Du in den letzten Tagen der Spezialist fürs Problememachen zu sein. Wenn Du schon meinst, Du seist unterbeschäftigt, dann hättest Du die Sache ja wenigstens mit Rüdiger schmeißen können", meckerte er am Telefon. „Sarah hat sich doch ohnehin schon mit Arbeit zugeschaufelt bis zur Halskrause. Wir müssen ein bisschen aufpassen auf die Gute."

Da war er wieder, der Chef, den der ‚Freak' wegen seiner hohen sozialen Kompetenz so verehrte. Aber hätte die auch für das Verständnis gereicht, dem Kollegen Mertz wegen seines dicken Kopfes Dispens zu erteilen? Er wollte es lieber nicht austesten und nahm alles auf seine Kappe.

Der Chef dagegen vermutete, dass Sven Lukas der Geschichte, die ihm am Telefon erzählt worden war, selbst auf den Grund gehen und sich da nichts durch die Lappen gehen lassen wollte. Eigentlich war er ja stolz auf den Arbeitseifer, den seine Leute durch die Bank an den Tag legten. Aber übertreiben mussten sie es nun wirklich nicht.

Klaus hatte eine externe Mordkommission abgelehnt. Weil er überzeugt war, dass sein Team, wie in den Mordfällen zuvor, auch dieses Mal wieder bravouröse Arbeit leisten und den Mordfall Feistauer aufklären würde. Er hatte jedoch nicht damit gerechnet, dass sich derart viele ‚Nebenkriegsschauplätze' auftun würden.

‚Diesmal könnte es aber knapp werden', zweifelte er für einen Moment an der Richtigkeit seiner Entscheidung.

Montag, 11. Februar

Die Kollegen staunten nicht schlecht, als Pattrick und Sven im morgendlichen ‚Stuhlkreis mit Kaffee und Frühstückshörnchen' von ihrem Ausflug nach Troisdorf und von ihren Funden berichteten. Und statt eines von ihnen erwarteten Anpfiffs von Klaiser, setzte der noch einen drauf.

Durchweg Lob habe es von den dortigen Kollegen gegeben, die in dieser Sache weiter mit den Wittgensteinern zusammenarbeiten wollten.

Auch die übrigen Highlights vom Wochenende fanden durchweg Applaus. Zumal der am Samstag inoffiziell in der Versenkung verschwundene Rüdiger Mertz in der Nacht zu Sonntag gemeinsam mit Kollegen der Schutzpolizei einen richtig fetten Fang gemacht hatte.

Einem Nachbarn war vor einer Erndtebrücker Bank aufgefallen, dass zwei junge Männer mehrfach in den Vorraum der Bank gegangen und wieder rausgekommen waren. Immer mit irgendwelchen Behältnissen in der Hand. Daraufhin verständigte der Beobachter die Polizei über Notruf.

Rüdiger, den sein schlechtes Gewissen plagte, hatte per Funk von dem Einsatz erfahren und war von Röspe aus gestartet. Als er nahezu gleichzeitig mit dem ersten Streifenwagen vor Ort ankam, schickten sich die verdächtigen Typen gerade an, ein Zündkabel aus der Bank herauszulegen.

Beim Anblick der Uniformierten gingen die Männer stiften. Und weil sie in dem Zivilbeamten keinen Gegner vermuteten, waren sie spornstreichs in seine Richtung gerannt. Den ersten ‚erlegte' Rüdiger direkt, indem er dem Vorbeilaufenden ein Bein stellte und sich dann auf ihn warf.

Der andere war weitergeflüchtet und hatte den zweiten Streifenwagen erst kommen sehen, als er schon fast auf dessen Kühlerhaube lag. Er ergab sich freiwillig und wurde, wie sein Kumpel, festgenommen und in die Arrestzelle gesteckt.

Wie Mertz bei den sonntäglichen Recherchen im Fahndungsnetz herausfand, hatten die beiden Halunken nicht zum ersten Mal versucht, einen Bankautomaten in die Luft zu jagen. Sie hatten bereits im Ruhrgebiet Erfahrung gesammelt und sogar in drei Fällen richtig abkassiert. Und von dort kannte man auch ihre Visagen.

Denn die Kamera im Geldautomaten der Spar- und Kreditbank in Wattenscheid hatte gestochen scharfe Bilder von den beiden geliefert, bevor sie sich wenig später bei einer gewaltigen Detonation in Wohlgefallen auflöste. Das meiste Geld wurde dabei jedoch ebenfalls so gut wie pulverisiert.

Rüdiger Mertz und die Kollegen von der Schutzpolizei jubelten vor Begeisterung, als ihnen der Fahndungscomputer nicht nur perfekte Fotos der Panzerknacker zum Vergleich lieferte, sondern obendrein auch noch deren Identität. Die kannten die Wattenscheider Kollegen bereits, waren der Burschen bisher jedoch nicht habhaft geworden.

„Dass es bei einem total zerstörten Kassenraum und einem in seine Einzelteile zerlegten Bankomaten geblieben ist", schrieb die Tageszeitung NRZ damals der Schutzpatronin der Stadt zu. „Offenbar haben sich die Täter bei der Dosierung der Sprengladung total verrechnet und beinahe den Einsturz des Gebäudes verursacht.

Nur der Heiligen Gertrud sei es nach Meinung vieler Bewohner zu verdanken, dass dabei kein Mensch zu Schaden kam."

„Heilige Gertrud?"

„Ja, das ist die Schutzpatronin der Wattenscheider."

„Donnerwetter. Du hast ja perfekt ausermittelt."

Mertz sonnte sich in der Anerkennung der Kolleginnen und Kollegen, wich aber dem Blick des Chefs stets aus. Denn er war sich nicht ganz sicher, ob der nicht doch von irgendjemandem etwas gesteckt bekommen hatte.

Das änderte sich jedoch, als es an die Verteilung der Aufgaben für die nächsten Tage ging. Er war nämlich derjenige, der sich gemeinsam mit Sarah Renner um die „Lex Campingplatz“ zu kümmern hatte. „Erst, wenn wir wissen, ob es jemanden gibt, der den Verbrechern von Laasphe wissentlich Zugang zu dem Caravan ermöglicht hat, haben wir vielleicht eine Chance zu erfahren, wer oder was hinter dem Feistauer-Mord steckt“, hatte Klaiser doziert.

„Wer dahintersteckt, dürfte ja wohl klar sein“, war Pattrick Born überzeugt, „nämlich die Gang, die ihn auch in dem Depot in Porz-Wahn fast platt gemacht hat.“

„Glaube ich nicht. Wenn die Leute ihn hätten umbringen wollen, dann hätten sie das dort bereits vollenden können. Es war ja niemand in der Nähe, der das hätte verhindern können.“

„Ja, okay. Möglich wäre aber auch, dass die Täter darauf hofften, Feistauer würde ganz langsam verrecken. Nach dem Motto: ‚das hat er sich verdient‘.“

„Nicht von der Hand zu weisen, Deine Theorie“, antwortete Klaus nachdenklich und trillerte mal wieder mit einem Finger in seiner Haarkrause. In solchen Momenten wurde überdeutlich, wie viel Raum in diesem Fall alle möglichen Spekulationen einnahmen.

„Wie auch immer. Wir werden es wohl erst erfahren, wenn wir mehr Speck an die Campingplatz-Geschichte bekommen haben“, meinte der Chef schließlich und reckte Sarah und Rüdiger einen nach oben gestreckten Daumen entgegen. „Also Ihr beiden, haut rein!“

Claudia sollte verstärkt die Geldzu- und -abflüsse auf dem oder den Konten des Ermordeten eruieren. Die Staatsanwaltschaftliche Verfügung dazu lag vor.

Pattrick und Sven hatten den Auftrag, weiter an der Falschgeld-Geschichte zu bleiben. Und Jürgen Winter hoffte, endlich „einen Knopf an die Berlinkofer-Geschichte" machen zu können. Noch immer war unbekannt, wie der Mann vom Polizisten zum Waffendieb und Mitwisser eines Mörders werden konnte. Diverse Telefonate mit Kollegen in Wolfsburg und anderswo standen noch aus.

„Möööüb-möööüb-möööüb". Das ernervierende Sirenengeplärre im und um das Gefängniskrankenhaus Fröndenberg herum machte die Menschen kirre. Und die Wachhunde, die während des Tages eigentlich in ihrem komfortablen Zwinger nur fraßen und dösten. Um halbwegs mithalten zu können, huben sie zu einem gottserbärmlich Gejaule an.

Und dann mischte sich in diese fiese Melange schriller Töne auch noch ein markerschütternder Schrei aus dem hinteren Teil des Hofes. Dort nämlich war Philip Joobs gerade ziemlich unsanft zu Boden gegangen und mit dem Schädel aufs Pflaster geknallt. Ein Wärter hatte ihn, quasi im freien Flug, an seinem Freiheitsdrang gehindert.

Philips Häscher hätte mindestens ebenso viel Grund zur Wehklage gehabt. Denn er hatte sich bei der Aktion sein rechtes Knie derart demoliert, dass er vorübergehend in Schnappatmung übergegangen war. Dennoch hielt er den Killer tapfer fest in Armschraube und Nackengriff.

Joobs hingegen war deutlich zarter besaitet und brüllte seinen Schmerz hinaus. Er hatte das Gefühl, sein Schädel drohe zu platzen. Und ein Griff zur operierten Gesichtshälfte offenbarte, dass das an einer Stelle bereits geschehen war. Sein Verband triefte von Blut.

Tränen verschleierten seinen Blick. Tränen des Schmerzes, aber auch der Enttäuschung. Denn bis zum Moment seiner Überwältigung war sein Fluchtversuch von Erfolg gekrönt gewesen.

Nach der Morgenvisite war es ihm gelungen, einen jungen Medizinstudenten von hinten anzufallen, ihn mit einer Bettpfanne niederzuschlagen und dessen Kittel und die weiße Hose an sich zu bringen, die er gleich neben dem bewusstlosen Mann überzog. Um danach sofort den Weg nach draußen anzutreten.

Der angehende Mediziner war damit beauftragt worden, Joobs einen neuen Verband anzulegen, nachdem sich die Operateurin ihr Werk ‚drei Tage nach OP' angeschaut hatte. Doch über die Vorbereitung am Verbandswagen war der unerfahrene Famulus nicht hinausgekommen.

Mit dessen Magnetkartenausweis gelang es dem Gewaltverbrecher, über Versorgungsgänge bis nach draußen zu flüchten. Doch der von einer Krankenschwester ausgelöste Alarm und der wieselflinke Hauptwachtmeister beendeten dessen Freiheitsdrang, noch bevor Joobs auch nur zehn Meter des Weges auf dem Hinterhof zurückgelegt hatte.

„Ich reiße Dir die Eier raus, Du elender Drecksack", flüsterte der Fänger dem auf dem Bauch liegenden Killer ins Ohr und knallte dessen Stirn nochmal auf den Boden, als der um sich trat. Joobs wurde es für einen Moment schwarz vor Augen.

Sekunden später kamen zwei Kollegen vom Wachdienst dazu und griffen sich den Ausreißer. „Ich glaube, den Herrn hier müssen sich die Ärzte nochmal angucken!", rief ihnen der Fänger entgegen. „Den hat es ganz unglücklich auf die Straße gehauen, als ich ihn erwischt habe."

„Oh ja", meinte der eine beim Näherkommen, „der blutet ja aus allen Knopflöchern."

„Und mir hat's wohl die Kniescheibe zertrümmert, als ich ihn erwischt habe. Im freien Flug. Wie Roman Bürki vom BVB."

Seit er denken konnte, war Eddi Fan des Ruhrpottclubs. Kein Wunder, dass deren Keeper das große Idol des A-Klasse-Torhüters Hasenkamp war. Doch selten hatte der so schmerzhafte Paraden hingelegt, wie die im Hof des Gefängniskrankenhauses. Immerhin aber hatte er seine Anstalt womöglich vor dem zweiten spektakulären Gefangenenausbruch ihrer Geschichte bewahrt.

Für Joobs hatte sich der Versuch in keinerlei Hinsicht gelohnt. Denn sein Jochbein musste erneut operiert und sein Nasenbein gerichtet werden. Das Krankenblatt des Mörders füllte sich zusehends. Und seine Haftbedingungen verschärften sich. Als er aus der Narkose erwachte, war er mit seiner gesunden Hand ans Bettgestell gefesselt.

Die Glatze von Gerrit Sauermann leuchtete mal wieder rot wie die Abendsonne. Seit Bekanntwerden des Diebstahls in seiner Asservatenkammer hatte der Leiter des Fachkommissariats 5 bei der Kripo in Braunschweig kein Auge mehr zugetan. Und es drohte ihm weiteres Ungemach. Er musste nämlich zum zweiten Mal in dieser Sache beim Polizeipräsidenten antanzen.

Dabei trug der Präsident an der Misere eigentlich die meiste Schuld. Denn immerhin war er es ja gewesen, der darauf bestanden hatte, dass das Flechette-Gewehr samt Munition im Keller seiner Behörde bleiben sollte. ‚Aber so ist es nun mal mit den Vorgesetzten', dachte Sauermann. ‚Wenn die einen Bock bauen, ist weiter unten ganz schnell ein Schuldiger gefunden.'

Eilig putzte sich der Hauptkommissar mit einem riesigen Taschentuch den Schweiß vom blanken Haupt. Dann klopfte er bei Dr. Bruchhagen an und öffnete vorsichtig die Tür.

„Kommen Sie rein, Herr Sauermann und nehmen Sie Platz", forderte der Behördenchef den verdutzt dreinblickenden Kripomann lächelnd auf und wies ihm einen Sesselplatz in der Gesprächsecke zu. „Frau Diesterweg, meine Referentin, kennen Sie ja."

„Ja, natürlich. Guten Tag Frau Diesterweg." Sauermanns Versuch, der jungen Juristin quer über den niedrigen Tisch die Hand zu geben, scheiterte an einem ungeschickten Manöver, bei dem er versucht hatte, mit seinem massigen Körper aus halber Sitzposition noch einmal hochzukommen. Die Beinmuskulatur spielte nicht mit. ‚Poff', saß er wieder.

„Behalten Sie ruhig Platz", lächelte die recht ansehnliche Frau die Ungeschicklichkeit weg. „Ich grüße Sie."

„Herr Präsident", begann der kreuzunglückliche Untergebene, „ich möchte Ihnen noch einmal versichern, wie leid mir der Diebstahl der Waffe und der Munition tut. Und vor allem das, was anschließend offensichtlich damit passiert ist."

„Ja, das tut mir auch leid. Sehr, sehr leid sogar. Aber darüber wird zu einem späteren Zeitpunkt noch zu reden sein. Disziplinarische Maßnahmen inbegriffen. Aber ich habe Sie diesmal gebeten herzukommen, weil wir in Sachen des ausgeschiedenen und später getöteten Kommissars Rainer Berlinkofer reden müssen."

Sauermann schluckte. Berlinkofer war zum 31. Januar auf eigenen Wunsch aus dem Polizeidienst ausgeschieden, weil er dort keine Zukunft mehr für sich sah. Nach schweren Verletzungen, die er sich bei einem Unfall zugezogen hatte, war ihm vom Arzt der Außendienst untersagt worden. Also hatte man ihn ins Fachkommissariat 5 versetzt, wo er fortan auch für die Asservatenkammer zuständig war.

„Das ..., das ... war alles so unglücklich, was mit dem Kollegen passiert ist", stolperte sich Sauermann durch den Versuch einer Erklärung, um die er gar nicht gebeten worden war.

„Was meinen Sie damit?", wollte Sebastian Bruchhagen wissen. Der jungdynamische Doktor phil. schaute seinen Gesprächspartner prüfend an. „Was war da so unglücklich?"

„Na ja, vom top-aktiven Kriminalkommissar zum Wächter über Beweisstücke. Das ... sei für ihn eine Form des ... Absturzes, hat er immer gesagt. Unwohl war ihm bei uns."

„Aber Sie wissen schon, dass er den Unfall im angetrunkenen Zustand gebaut hat und nur durch unser ‚Goodwill' überhaupt im Dienst bleiben konnte. Andere Behörden hätten ein Mordsbohei veranstaltet und ihn vor die Tür gesetzt."

„Ich bitte Sie, Herr Präsident. Der Mann ist im Anschluss an eine Feier in seiner Dienststelle verunglückt. Das war kein Verkehrsunfall. Das war eine Dummerei, bei der er sich seinen rechten Fußknöchel so kompliziert gebrochen hat, dass er nicht mehr richtig zusammengeflickt werden konnte. Das hätte jedem passieren können."

„Mir nicht!", begehrte der Polizeipräsident auf. In dieser Sache wollte er sich nicht belehren lassen. „Berlinkofer ist in sturzbetrunkenem Zustand auf einem Geländer balanciert, ausgerutscht und knapp vier Meter tiefer auf eine Straße gestürzt. Ich bitte Sie! Wir haben als Polizeibeamte Vorbild zu sein. Das konnte ich bei ihm wirklich nicht erkennen."

Sauermann schwitzte. ‚Was für ein Prinzipienreiter, dieser Mann', dachte er. ‚Als wüsste der nicht, dass so mancher Polizist gelegentlich einen über den Durst trinkt, um nach einem schweren Dienst runterzukommen. Oder bei gemeinsamen Feiern. Da ist man halt manchmal besoffen. Und Besoffene werden schon mal leichtsinnig.'

Aber es hatte keinen Sinn, hier weiter Partei für den Kollegen zu ergreifen. Was sollte das auch bringen? Der einst untadelige Kriminalbeamte Rainer Berlinkofer war, da gab es wohl keinen Zweifel mehr, innerhalb kürzester Zeit zum Schwerkriminellen geworden. Und jetzt war er tot.

„Was hat er denn in der Zeit in Ihrer Abteilung für einen Eindruck hinterlassen? Wir wurden letzte Woche ja leider unterbrochen. Aber ich erinnere mich, dass Ihnen das Schicksal des Mannes sehr nahe geht."

„Das ist so. Denn ich kann nicht begreifen, was mit ihm passiert ist. Er kam mit hervorragenden Beurteilungen seiner vorherigen Dienststelle zu uns. Und ich sah das in seiner Dienstauffassung alles bestätigt. Ich habe den Kollegen vom ersten Tag an als pflichtbewussten und aufmerksamen Beamten erlebt, der freundlich und hilfsbereit gegenüber jedermann war.

Und wir alle wussten ja, dass Berlinkofer eine Koryphäe unter den Kriminalisten Braunschweigs war. Keiner konnte verstehen, warum er nicht wenigstens als ‚interner Ermittler' in seinem Laden geblieben ist."

„Das kann ich Ihnen sagen", antwortete Dr. Bruchhagen. „Das habe *ich* so verfügt. Die Versetzung zu Ihnen ins 5er sollte eine Bewährung für den Kollegen sein. Ich sagte ja: bei jedem anderen Präsidenten wäre er rausgeflogen. Der Mann hatte immerhin 2,3 Promille intus. Das hat mit einem normalen Besäufnis schon nichts mehr zu tun gehabt. Berlinkofer hatte Riesenprobleme."

„Riesenprobleme? Wie darf ich das verstehen?"

„Offenbar etwas, wovon kaum jemand etwas mitbekommen hat. Frau Diesterweg wird es Ihnen erklären."

„Ja, gerne, Herr Präsident. Oder eher ungern. Denn die letzten Jahre im Leben von Berlinkofer müssen ein ziemliches Desaster gewesen sein. Wir wissen das auch erst, seit sich ein ehemaliger Kollege und guter Freund des Getöteten heute Morgen bei uns gemeldet und davon berichtet hat.

Demnach wurde dem Kommissar schon vor über drei Jahren von seiner Frau der Zutritt zum gemeinsamen Haus versagt. Sie wollte nicht mehr mit einem Mann zusammenleben, der sich ständig in Gefahr begibt. Berlinkofer hat daraufhin wohl ziemlich heftig und mit massiven Drohungen reagiert. So kam es zur Scheidung.

Dabei verlor er nicht nur seinen Anteil an dem Haus, das er allein zu Ende finanzieren musste. Seiner Frau wurde auch das uneingeschränkte Sorgerecht für die beiden gemeinsamen Kinder zugesprochen.

Die Hoffnung darauf, dass er sich ein Stück weit durch eine Erbschaft sanieren könnte, schlug fehl. Seine Eltern hatten seine beiden Töchter finanziell überaus großzügig bedacht. Er selbst, weil für den Vater wohl ‚aus der Art geschlagen', ging wohl leer aus.

Wenig später fuhr er irgendwo im Harz seinen Wagen zu Schrott. Der war aber nicht vollkaskoversichert. Geld, um sich ein anderes Fahrzeug anschaffen zu können, hatte der Kollege zu dieser Zeit schon nicht mehr. Kurz danach habe er heftig zu trinken begonnen. Und dann kam sein Absturz von der Brücke mit 2,3 Promille im Kopf."

„Lieber Himmel", stöhnte Sauermann. „Von der ganzen Vorgeschichte habe ich nichts, aber auch rein gar nichts gewusst. Man hat ihm auch nicht angemerkt, dass er in Schwierigkeiten steckte."

„Wohl deshalb, weil er sich die bei Nacht weggesoffen hat", antwortete der Präsident. „Fahren Sie bitte fort, Frau Diesterweg."

„Als Berlinkofer wieder halbwegs laufen konnte und längst in Ihrer Abteilung war, muss er, entweder bei einem seiner Kneipenbesuche oder wo auch immer, einen Mann kennengelernt haben, der nicht unvermögend sein soll. Und der habe ihm, so erzählte der Freund, ordentlich Geld geliehen. Damit sich der Kollege verschiedene Verbindlichkeiten vom Halse schaffen konnte."

„Weiß man, wie viel das war?"

„Nein. Das ist nicht bekannt. Bekannt war dem Freund nur, dass Berlinkofer immer wieder mit ein und demselben Mann, hier gerade um die Ecke im ‚Kühlen Krug' gesehen wurde. Das habe ihm ein anderer Beamter erzählt, dessen Frau dort als Kellnerin arbeitet."

„Vielleicht war das der Kreditgeber", merkte der Leiter des FK5 an.

„Mag sein. Jedenfalls muss es irgendwann Krach zwischen den beiden Männern gegeben haben. Dabei sei es um Geld gegangen, habe die Kellnerin berichtet. Berlinkofer habe das wenig später seinem Freund gegenüber sogar bestätigt. Sein Geldgeber mache ihm gehörig Druck und bestehe auf sofortiger Rückzahlung. Er brauche dringend ‚ein paar Tausend Euro'. Doch der Freund hatte ihm nicht helfen können."

Als Sophia Diesterweg geendet hatte, war es still geworden im Büro des Polizeipräsidenten. Sauermann schüttelte fortwährend sein kahles Haupt und stierte ins Leere. Sein Vorgesetzter blieb still. Lediglich sein Teeglas klapperte auf der Untertasse, als er es nach einem Schluck abstellte.

„Vermuten Sie auch, was wir vermuten?", fragte Bruchhagen nach einer Weile.

„Dass Berlinkofer erpresst wurde und deswegen Gewehr und Munition aus der Asservatenkammer hat mitgehen lassen? Meinen Sie das?"

„Genau das. Es ist zwar nur eine Vermutung. Aber die liegt so nahe, dass man kaum daran vorbeikommt."

„Ich kann das gar nicht glauben. Aber wahrscheinlich haben Sie recht." Sauermann schaute sein Gegenüber mit halb zugekniffenen Augen an. „Das bedeutet aber auch, dass der Mann mit dem Geld den Kollegen gezielt ausgeguckt hat."

„Hat er mit Sicherheit. Und wenn es der hier war", Bruchhagen zeigte ein Foto, das ein polizeilicher Erkennungsdienst von Philip Joobs gemacht hatte, „dann hat er das auch von Staats wegen gelernt."

„Wieso? Wer ist das? Philip Joobs?", las er unter dem Konterfei. „Kenne ich nicht."

„Wie bitte?" Der Chef wirkte grimmig. „Den kennen Sie nicht? Das ist *der* Mann, der für den Mord mit dem Flechette-Gewehr verantwortlich gemacht wird und auch Berlinkofer umgebracht haben soll. Der ehemalige Vize-Henker der DDR und Stasi-Mitarbeiter."

Gerrit Sauermann hielt erschrocken eine Hand vor den Mund. „Vize-Henker? Was ist das denn für eine Berufsbezeichnung?"

„Das ist keine Berufsbezeichnung. Das ist Fakt! Dieser Mann hätte im Auftrag der DDR offiziell Menschen hinrichten sollen, ist aber als Henker wohl nie zum Einsatz gekommen. Dafür wurden ihm aber immer wieder Morde zur Last gelegt, bei denen er nach der Wende unliebsame Personen im Auftrag alter Stasi-Seilschaften entsorgt haben soll."

„Bisher konnte ihm aber keines dieser Verbrechen nachgewiesen werden", ergänzte Frau Diesterweg. „Jetzt allerdings scheint es soweit zu sein. Und die Kollegen in NRW haben ihn." Etwas unpassend lächelnd hob sie ein weiteres Foto von Joobs hoch. Das jedoch zeigte ihn mit verquollenem, blutunterlaufenem Gesicht. „So sieht er im Moment aus."

„Oje. Wem ist er denn da in die Quere geraten?"

„Einem seiner potenziellen Mordopfer, wie wir hören. Doch das hat sich derart heftig gewehrt, dass Joobs aufgeben musste."

„Das ist aber zweitrangig. Wichtig ist jetzt für uns zu erfahren, dass er der Mann war, der Berlinkofer erpresst und so dazu gebracht hat, Gewehr und Munition zu stehlen. Wahrscheinlich hat er irgendwo davon gehört, dass es nur noch bei Ihnen da unten im Keller das Flechette gab."

‚Ja, ja, ein Gewehr, das nur da war, weil Sie das so wollten', dachte der Hauptkommissar, traute sich aber nicht, es auszusprechen. „Klar. Und dann hat er sich in der Nähe des Präsidiums in Kneipen umgehört und an unseren Ex-Kollegen rangewanzt, als er erfahren hatte, dass der in der Asservatenkammer arbeitet."

„So oder so ähnlich muss es gelaufen sein."

„Ja", sagte Sauermann, „aber was hätte er denn gemacht, wenn Berlinkofer kein Geld gebraucht hätte?"

„Oh, da kann ich Sie beruhigen. Dem wäre schon was eingefallen, um Druck machen zu können. Und wenn er ihm einen Banküberfall oder Kinderschändung unterstellt und gedroht hätte, das öffentlich zu machen. Sie würden staunen, wenn Sie wüssten, mit welch perfiden Methoden diese Stasi-Leute zu arbeiten gelernt haben."

Unverwandt schaute Dr. Bruchhagen den Hauptkommissar an und meinte, „aber eigentlich müssten Sie so etwas doch selbst wissen. Sie sind ja auch nicht gerade erst seit ein paar Monaten bei der Polizei. Haben Sie noch nie etwas von Stasi-Methoden gehört?"

Der Angesprochen zog bedauernd die Schultern hoch. „Von einer solchen Art zu erpressen? Nee, tut mir leid."

„Ach, das verblüfft mich aber jetzt. Ehrlich! Ich bin überhaupt ziemlich enttäuscht von Ihnen, Herr Sauermann. Sie wissen nichts über Ihre Kollegen, Sie ..."

Sauermann unterbrach mutig: „Herr Präsident, das ist so nicht richtig. Ich weiß sehr wohl über meine Kollegen Bescheid. Und ich habe einen guten Draht zu meinen Leuten."

„Was haben Sie? Einen guten Draht? Dann erklären Sie mir mal, warum der Freund von dem getöteten Kollegen zu *mir* gekommen ist und *mir* die Infos über Berlinkofer gegeben hat und *nicht Ihnen*. ‚Gehe nicht zu Deinem König, wenn Du nicht gerufen wirst', heißt es doch immer", gab Bruchhagen zu bedenken.

„So hat der Mann sogar seinen Bericht angefangen und sich damit förmlich für sein Auftauchen hier entschuldigt. Auf meine Frage, warum er mit seinem Wissen nicht zu seinem Abteilungsleiter, also zu Ihnen, gegangen ist, wollte er nicht antworten. Ich würde mir an Ihrer Stelle da schon ein paar Gedanken machen."

Eine solche Abfuhr schon am Montagmorgen zu bekommen, war nichts, was beim Hauptkommissar Freude auf die neue Woche aufkommen ließ. Er musste sich vielmehr Gedanken um seine Zukunft bei der Polizei machen.

„Frau Diesterweg, seien Sie so nett und machen eine Zusammenfassung aus unseren Infos von heute Morgen und senden Sie die an die Kripo-Dienststellen in ...", Bruchhagen klappte einen Aktendeckel auf und las vor, „... in Bad Berleburg und in Marburg. Ach ja, informieren Sie bitte auch die Kollegen in Winterberg."

Die Sonne schien in die Laaspher Bahnhofstraße und ließ die Schneehaufen an den Straßenrändern schmelzen. Claudia Siegemund, noch ein wenig unausgeschlafen aber glücklich über eine wunderschöne Nacht zu zweit, hatte trotz der dahinsiechenden weiß-grauen Eis- und Schneehaufen einen Parkplatz gefunden.

Die Staatsanwaltschaftliche Verfügung in zweifacher Ausfertigung in der Hand betrat die Kriminalbeamtin den Kassenraum und winkte dem Filialleiter zu, der durch eine Theke und zwei Schreibtische von ihr getrennt, in einer Art ,Glashaus' saß und telefonierte. Als er sie erblickte, machte er mit dem Bürostuhl eine Drittelpirouette nach rechts und schaute demonstrativ aus dem Fenster.

Claudia wartete geduldig. Doch der Banker machte keine Anstalten, das Gespräch beenden zu wollen. Im Gegenteil. Er schien sich köstlich zu amüsieren und flezte sich immer tiefer in seinen Stuhl, bis von ihm schließlich nur noch Schulter und Kopf hinter dem Schreibtisch zu sehen waren.

‚Das reicht jetzt', dachte sie nach geschlagenen zehn Minuten. Zumal auch keine der drei Angestellten Zeit für sie hatte. Alle waren sie in Kundengesprächen. Claudia zückte ihren Dienstausweis und sprach die Erstbeste an: „Verzeihen Sie, ich bin Oberkommissarin Siegemund von der Kripo Bad Berleburg. Ich möchte bitte Ihren Filialleiter sprechen."

Die nette Endvierzigerin unterbrach ihr Gespräch, lächelte sie erst an und schaute sich dann nach dem Chef um. „Tut mir leid, der telefoniert gerade", kommentierte sie freundlich das Ergebnis ihres Blicks nach hinten.

„Das habe ich gesehen. Ich habe ihn so auch schon vor zehn Minuten gesehen. Er sah mich übrigens auch. Er kennt mich von meinem Besuch am Freitag. Bitte, sind Sie so lieb und sagen ihm trotzdem, dass ich ihn sofort sprechen muss."

„Tut mir leid, das darf ich nicht. Würden Sie sich bitte noch einen Moment gedulden."

„Nein, das werde ich nicht", wurde Claudia leicht unangenehm und legte die Staatsanwaltschaftliche Verfügung auf den Tisch. „Oder ich muss *Sie* bitten, mir die Konto-Auskünfte zu geben, die diese Person hier betreffen." Dabei trommelte sie mit dem rechten Zeigefinger auf den Namen ‚Feistauer'.

„Tut mir leid. Dazu ist nur Herr Nonnenbrink, unser Filialleiter, befugt."

„Tut mir auch leid. Dann stören Sie ihn bitte. Und zwar jetzt!" Ihre Aufforderung duldete keinen weiteren Widerspruch. Das hatte die Bankangestellte auch begriffen und stand, während sie sich bei ihrem Kunden entschuldigte, auf, nahm die Verfügung mit und wandte sich dem Glaskasten zu.

„Ich muss mich ebenfalls bei Ihnen entschuldigen“, wandte sich Claudia dem Mann am Beratungstisch zu, „es geht sicher gleich weiter für Sie.“

„Alles gut“, lachte der, „ich hoffe nur, Sie kommen nicht, weil dem Laden hier der Tresor leer geräumt wurde und ich deshalb meinen Kredit nicht bekomme.“

„Keine Angst“, lachte Claudia. Dabei beobachtete sie, wie der Chef, noch immer den Hörer in der Hand, auf das Blatt Papier starrte, das ihm die Mitarbeiterin da hinhielt und sie dann wieder rausschickte. Der Beamtin schwante Übles. Und so kam es auch.

„Herr Nonnenbrink sagte, Sie mögen bitte am Nachmittag wiederkommen. Er habe jetzt keine Zeit und müsse gleich weg. Er habe einen wichtigen Termin außer Haus.“

„Den kann er wahrnehmen, wenn wir hier fertig sind!“, fuhr Claudia fast aus der Haut. „Sagen Sie ihm das bitte. Und machen Sie ihm auch klar, dass ich für den Fall, dass er sich weiterhin weigert, unmittelbar Kontakt zur Direktion Ihrer Bank in Biedenkopf aufnehmen werde. Denn was er hier veranstaltet, ist Ermittlungsbehinderung in einem Mordfall!“

Die Dame im korrekt sitzenden grauen Hosenanzug bekam hektische Flecken ins Gesicht. „Entschuldigen Sie bitte“, flüsterte sie Claudia zu und zog sie etwas von dem Kunden weg, „aber ich kann meinen Chef nicht zwingen. Was meinen Sie, was der für ein Theater macht, falls ich in jetzt nochmal störe.“

„Choleriker?“, wisperte die Polizistin zurück.

„Und was für einer“, fasste die Kreditberaterin offensichtlich Vertrauen zu ihr. Rita Sassmanshausen, so hieß die schlanke Frau, setzte noch einen drauf. „Sie glauben gar nicht, was sich dieser Mann uns gegenüber herausnimmt. Kaum zu ertragen, sage ich Ihnen!“

„Inwiefern? Wird er übergriffig, oder was?“

„Nein, das nicht. Aber er motzt ständig herum. Wenn keine Kunden da sind, brüllt er oft grundlos rum und spielt eine von uns gegen die andere aus."

„Haben Sie das denn schon mal bei Ihren Chefs oder Cheffinnen in der Zentrale angebracht?"

„Keine Chance. Meine Kolleginnen würden beide umfallen, wenn es zum Schwur käme. Und dann würde es hier richtig heftig."

„Oje." Claudia bedauerte sehr, was ihr da erzählt wurde. „Gehen Sie am besten jetzt wieder zu Ihrem Kunden. Ich muss mir was anderes einfallen lassen."

„Ach das, was sie eben im Zusammenhang mit der Zentrale angesprochen haben", lächelte Frau Sassmanshausen im Weggehen, „fänd' ich gar nicht schlecht."

„Was meinen Sie? Dass ich da mal interveniere?"

Die Dame nickte kaum erkennbar und lächelte.

„Mal sehen", antwortete Claudia, kramte ihren Autoschlüssel aus der Tasche, verließ das Gebäude und wartete draußen im Wagen weitere zehn Minuten. Doch der Filialleiter machte nicht einen Schritt vor die Tür. Auch nicht vor die Hintertür. Denn durch die hätte er über einen Hof kommen müssen, dessen Einfahrt unmittelbar neben dem Gebäude lag und in die Bahnhofstraße mündete.

Inzwischen hatte sie mit Hilfe ihres Smartphones die Telefonnummer der Hinterländer Girobank in Biedenkopf ausfindig gemacht und überlegte, ob sie ihre Drohung wahrmachen sollte. Es war 9.33 Uhr. Und ihr war eigentlich nicht nach Zoff zumute. ‚Aber diesem Herrn werde ich jetzt mal eine vor den Latz knallen', nahm sie sich vor.

Erneut stieg sie aus, durchquerte den Vorraum der Bank und erlebte eine Überraschung. Denn mitten im mittlerweile kundenleeren Schalterraum stand Herr Nonnenbrink mit dem Rücken zu ihr und tat lautstark kund: „Wenn diese Tucke von der Polizei sich nochmal so aufspielt, dann mach' ich ihr mal richtig Druck!"

„Können Sie schon mal mit anfangen!", rief die Kripo-Frau, deren unerwartete Reaktion den Banker zusammenfahren ließ. „Die Tucke von der Polizei steht hinter Ihnen." Nonnenbrink hatte Mühe, den Kaffee nicht zu verschütten, den er in der rechten Hand hielt. Langsam drehte er sich um und suchte offensichtlich nach Worten.

„Guten Tag, Frau äääh ... Siegemund. ... Mit äääh Ihnen hatte ich jetzt eigentlich nicht gerechnet."

„Das habe ich gemerkt. Aber mit der Polizei müssen Sie immer rechnen. Und rechnen Sie jetzt mal damit, dass Sie richtig Ärger kriegen, wenn Sie mir nicht binnen weniger Minuten die Kontodaten von Herrn Feistauer inklusive aller Bewegungen der letzten zwei Jahre zur Verfügung stellen. Und zwar alle! Das Papier des Staatsanwalts dazu haben Sie ja bereits."

„Welches Papier?"

„Die Staatsanwaltschaftliche Verfügung."

„Hab' ich nicht!", log der Banker.

„Aber Frau Sassmanshausen hat sie Ihnen doch gegeben. Ich habe das doch gesehen."

„Frau Sassmanshausen, können Sie mal eben schauen?!", rief der Filialleiter und guckte eher gekünstelt um die Ecke in einen Nebenraum. Doch die Gerufene antwortete nicht. „Sehen Sie, Frau Sassmanshausen ist gar nicht hier."

„So, das reicht!" Die Kommissarin wurde stinksauer. „Herr Nonnennbrink, ich fordere Sie hiermit letztmals und unmissverständlich auf, mir alle Daten des oder der Konten und Unterlagen über andere Vermögenswerte von Herrn Christof Feistauer, zuletzt wohnhaft Schloßstraße 59 in Bad Laasphe, maschinenschriftlich oder in Form eines Datenträgers auszuhändigen."

Die beiden Kolleginnen an den anderen Schreibtischen starrten auf ihren Chef und verdrehten in seinem Rücken die Augen. Doch der Mann blieb stur. „Ohne Staatsanwaltschaftliche Verfügung passiert hier nichts, Frau Siegemund. Auf Wiedersehen."

Doch Claudia reagierte nicht einmal im Ansatz auf dieses Adieu. Im Gegenteil. Sie ging zwei Schritte auf den renitenten Mann zu und stand ihm auf ‚Riechweite' gegenüber. „Herr Nonnenbrink, ziehen Sie doch bitte keine so erbärmliche Show ab." Dabei fasste sie in die Innentasche ihrer Jacke, zog die Zweitfertigung der Verfügung heraus und hielt sie ihm direkt unter die Nase.

„Nur, um Ihnen klar zu machen, dass da mehr kommen muss als ein selbstherrlicher Bankangestellter. Wer gibt Ihnen eigentlich das Recht zu diesem unwürdigen Schauspiel? Wollen Sie Ihre Machtfülle demonstrieren, die vermutlich nur Sie selbst verspüren? Oder haben Sie am Ende schräge Geschäfte mit Herrn Feistauer gemacht?"

Der Angepisste wurde verdächtig kurzatmig. Trotz moderater Raumtemperaturen übersäten urplötzlich Hunderte Schweißtröpfchen seine schweinchenrosafarbene Haut. Und seine Unterlippe begann zu flattern. ‚Wow, Volltreffer!', dachte sie.

„Ich verwahre mich gegen eine solche Unterstellung!", versuchte Nonnenbrink noch einmal aufzutrumpfen. „Mein … äääh … unser Institut hat alle Geschäfte mit dem leider verstorbenen Herrn Feistauer stets korrekt und zu seiner größten Zufriedenheit abgewickelt."

‚Hört sich an wie der Schlusssatz unter einem Arbeitszeugnis', dachte die Kommissarin. Das konnte sie nicht ernst nehmen. Wie sollte sie auch, angesichts seines Verhaltens? „Dann nennen Sie mir doch bitte mal den Grund für Ihre permanente

Weigerung, der Verfügung der Staatsanwaltschaft nachzukommen und mir die Bankdaten auszuhändigen."

Doch da kam nichts. Außer noch mehr Schweiß, auch am Hemdkragen. Der Filialleiter hatte eine Sendepause genommen.

Wohl um der Komödie ein Ende zu bereiten, stand Frau Duchhardt, eine der Angestellten, auf und reichte Nonnenbrink ein Glas Wasser. „Kommen Sie, trinken Sie einen Schluck und setzen Sie sich. Sie fallen ja gleich um."

„Was bilden Sie sich eigentlich ein?!", brüllte der plötzlich los und schlug der Frau das Wasserglas aus der Hand. „Lassen Sie mich doch in Frieden, Sie Kuh!"

Die blies die Backen auf. Und noch ehe die entsetzte Claudia dazwischengehen konnte, knallte die Zurechtgewiesene ihrem Chef erst rechts, dann links zwei saftige Ohrfeigen in seine feiste Visage und schrie: „Sie sind hier der Eingebildete, Sie unerträglicher Mensch, Sie!

Sie fassen mich nie wieder an, Sie Widerling! Und auch die Kolleginnen nicht!"

Die Dame im schicken grauen Kostüm konnte sich gar nicht beruhigen. Und Claudia ließ sie gewähren, indem sie einfach zuhörte. „Jahrelang haben Sie uns gegängelt und unter Druck gesetzt, Sie Macho, Sie. Damit ist jetzt endgültig Schluss!

Und Sie", sagte sie an Claudia gewandt, „Sie schickt der Himmel. Endlich hat mal jemand von draußen mitbekommen, wie der Mann in Wirklichkeit ist. Es war einfach nicht gegen ihn anzukommen. Ein sympathischer Gesprächspartner für die Kunden, ein Schmeichler gegenüber unserer Bankdirektorin in Biedenkopf und tolle Bilanzzahlen, an deren Zustandekommen er am wenigsten teilhatte.

Beschwerden wären schlicht ins Leere gelaufen und über ihn auf uns zurückgefallen. Das wollte sich keine von uns antun."

Der Banker hatte sich zwischenzeitlich auf den nächsten Stuhl plumpsen lassen und nur noch teilnahmslos auf den Boden gestiert. ‚Ganz schön angezählt', registrierte Siegemund. ‚Jetzt musst Du in die Offensive.'

„Sagen Sie", wandte sie sich an Frau Duchhardt und nahm sie ein paar Meter zur Seite, „können Sie sich vorstellen, dass Herr Nonnenbrink krumme Geschäfte gemacht hat und deshalb so mauert?"

Die Dame überlegte einen Moment. Fast schon zu lange für Claudias Geschmack. Schließlich zuckte die Frau mit den Achseln und meinte: „Nein. Das kann ich mir eigentlich nicht vorstellen." Mit vorgeschobener Unterlippe schien sie jedoch noch zu grübeln. Schließlich wiederholte sie: „Kann ich mir eigentlich nicht vorstellen. Aber ..."

„Was aber?"

„Na ja, ich habe noch nie darüber nachgedacht. Aber jetzt, wo Sie fragen, fällt mir ein, dass der Chef bei fast jedem Besuch von Herrn Feistauer darauf bestand, ihn in seinem Stall dort vorne zu empfangen." Dabei zeigte sie auf den Glaskasten. „Das änderte sich erst, als der Kunde plötzlich im Rollstuhl saß."

„Oh ja, das ist mir übrigens auch aufgefallen", bestätigte Frau Sassmanshausen, die plötzlich wieder da war. ‚Offenbar hatte es Krach gegeben und sie war geflüchtet', mutmaßte Claudia. Denn die Bankangestellte hatte geweint. Das war ihr deutlich anzusehen.

„Unser verehrter Herr Chef hat sich bei Feistauer-Besuchen manchmal aufgeführt, als sei der Sultan von Brunei persönlich aufgetaucht", sagte sie und warf dem Häufchen Elend einen verächtlichen Blick zu.

Im Berleburger Herrengarten konnte Jürgen Winter schon am Vormittag seine Tagesaufgabe abhaken. Gegen 9.30 Uhr erfuhr er nämlich bereits, wie und warum der Kollege Berlinkofer in Braunschweig zum Waffendieb und zum Mittäter eines Killers geworden war.

Eines Killers, „der übrigens seit heute Morgen in ganz dicken Ketten liegt", wie Klaus in einer kurzfristig einberufenen ‚Lage' erläuterte. Denn Joobs habe durch einen Ausbruchsversuch aus dem Gefängniskrankenhaus deutlich unter Beweis gestellt, welch nachhaltige Gefahr von diesem Typen sogar im schwer verletzten Zustand ausgehe.

„Ach übrigens", ergänzte er, „plötzlich hat auch das Landeskriminalamt wieder Interesse an dem Fall. Dieser Dreyfus hat schon zweimal angerufen und nachgefragt, welche Rolle Joobs in der Falschgeldnummer gespielt hätte."

„Und, was hast Du gesagt?", wollte Pattrick Born wissen.

„‚Keine', habe ich ihm gesagt."

„Keine?" Pattrick wollte das gar nicht glauben. „Wie kannst Du das behaupten? Das wissen wir doch noch gar nicht", reagierte er ziemlich aufgebracht. „Da müssen wir doch erst mal Fleisch dran kriegen, an die Geschichte."

„Meiiin Gott, jetzt halt' mal den Ball flach", wurde der Chef massiv. „Oder willst Du, dass uns diese Neunmalklugen vom LKA schon wieder an jeder Ecke auf den Füßen stehen und am Ende den Zucker von der Schnitte lecken? Ich jedenfalls nicht."

„Nein, das will ich natürlich auch nicht. Aber vielleicht lässt sich das auch gar nicht vermeiden."

„Wieso?"

„Na, überleg doch mal. Da müssen die Kollegen in Troisdorf oder in Siegburg nur einen Funk in die falsche Richtung senden. Dann ist der Kittel geflickt."

Klaus rümpfte die Nase. „Die Gefahr besteht natürlich. Aber wenn ich den Kollegen Küfer richtig verstanden habe, dann blüht uns von denen gar nichts. Die wollen da nur mit uns zusammenarbeiten. Das hat er mir zugesagt. Schließlich haben die auch ein Interesse daran, in dem Fall selbst noch ein paar Lorbeeren einzusammeln."

Sven Lukas hatte dem Palaver unter den ‚letzten Mohikanern' im Kommissariat nur am Rande zugehört. Denn er war vertieft in einen Bericht der Bundesregierung, der sich mit dem schon fast invasionsartigen Auftauchen falscher Banknoten in den späten 1980er Jahren befasste.

„Hier Leute, hört mal zu", unterbrach er plötzlich die Runde, „wenn ich nicht grundlegend falsch liege, dann hat unser feiner Herr Feistauer schon lange vor der Wende die Falschgeldpresse ordentlich sausen lassen. Hier steht, dass seit 1987 in der ganzen Republik, vor allem aber im Bereich Köln, Bonn, Koblenz Unmengen an falschen Fuffzigern aufgetaucht sind."

„Aha. Und wie kommst Du darauf, dass dafür Feistauer verantwortlich war?"

„Weil der zu dieser Zeit als scheinbar ‚umgedrehter Agent' in diesem wunderbaren Landstrich am Rhein residierte, wenn ich mal daran erinnern darf. Und Du, lieber Klaus, hast doch erzählt, dass er beim BND in Ungnade gefallen war. Weil er sich mehr mit anderen Dingen befasst hat, als sich um das Abschöpfen seiner Ex-Kollegen zu kümmern."

Klaiser überlegte. „Na ja, dass sich diese Gilde partout nicht in die Karten gucken lässt, ist ja gemeinhin bekannt. Ich kann mir aber beim besten Willen nicht vorstellen, dass unsere Geheimdienstler einen von ihnen geführten Agenten geduldet haben, der frisch von der Leber weg Falschgeld produzierte."

„Nee, ich auch nicht. Es sei denn ...", wollte der ‚Freak' gerade fortfahren, als ihm der Chef dazwischengrätschte.

„Es sei denn, er hat für sich selbst etwas von dem abgezweigt, was er bis dahin im Auftrag der DDR zugunsten ihrer Devisenbeschaffung produziert hat. So etwas wie ‚Produktionsüberhänge', von denen man auch bei der Staatssicherheit nichts wusste."

„Genau. Aber das setzt zwingend voraus, dass ihn die DDR in der BRD hat drucken lassen. Eigentlich kaum vorstellbar", konterte Sven sein eigenes Argument. „Oder?"

„Nein, das glaube ich auch nicht", meinte Born. „Das wird sich wahrscheinlich schon *hinter* dem eiserne Vorhang abgespielt haben. Von hier aus gesehen", fügte er grinsend hinzu.

„Aber wenn er tatsächlich dort am Drucker gestanden hat, um für die Ausstattung der Brüder und Schwestern im Osten mit Westmark zu sorgen, dann muss Feistauer ja auch die Druckplatten für diesen Coup organisiert haben. Und zwar im Westen, wo er sich ja mit BNDs Gnaden frei bewegen konnte."

„Jawoll! Das ist exakt das, was ich sagen wollte", bestätigte Sven die Hypothese und schielte wie ein Sterngucker durch den zusammengerollten Bericht der Bundesregierung zum Fenster hinaus. „Und genau das gab ihm Gelegenheit, ein paar von diesen Platten für sich zu behalten und damit 'ne Art Blütenproduktion in Heimarbeit aufzuziehen. Hier im Westen.

So herum wird nämlich auch ein Schuh aus diesem Bericht, wonach vor allem in der Rheinschiene plötzlich unerhört viel Falschgeld aufgetaucht ist. Hier ...", ließ er die Rolle wieder auseinanderflutschen und warf das Papier auf den Tisch, „wer will, kann ja mal 'n Blick da reinwerfen. Interessant, was die so schreiben."

Klaus schaute begeistert in die Kollegenrunde. „Wisst Ihr was?", sagte er stolz, „Ihr seid echte Granaten. So könnte es gewesen sein. Und weil der Kerl mit den D-Mark-Blüten schon ausreichend Blut geleckt hatte, zog er die Produktion der Euro-Noten gleich professionell auf. Die DDR gab's ja nicht mehr, wohl aber das lukrative Gewerbe des Blütendrucks.

Seine Kontakte zu undichten Stellen in der Bundesdruckerei, oder wo immer man an Druckplatten kommt, existierten ja wohl noch. So konnte er seinen Bedarf decken und das angeblich neue Geld falsifizieren."

Jürgen Winter stutzte. „Hä? Falsi was?"

„Geld falsifizieren."

„Begreife ich jetzt nicht", antwortete Winter, etwas schäl grinsend und ließ ein leichtes Knarzen durch die Nase hören. „Was soll das denn sein?"

Vier Augenpaare richteten sich auf ihn. Wie denn? Noch nie was davon gehört? Das war doch wohl nicht sein Ernst.

„Falsifizieren, also Falsifikate drucken", wiederholte Klaiser und schien ebenfalls echt verblüfft zu sein.

Wieder dieses Knarzen von Jürgen. „Ich dachte, er hätte Euro gedruckt und keine Falsifikate, oder wie die Dinger heißen."

Die anderen schüttelten die Köpfe. ‚Der scheint wirklich einen an der Waffel zu haben', schienen sie zu denken.

Plötzlich fing Winter an zu zucken. Immer schneller, immer heftiger. Dann konnte er nicht mehr an sich halten. Lauthals prustete er los und ließ ein wieherndes Gelächter hören.

„Was ist denn nun los? Ist der jetzt total durchgedreht, oder was?" Pattrick fasste sich an den Kopf. „So hab' ich den ja noch nie gesehen." Auch die Kollegen sahen ihre übelsten Befürchtungen bestätigt.

Doch so schnell der Heiterkeitsausbruch gekommen war, so schnell endete er auch wieder. Und Jürgen schaute in die Runde. „Hey!", rief er, „das ist ja ein göttlicher Anblick. Ihr müsstet Euch mal sehen. Ihr seht aus wie die Mondkälber."

„Na, wenn Du Dich so aufführst, als hättest Du nicht alle Latten am Zaun."

„Hallo, das war doch nur ein Gää-häääg. Natürlich weiß ich, dass das Blüten sind. Und ich weiß sogar, welche Strafe auf ihre Herstellung steht. ‚Wer Banknoten nachmacht oder verfälscht oder nachgemachte oder verfälschte sich verschafft und in Verkehr bringt, wird mit Freiheitsstrafe nicht unter zwei Jahren bestraft.' Steht, beziehungsweise stand früher sogar auf den Geldscheinen."

„Du beeindruckst mich", kommentierte der Chef dieses eigentümliche Intermezzo mit gespielt ernster Miene. „Aber kennst Du auch folgenden Text? ‚Wer Kollegen reinlegt oder verarscht, oder Reingelegte oder Verarschte mit Mondkälbern vergleicht, wird mit der Bezahlung eines Frühstücks nicht unter Lachsbrötchen bestraft."

Kollektives Gelächter quittierte Klaus' Retourkutsche. Selbst Winter grinste. Wenn auch etwas verkniffen. „Strafe angenommen. Bitte bis heute Abend um Wunschliste für Anzahl und Art der gewünschten Brötchen. Ich spendiere auch noch Kaffee dazu."

„Gut, dann wäre das auch geklärt", meinte der Chef. „Auf ein Neues also. Pattrick und Sven, schaut mal bitte, ob Ihr mehr über das Depotgelände in Erfahrung bringen könnt, auf dem Feistauer damals so übel zugerichtet wurde." Nickend zogen die beiden von dannen.

„Ach, Jürgen. Du versuchst bitte mal zu ermitteln, ob, und falls ja, wie viele zivile Tote es durch Flechettes gegeben hat, wo das war, wer die Opfer und wer die Täter waren. Vielleicht bekommen wir auf diesem Weg mal einen Hinweis darauf, warum Feistauer ausgerechnet mit diesem letzten Gewehr seiner Art ermordet wurde."

Winter nickte. „Klar, mache ich. Diese Frage treibt mich und die Kollegen ohnehin schon die ganze Zeit um. Das muss nach unserem Dafürhalten so eine Art Ritualmord gewesen sein."

„Wieso meint Ihr das?"

„Weil der Mörder doch mit jeder x-beliebigen Waffe auf Feistauer hätte schießen können. Der Mann stellte ein nahezu starres Ziel dar. Da muss man doch nicht mit der Artillerie anrücken. Ich bin absolut sicher, dass da mehr als nur der nackte Wille zum Mord dahintersteckte. Diese Tötung war regelrecht zelebriert."

Klaiser schaute auf die Tischplatte und spielte mit der Zunge an der Oberlippe. „Das sehe ich auch so. Die Täter wussten ganz genau Bescheid über ihr Opfer. Sie wussten, wo es wohnt, was es für Gewohnheiten hatte und wann und von wo aus es am einfachsten zu liquidieren war."

„Ja, genau", ergänzte Jürgen. „Die Planung dazu lief mit Sicherheit über einen längeren Zeitraum. Denn immerhin musste ja zunächst mal ein Profikiller gedungen werden. Und der musste dann das Gewehr ausfindig machen und klauen, beziehungsweise klauen lassen."

„Bist Du Dir da so sicher?"

„Bei was?"

„Bei der Annahme, dass der Killer im Auftrag und nicht etwa aus eigenem Antrieb gehandelt hat."

Jürgen rümpfte die Nase. „Pff, nee, bin ich nicht. Aber unser vermeintlicher Serienmörder wird ja nicht ausgerechnet Christof Feistauer persönlich gekannt und einen Hass auf ihn gehabt haben."

„Naja, möglich wär's immerhin."

„Jaaa, möglich wäre es. Die Trefferquote solcher Wahrscheinlichkeiten muss man sich aber von einem Mathegenie ausrechnen lassen."

„Da hast Du zwar recht. Aber gänzlich vernachlässigen dürfen wir diesen Aspekt auch nicht."

„Alles klar, ich mach mich dann mal an die Arbeit", verabschiedete sich Winter und schaute beim Hinausgehen aus dem

Fenster hinunter zum Parkplatz für Einsatzfahrzeuge. „Wen schleppt Claudia denn dort an?“, fragte er eher beiläufig.

„Wieso, was ist?“ Neugierig geworden stand Klaus vom Schreibtisch auf und gesellte sich zu Jürgen. Unten führte die Kollegin gerade einen gebeugt gehenden Mann zum Treppenaufgang am Hauptportal.

„Oje, der Herr sieht aber schwer nach geprügeltem Hund aus. Das ist doch nicht etwa der Banker, mit dem sie so rumgemacht hat am Freitag?“

„Doch, das ist er!“, rief's aus dem Vorzimmer. Petra Fischer steckte lachend ihren Kopf zur Tür herein und kniff ein Auge zu. „Claudia hat einen Sensationsfang gemacht. Der Mann heißt Gernot Nonnenbrink und ist Filialleiter der Hinterländer Girobank.“

„Um Gottes Willen, wieso denn Sensationsfang?“, wunderte sich der Kripo-Chef. „Das ist doch der, der am Freitag so unkooperativ und stinkig gewesen war. Was soll der Mann denn ausgefressen haben?“

„Wenn ich das richtig verstanden habe, muss der Herr Banker an unserem Laaspher Mordopfer und seinen Geschäften ziemlich gut verdient haben. Claudia sagte mir vorhin am Telefon was von ‚korrupt bis auf die Knochen‘.“

„Au, au, au.“ Klaus wedelte mit der rechten Hand, als habe er sich verbrannt. „Mädel, Mädel“, sagte er mehr zu sich selbst, „wenn das schiefgeht, können wir hier schon mal die Gardinen zuziehen.“

„Ich glaube, da musst Du Dir keine Sorgen machen. Claudia sagte mir, sie habe eindeutige Beweise und schon mal so eine Art Geständnis von ihm. Aber sie will, dass dieser Herr Nonnenbrink hier im Haus eine reguläre Vernehmung bekommt, die von zwei Beamten geführt wird.“

„Ja, aber das geht doch nicht so ohne weiteres. Hat sie den Mann denn offiziell festgenommen?“

„Natürlich. Sie hat sogar extra zwei Kollegen vom Laaspher Revier dazu geholt und den Filialleiter über seine Rechte belehrt. Formfehler hat sie demnach keine begangen.“

Jürgen pfiff anerkennend durch die Zähne. „Alle Achtung. Da kann man echt nicht meckern. Bin mal gespannt, was da alles rauskommt.“

„Und ich erst“, murmelte Klaiser. Einen Banker in seinem Institut festzunehmen und abzuführen, das kann zu gewaltigen Verwerfungen führen.

‚Rufschädigung, Verleumdung und Unterstellung einer Straftat.‘ Mit Grauen dachte Klaus an die Vorwürfe, die der Polizei gemacht würden, falls es einem gewieften Anwalt gelänge, beim Untersuchungsrichter Zweifel an Claudia Siegemunds Beschuldigungen zu wecken. ‚Und Banken können sich teure Advokaten leisten.‘

Im Sekretariat der Firma GonTec lag eine bleierne Schwere in der Luft. Offenbar hatte es dort schon am frühen Morgen einen heftigen Krach gegeben. Mit roten Augenrändern, die sie schnell mit einem Eyeliner abzudecken versucht hatte, stand Jutta Feldmann zwei Kriminalbeamten gegenüber, deren Fragen ihre Pein noch vergrößerten.

„Wissen Sie, wie oft mich mein Chef heute Morgen schon gefragt hat, wann ich den Schlüssel für seinen Wohnwagen zuletzt in der Hand hatte? Zehn Mal mindestens. Zehn Mal! Dann ist er wieder gefahren. Und jetzt kommen Sie und fangen das ganze Theater von vorne an. Ich komme mir mittlerweile vor wie eine Schwerverbrecherin.“

„Ich bitte Sie, Frau Feldmann“, versuchte Sarah Renner die drahtige Büroleiterin zu beruhigen, „niemand behandelt Sie wie eine Schwerverbrecherin. Aber wir müssen Ihnen diese Fragen stellen, um absolut sichergehen zu können ...“

„... dass ich die Wahrheit sage. Oder was?!“ Der Dame stand das Wasser bis Oberkante Unterlippe. Mindestens. Wohl deshalb machte sie sich jetzt durch massives Auftreten Luft. „Sie können mich ja gerne verhaften und ins Loch stecken. Aber da werde ich Ihnen auch keine andere Antwort geben.

Ich hatte den Schlüssel zuletzt am 15. Oktober im letzten Jahr in der Hand. Das war nach dem Geburtstag der Gonsior-Zwillinge. Nachdem die Eltern sonntags den Caravan aufgeräumt und sauber gemacht hatten, brachte Frau Gonsior an diesem Tag noch verschiedene Einkäufe hin. Dann hat sie mir den Schlüssel zurückgegeben.“

„Alle Achtung“, meinte Sven, „sie haben ein gutes Gedächtnis.“

„Alles dokumentiert“, entgegnete Frau Feldmann. „Im Übrigen kann ich mich deshalb so gut erinnern, weil ich am Tag darauf für zwei Wochen in eine Klinik musste und weitere drei Wochen krank war. Also Fehlanzeige in Sachen Schlüssel.

Und danach gab es für niemanden mehr eine Veranlassung, den Wagen zu nutzen. Die Zeit war einfach nicht mehr danach. Das war ja schon tief im November.“ Etwas verloren und mit hängenden Schultern stand die Dame mit dem Rücken zum Schlüsselsafe und starrte zu Boden. „Wer will denn schon bei einem solchen Mistwetter campen?“

„Och, dafür gibt es schon Beispiele“, klugscheißerte der ‚Freak‘ und fing sich dafür einen strafenden Blick von Sarah ein. Immerhin hatte er bis Samstag nicht einmal gewusst, dass die meisten Wohnwagen auch beheizbar sind. Sarah im Übrigen auch nicht. Aber sie hatte ja auch die Klappe gehalten.

„Frau Feldmann“, fuhr Sven fort, „wer kann sich denn Ihrer Meinung nach unerlaubt an dem Safe bedient haben?“

„Niemand! Da kommt ja keiner ran.“

„Und die, die erlaubterweise daran kommen? Glauben Sie, dass sich auch von denen niemand den Caravanschlüssel ausgeliehen hat?"

„Möglich ist das schon. Aber beweisen könnte ich's halt nicht."

„Wer käme denn da in Frage?"

„Wenn, dann nur einer. Nämlich der Herr Hollrich. Denn Chef und Chefin haben ja einen eigenen Schlüssel. Herr Hollrich ist allerdings seit zwei Wochen im Urlaub. Auf Kreta, soweit ich weiß."

„Aha", klinkte sich Sarah in das Gespräch ein, „und wer vertritt ihn?"

„Herr Nowak. Aber der hat keinen Zugang zum Safe. Der muss für alle Schlüssel bei mir antreten und sie sich herausgeben lassen. Das wird dann mit Ausleih- und Rückgabezeit hier im Buch vermerkt." Mit überlanger roter Kralle am rechten Zeigefinger deutete die Feldmann auf eine Kladde, die unmittelbar unter dem Schlüsselsafe auf einem Aktencontainer lag.

Interessiert schaute Sven Lukas in das Buch, in dem sehr korrekte Eintragungen über die Entleihzeit eines jeden der 43 Schlüssel zu lesen waren. ‚In nur vier verschiedenen Handschriften' bemerkte er beim Blättern. „Und hier muss jeder für sich und Sie für alle Buch über Schlüssel führen?"

„Jede und jeder", antwortete sie spitz. „Aber so viele sind es ja gar nicht, die an den Safe dürfen. Die Chefin, der Chef, der Meister und ich. Wir sind halt ein sicherheitsrelevantes Unternehmen. Da gibt es jede Menge Geheimnisse und Erfindungen, die dringend geschützt werden müssen."

„Und Sie sind diejenige, die auch anderen Mitarbeitern Schlüssel ausgeben. Habe ich das richtig verstanden?"

„Haben Sie. Aber eben nicht den Schlüssel für den Wohnwagen."

„Gut. Aber warum hängt der eigentlich da drin?"

Das war der Moment, in dem Frau Feldmanns Geduldfaden endgültig riss. „ICH WEISS ES NICHT, verdammt nochmal!", wurde sie so laut, dass Sven richtig zurückschreckte. „Fragen Sie doch den Chef! Ich hab' ihn da nicht reingehängt."

„Bitte", versuchte Sarah, die aufgebrachte Büroleiterin zu besänftigen, „Sie dürfen die Fragen nicht übelnehmen. Wir müssen sie stellen."

„Ja, verstehe ich ja", motzte die Dame weiter, „aber ich bin die falsche Adresse. Ich habe keine Ahnung, was Herr Gonsior damit bezweckt hat, den Schlüssel hier zu deponieren."

Sarah drehte sich schulterzuckend zu ihrem Kollegen um und schaute ihn fragend an. So würden sie nicht weiterkommen, sagte ihr Blick. Und er verstand. Dann wandte er sich Frau Feldmann zu und fragte, ob es in dem Schlüsselbuch auch Eintragungen darüber gebe, wann der Caravan an wen verliehen wurde.

„Oh, da kann ich Ihnen helfen", erreichte sie eine freundliche Frauenstimme vom Nachbarbüro. Kurz darauf stand eine schick gekleidete Frau Anfang, Mitte dreißig vor ihnen. „Sorry, dass ich so in Ihr Gespräch hereinplatze. Mein Name ist Gonsior."

Artig stellten sich die beiden Beamten vor und erfuhren von der bildhübschen Frau des Firmeninhabers, dass sie diejenige sei, die sich um solche ‚besonderen Fälle', wie sie die Vermietung an Mitarbeiter nannte, kümmere und auch dafür sorge, dass die Mieter ihren Verpflichtungen nachkämen.

„Wissen Sie, ich hab's dann doch ganz gerne schön sauber, wenn unser Wagen von Fremden benutzt worden ist. Deshalb bin ich zu Beginn und zum Ende der Nutzung auf dem Campingplatz, damit da nichts schiefgeht. Was dort allerdings jetzt passiert ist, kann ich nur als absolut unerträglich beschreiben.

Es ist mir überhaupt völlig schleierhaft, wie diese, diese ... Mörder und Dreckschweine, Verzeihung, überhaupt ohne Schlüssel in den Camper hineingekommen sind."

„Wir gehen davon aus, dass sie sehr wohl einen Schlüssel hatten", widersprach Sven Lukas. „Deshalb sind wir hier."

„Ich bitte Sie", erhob Silke Gonsior ihre Stimme, „ich kann belegen, dass niemand den Schlüssel genommen haben kann. Schauen Sie hier", forderte sie die Kripo-Leute auf, mit ins Schlüsselbuch zu schauen. „Ich war die Letzte, die am Montag vergangener Woche noch am Safe war. Als ich ihn verschloss, hingen alle Schlüssel drin. Auch der für den Caravan. Ich überprüfe das stets."

„Ja, aber die Leute von der Kriminaltechnik haben nicht die geringste Spur einer manipulierten Schlossöffnung gefunden. Die Einbrecher müssen einen Schlüssel besessen haben", widersprach der ‚Freak' erneut der kopfschüttelnden Frau. „Kann es nicht sein, dass Ihr Mann seinen Schlüssel vorübergehend irgendwo hingelegt und ihn dort vergessen hat?"

„Nein!"

„Wie können Sie da so sicher sein?"

„Weil er ihn an seinem Schlüsselbund trägt, an dem auch Haustür-, Büro- und Autoschlüssel hängen. Und zwar, seit wir den Wohnwagen besitzen."

„Wo waren Sie am Montagabend und in der Nacht darauf?"

„Wir waren zusammen beim Unternehmerforum in Bad Wildungen und kamen erst so gegen zwei Uhr nachts heim. Mein Mann musste vorsichtig fahren. Vor allem die Strecke über die Sackpfeife war ziemlich glatt in dieser Nacht."

„Und Sie waren die ganze Zeit über bei diesem Meeting?"

„Also, jetzt geht es aber los!", bellte Frau Feldmann den Kommissar an. Sie hatte der Unterhaltung von Frau Gonsior mit den Beamten still beigewohnt. Doch jetzt war ihr die Hutschnur gerissen. „Wie kommen Sie überhaupt darauf, die Geschädigte nach einem Alibi zu fragen?“

„Regen Sie sich bitte nicht so auf, Frau Feldmann. Die Polizisten müssen das fragen“, versuchte die Frau des Chefs ihre Büroleiterin zu beruhigen und drückte sie mit einer Hand sanft in den Schreibtischstuhl. „Das ist wie in den Krimis im Fernsehen.“

„Ich gucke keine Krimis.“

‚Schade‘, dachte Sarah Renner und versuchte, die ältere Dame mit einem Lächeln zu beschwichtigen, ‚sonst wüssten Sie nämlich, dass wir jetzt darum bitten, die letzte Frage auch zu beantworten.‘

Als habe sie das geahnt, kam Frau Gonsior aber der Nachfrage zuvor. „Wir waren in der Tat bis kurz nach Mitternacht in Bad Wildungen. Nach dem Unternehmerforum haben wir noch mit zwei befreundeten Unternehmerehepaaren im ‚Maritim‘ gegessen. Wenn Sie mal hier in der Ablage schauen wollen. Da liegt noch der Rechnungsbeleg.“

„Alles gut, Frau Gonsior. Natürlich glauben wir Ihnen das.“ Sven lutschte an der Oberlippe. „Aber erlauben Sie, dass wir Sie danach fragen, wer von Ihren Mitarbeitern im, sagen wir, letzten Jahr den Caravan benutzen durfte.“

„Eigentlich nur der Herr Nowak, einer von unseren Ingenieuren. Er stammt aus Polen und hatte im vergangenen Jahr Besuch von seiner Mutter und seiner Schwester. Die beiden wollten einmal sehen, wo er arbeitet und ob es bei uns tatsächlich so schön ist, wie er immer behauptet hat.“

„Und die beiden Damen haben in Ihrem Wohnwagen gewohnt?“

„Richtig. Die Mutter lebt in der Nähe von Danzig und ist irgendwie unverschuldet in eine miserable wirtschaftliche Lage geraten. Obwohl ihr Mann, der schon seit Jahren tot ist, einmal hier in Deutschland im diplomatischen Dienst für Polen gearbeitet hat."

„Was denn? Keine Altersversorgung für einen ehemaligen Staatsdiener?"

„Jedenfalls nicht besonders viel. Aber ich wollte da auch nicht weiter insistieren. Frau Nowak ist eine so unglaublich liebenswürdige Dame. Da macht man das nicht, dachte ich mir. Verstehen Sie, was ich meine?"

„Natürlich. Das verstehe ich sehr gut." Mit einem Blick herüber zu Sarah schickte sich Lukas an zu gehen, hatte aber noch eine Frage. „Wie lange waren denn Frau Nowak und ihre Tochter hier in Laasphe zu Gast?"

„Ziemlich genau eineinhalb Wochen", antwortete Frau Gonsior. „Sie waren an einem Sonntag gekommen und am Mittwoch der darauffolgenden Woche überraschend wieder gefahren. Ich weiß das deshalb so genau, weil Herr Nowak darum gebeten hatte, drei Stunden frei zu bekommen, damit er die beiden Frauen nach Marburg zum ICE bringen kann."

„Und? Haben Sie ihn fahren lassen?"

„Was denn sonst? Mein Mann hat ihm sogar einen unserer Firmenwagen gegeben. Weil das Fahrzeug Klimaanlage hat und es so entsetzlich heiß war an diesem Tag." „Nowak wollte dafür sogar bezahlen", erzählte Frau Feldmann, „aber der Chef hat das nicht zugelassen." Irgendwie hatte man den Eindruck, die Frau bedaure den Moment, in dem der Firmeninhaber unnötige Unkosten provoziert hatte.

Vor dem Polizeirevier im Herrengarten stand ein blauer VW-Transporter mit vergitterten Fenstern auf jeder Seite und der weißen Aufschrift JUSTIZ. Gernot Nonnenbrink war gerade in einen der nicht gerade komfortablen Käfige im Innenraum eingeschlossen worden. Das Ziel der bevorstehenden Fahrt: das Untersuchungsgefängnis in Siegen.

Nicht ohne Stolz hatte Claudia Siegemund die Verladung des noch am Morgen so großkotzig auftretenden Vertreters der Hinterländer Girobank beobachtet und dabei ihre Hände klatschend aneinander gerieben, als müsse sie sich von einem Schmutz befreien. Sie hatte ihn quasi im Alleingang zur Strecke gebracht.

Selbst sein eilends hinzugerufener Rechtsanwalt Fiedler vermochte es nicht, aus dem von Nonnenbrink aufgebauten Lügengebilde auch nur ein brauchbares Argument für dessen Unschuld herauszufiltern. Der Mann hatte sich x-fach des Betrugs und der Vorteilsnahme schuldig gemacht. Und das ließ sich anhand der vorliegenden Bankunterlagen Euro für Euro belegen.

Claudia hatte den richtigen Riecher, als sie vermutete, dass der Filialleiter eine richtiggehende Geldwaschanlage entweder selbst betrieben, oder deren Arbeit maßgeblich begünstigt hatte. Genaues dazu müssten die weiteren Ermittlungen zeigen. Aber eines war bereits jetzt klar, der Mann hatte sich und seine Zukunft damit ruiniert.

Die nachgewiesenen Betrügereien allein zu seinen persönlichen Gunsten betrugen knapp 220.000 Euro. Das ließ sich aus Überweisungen und Bareinzahlungen auf seine Konten ablesen. 220.000 Euro, die ihm Christof Feistauer über Jahre als Honorar für übelste Manipulationen und Machenschaften gezahlt hatte.

Doch das machte nicht einmal zehn Prozent dessen aus, was beim ehemaligen Geheimdienstler auf der hohen Kante lag. Rund drei Millionen Euro hatte der auf verschiedenen Sparkonten, in Geldanlagen und Obligationen verteilt. Das ließ nur erahnen, wieviel Falschgeld er dafür drucken und an seine Abnehmer liefern musste.

„Wenn wir von der Marge ‚eins für zehn' ausgehen, die ein Hehler in der Regel an Falschgelddrucker zahlt, dann hat Feistauer wahrscheinlich so an die 35 Millionen Euro für den ‚Privatgebrauch' gedruckt", hatte Staatsanwalt Puhlmann vorgerechnet. „Und Sie, Herr Nonnenbrink, haben daran kräftig partizipiert."

Claudia berichtete in der Nachmittagsrunde, Puhlmann habe dem Banker enorm viel Druck gemacht. So sehr sogar, dass der schließlich freiwillig Aufschluss über seine ganz persönlichen Vermögensverhältnisse gegeben habe. Und dabei sei klar geworden, dass Nonnenbrink über Jahre deutlich über seine Verhältnisse gelebt hatte.

„Und welche Register der Staatsanwalt dabei zog, hat mich schon fast zu seinem Fan gemacht", unterstrich der Chef Claudias Erzählungen. Er war ihr zweiter Mann beim Verhör gewesen.

„Puhlmann brachte diesen sauberen Bankier beinahe zum Heulen. ‚Sind Sie noch ganz richtig im Kopf? Was ist denn mit Ihnen los?!', hat er gebrüllt ‚Haben Sie denn überhaupt kein Berufsethos? Alte und Kranke malträtieren, weil sie ihr Konto zehn Euro überzogen haben, aber sich selbst die Taschen mit Betrug vollmachen und den Großkotz spielen.'"

Born und der ‚Freak' hatten sich Claudias Bericht von der Vernehmung des untreuen Filialleiters aufmerksam angehört und sich so ihre Gedanken gemacht. „Der muss ja Tag und Nacht gedruckt haben", resümierte Pattrick schließlich das Gehörte. „Und ich komme mehr und mehr zu der Überzeugung, dass er das im großen Stil nur auf einer größeren Druckmaschine getan hat."

„Wann, sagtest Du, rissen die Einzahlungen auf seine Konten ab?", fragte Sven die Kollegin Siegemund.

„So fünf, sechs Monate, bevor er plötzlich mit Rollstuhl in der Bank auftauchte, haben die beiden Damen Sassmanshausen und Duchhardt erzählt. Danach war es dann plötzlich vorbei mit der Audienz für den Sultan von Brunei." Claudia mochte dieses Zitat, das sie an die unerwartet solidarische Aktion der beiden Bankmitarbeiterinnen erinnerte.

„Sultan von was?", wollte Pattrick wissen.

„Ach, vergiss es. War nur ein Vergleich, den eine von den Frauen angestellt hat."

„Feistauer war also der Sultan von sonstwas", stellte Sven fest. „Und der spielte keine Rolle mehr, nachdem man ihm das Becken und die Wirbelsäule gebrochen hatte. Das bedeutet ja wohl, dass er von diesem Moment an keine Kohle mehr liefern konnte."

„Genau!", bestätigte Born. „Drucken konnte er nicht mehr. Und an das Geld im Kleiderschrank zu Troisdorf kam er nicht heran. Dafür hätte er selbstständig stehen und dabei mit einem Schraubenzieher hantieren müssen."

„Kleiderschrank zu Troisdorf", witzelte Sven. „Bist Du jetzt unter die Lyriker gegangen? Aber so ist es ja. Der Geldfluss versiegte, nachdem man Feistauer platt gefahren hatte. Also stellt sich zunächst mal nicht die Frage, ob er zermatscht wurde, weil er keine Blüten mehr liefern konnte. Er hätte bis zu diesem Zeitpunkt ja noch welche in seiner Wohnung holen können. Um die zu schützen und bei dem Kapital, was daheim auf der Bank versteckt ist, lässt man sich doch nicht zum Krüppel fahren."

„So sehe ich das auch", kombinierte Born weiter. „Also hat man ihm das angetan, weil er irgendwas anderes nicht rausgerückt hat. Und jetzt weiß ich auch, was sich vor dem Anschlag in dem Depot abgespielt hat."

„Da bin ich ja mal gespannt."

„Also. Von den Bonner Kollegen wissen wir, dass Feistauer eine der Hallen für eine Druckerei gemietet hatte. Angeblich, um Werbedrucksachen, Flyer und dergleichen zu produzieren. Dass er dort aber nebenbei oder sogar hauptsächlich Geld gedruckt hat, steht für uns ja mittlerweile außer Frage. Doch scheinbar hatte er davon die Taschen und die Schnauze so voll, dass er sich entschloss, die Druckmaschine zu verkaufen oder für umme loszuwerden."

„Vielleicht ging ihm sogar die Muffe, dass ihm seine Ex-Kollegen vom BND auf die Schliche kommen und ihn an die Wand nageln", warf Sven ein. „Möglich wär's ja immerhin. So ganz blöd sind unsere Geheimdienstler schließlich auch nicht."

„Alles möglich. Aber was auch immer der Grund war, Fakt ist, seine Druckmaschine war nach Auffinden des schwerverletzten Feistauer nicht mehr auffindbar. Sehr wahrscheinlich abtransportiert in dem russischen Truck, der den Ermittlungen zufolge auf dem Gelände gewesen sein muss. Und ich könnte darauf wetten, dass der auch von Russen gefahren wurde."

„Da gehe ich hundert Prozent mit", meinte Lukas. „Und offenbar wussten die Russen über irgendwelche dunklen Kanäle, was vorher auf der Maschine gedruckt worden war. Und deshalb wollten sie die Druckplatten haben. Aber da hat Feistauer nicht mitgespielt. Warum, ist mir allerdings nicht so ganz klar."

„Mir schon." Pattrick legte eine bedeutende Miene auf und erhob den rechten Zeigefinger. „Weil er Angst hatte, dass die Typen das Geheimnis versaubeuteln und ihn bei Auffliegen der Falschgelddruckerei als den Vater der Sauerei verpetzen könnten.

Nun werden Vertreter der mafiösen russischen Minderheit leider sehr schnell ungeduldig. Also haben sie ihn kurzerhand an die Wand, sorry, an die Rampe gestellt und ein wenig gefoltert. Aber Feistauer spurte nicht, wie die Knilche wollten.

Da ist der Mann am LKW-Lenker wohl nervös geworden und hat ein wenig zu viel Gas gegeben.

Plötzlich war Feistauer also platt. Und als er so zerquetscht und brüllend an der Rampe herunterrutschte, haben die Typen Fracksausen gekriegt und sind aus Angst vor Entdeckung getürmt. In der Hoffnung, dass ihr Delinquent noch an Ort und Stelle verreckt und sie nicht mehr verpfeifen kann."

Sven schabte am Hinterkopf und überlegte einen Moment, bevor er entschied, dass dem nichts hinzuzufügen sei. „Anders kann ich es mir auch nicht erklären. Aber bevor wir da unsere Unterschrift druntersetzen", fügte er grinsend hinzu, „sollten wir die Russen und ihren LKW finden und schauen, was aus ihrer Druckerei geworden ist. Ciao, ich mach heute mal früher Feierabend."

Rainer Helmer von der Spurensicherung schien seinen Augen nicht zu trauen. Immer wieder flogen seine Blicke von dem Asservat zu einem Computerfoto und wieder zurück. „Das ist es! Jawoll, das ist es, verdammt nochmal!" Freudig erregt sprang er auf und rannte rüber zu Siebert, der im Labor gerade angestrengt in ein Mikroskop stierte.

„Steffen, Du bist der absolute Hammer. Anders kann ich's nicht sagen. Komm mal rüber und guck Dir an, was wir gerade von der Ostsee bekommen haben."

„Ich? Der absolute Hammer? Das wäre mir neu", brummte Siebert, stand auf und trottete hinter seinem Kollegen her.

„Hier, guck mal", forderte Helmer und zeigte auf den Computerbildschirm. „Ta-ta-ta-taaaaa!"

Siebert schaute sich das Bild ganz genau an, pustete die Backen auf und wandte sich schließlich dem Etikett auf dem Fundstück von Laasphe zu. „Stimmt", sagte er und grinste

Helmer an, „das ist es tatsächlich. Absolut identisch. Und, was ist es?"

„Wie Du gesagt hast. Das Ding hier ist tatsächlich eine Wäschemarke. Die Kollegen von der Polizeiinspektion in Rostock haben sie erkannt!"

„Das ist ja kaum zu glauben. Wie sind denn die Rostocker an unser Etikett gekommen?"

„Ganz einfach. Ich hab' unser Taschentuch fotografiert und per Mail an alle Landespolizeien geschickt mit der Bitte, es über ihren Verteiler an ihre Dienststellen zu schicken."

„Super Idee. Aber wie um alles in der Welt kann man denn so etwas erkennen? Ich meine, das Etikett ist ja gerade mal zwei Zentimeter groß. Das liegt doch nicht einfach so auf der Straße rum. Auch nicht in Rostock."

„Tja, erkennen kann man das zum Beispiel, wenn man mal eine Kreuzfahrt gemacht und auf dem Dampfer seine Klamotten in die Bord-Reinigung gegeben hat. Die Leute von der Reinigung kleben nämlich solche Etiketten in die Sachen, um sie nicht mit denen anderer Besitzer zu vertauschen."

„Klasse. Und welche Erkenntnis bringt uns das?"

„Wir wissen jetzt immerhin, dass der vermeintliche Schütze oder sein Helfershelfer mit einem der Schiffe der Rostocker Reederei ‚Verdi' gefahren ist und auf dem Kahn die Kabine 5129 hatte."

„Der Passagier hatte Kabine 5129F."

„Was?"

„Der Passagier hatte Kabine 5129F!"

„Wie meinst Du ...? Ach so, nein. Das F steht für das sechste Kleidungsstück, das der Mensch aus Kabine 5129 an diesem Tag eingeliefert hat. Er hat also mindestens sechs Teile in der Reinigung abgeliefert."

„Geile Erkenntnis. Und jetzt?"

„Jetzt können wir zum Beispiel recherchieren, ob Philip Joobs mal mit einem Schiff dieser Reederei gefahren ist. ‚Verdi' ist nämlich die einzige, die Wäschemarken mit diesem Schriftbild einsetzt."

„Aha. Und wie viele Schiffe hat die Reederei?"

„Weiß ich nicht. Jede Menge jedenfalls."

„Und wie viele Leute passen denn auf so'n Schiff?"

„Och, so zwei-, dreitausend Passagiere und ein paar Hundert Besatzungsmitglieder."

„Und das immer alle zehn bis 14 Tage. Dann ist nämlich bei den meisten Kreuzfahrten Passagierwechsel. Da kommen doch im Laufe eines Jahres Zigtausende in Frage. Tu mir einen Gefallen und lass' das die Kollegen in Berleburg recherchieren. Du ermittelst Dir dabei doch nur'n Wolf."

„Aber ..."

„Nix Aber. Wer hat das Taschentuch gefunden? Du oder ich?"

„Du."

„Na also. Schick ihnen das Ergebnis rüber. Am besten zusammen mit unseren Auswertungen der Handy-Daten."

„Die sind spärlich genug", lamentierte der Kollege.

„Die Handy-Daten?"

Helmer nickte. „Ich verstehe das nicht. Der Typ hatte ein Handy, das vierfach gegen Fremdzugriff gesichert war. Aber drauf war kaum was. Bedeutendes schon mal gar nicht. Wenig erklecklich für die Berleburger."

„Stimmt. Aber dafür werden sie genug mit dem Etikett zu tun haben." Siebert grinste ein wenig grimmig. Wohl in Erinnerung an die Nacht nach dem Mord, in der er sich fast die Finger abgefroren hätte. Und wofür? Für eine Wäschemarke von einem Kreuzfahrtschiff. Was für ein Mist.

Dienstag, 12. Februar

„Herr Nowak, kennen Sie diesen Mann?“ Klaus Klaiser hatte dem Ingenieur ein Foto von Feistauer so nahe vor die Nase gehalten, dass dieser etwas zurückweichen musste, um es richtig erkennen zu können. „Na, was ist?“, fragte Klaus, nachdem er dem Betrachter einen Moment Zeit gegeben hatte. „Kennen Sie diesen Mann?“

„Ja, den Mann kenne ich. Der ist doch tot, wie ich hörte. Das ist Christof Feistauer, der Mörder meines Vaters.“

Den Kommissaren Klaiser und Mertz verschlug es die Sprache. „Wie bitte?“, versuchte Rüdiger Klarheit für sich und den Kripo-Chef zu schaffen, „das ist der Mörder Ihres Vaters?“

„Sage ich doch. Dieser Mann hat meinen Vater umgebracht.“

Die beiden Kriminalisten waren sprachlos. Auch draußen hinter der großen Spiegelscheibe herrschte urplötzlich Verwirrung.

„Und das erzählt er uns so seelenruhig? Was ist denn das für ein Vogel? Die Geschichte stimmt doch vorne und hinten nicht.“ Sven Lukas wäre am liebsten aufgesprungen und in den Vernehmungsraum gerannt.

„Bleib sitzen und hör’ zu“, drückte Winter den Kollegen wieder auf den Stuhl. „Die werden ihm da drin schon die passenden Fragen stellen. Bin auch mal gespannt, was das wird.“

„Jetzt haltet doch mal die Klappe“, kam’s von der Seite.

„Warum fragen Sie mich eigentlich danach, ob ich den Mann kenne? Was ist mit ihm?“, hatte Nowak im Vernehmungsraum das Gespräch wieder in Gang gebracht.

„Später, Im Moment stellen wir die Fragen", konterte Klaiser. „Wann, wo und wie hat Feistauer Ihren Vater denn umgebracht?"

„Am 19. Februar 2009 während eines Skiurlaubs in Zakopane in Polen. Er hat ihn von hinten erschossen."

„Woher wissen Sie, dass er der Mörder Ihres Vaters war?"

„Von meiner Mutter."

„Ach. Und woher weiß denn Ihre Mutter, wer Ihren Vater erschossen hat?"

„Weil Sie's gesehen hat."

„Ihre Mutter hat gesehen, wie Ihr Vater erschossen wurde?"

„Ja." Jakub Nowak schluckte. Es bereitete ihm offenbar Schwierigkeiten, über dieses Thema zu reden. „Sie stand im Auslauf einer Skipiste, etwa vierzig, fünfzig Meter von meinem Vater entfernt. Papa wartete auf die letzte Gondel der Seilbahn an diesem Nachmittag. Er hatte sich entschieden, noch eine Abfahrt zu machen, während Mama schon mal ins Hotel wollte.

Plötzlich hörte sie direkt neben sich vom Parkplatz her einen Schuss und sah, wie mein Vater zusammenbrach. Als sie sich umdrehte und nachschaute, woher der Schuss gekommen war, sah sie Christof Feistauer, wie er blitzartig ein Gewehr in eine Decke einwickelte, in ein Auto einstieg und davonfuhr."

„Gibt's doch nicht", flüsterte Klaus Klaiser. Mit beiden Händen schob er sich vom Verhörtisch ab und kippelte auf den Hinterbeinen seines Stuhls. Er überlegte. Auf einen solchen Verlauf des Gesprächs war er nun wirklich nicht vorbereitet. Zumal Nowak lediglich nach Berleburg gebeten worden war, weil er als eine der Führungskräfte, allen Beteuerungen der Frau Gonsior zum Trotz, eventuell doch Zugriff auf den Wohnwagenschlüssel hatte.

Und jetzt hatte sich die Routinebefragung innerhalb weniger Sekunden zum möglichen ‚Brustlöser' in einer Mordermittlung gemausert. Wie sollte er mit dieser Nachricht umgehen?

Die Selbstverständlichkeit jedoch, mit der ihn der polnische Ingenieur über die Geschehnisse in Zakopane informiert hatte, machte ihn nachdenklich. Hatte hier ein Mörder gerade seine Karten offen auf den Tisch gelegt und ein glasklares Motiv für genommene Rache am Mörder seines Vaters abgeliefert?

Der Kripo-Chef kippelte immer weiter auf seinem Stuhl und lief Gefahr, dass das etwas altersschwache Möbelstück den Geist aufgeben und seiner Hinterbeine verlustig gehen würde. Weil das Holz plötzlich zu knacken begann, zog er sich an der Tischkante wieder in normale Sitzposition und setzte mit krauser Stirn seine Befragung fort.

„Kannte Ihre Mutter diesen Mann, also den Mörder Ihres Vaters, auch persönlich?"

„Allerdings. Ich übrigens auch. Er gehörte jahrelang zu den guten Bekannten meiner Familie und war sehr oft bei meinen Eltern zu Besuch. Nur war er uns bis zum Sommer vergangenen Jahres unter einem ganz anderen Namen bekannt. Er nannte sich nämlich Markus Dreher und sah wesentlich anders aus."

„Inwiefern wesentlich anders?"

„Naja, er hatte ein schmaleres Gesicht als auf dem Foto, hatte mehr Haare und keinen Bart. Kein Wunder, dass ihn die Fahnder nicht gefunden haben."

Rüdiger fragte für sich nochmal nach. „Markus Dreher? Den Namen hab' ich doch schon mal gehört." Hastig blätterte er in den Akten und flüsterte plötzlich, „hier, ich hab's. Markus Dreher. Das war Feistauers HVA- oder Stasi-Name. Angeblicher Geburtsort Weimar."

„Nicht zu fassen. Haben denn da alle gepennt?“, raunte Klaus zurück, um sich dann an Jakub Nowak zu wenden. „Woher kannten sich Ihr Vater und Dreher, beziehungsweise Feistauer?“

„Mein Vater war Militär-Attaché im Polnischen Generalkonsulat in Köln. Und Feistauer, oder damals Dreher, hatte wohl irgendetwas mit dem Geheimdienst zu tun. Aus irgendeinem Grund kreuzten sich die Dienstwege der beiden hin und wieder. Mehr durften wir als Familie darüber ja auch nicht erfahren.“

„Und dann wurde Ihr Vater von diesem angeblichen Freund erschossen?“

„Genau. Und zwar mit einem Highspeed-Geschoss. Einem sogenannten Flechette.“ Tränen füllten Nowaks Augen. Aber er kämpfte tapfer gegen seine aufkommenden Gefühle an.

Für einen Moment wurde es still im Vernehmungsraum. Aber Rüdiger Mertz ließ die Miene des Polen für keinen Moment aus den Augen. „Mit einem Flechette? Sind Sie da sicher?“

„Natürlich bin ich sicher. Das hat die Morduntersuchung in Zakopane damals zweifelsfrei ergeben. Und die Ermittler haben Stein und Bein geschworen, dass mein Vater durch einen westlichen Geheimdienst ermordet wurde.“

„Wie kamen die denn da drauf? Das war in 2009. Da war doch der Kalte Krieg längst Geschichte.“

„Weil solche Munition und die dafür nötigen Waffen damals nur vom US-Militär und wenigen NATO-Streitkräften eingesetzt wurden, hieß es. Warum fragen Sie danach?“

Ohne zu antworten klappte Klaiser seinen Aktendeckel zu, stand auf und verkündete eine Pause von zehn Minuten. „Rüdiger, kommst Du bitte mit raus.“

Als sich alle fünf Ermittler im ‚Kino' hinter dem großen Spiegelglas trafen, hätte am liebsten jeder sofort seine Theorie rausgehauen. Doch der Chef bat ums erste Wort. „Leute", sagte er, „es ist Euch allen doch sicher klar, dass der Mord an Feistauer mit einem Flechette-Geschoss kein Zufall war. Solche Zufälle gibt es nicht. Das hier war eiskalte Rache."

Was das anbelangte, gab es keine zweite Meinung. Aber da waren noch jede Menge offener Fragen. Woher wusste Nowak, dass Dreher seine Identität verändert hatte und unter dem Namen Feistauer lebte? Gab es jemanden außer Nowak, seiner Mutter und seiner Schwester, der eventuell an Feistauer hätte Rache nehmen wollen? Und das auch noch mit dieser speziellen Waffe.

Und vor allem, wie war die rachelüsterne Person ausgerechnet auf Joobs, den Killer, gekommen und wie mit ihm in Verbindung getreten? „Solche Namen und Verbindungen fliegen doch Leuten wie Nowak nicht einfach zu", stellte Klaiser fest.

Während des letzten Satzes war Sarah Renner durch die Tür hineingeschlüpft und hatte sich neugierig zu den anderen gesellt. Sie war vom staatsanwaltlichen Verhör mit Schnaps-Importeur ‚Kutschi' Dreisbach gekommen und nun hellhörig geworden, als sie den Namen Nowak hörte.

„Habe ich das richtig verstanden? Ihr redet im Zusammenhang mit dem Feistauer-Mord von einem Nowak?" Man hätte beinahe das Licht sehen können, das ihr aufging. In Bruchteilen von Sekunden hatte sie einen zerknüllten Zettel aus ihrer rechten Jeanstasche hervorgeholt und draufgespickelt. „Jakub Nowak?", fragte sie.

Der ‚Freak' grinste, als er sie fragte, „sag bloß, den hast Du auch schon ausgegraben?"

„Was heißt ausgegraben? Jakub Nowak ist der Freund von Milena Kowalczyk und wohnt in Laasphe in der Bahnhofstraße 69. Ich Kamel!", beschimpfte sie sich selbst und schlug sich mit der rechten Hand klatschend auf die Stirn, „der Name hätte mir auch schon bei GonTec auffallen können."

Sven drehte sich lachend zur Seite. „Die Frau ist 'n echter Bringer", raunte er den Kollegen anerkennend zu. „Die kennt in Laasphe einfach alles und jeden."

„Mach mich mal eben schlau", bat Klaiser. „Milena Kowalczyk. Ist das Feistauers Ex-Betreuerin?"

„Genau die."

„Och Leute, das wird ja immer abenteuerlicher hier."

„Wieso abenteuerlicher?"

„Naja, weil Nowak behauptet, Feistauer, oder wie immer er heißen mag, habe seinen Vater erschossen. Und zwar mit einem Flechette-Gewehr."

„Wie bitte?" Sarah machte große Augen. „Wann hat er das gesagt?"

„Na, vor ein paar Minuten. Da drinnen sitzt er." Klaus zeigte durch die Scheibe in den Vernehmungsraum.

„Das ist Jakub Nowak? Hat er etwa den Schlüssel zum Wohnwagen?"

„Er sagt ‚nein'. Er behauptet, er habe nicht die geringste Ahnung, wie jemand an den Schlüssel in dem Safe hätte herankommen können." Rüdiger fasste sich an den Kopf. „Und ich Blödel hätte es ihm fast geglaubt. Aber jetzt stellt sich heraus, dass seine Freundin als Betreuerin bei dem Mörder seines Vaters gearbeitet hat. Das ist doch wohl der deutlichste Beweis, den man sich vorstellen kann."

Der Chef gab ihm recht.

„Kann sein. Kann aber genauso gut Zufall sein", widersprach die Kollegin.

„Zufall?" Klaiser wurde ungehalten. „Ein für alle Mal. Solche Zufälle gibt es nicht! Wie oft soll ich Euch das noch sagen?!"

„Ich halte es aber trotzdem für möglich“, blieb Sarah mutig bei ihrem Standpunkt, „denn Frau Kowalczyk hat mir erzählt, sie sei ihrem Freund nach Laasphe hinterhergezogen. Weil er dort eine Anstellung als Ingenieur gefunden hätte. Erst danach sei sie als Betreuerin zu Feistauer gekommen.

Und das lief über eine Agentur, bei der sie angeheuert hatte, *nachdem* sie hier angekommen war. Nowak *kann* demnach also nicht wegen Feistauer nach Bad Laasphe gekommen sein.“

„Das ist doch alles Quatsch! Nowak wird Milena gezielt auf Feistauer angesetzt haben, um ihn auszukundschaften. Nee, nee. Bild’ Dir bloß keinen solchen Blödsinn ein.“ Klaiser war anzusehen, dass er sich da nicht reinreden lassen wollte. Doch dann bekam die Kommissarin Schützenhilfe von Sven.

„Klaus, wir haben doch gehört, dass Nowak unser Mordopfer jahrelang nur unter dem Namen Markus Dreher kannte. Wir wissen doch gar nicht, wann er zum ersten Mal von dem Namen Feistauer im Zusammenhang mit derselben Person gehört hat. Ich denke, das solltet Ihr ihn dringend mal fragen.“

Rüdiger schien sich mit dem Vorschlag durchaus anfreunden zu können, während Klaiser sich zunächst noch querstellte. Schließlich verkündete er: „Gut, dann macht Ihr beide jetzt weiter da drin“ und schickte den verblüfften Lukas gemeinsam mit Mertz ins Verhör.

Zwei Minuten später betraten die beiden Kommissare das Vernehmungszimmer, in dem ein angespannter Jakub Nowak saß. Etwas misstrauisch beäugte er den ‚Freak‘. „Personalwechsel?“, fragte er. „Was ist los?“

„Nichts, was Sie beunruhigen sollte“, beruhigte Mertz den Ingenieur. „Das ist der Kollege Lukas.“

„Hallo“, sagte der Geladene.

„Ich grüße Sie“, erwiderte Sven und ging gleich in die Vollen. „Herr Nowak, woher wussten Sie eigentlich, dass Feistauer tot ist?“

Nowak ließ einen glucksenden Lacher hören. „Woher? Na hören Sie mal. Meine Freundin Milena, die früher für ihn gearbeitet hat, wurde deshalb von Ihnen bereits verhört. Und auch mein Chef war wegen des Einbruchs im Wohnwagen darüber informiert. Glauben Sie etwa, die beiden hätten das als Geheimnis mit sich herumgetragen?“

„Und Sie sind nicht mal auf die Idee gekommen, mit dem Wissen darum mit uns in Kontakt zu treten?“

„Wieso hätte ich das tun sollen? Mit Ihnen in Kontakt treten?“, wiederholte Jakub. „Übrigens tolles Deutsch. Ich hätte Ihnen ja nichts zu sagen gehabt.“

„Apropos tolles Deutsch“, fuhr Rüdiger dazwischen, während er in seine Unterlagen schaute, „woher können *Sie* eigentlich so gut deutsch?“

Nowak lächelte leicht verärgert. „Sie müssen etwas besser zuhören, wenn ich mir diese Bemerkung erlauben darf, Herr Kommissar. Ich sagte Ihnen doch, dass mein Vater als Militär-Attaché in Köln gearbeitet hat. Ich habe dort große Teile meiner Kindheit und Jugend verbracht und bin in Köln zur Schule gegangen.

Außerdem ist meine Mutter gebürtige Deutsche. Sie stammt aus Görlitz. Mein Vater übrigens auch. Allerdings vom östlichen Ufer der Neiße, aus dem polnischen Görlitz. Zgorzelec heißt das heute. Wir haben in meiner Familie alle polnisch und deutsch sprechen, schreiben und lesen gelernt.“

Nicht, dass Rüdiger gekränkt gewesen wäre, weil Nowak ihm Unaufmerksamkeit vorgeworfen hatte. Aber er hätte den Mann auch ganz gerne mal in die Bredouille gebracht. Um zu sehen, wie sicher oder unsicher er tatsächlich war, mit all dem, was er da berichtete. Also griff er in seinen Aktendeckel, fischte ein Fahndungsfoto von Philip Joobs heraus und warf es vor Nowak auf den Tisch.

„Haben Sie den schon mal gesehen?"

Nowak schaute sich die Fotografie längere Zeit an und schüttelte dann den Kopf. „Nein. Ich kann mich nicht erinnern, diesen Mann jemals gesehen zu haben. Wieso, wer ist das?"

„Dieser Mann hat nach unseren Erkenntnissen am Montag vergangener Woche Christof Feistauer, alias Markus Dreher, in Bad Laasphe erschossen. Mit einem Flechette-Gewehr."

Nowak schluckte. „Das glaube ich jetzt nicht. Dreher ist *erschossen* worden? Und dann noch mit einem Flechette-Gewehr? Genauso wie mein Vater?" Der Pole atmete schwer. „Das ..., das sieht ja so aus, als hätte jemand Rache an Dreher ... oder Feistauer genommen."

„So sieht es aus!", stellte Lukas nüchtern fest. „Und es gibt nicht wenige Kollegen hier im Kommissariat, die sich gut vorstellen können, dass *Sie* der Initiator waren."

„*Iiiich*?" Nowak schoss hoch, wie von der Tarantel gestochen. „*Ich* soll einen Mordauftrag für diesen Unmenschen gegeben haben?"

„Ja. Warum eigentlich nicht? Grund genug hatten Sie doch. Sie sagen es doch: ‚für diesen Unmenschen'."

„Da haben Sie allerdings recht. Und ich habe ihm auch den Tod gewünscht. Aber als ich erfahren und auch gesehen habe, wie beschissen es ihm geht, da habe ich mir gedacht: ‚Das geschieht dir recht, du elendes Schwein. Hoffentlich hast Du Schmerzen ohne Ende und verreckst ganz langsam. Verschimmeln sollst Du, Du Drecksau!'"

„Setzen Sie sich bitte wieder, Herr Nowak. Und beruhigen Sie sich", bat Mertz. „Wann haben Sie denn gesehen, wie beschissen es Feistauer geht?"

„Letztes Jahr im Sommer. Als meine Mutter hier zu Besuch war. Das ist Ihnen ja bekannt. Ich hatte damals den Wohnwagen der Gonsiors für sie und meine Schwester gemietet."

„Ja gut, aber was hatte das mit Feistauer und seinem, wie Sie sagen, ‚beschissenen' Zustand zu tun?"

„Das will ich Ihnen erklären, wenn Sie mich lassen, Herr Kommissar." Die zweite Zurechtweisung. Jetzt war Mertz schon ein wenig stinkig. Aber er hatte sich in der Hand. „Gut. Dann machen Sie mal."

„Also, meine Mutter, meine Freundin Milena und ich haben an einem Samstag eine Wanderung hinauf zum Schloss gemacht."

„Wo war Ihre Schwester?"

„Die hatte keine Lust. Sie wollte, glaube ich, nach Biedenkopf zum Shoppen. Wir waren also zu dritt vom Campingplatz aus durch den Wald gelaufen. Das ist ganz schön steil dort hinauf und hat Mama ordentlich geschlaucht. Deshalb haben wir uns nach einem kleinen Picknick oben beim Schloss ihr zuliebe entschieden, den Rückweg über die Straße zu nehmen.

Wir waren gerade einmal ein paar Hundert Meter und zwei Kurven gelaufen, da kamen wir zu einem einzelnen Haus, vor dem gerade ein Mann im Rollstuhl mit dem Rücken zu uns aus so einem Spezial-Taxi ausgeladen wurde. Meine Mutter grüßte ihn quer über die Straße. Wohl aus Mitleid, nehme ich an. Sie bekam aber keine Antwort.

Da meinte Milena, das sei nicht verwunderlich. Sie kenne den Mann und wisse, dass er nur ungern in einer solch hilflosen Situation gesehen werden wolle. Sie habe nämlich schon einmal für ihn gearbeitet und wisse daher, wie es gesundheitlich um ihn bestellt sei. Wir sollten uns lieber beeilen, bevor er sie erkenne.

Wir also zügig vorbei. Aber Mama konnte ihre Blicke nicht von dem Mann im Rolli lösen. Sie stierte förmlich zu ihm hinüber." Dann stockte Nowak, als wolle er künstlich Spannung aufbauen.

„Was ist?", fragte Rüdiger, „wie ging's denn weiter?"

„Meine Mutter blieb plötzlich schockstarr stehen und wurde blass im Gesicht. ‚Das darf nicht wahr sein!', zischte sie uns zu. ‚Wisst Ihr, wer das ist?'

‚Natürlich. Das ist Christof Feistauer', flüsterte Milena zurück. ‚Ich sagte doch, dass ich für ihn gearbeitet habe. Wieso fragst Du?'

Meine Mutter schüttelte den Kopf und starrte ihn weiter an. Milena wurde immer ungeduldiger. ‚Kommt bitte, lasst uns endlich gehen! Der muss mich jetzt nicht sehen', rief sie immer wieder.

Aber Mama blieb weiter stehen. Und dann sagte sie: ‚Milena, dieser Herr da drüben heißt nicht Christof Feistauer. Dieser Mann heißt Markus Dreher und hat den Vater Deines Freundes umgebracht. Dieser Mann ist der Mörder meines Mannes!'

Ich habe damals gedacht, mir reißt es den Boden unter den Füßen weg. Und plötzlich rannte meine Mutter wie von tausend Teufeln gehetzt den Berg hinunter. Wir haben sie nur mit Mühe eingeholt und nur ganz allmählich beruhigen können. ‚Bist Du sicher, dass er es ist?', habe ich sie immer wieder gefragt.

‚Natürlich bin ich sicher', hat sie geantwortet und verzweifelt geweint. ‚Dieses Gesicht vergesse ich mein ganzes Leben lang nicht mehr!'"

Sven machte sich währenddessen verschiedene Notizen. Dann fragte er nach: „Habe ich Sie richtig verstanden? Nur Ihre Mutter hat Feistauer erkannt. Sie etwa nicht?"

„Nein. In dieser Situation nicht. Ich hatte mich ja Milena zugewandt, um ihr Deckung zu geben, weil Feistauer beziehungsweise Dreher sie nicht entdecken sollte.

Ich bin aber wenige Tage später gemeinsam mit ihr nochmal hinaufgefahren, um mich zu vergewissern. Milena hatte mir nämlich gesagt, dass Feistauer immer am Fenster säße und die Leute beobachten würde, die draußen vorbeikämen.

Als wir oben waren und in dieser Seitenstraße direkt gegenüber seines Hauses umdrehten, saß er tatsächlich dort und ließ sich bei offenem Fenster die Abendsonne ins Gesicht scheinen. Ich habe einen Moment gebraucht, aber ich habe ihn erkannt. Obwohl seine Visage ziemlich aufgedunsen wirkte. Aber ich hatte keine Zweifel. Er war es!“

„Hat er Sie denn erkannt?“

Nowak schürzte die Lippen. „Glaube ich nicht. Wir sind ja im Wagen geblieben und waren nach fünfzehn, zwanzig Sekunden wieder weg. Wie Leute, die sich verfahren hatten und nur umdrehen wollten. Ich glaube, er hat nicht besonders viel Notiz von uns genommen. Milena war auf dem Beifahrersitz eh auf Tauchstation gegangen.“

Rüdiger Mertz beugte sich, die Hände zwischen den Knien gefaltet, nach vorne und schaute den Polen prüfend an. „Wissen Sie, was ich nicht begreife?“, fragte er und gab sich selbst die Antwort. „Ich begreife nicht, dass Sie nicht in dem Moment, in dem Ihre Mutter Feistauer als Markus Dreher entlarvt hat, zu ihm rübergerannt sind und ihn wenigstens zur Rede gestellt haben.“

Nowak zuckte mit den Schultern. „Das begreife ich, ehrlich gesagt, selbst nicht. Aber ich glaube, ich habe es deshalb nicht getan, weil meine Mutter weggerannt ist und wir sie unbedingt aufhalten mussten. Außerdem war ich selbst fürchterlich erschrocken. Sie müssen sich mal vorstellen, wie das ist, wenn Sie nach neun Jahren vergeblicher Suche nach dem Mörder Ihres Vaters plötzlich vor ihm stehen."

„Genau das stelle ich mir gerade vor", sagte der Ermittler. „Ich glaube, ich wäre sogar zu ihm rübergerannt und hätte ihm, ohne auch nur ein Wort zu reden, die Gurgel umgedreht."

Nowak lachte zynisch. „Glauben Sie bloß nicht, dass ich mir das im Nachhinein nicht auch gewünscht hätte. Das wäre Totschlag im Affekt gewesen und nicht so schlimm bestraft worden. Oder?"

„Vermutlich. Wie ist denn Ihre Mutter mit der Erkenntnis fertig geworden, dass sie jetzt wusste, wo der Mörder ihres Mannes lebt?"

„Genauso wie ich."

„Was heißt das?"

„Das habe ich Ihnen doch schon erzählt."

‚Junge, Du nervst langsam', dachte Rüdiger, versuchte aber weiter, entspannt zu wirken. „Dann erzählen Sie es doch bitte noch einmal."

Peter Puhlmann hatte am Morgen nicht lange überlegt, eine weitere Staatsanwaltliche Verfügung im Mordfall Feistauer auszustellen. Denn die Argumente, die ihm Claudia Siegemund dafür an die Hand gegeben hatte, sprachen durchweg für ein solches Schriftstück.

Mit juristischen Auseinandersetzungen war nicht zu rechnen. Zumal die ‚Gegenseite', eine Rostocker Reederei, Kooperationsbereitschaft signalisiert hatte für den Fall, dass ihr dieses Papier vorgelegt würde. „Also, machen Sie was draus", ermunterte er Claudia lächelnd und drückte ihr das unterschriebene und gestempelte Formblatt in die Hand.

Die Kommissarin strahlte. „Danke, mach' ich." Und schon war sie wieder raus aus Puhlmanns Büro, das hinter vorgehaltener Hand auch „Klein-Wandlitz" genannt wurde. Die Ermittler hatten es so in Anlehnung an jene legendäre Waldsiedlung getauft, in der Erich Honecker und andere SED-Größen zu Zeiten der DDR gelebt hatten.

Des Staatsanwalts Lächeln hielt an, auch als Claudia sich bereits verabschiedet hatte. Denn sie war die wenigen Meter vom Kommissariat rüber zum Amtsgericht nur im Büro-Outfit gelaufen und hatte keine Jacke übergezogen. Ihr Körper quittierte das bei den winterlichen Temperaturen mit entsprechenden Reaktionen, die der Mann hinterm Schreibtisch als ‚nett anzusehen' empfand.

Wenige Minuten später hatte ihr die ‚gute Seele' Petra Fischer mit dem Ausruf „Mädel, Du erkältest Dich ja total" das so wichtige Papier aus der Hand genommen und einen heißen Kaffee in dieselbige gedrückt.

„Danke Dir." Sachte nahm die Siegemund ein paar kleine Schlucke. „Poah, heiß! Aber gut!"

„Freut mich, wärm Dich erstmal auf."

„Danke, wird schon." Wieder nippte sie an der Tasse. „Du, weißt Du was? Der Puhlmann, der war heute dermaßen freundlich", berichtete die Kommissarin. „Der hat mich sowas von angelächelt. Das hat der noch nie gemacht."

„Na, wundert Dich das?", lachte Petra.

„Ja. Das ist außergewöhnlich. Sagte ich doch. Wieso fragst Du?"

„Na, schau doch mal an Dir runter. Das übersteht kein Mann regungslos."

„Ou!", machte Claudia nach einem kurzen Blick und wurde rot. „Äääh, scannst Du das Teil bitte schnell mal ein und schickst es per Mail zu ‚Verdi' nach Rostock? Die Nummer hast Du ja. Ich muss mal eben schnell was telefonisch klären."

„Geht klar. Mal sehen, wie schnell die dort reagieren."

„Die waren auf jeden Fall nicht abgeneigt, uns zu helfen", rief es noch aus dem Flur. Dann war die Kommissarin in ihrem Büro verschwunden. Die Situation war ihr nur peinlich. Was wäre denn, wenn sie einer der Kollegen so gesehen hätte?

Im Vernehmungsraum schickte sich Nowak gerade an, zum zweiten Mal zu erzählen, wie seine Mutter die Begegnung mit dem Mörder ihres Mannes verkraftet hatte. Und vor allem, welche Konsequenzen sie und ihre Kinder aus dem Wissen um seinen Aufenthaltsort gezogen hätten. Er pustete kurz die Backen auf, bevor er loslegte.

„Also, nachdem uns Milena in allen Einzelheiten erzählt hatte, was der Mann für fürchterliche Verletzungen hatte und wie eingeschränkt er leben musste, hat Mama sich entschlossen, ihn nicht bei der Polizei anzuzeigen. Und wir haben das respektiert. Wir waren letztlich alle drei der Meinung, dass das Leben, das er in diesem Zustand führen musste, Strafe genug für ihn sei.

‚Das hat er nicht besser verdient', haben wir gesagt. ‚Irgendwann verreckt er ganz elendig und wahrscheinlich völlig allein in seinem Rollstuhl. Und dann ist es gut.'"

„Das muss man ja schon fast als edelmütig bezeichnen", antwortete der ‚Freak'.

„Ach, wissen Sie, wir haben uns überlegt, dass er in seinem Zustand doch sowieso in kein reguläres Gefängnis gekommen wäre und sogar noch irgendwelche Sonderbehandlungen genossen hätte. Das wollten wir unter allen Umständen vermeiden."

„Wie hat Ihre Mutter das insgesamt verkraftet?"

„Nur schwer. Es ging ihr tagelang nicht gut. Wir haben zwar alles Mögliche veranstaltet, um sie abzulenken. Vor allem meine Schwester, die ja bei der Wanderung nicht dabei war.

Sie hat sich mächtig ins Zeug gelegt. Aber das half alles nichts. Mama wollte nur noch weg. Ich habe die beiden fünf Tage später nach Marburg zum Zug bringen müssen. Eine Woche früher als geplant."

„Wo lebt Ihre Mutter denn?"

„In Polen."

„Und wo da genau?"

„In Sopot, in der Nähe von Danzig. Direkt an der Ostsee."

„Wieso dort?"

„Weil mein Vater durch Perestroika das Haus seiner Großeltern mütterlicherseits geerbt hatte. Das war in einem erbärmlichen Zustand. Aber meine Eltern haben es mit viel Arbeit und noch mehr Geld zu einem Schmuckstück gemacht. Eigentlich hatten sie es als Ferienhaus für die Familie gedacht.

Aber nachdem mein Vater ermordet worden war und meine Mutter aus unerfindlichen Gründen nur gekürzte Witwenbezüge bekam, zogen wir von Köln direkt dorthin. Die Elternhäuser im polnischen wie im deutschen Görlitz sind vermietet und bringen unserer Mutter und zwei Onkels und Tanten noch ein Zubrot. Viel ist das nicht."

„Was hat Ihre Mutter eigentlich während Ihres Vaters Lebzeiten gemacht?"

„Wie meinen Sie? Beruflich?"

„Ja."

Nowak lächelte. „Sie war Diplomaten-Ehefrau. Damit hatte sie häufig einen ausgefüllten Tag. Mit Vater herumreisen, offizielle Besuche machen, Vorzeige-Ehefrau sein und Gesellschaften daheim veranstalten. Das reichte."

Kommissar Lukas hatte Jakub Nowak bei der Beantwortung der Fragen keine Sekunde aus den Augen gelassen und bei ihm nicht die Spur einer Verunsicherung festgestellt. Das einzige, was er glaubte erkannt zu haben, war Trauer im Blick des Polen, wenn der über seinen toten Vater sprach. Sven war mittlerweile sicher: dieser Mann sagt die Wahrheit.

Aber das konnte es natürlich noch nicht gewesen sein. Noch immer war nicht klar, wie Joobs in die Geschichte passte. Und vor allem gab es keine Erklärung dafür, warum der Vater von Nowak überhaupt ermordet worden war. Einen westlichen Geheindienst habe man dahinter vermutet. Für ihn totaler Blödsinn.

Hatten die Ermittler damals nicht mehr als das herausgefunden? Oder sollte die Öffentlichkeit einfach nicht mehr erfahren? Nowak Senior war immerhin Attaché des Staates Polen. Es hätte doch enorme diplomatische Verwicklungen geben müssen, wenn es wirklich so gewesen wäre. Und das würde man sogar in Timbuktu aus den Nachrichten erfahren, mutmaßte der ‚Freak'.

Also sprach er den Ingenieur direkt darauf an. „Herr Nowak, war es wirklich ein westlicher Geheimdienst, der Ihren Vater hat ermorden lassen? Und wenn ja, warum ausgerechnet durch einen seiner Freunde?"

Der Gefragte schluckte. „War ja klar, dass diese Frage kommen würde." Die Polizisten konnten ihm sein Unbehagen ansehen.

„Hören Sie, wir sind schließlich selbst in der Provinz nicht auf der Brennsupp' dahergeschwommen, wenn ich das mal so sagen darf." Den Begriff hatte er von seinem badischen Freund Wolfgang übernommen.

„Was ist Brennsupp'?", wollte Nowak wissen.

„Ach, vergessen Sie's. Ich wollte damit sagen, dass Sie hier am vermeintlichen Ende der Welt nicht damit rechnen sollten, dass Ihnen bei der Polizei unfähige Pfeifen gegenüberstehen.

Also, warum war ausgerechnet Feistauer, ein, wie Sie sagten, Freund Ihres Vaters, letztlich auch sein Mörder?“

Jakub Nowak wechselte die Hautfarbe. Sein Gesicht wurde zwar nicht feuerrot. Man konnte aber immerhin eine zunehmende Durchblutung unter der Haut erkennen. ‚Soll ich’s ihnen sagen, oder besser nicht‘?, schien er zu denken. Und das ziemlich lange. Zu lange für Lukas’ Verhältnisse.

„Jetzt reden Sie schon! Und kommen Sie mir nicht nochmal mit der Geschichte vom Mordauftrag aus dem Westen.“

‚Verdammt nochmal‘, durchfuhr es Sven, ‚sollte ich mich jetzt auch noch ein zweites Mal in diesem Mann getäuscht haben? Versucht der jetzt *doch*, uns die Jacke vollzulügen und weiß nur noch nicht, wie er’s anstellen soll?‘

Nowak tat sich weiter schwer. „Hey, was ist? Jetzt mal Butter bei die Fische, mein Herr. Oder sollten wir uns da mal bei der Polnischen Gesandtschaft in Köln schlau machen? ... Das ist überhaupt ‘ne gute Idee, Rüdiger“, sagte er, an Mertz gewandt. „Hätten wir schon längst machen sollen.“

„Sparen Sie sich das. Ich sage es Ihnen auch so.“

„Also?“

„Mein Vater wurde vermutlich im Auftrag ehemaliger Stasi-Agenten umgebracht. Weil er sie an den deutschen Geheimdienst verraten haben soll.“

„Oh!“, entfuhr es Rüdiger Mertz. „Verrat von DDR-Agenten? 19 Jahre nach der Wende? Jetzt werden Sie aber dreist, Verehrtester. Binden Sie uns doch hier keinen Bären auf, Mann!“

„Mache ich nicht. Mir ist schon klar, dass man das nicht glauben kann. Ich habe es ja auch nicht geglaubt. Aber dann ist mir durch eine Fernseh-Doku mal klar worden, wie viele von den HVA-Spionen, von den Stasi-Schnüfflern und anderen Schergen der damaligen DDR an dem Tag untertauchten, als die Stasi-Zentrale in der Berliner Normannenstraße gestürmt wurde.

Seit dem 15. Januar 1990 waren urplötzlich Hunderte von Leuten entweder spurlos verschwunden oder aber zu ganz biederen Bürgern geworden. Vom Saulus zum Paulus gewissermaßen. Und viele kehrten einfach von ihren Auslandseinsätzen nicht mehr zurück.

Dazu gehörten auch zig Agenten, die in Westdeutschland eingesetzt waren. Alle hatten sie Dreck am Stecken. Und allen war plötzlich die Geld-Pipeline aus Ost-Berlin abgedreht."

„Wie? Die waren Ihrem Vater alle persönlich bekannt?" Mertz schaute etwas schräg und legte ein süffisantes Lächeln auf. „Schwer zu glauben. Aber, falls doch, warum sollte er denn so lange nach der Wiedervereinigung plötzlich die Karten auf den Tisch legen? Das ist doch blanker Unsinn, wenn Sie mich fragen."

„Er hat sie nicht alle persönlich gekannt. Einige von ihnen aber schon. Teilweise noch aus Zeiten des real existierenden Sozialismus. Polen war ja sowas wie ein Bruderstaat der DDR. Aber ihm gingen nur solche Leute auf den Zeiger, die in Westdeutschland auch nach so langer Zeit noch ihre alten Seilschaften nutzten, um im Verborgenen zu bleiben und dort krumme Geschäfte zu machen."

Nahezu zeitgleich durchfuhr es die beiden Ermittler wie ein Starkstromschlag. „Scheiße, natürlich", flüsterte Sven, „Feistauer!" Rüdiger Mertz nickte.

„*Was* meinen Sie?", fragte der Pole irritiert.

„Schon gut. Vergessen Sie's", versuchte Sven, ihn zu beruhigen. „Erzählen Sie uns lieber mal, warum Sie sich so schwer damit getan haben, uns vom wahren Hintergrund des Mordes an Ihrem Vater zu erzählen."

Nowak druckste herum. „Weil es einfach keine schöne Geschichte ist, dass er wer weiß wie viele Leute ans Messer geliefert hat."

„Ans Messer geliefert? Ich bitte Sie", reagierte Mertz eher brüsk. „Sie selbst haben doch gerade von Leuten erzählt, die alte DDR-Seilschaften dazu nutzen, aus dem Verborgenen heraus weiter ihre krummen Geschäfte zu machen. Dass denen das Handwerk gelegt wird, daran kann ich nichts Ehrenrühriges finden."

„Ja, aber so etwas sieht man unter Diplomaten nicht so."

„Klar, weil es unter denen perfidere Methoden gibt, jemanden für alle Zeiten von der Bildfläche ...", der ‚Freak' unterbrach sich und hielt sich vor Schreck den Mund zu.

„... verschwinden zu lassen?", ergänzte der Pole. „Ja, das haben wir ja nun leidvoll erfahren. Deshalb wäre es für meinen Vater doch besser gewesen, einfach zu schweigen."

Es verging ein Moment, ehe Lukas das Gespräch fortsetzte. Rüdigers tadelnden Blick und die der Kollegen hinter der Spiegelscheibe spürte er wie Pfeile im Körper. „Tut mir leid. Da sind mir die Pferde ein wenig durchgegangen. Ich bitte um Entschuldigung. Aber ich habe da trotzdem noch eine Frage."

„Bitte, fragen Sie."

„Warum hat Ihr Vater die ehemaligen DDR-Agenten denn überhaupt an den BND verpfiffen? Er war qua Amt doch überhaupt nicht dazu verpflichtet. Ich meine, so als Vertreter des polnischen Staates."

„Oh, so einfach war das nicht. Er hatte sehr wohl Gründe dafür. Weil er von einigen dieser Herren ständig unter Druck gesetzt wurde. Die wussten etwas über ihn, was unsere Regierung niemals hätte erfahren dürfen. Und jedes Mal, wenn diese Mitwisser selbst in Schwierigkeiten gerieten oder Geld brauchten, haben sie meinen Vater genötigt, ihnen zu helfen. Anderenfalls hätten sie ihn in Warschau hingehängt."

„Also Erpressung?"

Nowak nickte schwach.

„Wissen Sie denn, was das Geheimnis Ihres Vaters war?"

„Das soll während seiner Ausbildung zum Marineoffizier in einem großen Manöver der Warschauer Paktstaaten gewesen sein, erzählte meine Mutter. Papas Einheit sei nachts mit Sturmbooten vor Rügen gelandet und habe den Auftrag gehabt, den nördlichen Teil dieser riesigen Ruine in Prora einzunehmen."

„Prora?", unterbrach Rüdiger Mertz. „Was ist das denn?"

„Wie, das kennen Sie nicht? Prora liegt südlich von Binz, direkt am Ostseestrand und wurde zwischen 1936 und, ich glaube, 1940 in Hitlers Auftrag als gigantische Ferienanlage gebaut, in der 20.000 Menschen gleichzeitig Urlaub machen sollten. Der Bau war ursprünglich mal 4,5 Kilometer lang, ist aber wegen des Krieges nie ganz fertig geworden. Große Teile, so etwa zweieinhalb Kilometer, stehen heute noch."

„Solch ein Koloss? Komisch, dass ich noch nie was davon gehört habe."

Auch Sven schob die Unterlippe vor und zuckte mit den Schultern.

„Gut, ist ja auch egal. Sie behaupten auf jeden Fall, dass dieses Riesenteil während des Manövers von der polnischen Armee angegriffen wurde. Wieviel Tausend Mann waren denn da im Einsatz?", fragte Rüdiger ungläubig.

„Quatsch!" Nowak rollte mit den Augen. „Nicht das ganze Teil. Nur die Nordspitze. Da haben sich die NVA und die Russen jahrelang drin ausgetobt, später sogar einen Teil davon gesprengt."

„Okay. Aber was ist denn nun in dieser Nacht passiert?"

„Angeblich hat es bei dem Feuergefecht mit den Verteidigern der Anlage einen Toten gegeben. Einen Unterleutnant der NVA. Der sei aber erst am nächsten Tag gefunden worden. Und da sei eine saubere Rekonstruktion der Vorgänge nicht mehr möglich gewesen. Weil die polnischen Truppen wegen Erfolglosigkeit ihres Angriffs noch in der Nacht den Rückmarsch übers Meer angetreten hätten.

Die DDR-Militärführung habe damals Gift und Galle gespuckt. Weil einer von den polnischen Soldaten scharfe, anstelle von Manöver-Munition verschossen haben soll. Nur wurde der nie gefunden und der Fall nie aufgeklärt."

„Herr Nowak, ich begreife jetzt nicht, was das mit Ihrem Vater zu tun haben soll", wurde Mertz ungeduldig.

„Ich will es Ihnen ja gerade erzählen. Also passen Sie auf."

„Wir passen auf! Keine Sorge!" Rüdiger konnte diesen Spruch ums Verrecken nicht ausstehen. Was dachte sich dieser Mensch überhaupt? „Also los jetzt!"

Schmallippig begann der Mann. „Also. Jahre später, so hat es Papa meiner Mutter erzählt, er sei schon längst im diplomatischen Dienst und damals nach Ostberlin abgeordnet gewesen, habe er einen ehemaligen Soldaten aus der DDR getroffen. Den habe er von Militär-Sportwettkämpfen gekannt. Und der habe ihn gefragt, ob er denn jemals wieder etwas von dem Toten in Prora gehört hätte.

Als mein Vater das verneinte, habe der andere gesagt: ‚Das hast Du uns zu verdanken. Wir haben Dich mit Absicht nicht verpfiffen.' Dieser Unterleutnant sei ein furchtbarer Tyrann gewesen und habe seine Untergebenen gequält bis aufs Blut. Der habe sowas in der Art verdient. Pfff! Sowas verdient. Unglaublich!" Während er das erzählte, schüttelte Nowak angewidert den Kopf.

„Papa wäre nach dieser Nachricht beinahe verrückt geworden, erzählte Mama nach seinem Tod. Er sei sich absolut keiner

Schuld bewusst gewesen und habe den DDRler gefragt, wie er denn ausgerechnet auf ihn käme. ‚Weil wir gesehen haben, wie Du ihn erschossen hast', sollen sie gesagt und präzise erklärt haben, wie der Angriff vonstatten gegangen sei."

Lukas runzelte die Stirn. „Das verstehe ich jetzt nicht. Hatte denn Ihr Vater etwas mit dieser Tat zu tun oder nicht?"

„Ich weiß es nicht. Meine Mutter sagte, er habe nicht ausschließen können, dass da ein scharfer Schuss in der Waffe gewesen sei. Es sei nämlich nicht seine eigene gewesen. Einer von den Bootsführern, der nicht mit an Land ging, habe ihm seine geliehen, nachdem Papas Gewehr eine Ladehemmung hatte."

„Ach Mensch, hören Sie doch auf!", wurde Mertz ärgerlich, „das ist doch auch wieder so eine Zufallsgeschichte, die keiner ernst nehmen kann. Außerdem lässt sich scharfe Munition nicht mit einer Waffe verschießen, die ein Manöverpatronengerät drauf hat. Das muss er gemerkt haben. Sonst wären ihm die Fetzen um die Ohren geflogen."

„Sorry, so wurde es mir erzählt. Es ist übrigens auch nicht auszuschließen, dass der Soldat von eigenen Leuten erschossen wurde. So ‚beliebt', wie er war. Weil aber im Warschauer Pakt alle Armeen mit der Kalaschnikow AK-47 ausgerüstet waren, konnte nicht einmal anhand des Geschosses festgestellt werden, ob es von Freund oder Feind kam."

„Okay, sei es wie es sei. Wie werden das ohnehin nicht mehr klären. Ist auch nicht unsere Aufgabe. Aber interessant wäre es schon zu wissen, wie diese Behauptung die Runde unter den ehemaligen HVA-Agenten und Stasi-Leute machen konnte."

„Ach, das ist leicht zu beantworten." Nowak drehte sich um und musterte die Wand. Als könne er von ihr die Geschichte in Bildern ablesen. „Der Mann, der meinem Vater diesen Vorwurf gemacht hat, tauchte eines Tages in der Gesandtschaft in Köln auf und gab sich als ehemaliger HVA-Agent aus. Er brauche Geld, hat er meinem Vater gesagt. Und wenn er keins bekäme, dann würde er die dunkle Seite der Geschichte des ach so sauberen Ex-Marineoffiziers Nowak ans Licht bringen. Dann könne der Diplomat mal sehen, wo er bliebe."

„Klar! Aber was war denn mit den anderen, von denen Sie da erzählt haben?", fragte Rüdiger nach. „Von wem haben die das denn erfahren?"

Jakub Nowak lachte bitter. „Wissen Sie, wie gut solche Seilschaften funktionieren, von denen ich Ihnen erzählt habe? Die haben Informationsnetze, da träumen Sie nur von. Und wenn diese Typen mal einen am Haken haben, dann setzen sie ihn unter einen höllischen Druck und lutschen ihn aus wie eine Zitrone.

Deshalb ist Papa schließlich auch zum BND gegangen und hat die Schweine dort hochgehen lassen. Er konnte nämlich nicht mehr und wusste, dass die in Pullach natürlich niemals preisgeben würden, wer die DDR-Mischpoke verpfiffen hat."

„Ja. Aber Ihr Vater ist trotzdem tot. Gehörte eigentlich Herr Feistauer, respektive Herr Dreher auch zu dem Kreis der Erpresser?"

„Warum hätte er das tun sollen? Der war doch selbst BND-Mann. Wir rätseln seit der Tat, warum dieser..., dieser Unmensch plötzlich vom Freund meines Vaters zu dessen Mörder geworden ist. Und eben *weil* er beim BND war, stützte sich die These vom Mord im Auftrag des Westens schon fast von selbst."

„Welchen Grund hätte denn ein westlicher Dienst für diesen Mord haben sollen? Der passierte doch in einer Zeit, in der der Westen die Entspannung mit Staaten des ehemaligen Warschauer Pakts mit Macht vorangetrieben hat. Da schießt man sich doch nicht gegenseitig die Diplomaten tot."

„Naja“, überlegte Sven laut, „es kann ja immerhin sein, dass Ihr Vater diesem Feistauer mal erzählt hat, dass er die Spione alle auffliegen lassen wollte, aber nicht sagte, wann das passieren sollte. Und da Feistauer nicht nur selbst DDR-Spitzel war, ...“

„WIE BITTE?!“, schrie Nowak und holte tief Luft. „Das glaube ich jetzt nicht!“

„Können Sie aber“, begann Lukas erneut, „und da er, wie ich schon sagte, nicht nur selbst DDR-Spitzel war, sondern auch noch im großen Stil Falschgeld produziert hat, musste er damit rechnen, dass er durch irgendeine Indiskretion eines Dritten mit hochgeht und für alle Zeiten in den Bau einfährt.“

Die Nachricht vom DDR-Spitzel *und* Falschgelddrucker Feistauer machte Jakub Nowak fassungslos. Wirr fuhr er sich mit einer Hand durch die Haare und setzte zu einer erneuten Antwort an. Aber seine Stimme versagte.

„Ja, ja“, mischte sich Mertz wieder ein, „das können Sie gerne glauben. Feistauer hat für *beide* Seiten spioniert und zudem auch noch fleißig Geld gedruckt. Nur so erklärt sich für mich Feistauers Mordanschlag auf Ihren Vater. Vorausgesetzt, Sie haben uns nichts vorenthalten, was das Verhältnis der beiden zueinander anbelangt.“

Der Ingenieur schüttelte nur matt den Kopf und stierte zu Boden. „Nein“, flüsterte er, „was hätte ich für einen Grund dazu? Dass dieser Drecksack meinen Vater erschossen hat, wusste ich ja sowieso schon. Aber jetzt wird mir überhaupt erst einmal klar, was für ein durchtriebener Lump dieser Typ schon immer war.“

Sachte, ganz sachte, ertastete Dr. Linda Breyer mit ihrer rechten Hand eine Stelle, an der sie kein geschwollenes Bindegewebe im Gesicht ihres Patienten fühlen konnte. Als sie fündig geworden war, drückte sie sanft zu. „Tut das weh, Herr Joobs?“

„Geht so“, knurrte der Gefragte. Dabei rannen ihm ein paar Tränen über die Wangen und landeten im Kopfkissen. Frauen gegenüber spielte er den starken Mann. Das war so eine Art Automatismus bei ihm. Umso mehr stanken ihm die Tränen. ‚Waschweib‘ schimpfte er sich in Gedanken.

„Das ist vollkommen normal“, stellte die Chefärztin des JVA-Krankenhauses Fröndenberg fest. „Nach dem, was Sie sich so geleistet haben. Aber weitere Schäden kann ich wirklich nicht feststellen. Und einen Bluterguss unter dem OP-Feld haben wir mit dem Ultraschall auch nicht gefunden. Oder, Kollegin Steinbach, haben Sie noch etwas Auffälliges gefunden?“

Die Angesprochene verneinte.

„Gut, Herr Klemm, dann können Sie ihm den Verband wieder anlegen. ... Bevor er unserem Studi wieder durch die Lappen geht“, fügte die Ärztin noch leise hinzu.

Als die kleine Visite weitergezogen und Joobs mit dem Krankenpfleger alleine war, blickte der Gangster auf dessen Armbanduhr. „Ui, eine Rolex? Mein lieber Mann. Haste die geklaut?“

Der Pfleger grinste nur wortlos und nahm mit einer Pinzette steriles Verbandmaterial aus einem Behälter.

„So gut kannste doch gar nicht verdienen, hier in dem Stall. Ich könnte Dir da richtig was rüberwachsen lassen, wenn Du mir ...“

„Nä-hä-hä“, unterbrach ihn Toni Klemm. Und sein ‚Nä‘ klang wie das Meckern einer Ziege. „Die Rolex hab’ ich dem letzten Killer abgenommen, der mich bestechen wollte. Der brauchte sie danach nicht mehr.“ Langsam streifte er seine Ärmel hoch und legte seine athletischen Unterarme frei. „Riech mal“, hielt er Joobs eine Faust hin. „Stinkt nach Friedhof.“

Joobs' Körper blieb unter Spannung, während der wuchtige Pfleger die OP-Wunden verband und die demolierte Nase neu schiente. Nach zehn Minuten war das Werk vollbracht. „So, jetzt biste wieder schick“, verkündete der Mann in Weiß und zog seinen Verbandswagen zur Tür. „Dann können ja der Staatsanwalt und die Kripo kommen. Ich glaub', die sind schon an der Tor-Kontrolle.“

„Spinnst Du jetzt, oder was?“ Ruckartig, viel zu heftig für das, was sein Kopfinhalt und das angekettete Handgelenk aushielten, schoss Joobs auf dem Bett in Sitzposition und musste sich laut aufjaulend gleich wieder sachte ins Kopfkissen zurücklegen. „Was wollen die denn hier?“, brachte er gequält hervor. „Die haben mich doch hier im Krankenhaus in Ruhe zu lassen!“

„Krankenhaus“, lachte Klemm verächtlich und verließ den Raum ohne jeden weiteren Kommentar. Nur draußen auf dem Flur machte er die Bäcker-Säge und zischte „Tschakka, Du Mistbock. So lange Du hier bist, werde ich Dir an den Eiern spielen und Dir die Hölle heiß machen. An jedem Tag, den der liebe Herrgott gibt.“ Kopfschüttelnd marschierte er durch den Flur. „Junge, Junge. Da bringt dieser Typ drei Menschen um und beruft sich auf Ruhe im Krankenhaus. Ich glaube, es geht los.“ Natürlich waren weder Staatsanwalt noch Kriminalbeamte angekündigt. Aber solche Nadelstiche gehörten zu seinem Repertoire. Denn der Gerechtigkeitsfanatiker Toni Klemm hatte ein grundsätzliches Problem mit Schwerverbrechern.

Einen Typen, der sich beim Klauen einen Haxen gebrochen hatte, den ließ er sich gerade noch gefallen. Aber einen Mörder wie Joobs ... „Nää!“

Klar, der musste gepflegt werden, wie alle anderen Patienten auch. Das war Tonis Job. Aber alles, was über rein medizinische Belange hinausging, lehnte er ab. „No way, Mr. Joobs!“, brummte er und bog mit seinem Karren um die Ecke.

„Sind Sie wirklich sicher, dass wir das so machen können?“ Die junge Sekretärin des Chef-Justiziars hatte sich bei dessen persönlicher Referentin noch einmal rückversichert, ob sie der Kripo in Bad Berleburg tatsächlich den Auszug aus der Auftragsliste der Bordwäscherei zumailen konnte.

„Selbstverständlich. Doktor Brender-Möllendorf hat das doch extra noch schriftlich verfügt, bevor er heute Morgen nach London geflogen ist. Machen Sie sich mal keine Gedanken“, lächelte die braun gebrannte Juristin im todschicken Businesskostüm. „Sicherer als bei der Polizei können die Daten ja wohl kaum sein.

Und wir wollen der Aufklärung dieser Morde ja nicht im Wege stehen. Oder, was meinen Sie?“

Swantje Jensen zuckte mit den Schultern. „Es ist halt sehr außergewöhnlich. Wo wir doch sonst so großen Wert auf Datenschutz legen, Frau Kistenmacher.“

„Mit Recht, meine Liebe, mit Recht. Aber wollen Sie verantworten, dass dieser Joobs eventuell mal wieder eines unserer Schiffe besteigt und womöglich dort ein Verbrechen begeht?“

„Bewahre, nein! Das will ich natürlich nicht. Ich frage ja nur, weil die von der Polizei doch jetzt wissen, dass Joobs an Bord war. Warum brauchen die dann noch den Auszug?“

„Ich vermute, dass sie das als Beleg für den Staatsanwalt und vor Gericht brauchen. Und da sie nicht das Original bekommen, sondern nur eine Kopie eines Auszuges, ist es nur recht und billig, den Kommissaren die Kopie einer ganzen Listenseite mit zur Verfügung zu stellen – mit Logo und so weiter.“

„Ja“, versuchte Swantje ein erneutes Veto, „aber da steht ja alles drauf, Namen, Kabinennummern, Datum und dergleichen. Wir haben gelernt, dass man sowas nicht aus der Hand geben darf."

„Darf man doch, wenn man eine Staatsanwaltschaftliche Anordnung hat. Und die liegt vor."

„Aber nur als Mail", schmollte die Sekretärin.

„Also jetzt ist es aber gut, Frau Jensen. Ich finde es ja toll, wie sehr Sie sich dahinterklemmen und nachfragen. Aber die Kripo-Leute müssen sich doch für ihre Beweisführung auf Einzelpositionen und das jeweilige Datum in der Liste beziehen können.

Und jetzt tun Sie mir bitte den Gefallen, scannen die Verfügung von Dr. Brender-Möllendorf ein und hängen Sie die an den Datensatz an, den Sie dann sofort nach ..., wie heißt das?"

„Bad Berleburg."

„... den Sie dann sofort nach Bad Berleburg mailen. Lassen Sie sich dort die Verfügung gegenzeichnen und zurückmailen. Danke!"

Claudette Kistenmacher sprang auf. Sie hatte es eilig. Der nächste Flieger nach London startete schon in eineinhalb Stunden. Und den musste sie kriegen, um dem Justiziar bei wichtigen Verhandlungen an der Themse beistehen zu können.

Im Kommissariat herrschte eine schon fast gespenstische Ruhe. Mittagspause. Die gesamte Truppe war ausgeflogen, um irgendwo etwas zu essen. Meist, wie bei Polizeibeamten so üblich, nur einen kleinen Snack. Die obligatorische leckere Currywurst mit Pommes rot-weiß fiel allerdings freiwilligem Verzicht zum Opfer.

Denn die gab's nur im Schnellimbiss an der Sählingstraße, der seinen Gästen bei diesen Temperaturen vor allem durch sein von Fett und Gewürzduft geschwängertes Eigenklima in Erinnerung blieb. Wer dort gegessen hatte, erinnerte sich und seine Mitmenschen mindestens bis zur nächsten Haar- und Kleiderwäsche an diese Mahlzeit.

Nur der ‚Freak' hatte sich mit seinem Wagen auf den Parkstreifen davor verloren und seine Bestellung samt abgezähltem Geld durch die kurz geöffnete Küchentür hereingereicht. Auf selbem Wege war ihm Minuten später das gewünschte Essen herausgereicht worden. Currywurst weiß nebst Pommes frites mit Schaschlik-Soße und Mayonnaise.

Seit er die Lieblingsspeise vieler Fernfahrer auf der Polizeischule kennengelernt hatte, unternahm Sven Lukas die unglaublichsten Anstrengungen, um sich wenigstens zwei Mal pro Monat an diesem Trucker-Schmaus delektieren zu können.

Dass er es jetzt auf seinem Autodach aufgebaut hatte, sorgte zumindest dafür, dass Kleider und Haare keinen olfaktorischen Schaden nahmen. Dafür waren die Pommes nach fünf Minuten ziemlich kalt. ‚Macht nix', dachte er, ‚als Bulle hab' ich vier Mägen. Die werden das schon verdaut kriegen.'

Während des Essens hatte der Kommissar fortwährend über Jakub Nowak nachgedacht und über dessen Eingeständnis, dass er sich für den Gang seines Vaters zum Bundesnachrichtendienst schäme. ‚Das ist doch Humbug. Das ergibt überhaupt keinen Sinn', war er für sich überzeugt. ‚Nowak hat doch selbst eine unheimliche Wut auf diese Ex-Stasi-Agenten.'

Ging es dem Polen dabei lediglich um die verloren gegangene Ehre seines Vaters oder gar der ganzen Familie? Oder machte er ihm insgeheim den Vorwurf, durch den ‚Verrat' selbst schuld an seiner Ermordung zu sein? Jakub hatte seinen ‚Papa' geliebt, das war aus all seinen Berichten deutlich herauszuhören.

‚Diese Geschichte haben wir noch nicht zu Ende gehört', war Lukas sicher, als er ziemlich fröstelnd aber satt wieder in seinen Wagen stieg und zurück zum Revier fuhr. Nicht, ohne vorher noch beim Bäcker ein paar Hörnchen für alle und drei Fruchtschnitten für die Kolleginnen zu holen. „Kaffee verträgt man nur mit was im Mund", war die Devise bei den Kriminalisten.

Wie versprochen tauchte auch Jakub Nowak zur Fortsetzung des Gesprächs wieder auf, das eigentlich eine Befragung war. Der Ingenieur hatte sich irgendwo in der Stadt mit seinem Chef getroffen, der am liebsten mit ins Kommissariat gekommen wäre, um seinem Mitarbeiter in womöglich schwierigen Momenten beizustehen.

„Kommen Sie, nehmen Sie auch ein Hörnchen und eine Tasse Kaffee", forderte Lukas den Polen auf, der sich zunächst mal im Sekretariat eingefunden hatte. „Wir brauchen ein wenig Proviant im Vernehmungsraum. Denn ich glaube, wir sind noch längst nicht fertig miteinander."

Jakub war etwas verdutzt, trottete aber tonlos neben dem ‚Freak' her, die Treppen hinunter. Was er nicht wusste – dort saßen bereits fast alle Kollegen im ‚Kino' hinter dem Spiegelglas. Nur Rüdiger Mertz wartete bereits an dem grauen Tisch mit Mikro in der Mitte.

Und Claudia saß in ihrem Office und sichtete die Liste der Bordwäscherei, die erst während der Mittagspause aufgelaufen war. Es schien eine spannende Lektüre zu sein. Denn ein ums andere Mal schlich ein Lächeln über ihre Lippen, begleitet von einem kräftigen Strich mit gelbem Textmarker auf der Liste. Dann sprang sie auf und folgte den anderen in den Keller.

„Herr Nowak, haben Sie eine Ahnung, wo Ihre Mutter im September vergangenen Jahres war, genauer gesagt, am Freitag, 28. September?" Klaus Klaiser war plötzlich als dritter Mann im Vernehmungsraum aufgetaucht und hatte den

Kollegen zuvor mit eindeutiger Geste ein Zeichen für seinen Einsatz gegeben.

Der Gefragte begriff den Sinn der Frage zwar nicht, bat aber darum, sein Smartphone benutzen zu dürfen, um in den Kalender schauen zu können. Nach einigem Scrollen hatte er Klarheit. „In dieser Zeit war Mama auf der Ostsee unterwegs. Zehn Tage Kreuzfahrt. Haben meine Schwester und ich ihr geschenkt."

„Und ist sie allein gereist?"

„Ja."

„Sind Sie da absolut sicher?"

„Natürlich. Sie ist ja auch nach wie vor allein. Abgesehen davon, dass meine Schwester hin und wieder bei ihr ist. Wir sorgen abwechselnd dafür, dass sie unter Menschen kommt. Wieso fragen Sie?"

„Das sage ich Ihnen gleich. Wann war denn Ihre Mutter zum letzten Mal in Bad Laasphe?"

Jetzt war die Verwirrung komplett. Was sollte das? Auf was wollte der Mann hinaus?

„Wann, Herr Nowak?"

„Gerade erst. Bis vergangene Woche. Sie war zwei Wochen hier. Sie hatte so sehr darum gebeten, weil wir uns zum Jahreswechsel nicht hatten sehen können. Mama ist am Dienstag wieder zurück nach Danzig gefahren. Aber warum wollen Sie das alles wissen?"

„Herr Nowak", begann Klaus ganz bedächtig und legte das Foto von Philip Joobs auf den Tisch. „Der Kollege Mertz hatte Sie heute Vormittag gefragt, ob Sie diesen Mann kennen. Und Sie haben ‚nein' gesagt. Mittlerweile wissen Sie aber, dass er Feistauer getötet hat."

„Das ist richtig."

„Was sie aber nicht wissen – dieser Mann, Philip Joobs, war gemeinsam mit Ihrer Mutter, Kabine an Kabine, auf Kreuzfahrt in der Ostsee."

Nowak entglitten die Gesichtszüge. „Das glaube ich nicht!" Kopfschüttelnd ließ er sich in die Lehne seines Stuhles zurückfallen. Mit fahrigen Bewegungen versuchte er, die Kaffeetasse vor sich aufzunehmen und zum Mund zu führen. Es gelang ihm nur mit Schwierigkeiten, ein paar kleine Schlucke zu nehmen.

„Bitte, das kann doch nicht wahr sein. Das ist doch sicher ein Irrtum", stotterte er.

Klaus Klaiser schüttelte den Kopf. „Kein Irrtum. Tut mir leid. Hier schauen Sie", bot er an und schob Jakub Nowak die Liste mit Claudias Markierungen über den Tisch. Der nahm das Blatt in die Hand und erkannte blitzschnell beide gelb angestrichenen Namen. ‚Elisabeth Nowak, Kabine 5129' und ‚Philip Joobs, Kabine 5128'.

„Was ist das?", fragte er fast tonlos. „Was ist das für ein Papier?"

„Das ist die Abrechnungsliste über die Reinigung von Wäschestücken, die die Passagiere dieses Schiffes in die Bordwäscherei gegeben haben. Und ehe Sie jetzt fragen, wie wir dazu kommen, will ich Ihnen kurz erläutern, wie wir von einem kleinen Taschentuch, das wir am Tatort vor Feistauers Haus im Schnee gefunden haben, auf das Schiff kamen."

Der Ingenieur hörte geduldig zu und verlor mehr und mehr den Glanz in seinen Augen. Offensichtlich wuchs in ihm die Erkenntnis, dass seine Mutter einen Rachefeldzug gestartet hatte, der von langer Hand geplant war.

„Als wir wussten, dass es sich dabei um eine Wäschemarke der Reederei handelt, zu der das Schiff gehört, war der Rest eigentlich kein Hexenwerk mehr", dozierte der Kripo-Chef weiter. „Wir fragten dort einfach an, ob man irgendwann einmal einen Passagier namens Philip Joobs unter den Gästen gehabt habe. Und falls ja, wann und auf welcher Kreuzfahrt.

Es gab ihn wirklich. Auch auf der Wäscherei-Liste. Nur die Kabinennummer auf dem Etikett stimmte nicht. Die gehörte zur Nachbarkabine. Und die wurde, wie wir der Liste entnehmen konnten, von Ihrer Mutter bewohnt. Wir wussten also plötzlich, dass beide gemeinsam auf Kreuzfahrt gegangen waren. So etwas bezeichnet man unter Ermittlern als Elfmeter."

„Um das Wort ‚Zufall' nicht in den Mund zu nehmen", flüsterte Sven dem Kollegen Mertz ins Ohr. Klaus drehte sich grinsend zu den beiden um und hakte dann nach.

„Können Sie sich vorstellen, was wir für Schlüsse aus dieser Erkenntnis ziehen?"

Der nette Pole auf der anderen Seite des Tisches nickte langsam. „Natürlich. Dass meine Mutter auf dem Schiff den Killer für Feistauer angeworben hat."

„Und sie war dabei, als Feistauer erschossen wurde. Wie anders hätte ihr Taschentuch dort im Schnee landen können?"

Schulterzucken.

„Fällt Ihnen dazu nichts ein?", drängte Klaus.

„Wer weiß" bemerkte Nowak nach einer Weile mit gesenktem Blick, „vielleicht hat Joobs damit nur eine falsche Spur gelegt."

„Sie vergessen dabei, dass Ihre Mutter am Tag des Mordes in Laasphe war."

Der tief getroffene Mann schaute langsam auf. Seine Augen waren rot gerändert.

„Wahrscheinlich haben Sie recht", murmelte er entsetzt. Jetzt wurde ihm auch klar, warum sie ihn und Milena unbedingt besuchen wollte. Mitten im Winter. Wo sie sonst bei Eis und Schnee freiwillig kaum einen Schritt vor die Tür machte. Was für ein Wahnsinn!

Dann klappte er zusammen. Haltlos schluchzend verbarg er sein Gesicht in den Händen. „Oh Mama, das darf doch nicht wahr sein. Warum hast Du dieses Dreckschwein nicht seinem Schicksal im Rollstuhl überlassen?“

Eine beklemmende Situation, selbst für die Beamten hinter dem Spiegel. Langes Schweigen folgte.

Pattrick Born war der Erste, der die Sprache wiederfand. „Das arme Schwein. So kann jemandem der Glaube an die Menschheit abhandenkommen.“

Klaus war im Vernehmungsraum aufgestanden und hatte Sven und Rüdiger das Feld überlassen, nachdem er sie mit der neu gewonnenen Erkenntnis erst einmal überrumpelt hatte. Denn als Claudia mit den Infos der Reederei aufgetaucht war, saßen sie bereits bei Nowak im Vernehmungsraum.

Es war noch viel zu klären. Doch zunächst ließen sie dem Polen Zeit, um sich zu erholen.

Nachdem der seine Tränen mit dem Jackenärmel weggewischt und den Rest seines Kaffees ausgetrunken hatte, schaute er die Ermittler fragend an. „Wie geht es jetzt weiter?“

„Verdammt gute Frage“, antwortete Lukas. „Zunächst sollten wir mal klären, ob es wirklich nur Ihre Mutter war, die Joobs und seinen Gehilfen bei dem Mord unterstützt hat. Ab jetzt, Herr Nowak, ist das hier eine offizielle Vernehmung. Sie haben das Recht, einen Anwalt hinzuzuziehen und sie haben das Recht zu schweigen, um sich oder andere nicht zu belasten. Das Gespräch wird elektronisch aufgezeichnet.“

Nach kurzem Überlegen willigte der Pole ein. „Ich will aussagen und ich verzichte auf einen Anwalt. Ich habe mir nichts vorzuwerfen. Meine Mutter ist für ihre Taten selbst verantwortlich.“

Wow! Die Ermittler waren von dem letzten Satz überrascht.

„Das klingt verdammt hart“, begann Sven. „Bisher haben Sie den Eindruck vermittelt, dass Ihnen Ihre Mutter und deren Schicksal sehr am Herzen liegen.“

„Das war auch so. Bis zu dem Moment, wo mir klar wurde, dass sie mich eiskalt ausgenutzt hat, um ihre bösartigen Ziele zu verfolgen.“

„Wann war dieser Moment gekommen?“

„Vorhin, als Ihr Kollege mich davon überzeugt hat, dass sie Drehers, oder besser Feistauers Ermordung minutiös vorbereitet hat. Für mich ist in dieser Sekunde eine Welt zusammengebrochen. Denn plötzlich sind mir Dinge klar geworden, die ich in der Vergangenheit irgendwie gespürt, aber nie geglaubt habe.“

„Was zum Beispiel?“

„Dass meine Mutter die Geliebte von Feistauer war.“

„Waaas?“ Sven Lukas schaute rüber zu Rüdiger Mertz, dem vor lauter Verwunderung der Mund offenstand. „Ihre Mutter soll die Geliebte von Feistauer gewesen sein?“

„Ja. Oder umgekehrt. Je nachdem, wie Sie wollen.“

„Das müssen Sie erklären. Das ergibt doch, nach allem, was wir wissen und was Sie uns bisher erzählt haben, überhaupt keinen Sinn.“

„Für mich schon. Denn ich habe mich lange Zeit dagegen gewehrt, verschiedene Erlebnisse realistisch einzuordnen. Zum Beispiel, dass die Köpfe der beiden häufig auseinanderflogen, wenn ich zu Hause, also in Köln, plötzlich ins Wohnzimmer kam und feststellte, dass die beiden sich nicht gegenüber, sondern nebeneinander saßen.

Als Junge habe ich mir darüber keine Gedanken gemacht. Dreher ging bei uns ohnehin ein und aus. Auch, wenn Papa nicht zu Hause war. Ein Erlebnis geisterte mir allerdings seither immer wieder im Kopf herum."

„Welches?"

„Ich kam eines Tages, viel früher als geplant, von der Uni zurück und lief auf das Hotel Märkischer Hof zu, das auf meinem Weg nach Hause lag. Da sah ich aus einiger Entfernung, wie Mamas Audi dort vorfuhr. Sie stieg aus, drückte einem Pagen die Schlüssel in die Hand und ging zum Hotel, wo sie vor dem Portal von Dreher empfangen und geküsst wurde. Dann sind beide Arm in Arm hineingegangen.

Mama kam an diesem Tag erst spätnachmittags nach Hause. Und als ich sie fragte, was sie denn mit Markus Dreher in dem Hotel gewollt hätte, wurde sie furchtbar nervös und behauptete, da müsse ich mich vertan haben. Seltsam, nicht wahr?"

„Haben Sie jemals mit Ihrem Vater darüber geredet?"

„Nein. Sie kannten meinen Vater nicht. Es war mir, ehrlich gesagt, zu peinlich, ihn damit zu konfrontieren. Und Mamas Behauptung, nicht dort gewesen zu sein, stand gegen meine. Die beiden hatten genug Stress miteinander. Da wollte ich nicht noch eine Ehekrise heraufbeschwören."

„Wie alt waren Sie damals?"

„Ich war zwanzig."

„Zwanzig?" Rüdiger rechnete. „Im Jahr, bevor ihr Vater ermordet wurde?" Nowak nickte. „Etwa ein halbes Jahr davor."

„Es könnte also sein", fuhr Mertz fort, „dass Feistauer, also Markus Dreher, Ihren Vater nicht etwa im Auftrag ehemaliger Stasi- oder HVA-Agenten umgebracht hat, sondern, um den Mann seiner Geliebten aus dem Weg zu räumen."

Veto von der anderen Seite des Tisches. „Jetzt verrennen Sie sich aber. Warum hätte denn dann meine Mutter Dreher umbringen lassen sollen?"

„Weil ihr seine Nähe zu viel war. Vielleicht wollte sie ja gar keinen neuen Mann an ihrer Seite, sondern nur einen, Entschuldigung, fürs Bett. So viel Liebe war dann wohl doch nicht im Spiel und der Verlust ihres Mannes zu unerträglich."

Nowak knibbelte mit einem Fingernagel am Filzbelag des Tisches herum und versuchte, in dieser Sache klarer zu sehen. Derart intensiv hatte er sich mit den amourösen Bedürfnissen seiner Mutter nun wirklich noch nicht auseinandergesetzt.

„Hören Sie, wenn Ihre These stimmt und Dreher meinen Vater als Konkurrenten loswerden wollte, warum ist er dann spurlos verschwunden und hat mit meiner Mutter nie wieder Kontakt aufgenommen?"

Sven machte eine Schnute. „War das denn so?"

„Was war wie?"

„Na, dass Dreher nach dem Mord keinen Kontakt mehr mit Ihrer Mutter hatte."

Nowak schoss plötzlich alles Mögliche durch den Kopf. Konnte er diese Frage denn wirklich guten Gewissens beantworten? Seit damals kannte er seine Mutter nur als trauernde Witwe und eine Frau, die mit ihrem Schicksal haderte. Konnte es sein, dass das alles nur gespielt war?

‚Mama, kenne ich dich überhaupt noch richtig'?, fragte er sie in Gedanken. Nicht einmal zwei Wochen nach Vaters Tod war sie, gemeinsam mit ihm und seiner Schwester, zurück nach Polen gegangen. Allerdings kehrte Jakub zurück. Seines Studiums wegen. Zunächst nach Köln. Später ging er nach Aachen. Nur sporadisch hatte er Mutter in dieser Zeit gesehen. Meist in den Semesterferien.

Und dann, nach bestandener Diplomarbeit, bekam er seine erste Anstellung in Wroclaw, dem ehemaligen Breslau und lernte dort Milena kennen und lieben. Die Besuche an der Ostsee wurden noch seltener. Doch wann immer sie Kontakt hatten, erlebte er eine Witwe, die wohl nie mehr so recht ins Leben zurückfinden würde.

Gut, sie hatte, um ihr schmales Salär aufzubessern, eine Disponentenstelle bei einer Spedition angenommen. Doch das schien sie nicht unbedingt aus ihrer Trauerrolle herausgerissen zu haben. Meinte Jakub. Bis jetzt jedenfalls.

Er traute sich noch immer nicht so recht, so zu denken. Aber wenn seine Mutter schon dazu in der Lage war, einen Killer zu engagieren, der für sie einen mittlerweile unerwünschten Menschen ins Jenseits befördert, warum hätte sie dann nicht auch imstande sein sollen, falsche Tatsachen vorzutäuschen und in Wirklichkeit ein ganz anderes Leben zu leben?

Überhaupt – woher hatte sie eigentlich die Adresse oder die Telefonnummer von Joobs, um überhaupt mit ihm in Kontakt treten zu können? Und woher hatte sie das Geld, um den sicher nicht gerade billigen Mörder auch bezahlen zu können? Von ihm und seiner Schwester jedenfalls nicht. Waren da noch andere im Spiel?

„Herr Nowak, lassen Sie uns mal über etwas ganz anderes reden. Wie sind Sie eigentlich zu der Stelle bei GonTec gekommen?“ Rüdiger war aufgestanden, um sich die Füße zu vertreten und hatte die Frage en passant gestellt und den Ingenieur irritiert dreinschauen lassen. Der war schlicht genervt.

„Vielleicht, weil ich dafür qualifiziert bin?“ Das hörte sich mehr nach Frage als nach einer Antwort an. Was hatte denn sein Job mit den üblen Machenschaften seiner Mutter zu tun? „Ich habe mich bei GonTec beworben, mich persönlich in Wallau vorgestellt und bin genommen worden. That’s it!“

Den beiden Kommissaren war natürlich nicht entgangen, dass der Mann Wellentäler der Gefühle durchlief. Trotzdem. Es galt, den geringsten Zweifel an Jakub Nowaks Unschuld auszuräumen. Und da stellte sich natürlich die Frage, warum er ausgerechnet dort auftauchte, wo ein Feind seiner Familie untergetaucht war.

Auch wenn sie beide sehr wohl daran glaubten, dass es Zufälle gibt, so wurde ihre Überzeugung durch dieses Szenario deutlich überstrapaziert. Aber auch das musste bewiesen werden.

„Gut, gehen wir mal davon aus, dass am Abend des Mordes alles so gelaufen ist, wie es sich nach unseren Ermittlungen und Ihren Aussagen darstellt. Wir wissen bisher: Der Killer, sein Fahrer und Ihre Mutter tauchen an jenem Montag zwischen 18.30 Uhr und 20.18 Uhr vor Feistauers Haus auf. Irgendwann innerhalb dieser Zeitspanne erschießt Joobs den Mann im Rollstuhl.

Danach verlassen alle drei den Schauplatz an der Schloßstraße. Niemand weiß bisher, wohin. Erst in der Nacht tauchen die beiden Männer plötzlich auf einem Campingplatz auf, essen, feiern und schlafen im Wohnwagen Ihres Arbeitgebers. Am nächsten Morgen verschwinden sie wieder.

Dazu drei Fragen. Erstens, wo waren die beiden Männer, oder die beiden Männer und ihre Mutter in der Zwischenzeit? Zweitens, wo waren Sie, Herr Nowak, in der Zeit zwischen 18.30 Uhr und, sagen wir, 23.30 Uhr? Drittens, woher hatten die beiden Männer den Schlüssel zum Wohnwagen?"

„Die Fragen eins und drei kann ich nicht beantworten", begann der Befragte. Auf seiner Stirn zeigten sich kleine Schweißperlen. Von Nervosität jedoch keine Spur.

„Aber zu Frage zwei: Milena und ich waren an dem Abend, wie jeden Montag seit Jahresbeginn, zu einem Tanzkurs in der Tanzschule Leismann in Biedenkopf. Der beginnt um 19.00 Uhr und endet um 22.00 Uhr. Danach haben wir noch eine Kleinigkeit getrunken und sind so gegen 23.00 Uhr, 23.10 Uhr wieder nach Hause gefahren. Wir sind sehr vorsichtig gefahren, weil es unentwegt schneite."

„War Ihre Mutter zu dieser Zeit bereits in Ihrer Wohnung?"

Nowak überlegte einen Moment. „Ja, war sie."

„Haben Sie Ihre Mutter gesehen?"

„Nein, aber Milena. Sie hatte kurz zu ihr ins Wohnzimmer geschaut, wo meine Mutter ihr Bett auf der Schlafcouch hatte und meinte, dass sie schon tief und fest schliefe."

„Sie haben sicher nichts dagegen, dass wir diese Angaben sofort überprüfen?", fragte Sven, drehte sich, ohne eine Antwort abzuwarten zum Spiegel um und machte das eindeutige Telefonzeichen."

„Nein, wie sollte ich es auch verhindern. Für Milena wird das allerdings ein Schock, wenn sie erfährt, warum diese Fragen gestellt werden."

„Lässt sich nicht vermeiden", stellte der ‚Freak' nüchtern fest.

Claudia hatte sich aus dem ‚Kino' hinter dem Spiegel verabschiedet und war hoch ins Kommissariat gegangen. ‚Am besten erstmal bei der Tanzschule anrufen', dachte sie. Um zumindest schon mal Nowaks Alibi für den Montag vergangener Woche zu überprüfen.

Die Inhaberin persönlich bestätigte die Angaben des Polen und hatte auch noch einen Spaß auf Lager. „Ich hoffe, dass das junge Paar sich noch etwas geduldet mit der Hochzeit. Denn bis zur Perfektionierung des Walzers braucht der Herr noch ein paar Stunden. Sagen Sie's ihm aber bitte nicht. Die beiden sind so sympathisch."

Milena Kowalczyk war gerade nach Hause gekommen und hatte sich warme Haussocken über die kalten Füße gezogen, als Claudia Siegemund sie als nächstes anrief. „Kann ich Sie kurz sprechen?"

„Natürlich." Milena bekam einen trockenen Hals. Denn sie wusste, dass ihr Freund zum Kommissariat nach Berleburg gefahren war. „Ist was mit Jakub? Hat er etwas Verbotenes getan?“

„Nein, keine Sorge. Alles in Ordnung.“

„Aber was wollen Sie dann von mir? Ich habe doch vor ein paar Tagen Ihrer Kollegin schon alles gesagt, was ich weiß. Über Herrn Feistauer und so. Wann wird er überhaupt beerdigt?“

Claudia erschrak. Hatte es dazu überhaupt schon eine Information im Kommissariat gegeben? „Ich weiß nicht, wann seine Leiche von der Rechtsmedizin freigegeben wird“, flüchtete sie sich in diese Standard-Antwort ertappter Kripo-Beamter.

„Nein, ich habe eine ganz andere Frage. Können Sie sich erinnern, wann Sie und Ihr Lebensgefährte am Abend des Montags vergangener Woche nach Hause gekommen sind?“

„Also ist doch etwas mit Jakub“, wurde Milena nervös. „Das war doch die Nacht, in der Herr Feistauer ermordet worden ist. Was hat Jakub getan?“

„Nichts, Frau Kowalczyk, es ist nichts. Beantworten Sie mir bitte nur meine Frage. Wann waren Sie an diesem Montagabend zu Hause?“

„Das hätten Sie auch ihn fragen können.“

„Haben wir ja. Aber ich möchte es gerne von Ihnen hören. Also, wann kamen Sie nach Hause?“

„Ziemlich spät. Etwa viertel nach elf, halb zwölf. Ich weiß nicht mehr so genau. Das Autofahren war in der Nacht sehr anstrengend. Es lag so viel Schnee.“

„Und können Sie sich erinnern, ob Frau Nowak zu dieser Zeit bereits zu Hause war?“

Milena wurde es langsam unheimlich. Verärgert verzog sie ihr hübsches Gesicht. „Darf ich *Sie* fragen, warum Sie mir solche Fragen stellen?“

„Das ist nur ein Abgleich. Keine Sorge. Da ist nichts Schlimmes. Sie werden sehen.

Also, war Herrn Nowaks Mutter schon zu Hause, als Sie kamen?“

„Ich glaube schon ... ja, doch, natürlich. Ich habe noch extra nach ihr gesehen. Weil es im Wohnzimmer so still war. Sonst hatte sie immer bis spät in die Nacht Fernsehen geschaut. Sie schlief allerdings tief und fest. Nur...“ Dann brach sie ab.

„Was meinen Sie?“

Milena mochte ihre künftige Schwiegermutter nicht. Sie hatte so was Bestimmendes, dem man sich nur schwer entziehen konnte, ohne mit ihr Krach zu bekommen. Das wollte sie ihrer Gesprächspartnerin aber nicht auf die Nase binden. Und trotzdem juckte es sie, sich ein klein wenig zu erleichtern. ‚Komm, sag's ruhig. Kann die Polizei gerne wissen, dass sie säuft‘, dachte sie.

„Ich glaube, sie hatte viel Alkohol getrunken. Man konnte das bis zur Tür riechen. Das hat mich schon sehr verblüfft.“

‚Also hat sie gefeiert. Vermutlich mit dem Killer und seinem Fahrer‘, kombinierte Claudia und versuchte, das Gespräch schnell zu beenden. Doch Milena wurde immer unruhiger. „Warum fragen Sie nach Jakubs Mutter? Haben Sie und Jakub etwas mit dem Mord zu tun? Bitte. Ich muss das wissen!“

‚Was für eine besch... Situation‘, dachte die Siegemund. Sie konnte und durfte der Frau im derzeitigen Stadium der Ermittlungen nichts erzählen. Und trotzdem hatte die ihrer Meinung nach durchaus ein Recht darauf zu erfahren, warum ihr all diese Fragen überhaupt gestellt wurden.

„Frau Kowalczyk“, beeilte sie sich dann aber doch, „vielen Dank. Ich denke, Ihr Lebensgefährte wird Ihnen heute Abend alles berichten.“ Und sie hoffte dabei inständig, dass Nowak von den Kollegen nicht etwa in Gewahrsam behalten würde.

Jakub nagte auf seiner Unterlippe und wirkte angespannt. „Ob meine Mutter an dem Abend bis zu ihrer Rückkehr mit Joobs und dem anderen Mann zusammen war, kann ich Ihnen nicht sagen. Aber wenn sie, wie Sie behaupten, bei dem Mord zugegen war, kann man das schon vermuten. Vielleicht war sie ja sogar mit ihnen im Wohnwagen."

„Mit Sicherheit nicht. Das gibt die Spurenlage gar nicht her."

„Kann eigentlich auch so nicht sein, wenn ich es recht überlege", widersprach sich Jakub. „Wenn sie dort gewesen wäre, hätte der Wagen mit Sicherheit nicht so ausgesehen, wie das der Chef beschrieben hat. Mama hätte ihn picobello aufgeräumt."

„Oh, das hätte zeitlich nicht gepasst. Denn nach unserer Berechnung haben die Typen die Sauerei erst *nach* Mitternacht veranstaltet. Da war Ihre Mutter ja längst daheim, wie Sie sagen."

„Dann kann ich Ihnen auch nicht weiterhelfen. Auch nicht bei der Frage, woher meine Mutter den Schlüssel für den Caravan hatte. Von mir jedenfalls nicht. Sie hat auch gar nicht danach gefragt ... und auch nicht über den schönen Urlaub im Caravan geredet, fällt mir gerade auf."

„Aber irgendwer muss den beiden Verbrechern doch geholfen haben, in den Wagen hineinzukommen. Das war *nur* mit einem Schlüssel möglich. Denn die KTU sagte, das Schloss sei voll funktionstüchtig und unbeschädigt. Und Ihre Mutter war deren einziger Ansprechpartner vor Ort."

„Das glaube ich Ihnen ja." Nowak fühlte sich extrem unwohl. „Ich überlege doch auch schon die ganze Zeit, wie das passieren konnte. Was meinen Sie denn, wie ich gegenüber meinem Chef dastehe? Aber mir fällt dazu nichts ein. Natürlich hatten meine Mutter und meine Schwester den Schlüssel, als sie im Sommer hier waren. Aber den haben wir nach Ende ihres Urlaubs wieder abgeliefert."

„Hätte sie den Schlüssel denn in dieser Zeit nachmachen lassen können?“

„Von wem denn?“

„Von einem Schlüsseldienst oder in einem Baumarkt.“

Nowak kaute wieder auf seiner Unterlippe. „Ich habe die beiden ja immer durch die Gegend gefahren, wenn sie mal Wanderpause machten und in die Stadt wollten. Aber bei einem Schlüsseldienst waren wir nicht. Und auch in keinem Baumarkt.“

Rüdiger beugte sich zu Sven rüber und flüsterte ihm zu: „Seine Schwester war doch mal allein in Biedenkopf. Da wäre das doch ...“

„Vergiss es“, unterbrach ihn der ‚Freak‘. „Zu dieser Zeit wussten sie und die Mutter doch noch gar nichts von Feistauers Existenz.“

„Du hast ja sowas von recht.“ Beschämt klatschte sich Rüdiger an die Stirn. In dem Moment wurde die Tür zum Vernehmungsraum geöffnet und Sarah Renner schaute herein. „Kann ich kurz stören und was nachfragen?“

„Ja, wenn's wichtig ist. Mach schnell“, bat der ‚Freak‘.

Und sie beeilte sich. „Herr Nowak, haben Ihre Mutter oder Ihre Schwester in dieser Zeit mal ein paar Schuhe zum Schuhmacher gebracht?“

Was sollte das denn jetzt? Mertz glotzte die Kollegin an, als sei sie nicht ganz dicht.

„Ja, beide haben sich die Abätze machen lassen, beim Schuhmacher in Laasphe.“

„Und? Waren Sie bei den Besuchen mit dabei?“

Jakub überlegte. „Als die Schuhe hingebracht wurden, schon. Abgeholt hat meine Mutter sie alleine. Sie war noch ganz stolz, dass sie den Weg zum Laden ohne fremde Hilfe gefunden hatte.“

„Danke.“ Und schon war die Renner wieder draußen. Sven rannte ihr hinterher und fing sie am Treppenaufgang ein. „Kannst Du erklären, was das gerade war?“

„Pass auf, in Laasphe gibt es einen Schuhmacher, der nebenbei auch einen Schlüsseldienst hat. Und den rufe ich jetzt an und frage nach, ob da im letzten Sommer für eine Fremde neben zwei Absatzpaaren auch ein Schlüssel kopiert worden ist.“

„Hey, Du bist wirklich klasse!“, lachte Lukas begeistert. „Mal sehen, was dabei rauskommt.“

Wenige Minuten später tauchte Sarah auf demselben Wege wieder auf. „Volltreffer“, flüsterte sie. Und dann erklärte sie, dass sich laut Schuhmacher am 6. August vergangenen Jahres eine sehr aparte fremde Dame einen Schlüssel für ihren Wohnwagen habe nachmachen lassen.

Sie habe an diesem Montag dort ihre Schuhe aus der Reparatur geholt und dabei rein zufällig den Schlüsselservice im hinteren Teil des Ladens entdeckt. Was sie als großes Glück empfunden habe. Denn ihr Mann und sie hätten den Caravan erst vor wenigen Tagen von einem Privatmann in der Nähe von Nürnberg erworben und nur diesen einen Schlüssel bekommen. Ein zweiter sei abgebrochen, habe der Vorbesitzer gesagt.

Pflichtschuldigst waren vom Schuster die Personalien der Dame erbeten worden, die sich mit Personalausweis als Carola Leibinger, geboren: 15.10.1959 in Stuttgart, wohnhaft: Kellersberg 22, Bad Aibling, legitimiert hatte. Hinter den Personaldaten hatte der gute Mann den Zahlencode auf dem Originalschlüssel notiert.

Nowak, der Fragmente des Gesprächs zwischen Sarah Renner und ihren beiden Kollegen mitbekommen hatte, bekam lange Ohren und mischte sich ein. „Meine Mutter als Carola Leibinger? Das kann ich mir nun wirklich nicht vorstellen.“

Insgeheim hatte er noch immer die Hoffnung, sie doch noch aus der Geschichte raushalten zu können. „Und überhaupt“, argumentierte er weiter, „es ist doch höchst erstaunlich, dass sich der Schuhmacher auf Anhieb nicht nur an eine Kundin, sondern auch an den Termin vor über einem halben Jahr erinnern kann, an dem sie im Laden war.“

Sarah lächelte. „Er konnte sich an die Begegnung deshalb so gut erinnern, weil der 6. August der Jahrestag der Atombombe auf Hiroshima ist und ihn die Frau beim Blick auf den Kalender hinter der Theke daran erinnert habe. ‚Hoffentlich werden wir das nie wieder erleben‘, habe sie gesagt.“

Nowak senkte den Blick. „Dann war's doch meine Mutter“, brachte er resigniert hervor.

„Sicher?“

„Absolut. Seit ich denken kann, erinnerte sie uns an den Tag, an dem die Amerikaner mit ihrer Atombombe die Welt veränderten. ‚Hätten sich diese Hurensöhne doch damals verflogen und sich die Scheißbombe in Washington vor die eigene Haustür geworfen‘, hat sie mal gesagt. Das ist für immer bei mir kleben geblieben.“

Mittwoch, 13. Februar

„So, Kumpel, jetzt ist es wirklich so weit. Der Staatsanwalt und zwei Kommissare haben sich angedroht!", lachte Pfleger Toni Klemm, als er in Philip Joobs' Krankenzimmer gerauscht kam und das von außen vergitterte Fenster aufriss, um zu lüften. „Jetzt kriegste die Karten neu gelegt, Du alter Drecksack. Ich hoffe, Du hast schlecht geschlafen."

„Halt die Fresse", nuschelte der Verbrecher, „den Scheiß mit den Bullen und dem Staatsanwalt hast Du mir doch gestern schon erzählt."

„Ist Dir etwa die Düse gegangen? Ach, das tut mir aber leid. Aber Du kannst doch froh sein, dass die gestern nicht gekommen sind. Aber, wie sage ich immer: neuer Tag, neues Glück – ändert sich im Augenblick! So. Und jetzt pass mal kurz auf. Achtung, Schwupp!" Mit einem Ruck zog er dem Mann mit der grün-gelb-violetten Gesichtshälfte einfach das Kissen unter dem Kopf weg, um es aufzuschütteln. Joobs stöhnte leise auf.

„Ui, hast Du etwa Schmerzen? Vielleicht so'n bisschen, wie Dein Kumpan, dem Du einfach die Gurgel durchgeschnitten hast? Du Schwein, Du elendes. Das täte mir jetzt wirklich in der Seele weh."

Pfleger Toni wusste genau, dass das, was er da tat, zum sofortigen Rausschmiss gereicht und ihm ziemlich sicher sogar ein Strafverfahren eingebracht hätte. Aber er konnte nicht an sich halten. Er hatte einmal geschworen, alles daran zu setzen, Menschen zu pflegen und deren Leben zu retten und zu erhalten. Doch Joobs löschte Leben nach Belieben aus. Das war für ihn unerträglich.

Und so setzte Klemm weiter mal seine feinen Nadelstiche, mal seine saugroben Schläge mit dem imaginären Vorschlaghammer. Hauptsache, es gab keine Zeugen. Und Joobs wusste genau, dass ihm hier keiner glauben würde. Augenscheinlich war er doch hervorragend versorgt.

Und dann passierte wirklich das, was ihm der Pfleger orakelt hatte. Die Tür ging auf und herein kamen Klaus Klaiser, Pattrick Born, ein Staatsanwalt namens Rolf Kuhlenkampf und ein Advokat, der sich mit Bernhard Zirkel als sein Pflichtanwalt vorstellte.

Joobs tat, als leide er wie ein Hund. Er habe Schmerzen und sei nun wirklich nicht in der Lage, dem Gespräch zu folgen und Fragen zu beantworten. Klemm, der gerade das Fenster wieder schloss, belächelte das nur und meinte: „Nein, nein, ihm geht es ganz gut. Wir haben eben noch nett miteinander geplaudert.“ Dann ließ er die Gruppe allein.

„Herr Joobs, woher kennen Sie eigentlich Frau Elisabeth Nowak?“, ging Klaiser gleich in die Vollen. Schon bei Nennung des Namens war dem Killer deutlich anzumerken, dass ihm die Frage Unbehagen bereitete. Doch er behauptete: „Elisabeth Nowak? Kenne ich nicht.“

„Interessant. Und mit welchem Namen hat sich die Dame vorgestellt, mit der sie hier an der Theke sitzen und sich zuprosten?“, hakte Klaus nach. Dabei zeigte er ein Foto vor, das Joobs gemeinsam mit Frau Nowak an der Poolbar eines Schiffes zeigte.

Die Reederei hatte auf Veranlassung der Staatsanwaltschaft alles nach Berleburg gemailt, was im Zusammenhang mit Kabine 5129 während besagter Reise archiviert war. Also auch das Bild. Offenbar war es von Jakubs Mutter ohne Joobs' Wissen beim Bordservice bestellt und in ihre Kabine geliefert worden. Ob sie ihn damit erpressen wollte, wenn es hart auf hart käme?

Zumindest Philip Joobs durchfuhr dieser Gedanke wie ein Stromschlag. Doch er schwieg. Nur seine unverletzte Wange vollführte plötzlich unkontrollierte Zuckungen. Es arbeitete in ihm.

Klaus bohrte weiter. „Also was jetzt? Kennen Sie Frau Nowak oder nicht?“

Joobs’ gefesselte Hand spannte die Kette der Handschelle. „Ich kenne keine Frau Nowak“, nuschelte er. „Zeigen Sie nochmal. Ich kann so schlecht sehen mit dem einen Auge. ... Nee, kenne ich nicht.“

Natürlich hatte er sie erkannt. ‚Dieses linke Weib!‘, tobte es in ihm und eine unendliche Wut stieg in ihm auf. Er hatte längst begriffen, dass er vermutlich keine Chance mehr hatte. Aber sie, die er schon zu DDR-Zeiten so verehrt hatte, versuchte, sich mit dieser fiesen Masche aus der Affäre zu ziehen.

Niemand wäre ihm wegen des Mordes an Dreher auf die Schliche gekommen, hätte es diesen Scheiß-Unfall mit dem Jaguar nicht gegeben. Und die beiden anderen Morde wären auch nicht passiert. Ursprung dafür war aber sie, mit ihrem unglaublichen Hass auf Dreher.

‚Na warte, du Miststück‘, dachte er, ‚jetzt würge ich dir einen rein, dass du dich nicht mehr erholst!‘

„Moment!“, rief er daher theatralisch, „zeigen Sie nochmal. ... Doch, doch, natürlich. Die Frau kenne ich doch! Aber ... die heißt doch nicht Nowak. Das ist Blumen-Betti.“

„Blumen-Betti? Wollen Sie uns verarschen?“

„Nein, so wurde sie schon in der DDR genannt. Ich kenne sie seit Ewigkeiten.“

„Wie? Aus der DDR?“

„Na klar. Sie war Kader-Mitglied in der Abwehr und später HVA-Agentin in der BRD. Und das über Jahre."

In den Köpfen der beiden Kriminalbeamten hatte es „WUMM" gemacht. Was denn? Elisabeth Nowak. Kader-Mitglied in der Staatssicherheit und HVA-Agentin im Westen? Das war ein Hammer!

In der Unterhaltung entstand ein Loch. Niemand sprach ein Wort. Joobs, weil er die Wirkung seiner Worte abwartete, die Polizisten, weil sie das Gehörte erst einmal verdauen mussten und die Advokaten, weil sie nur Staunen übrig hatten. Der Staatsanwalt wegen der Offenbarung des Stasi-Mannes und der Pflichtanwalt, weil ihn das kapitulieren ließ. Was sollte er da noch verteidigen?

Schließlich war es Born, dem die Schweigeminute einfach zu lang wurde. „Nochmal, bitte. Die Frau, die wir auf diesem Foto sehen, war HVA-Agentin?"

„Wenn ich es doch sage. Hörst Du nicht zu, oder was?"

Born blieb ruhig. „Was hat sie in der Bundesrepublik gemacht?"

„Was machen Agenten im Ausland? Saublöde Frage. Lass doch mal Dein Gehirnschmalz arbeiten, blöder Bulle."

Pattrick knirschte kaum hörbar mit den Zähnen, behielt aber die Fassung. „Erklären Sie wenigstens den Namen Blumen-Betti."

„Was weiß ich. Eigentlich hatte sie nur den Decknamen ‚Blume'."

„Wie dämlich ist *das* denn? Hatten bei Euch die Agenten nicht immer Namen, die irgendetwas mit ihrer Funktion zu tun hatten? Demnach müsste Frau Nowak ja in einer Gärtnerei spioniert haben, oder so ähnlich."

„Oder so ähnlich. Ich sag' jetzt nichts mehr. Ich will mich jetzt erst mal mit meinem Anwalt besprechen. Alle raus hier!"

„Gut“, sagte Staatsanwalt Kuhlenkampf und stand auf, „Sie haben zehn Minuten.“ Bernhard Zirkel riss die Augen auf. ‚Um Gottes Willen‘, schien sein Blick zu sagen, ‚ich mit dem Mörder allein hier im Zimmer?‘

„Keine Angst, Herr Kollege, wir haben Sie im Auge. Alles Video-überwacht hier.“

Zirkel nickte und rückte vorsichtshalber aus der Schlagweite seines Klienten. Einen Arm hatte der ja immerhin frei. Die anderen gingen raus auf den Flur.

Klaiser ging vor zum Stationszimmer, um telefonieren zu können. Denn ihre Handys hatten sie mitsamt ihren Waffen an der Pforte abgeben müssen. Kaum hatte es nach der Eingabe der Nummer in Berleburg geläutet, erlebte Klaus einen ziemlich aufgeregten Sven Lukas an der Strippe. „Du, die Jungs aus Siegburg haben sich gerührt und sind einer Riesensache auf der Spur.“

„Aha. Erzähl.“

„Gerrit Klement hat mir erzählt, dass sie sich nochmal hinter diesen Russen-LKW, diesen KAMAZ, geklemmt haben, den die Bonner Kollegen als Tatfahrzeug an der Rampe ausgeguckt haben. Du erinnerst Dich?“

„Natürlich. Mach’s nicht so spannend. Was haben sie denn rausgekriegt?“

„Die Bundespolizei und der Zoll haben auf deren Bitten hin jetzt zwei Tage an allen Grenzübergängen zu Polen Ausschau nach Trucks dieses Typs gehalten. Und dabei haben sie einen kontrolliert, der zu einer Spedition in Danzig gehört und feste Linie fährt. Danzig – Köln. Zweimal wöchentlich.“

„Interessant. Könnte der wichtig für uns sein?“

„Oh ja!“ Der ‚Freak‘ wurde richtig euphorisch. „Jakub Nowak hat uns doch gestern erzählt, dass seine Mutter als Disponentin für eine Spedition in Danzig arbeitet. Allein das sollte uns zu denken geben.

Und auch die Strecke, die der Truck fährt. Ein Umweg über Porz-Wahn würde da auf dem Fahrtenschreiber gerade mal 25 Kilometer ausmachen. Das fällt bei den Umwegen, die da manchmal bei Staus gefahren werden müssen, überhaupt nicht ins Gewicht."

„Gute Arbeit, mein Lieber. Sag das bitte den Kollegen in Siegburg. Hängen die an der Geschichte noch weiter dran?"

„Nee, sie wollten uns nur dieses Bonbon als Dankeschön für die Falschgeldnummer rüberschicken. Sie wären aber bereit, die Fahrzeugbesatzung mal abzugreifen. Dafür würden sie auch die Kollegen aus Köln einspannen. Würde vorschlagen, wir bleiben dran."

Klaus musste grinsen. Sven war ein richtiger Wadenbeißer. Wenn der mal an einer Geschichte dran war... „Gut, sollten wir auf alle Fälle tun", willigte er ein. „Aber ich habe einen anderen Job für Dich heute. Lässt sich leider nicht vermeiden. Ich brauche Dich, um umgehend bei der BStU, dieser Behörde für die Stasi-Unterlagen, zu recherchieren."

„Oha", entfuhr es Lukas. „Was soll ich rauskriegen?"

„Frag mal nach, ob es eine HVA-Agentin mit dem Decknamen ‚Blume' gab. Oder ob es dort eine ehemalige HVA- oder Stasi-Agentin mit dem Spitznamen ‚Blumen-Betti' gab."

„Wer soll das sein? Hat die Frau Stiefmütterchen verkauft, oder was?"

„Eher nicht. Die Frau soll als HVA-Mitarbeiterin bei uns im Westen im Einsatz gewesen sein. Als was, wissen wir nicht", machte es Klaiser spannend. „Wir wissen aber, *wer* sie höchstwahrscheinlich ist. Es heißt, ihr Klarname sei Elisabeth Nowak."

„Nä! Das glaube ich jetzt nicht." Mehr fiel dem ‚Freak' im Augenblick nicht ein. Aber schon ratterte sein Hirn. Dass sein Chef noch antwortete „doch, kannst Du mir glauben", hörte er zwar, reagierte aber nicht mehr darauf.

„Also kümmere Dich bitte sofort um die Anfrage bei der Stasi-Behörde, ja", verabschiedete sich der Kripo-Chef und wollte das Gespräch schon beenden, da rief Sven „STOOOP! Klaus, bitte bleib noch einen Moment dran!"

Nur gut, dass Klaiser den Hörer schon fast auf der Gabel hatte. Sonst hätte er womöglich schwere Hörschäden davongetragen. Der STOP-Schrei war auch so noch laut genug. „Du hast noch was? Dann leg los. Aber bitte in Zimmerlautstärke."

„Okay. Mir ist gerade folgendes durch den Kopf gegangen. Bist Du aufnahmebereit?"

„Natürlich. Was ist denn das für eine Frage? Erzähl!"

„Gut. Wir vermuten ja, dass Feistauer, respektive Dreher schon zu Zeiten der DDR in deren Auftrag Falschgeld in Form von D-Mark-Scheinen gedruckt hat. Und wir wissen mit Sicherheit, dass er nach der Wiedervereinigung kräftig weitergedruckt und dabei vermutlich Unmengen an falschen Euro-Noten produziert hat. Die musste er unter die Menschen bringen und hat das auch geschafft. Beweis: die horrenden Summen auf seinen Bankkonten.

Wir wissen weiter, dass Feistauer an der Rampe seiner ehemaligen Druckerei von einem russischen LKW, Marke KAMAZ, zerquetscht und fast umgebracht wurde. Womöglich, weil er zu der Druckmaschine, die an diesem Tage abgeholt wurde, keine Druckplatten herausgerückt hat.

Und wir wissen, dass Frau Nowak als Disponentin für eine polnische Spedition arbeitet. Wahrscheinlich für jene, die mit einem russischen KAMAZ zweimal die Woche in der Nähe des Tatorts auftaucht."

Klaus, der auf der anderen Seite der Leitung halb gebückt über dem Schreibtisch der Stationsleitung hing, machte keinen Mucks. Da passierte gerade etwas von eminenter Wichtigkeit.

„Gehen wir ein paar Jahre zurück. Frau Nowak ist HVA-Agentin, mutmaßlich die ehemalige Geliebte von Feistauer und sehr wahrscheinlich im Auftrag der DDR Abnehmerin des Falschgelds. Dabei kam ihr zupass, dass sie mit Nowak verheiratet war und mit ihm bald in den Westen wechselte. Nahe an Feistauer heran.

Daher könnte es auch sein, dass die Frau, um die Kohle abtransportieren zu lassen, bereits von Köln aus als Einsatzleiterin oder Disponentin für eine Spedition gearbeitet hat, die den Schwarzgeldtransport erledigte. Mit dem Decknamen ‚Blume'. Alles im Schutz der polnischen Gesandtschaft und im Besitz zweier Staatsbürgerschaften.

Wer sagt uns denn, dass mit ‚Blume' nicht in Wirklichkeit die ‚Blüte' und mit ihrem Spitznamen in Stasi-Kreisen nicht die Blumen-Betti, sondern die ‚Blüten-Betti' gemeint ist?"

Sven unterbrach an der Stelle, an der er eigentlich großen Beifall erwartet hatte. „Du sagst ja nix. Bin ich zu schnell? Kommst Du nicht mit?"

„Quatsch! Mir ist die Spucke weggeblieben. Deine Theorie ist Wahnsinn. Komm, mach weiter."

„Alles klar", meinte Lukas und fuhr grinsend fort. „Dann passiert etwas, was niemals hätte passieren dürfen. Feistauer erschießt den Ehemann seiner Geliebten in deren Beisein.

Tat er das, um ihr zu zeigen, dass er seinen Rivalen endgültig loswerden wollte? Oder hatte er Angst vor Verrat? Weil Nowak seine Machenschaften durchschaut hatte und er nur zeigen wollte, was mit Verrätern passiert? Wir wissen es nicht.

Auch nicht, warum Feistauer den Diplomaten Nowak mit einem Flechette-Gewehr erschoss. Ich behaupte, dass das eine gewisse Symbolik hatte. Schließlich wurde er später selbst mit einer solchen Waffe ermordet. Von einem Killer, den seine Ex-Geliebte gedungen und der offenbar von *ihr* den Auftrag bekommen hatte, eine solche Waffe zu besorgen.

Aber warum tat sie das? War es Vergeltung für den Mord an ihrem vielleicht doch noch zu sehr geliebten Gatten? Glaube ich nicht. Denn sonst hätte sie nicht weiter jahrelang Geschäfte mit Feistauer gemacht. Also war es die Vollendung des Mordversuchs in Porz-Wahn, der einen ganz anderen Grund hatte."

„Genau", ergänzte Klaus, „dem war nämlich Feistauers Weigerung vorausgegangen, ihr die Druckplatten für die Produktion weiterer Blüten auszuhändigen. Wahnsinn, mein Lieber. Was Du hier kombiniert hast, ist phänomenal. Tu mir bitte dringend den Gefallen und schreib das genau so auf.

Aber erst, wenn Du Dich nach ‚Blume' und ‚Blumen-Betti' erkundigt hast. Und danach, ob der ‚ausgeguckte' Truck tatsächlich für die Spedition fährt, in der die Nowak als Disponentin arbeitet. Du weißt, es ist wichtig!"

Dann beendete er das Gespräch abrupt und ging zurück in Joobs' Zimmer, wo das Verhör weitergeführt werden sollte. „Hatte ein längeres, sehr wichtiges Telefonat, 'tschuldigung", informierte er die Wartenden und fuhr gleich wieder Attacke. „Herr Joobs, warum haben Sie Feistauer mit einem Flechette-Gewehr erschossen?"

„Was soll das?", fuhr der Pflichtverteidiger dazwischen, „jetzt kommen Sie auch noch mit einem Flechette-Gewehr. Sie haben doch bis jetzt nicht einmal einen Beweis dafür, dass mein Mandant überhaupt vor Ort war, geschweige denn dafür, dass er der Todesschütze dieses Herrn Feistauer war."

„Oh", grätschte Pattrick Born dazwischen, „da liegen Sie aber sehr falsch, Herr Rechtsanwalt. Dass er vor Ort war, ließ sich ohne weiteres anhand der DNA-Anhaftungen an diesem Taschentuch feststellen, das wir vor Feistauers Haus gefunden haben." Dazu präsentierte er einen Beweisbeutel mit dem Schnupftuch.

„Scheiße", zischte Joobs, „dieses Miststück!" Kurz vor dem Schuss hatte sie ihm damit den Schweiß von der Stirn getupft, damit seine Schießbrille nicht beschlug. Und dann hatte sie sich als ‚Sichtschutz' für den Schützen vor dem Auto aufgebaut. ‚Und Dreher, dieser Blödmann, hatte sie sofort erkannt und ihr zugewunken.'

„Tja, dieses Miststück, wie Sie sagen, hat das Ding einfach im Schnee verloren, stimmt's?" Und obwohl er natürlich keine Antwort darauf bekam, nickte Born zufrieden und legte zwei Fotos auf den Tisch.

„Dieses Flechette-Gewehr hier, das vermutlich letzte existente im weiten Erdenrund, hat Ihr Mandant unter Zeugen in einem Flüsschen namens Wetschaft in Lahntal bei Marburg versenkt, nachdem er und sein Kumpan zuvor einen kapitalen Auffahrunfall mit einem geklauten Jaguar gebaut hatten und dann abgehauen sind.

Wenn Sie wollen, können wir Ihnen sofort auch noch den Weg des Gewehrs aus der Asservatenkammer der Kripo in Braunschweig über Winterberg und Bad Laasphe bis zu besagtem Flüsschen nachzeichnen und Zeugen aufführen."

Der Anwalt verzog das Gesicht. „Im Moment nicht, danke. Aber wo ist bitte der Beweis dafür, dass mein Mandant geschossen hat?"

„Den haben wir noch nicht, Herr Zirkel", schaltete sich Klaiser ein. „Aber ich glaube, Sie sind, was Herrn Joobs anbelangt, nicht ausreichend gebrieft. Vor Ihnen im Bett liegt ein Mann, der innerhalb von zwei Tagen drei Menschen umgebracht hat und mindestens einen weiteren umbringen wollte. Der hat ihn übrigens in Notwehr so zugerichtet.

Zwei von diesen Morden können wir ihm nachweisen. Den an seinem Fahrer und den an einem Arzt. Für den dritten haben wir bisher nur Indizien. Er war vor Ort, er hatte das Gewehr in der Hand und er hatte einen Mordauftrag. Von der Dame, deren Taschentuch wir im Schnee gefunden haben."

Zirkel hatte die ganze Zeit über eifrig Notizen gemacht. Bei den letzten Ausführungen des Kripo-Chefs wurde er jedoch immer langsamer und wandte sich dann an den Staatsanwalt und die Polizeibeamten.

„Herr Joobs wird sich zum gegenwärtigen Zeitpunkt nicht zu diesen Vorwürfen äußern. Ich mache zudem darauf aufmerksam, dass er erst vor wenigen Tagen eine schwere Operation am Schädel hatte und noch nicht wieder voll vernehmungsfähig ist. Ich schlage daher vor, diesen Termin zu vertagen."

„Gut", antwortete Staatsanwalt Kuhlenkampf, „dann werde ich beim Haftrichter Haftbefehl beantragen und den Fortgang des Ermittlungsverfahrens in der Leitung von Staatsanwaltschaft und Kriminalpolizei Bad Berleburg belassen."

Joobs riss noch einmal an seiner Handschelle. Doch da waren alle Beteiligten bereits aus dem Zimmer.

Donnerstag, 14. Februar

Elisabeth Nowak war in heller Aufregung. Schon zum zweiten Mal hatte sie ‚nur' den 8er Ring getroffen. Ausgerechnet jetzt, so kurz vor den Landesmeisterschaften, bekam sie ihre Nerven nicht mehr in den Griff.

Über einen ihrer schwarzen Kanäle hatte sie schon vor Tagen erfahren, dass die Polizei bereits wisse, wer Feistauers Mörder war und wo der und sein Helfer übernachtet hatten. Und dass man nachforsche, wer den Männern Zugang zu dem Nachtquartier verschafft hätte, in dem schließlich auch sie einmal geurlaubt hatte.

Das beunruhigte sie zutiefst. Denn sie ahnte, dass ihr Sohn in seiner Unkenntnis des Doppellebens seiner Mutter den zwangsläufig dort auftauchenden Beamten der Polizei erzählt haben dürfte, wie sie Dreher durch Zufall in Bad Laasphe gefunden und ihm alles Böse an den Hals gewünscht hatte.

Man müsste als Ermittler also schon reichlich blöde sein, um aus diesem Wissen nicht wenigstens einen Anfangsverdacht zu konstruieren, dachte sie und verwünschte sich dafür, dass sie den Plan zu Drehers Exekution nicht sauber zu Ende gedacht hatte.

Sie musste dringend mit Joobs reden, um einen Weg aus diesem Schlamassel zu finden. Doch der meldete sich seit Tagen nicht. Zuletzt hatte sie gestern Abend von ihrem Hotelzimmer in Görlitz aus versucht, Kontakt zu ihm zu bekommen. Vergeblich.

Viel zu nervös zielte sie erneut. Doch ihr nächster Schuss verfehlte das Zentrum der Scheibe ebenfalls deutlich. „Das ist ja unterirdisch!", motzte sie lautstark, als sie die Anzeige auf dem Monitor vor sich sah. Zum Glück befand sie sich völlig allein auf der Schießanlage. So war sie niemandem Rechenschaft schuldig, wegen ihres miserablen Trainingsergebnisses.

Seit Jahren hatte Elisabeth Nowak so etwas wie ein Abo auf den sächsischen Landesmeistertitel besessen. Doch in dieser nervlichen Verfassung würde ihr eine Verteidigung nicht gelingen. Verärgert senkte sie die Armbrust und begann, die Waffe zu zerlegen und in ihrer Sporttasche zu verstauen. So würde sie am Samstag nicht zum Wettkampf antreten.

Als sie wenig später das Sportzentrum in der Käthe-Kollwitz-Straße verließ, wurde die total desillusionierte Schützin entsetzlich von der grellen Wintersonne geblendet. Instinktiv kniff sie die Augen zu und friemelte ihre Sonnenbrille aus der Jackentasche. Dabei bekam sie nicht mit, dass ihr vom Parkplatz her zwei uniformierte Polizisten und ein Mann in Winterjacke entgegenkamen.

Als sie die Augen wieder öffnete und erschrak, als sich die drei vor ihr aufbauten, fragte der in Zivil mit gezücktem Dienstausweis: „Frau Elisabeth Nowak?“

„Ja, bitte?“

„Jörg Reichenau von der Kripo Görlitz. Sie werden des Auftrags zum Mord, des Handels mit erheblichen Mengen Falschgeld und der Spionage bezichtigt. Gegen Sie liegt ein internationaler Haftbefehl vor. Wir müssen Sie bitten, mit uns zu kommen.“

Freitag, 15. Februar

Das Empfangskomitee hätte kaum größer sein können, als der Puma-Hubschrauber der Bundespolizei pünktlich um 10.45 Uhr auf dem Landeplatz an der Helios-Klinik aufsetzte. Sechs bewaffnete Kollegen der Schutzpolizei, Klaiser, Born, Lukas und Winter von der Kripo und Staatsanwalt Puhlmann standen Spalier, als Elisabeth Nowak in Handschellen aus der Maschine geführt wurde.

„Immer noch 'ne ziemlich attraktive Dame", raunte Jürgen seinem Nachbarn Pattrick zu. „Würde mich mal interessieren, wie viele ihrer Opfer diese Spionin allein durch ihr Aussehen Lull und Lall gemacht hat." Mit einer Antwort konnte er nicht rechnen. Denn Born bekam in diesem Moment einen Funkspruch per Kopfhörer, der ihn aufschreckte.

Auch Klaus Klaiser, dessen Funkgerät auf derselben Frequenz lief, ereilte dieses Schicksal. „Macht Euch mal darauf gefasst", hatte der Leitende aus dem Revier gefunkt, „dass Ihr gleich Besuch vom LKA bekommt. Die wollen die Nowak sofort mitnehmen."

Klaus drehte sich zur Seite und flüsterte ins Mikrofon. „Sind die schon unterwegs hierher?"

„Die fahren gleich hier los und kommen mit einem schwarzen Mercedes-Bus zu Euch rauf."

„Danke Dir. Hast was gut bei mir!", beendete der Kripo-Chef den Funk und rief den Kollegen zu, „Frau Nowak, der Staatsanwalt und Sven fahren bitte mit mir in meinem Wagen, Pattrick und Jürgen gehen mit ihrem Wagen in eine Kolonne mit den Streifenwagen. Fahrt bitte alle auf dem kürzesten

Weg zum Revier und parkt Eure Fahrzeuge direkt vor dem Gebäude."

Pattrick Born hatte begriffen und klopfte Jürgen Winter auf die Schulter. „Komm, wir setzen uns zwischen die Streifenwagen und fahren mit denen im Konvoi. So, als hätten wir die Dame in unserem Wagen. Klaus fährt ein Ausweichmanöver, damit die Jungs vom LKA erst mal ins Leere laufen."

Winter war irritiert. „LKA? Was wollen die denn hier?", fragte er zurück, während die beiden zu ihrem Wagen rannten. „Sie", antwortete Pattrick, und zeigte auf die Dame, die weiter vorne bereits von Sven auf den Rücksitz von Klaisers Audi geschoben wurde.

„Die wollen die Nowak sofort mit nach Düsseldorf nehmen. Scheint dem Chef nicht zu gefallen. Mir übrigens auch nicht."

„Meinst Du etwa, mir?", lachte Jürgen. „Da machen wir hier Klimmzüge, um die Frau quasi auf dem Expressweg herzubekommen. Und jetzt wollen uns die Glorreichen aus der Landeshauptstadt den Zucker von der Schnitte lecken. Scheiß was drauf! Denen legen wir ein richtig dickes Ei."

Klaus, der sich noch bei der Hubschrauberbesatzung durch Winken verabschiedet hatte, drängte Staatsanwalt Puhlmann zur Abfahrt. „Steigen Sie bitte ein. Schnell!", bat er Puhlmann und war verblüfft, dass der seiner Aufforderung ohne irgendeine Bemerkung folgte. ‚Nicht schlecht', dachte er.

Und kaum hatte Puhlmann die Beifahrertür zugehauen, schaltete Klaiser auf Rallye-Modus um. „Anschnallen bitte. Und zwar sofort!", rief er, legte den ersten Gang ein und schoss mit dem hochmotorisierten Audi A5 allen voraus vom Landeplatz weg auf eine Gefällstrecke runter zur Stadt.

‚Jetzt bloß keine Begegnung mit denen', dachte er und bereitete sich trotzdem im Geiste darauf vor, was er den Vertretern der Düsseldorfer Dienststelle als Ausrede für sein Verhalten servieren wollte. Doch die ersten paar Hundert Meter ging alles glatt. Bis auf einen Krankenwagen und zwei Pkw mit einheimischer Nummer hatten sie keinen Gegenverkehr.

Erst als sie an die nächstgrößere Einmündung kamen, wurde der Verkehr dichter. Von Laibach her brummte gerade ein riesiger Holztransporter vorbei, der eine beträchtliche Autoschlange hinter sich her zog.

Mit Argusaugen beobachtete Klaus den Verkehr bergan. Aber noch war kein schwarzer Mercedes-Bus zu erkennen. Als er konnte, bog er nicht etwa rechts ab, sondern querte die Straße und fuhr nach ein paar Metern rechts ab in die Straße beim Berufskolleg.

„Sie werden Ihre Gründe haben, warum Sie einen solchen Umweg fahren – und dann auch noch mit diesem Affenzahn", presste der Staatsanwalt hervor. So, dass man das nicht unbedingt auf dem Rücksitz hören konnte. „Aber ich wäre Ihnen trotzdem dankbar, wenn Sie mich einweihen würden."

Klaus schaltete herunter und fuhr plötzlich mit gemäßigtem Tempo rechts ab in die nächste Seitenstraße. „Weil uns das LKA heimsuchen will", raunte er.

„Wie bitte? Was haben die vor?"

„Die wollen unsere Passagierin sofort nach Düsseldorf mitnehmen."

Puhlmann wechselte die Gesichtsfarbe. „Nach Düsseldorf. Nee! Das kommt überhaupt nicht in die Tüte! Nicht, bevor wir sie nicht vernommen haben."

„Sehe ich auch so. Aber machen Sie mal einen Vorschlag. Wenn wir jetzt zurück zum Kommissariat fahren, laufen wir Gefahr, dass die uns in 15 Minuten am Wickel haben. Und dann müssen wir liefern."

Puhlmann überlegte angestrengt und wandte sich dann zur Mitfahrerin um. „Frau Nowak, Sie wissen, was wir Ihnen zur Last legen. Und Sie wissen auch, dass Ihnen ein Anwalt zusteht, der Ihnen, falls Sie keinen eigenen benennen, zur Verfügung gestellt wird."

„Vergessen Sie's", antwortete Frau Nowak mit fester Stimme. „Ich weiß, was ich getan habe. Und ich stehe dafür auch gerade. ... Sofern ich das selbst zu verantworten habe", fügte sie noch hinzu. „Ich brauche für das Verhör keinen Anwalt. Aber ich würde Sie bitten, mir vorher noch Gelegenheit zu geben, etwas zu essen."

‚Ungewöhnlich', dachte Klaiser, ‚genau wie ihr Sohn. Keinen Anwalt. Nur scheint sich die Dame, im Gegensatz zu ihm, aufgegeben zu haben.' In diesem Moment bretterte der Polizeihubschrauber röhrend über sie hinweg und verschwand Augenblicke später aus ihrem Sichtfeld. Dafür wurde es im Funk turbulent.

Die LKAler waren unterwegs dem Kovoi begegnet, hatten im sogenannten ‚Nord-Kreisel' kehrtgemacht und waren den anderen hinterhergefahren. Die würden ganz schön dumm gucken, wenn sie feststellten, dass die Beamten ohne die erwartete Passagierin ankommen.

„Fahren Sie bitte kurz rechts ran", bat Puhlmann. „Ich muss mal eben telefonieren." Klaus folgte und der Staatsanwalt stieg aus. Kurz darauf sah man ihn mit Handy am Ohr lamentierend auf und ab gehen. Dann schien er plötzlich zufrieden zu sein und stieg wieder ein.

„Frau Nowak", fragte er, „wären Sie mit einem italienischen Essen einverstanden? Und falls ja, mit Pizza oder Pasta?"

Nicht nur die Angesprochene war verblüfft. „Äh, eine vegetarische Pizza, wenn es geht", antwortete sie verdattert und verstand die Welt nicht mehr. „Fahren wir jetzt zum Italiener, oder was haben Sie vor?"

„Nein, nicht zum Italiener. Wir fahren zum Amtsgericht und lassen uns das Essen dorthin liefern. Sie können dann erst etwas essen und danach machen wir das Verhör im kleinen Sitzungssaal. Der ist frei."

Was Puhlmann da bot, war eine vollkommen neue, bisher noch nicht gekannte Seite von ihm, die sowohl Klaus, als auch Sven großen Respekt abnötigte. Der Ankläger begab sich hier im Interesse der Wittgensteiner Ermittler auf ein Glatteis, von dem keiner der beiden Polizisten wusste, wie gut er darauf zurechtkommen würde.

„Tolle Idee, vielen Dank", sagte Klaiser mit Blick zum ‚Herrn des Verfahrens' und glaubte, ein Lächeln auf dessen Lippen gesehen zu haben. Zügig setzte er daher die Fahrt fort und erreichte den ‚Herrengarten', als vor dem Polizeigebäude gerade drei Männer in Zivil aus einem schwarzen Transporter stiegen und eilends die Treppen zum Eingang hinaufstiegen.

Er nahm dagegen die Einfahrt zwischen Gerichts- und Polizeigebäude und parkte auf der Rückseite des Justizgebäudes, ganz hinten vor einem Schneehaufen. Kurz darauf waren alle vier Audi-Insassen im Gericht verschwunden, der Funk ausgeschaltet und die Handys der beiden Beamten auf ‚leise' gestellt.

„Freitag, 15. Februar 2019, Amtsgericht Bad Berleburg, Verhör von Elisabeth Nowak, wohnhaft in Sopot bei Danzig, Polen. Anwesend sind Staatsanwalt Peter Puhlmann, Erster Kriminalhauptkommissar Klaus Klaiser, Kriminaloberkommissar Sven Lukas.

Frau Nowak ...", begann Klaus nach den Formalien, „... Sie wurden über Ihre Rechte aufgeklärt und kennen die Vorwürfe, die gegen Sie erhoben werden. Wollen Sie sich zur Sache äußern?"

„Ja."

„Frau Nowak, ist es richtig, dass Sie Herrn Philip Joobs mit dem Mord an Christof Feistauer alias Markus Dreher beauftragt haben?"

„Ja, das ist richtig. Und ich war dabei, als dieses feige Schwein erschossen wurde. An diesem Abend ist mir eine tonnenschwere Last von der Seele gefallen, die ich Jahrzehnte mit mir herumgetragen habe. Ich bereue es bis heute nicht! Dieser Mann hat mich gequält und drangsaliert in einer Form, für die es nur eine Vergeltung geben konnte. Den Tod."

Überflüssig zu sagen, dass Klaiser und die anderen überrascht waren von der Klarheit, mit der die Frau von einer der schlimmsten Taten berichtete, die ein Mensch begehen kann.

„Das war aber keine Tat aus dem Affekt. Sie haben sie offensichtlich von langer Hand geplant."

„Auch das ist richtig. Und zwar seit ich dieses Scheusal im vergangenen Jahr durch Zufall wiedergefunden habe. Ich war damals zu Besuch bei meinem Sohn in Bad Laasphe."

Dann erzählte sie, als sei dies die Beichte ihres Lebens, wie in ihr das glühende Verlangen aufgekeimt sei, den Mann umzubringen. Und zwar so, wie der ihren Mann umgebracht hatte. Mit einem Flechette-Gewehr.

„Warum ausgerechnet mit einem solchen Gewehr?", wollte Klaus wissen.

„Dreher, dieses Drecksschwein, hatte, ich weiß nicht mehr vor wie vielen Jahren, mitbekommen, dass ich mir ein solches ‚West-Gewehr' aus schwarzen NVA-Beständen organisiert und damit Schießübungen gemacht hatte."

„Verstehe ich jetzt nicht", fuhr Lukas dazwischen, „die NVA hatte Flechettes?"

„Na klar. Sie glauben gar nicht, wie scharf man bei der Abwehr darauf war, zu erfahren, was im Westen waffentechnisch so geht. Unsere Erprobungsstelle hatte bei dem österreichischen Hersteller ein paar davon gekauft. Aber dann wurden die Dinger international verboten und bei uns die Munition knapp. Das war's dann. Die Teile sind später mit einem unglaublichen Brimborium als NATO-Lachnummer offiziell verschrottet worden."

„Und was war Drehers Rolle in der ganzen Geschichte?"

„Er war damals mein Führungsoffizier bei der Staatssicherheit. Hätte er mich verpfiffen, wäre ich unweigerlich im Zuchthaus in Bauzen gelandet. Und so hatte er mich in der Hand. Mit einem Druckmittel, das die DDR überdauert hat und das er ständig einsetzte, wo immer er wollte.

Hätte er gegenüber meinem Mann auch nur ein Sterbenswörtchen über mein Agentendasein verloren, wäre ich verloren gewesen und mein Mann als Diplomat ebenfalls."

„Was hat er als Gegenleistung verlangt?"

Frau Nowak zierte sich ein wenig, wollte nicht so recht heraus mit der Sprache.

„Haben Sie in seinem Auftrag Ihren Mann ausspioniert?"

„Nein, das war es nicht. Er wollte ..., na ja, er wollte Sex. Ständig Sex. Zu den unmöglichsten Gelegenheiten an den unmöglichsten Stellen. Mal hat er mich in ein Hotel mitgenommen, mal ist er bei uns zu Hause über mich hergefallen, wenn niemand zu Hause war.

Und dann hat er mich schließlich einmal aufgefordert, ‚auf einen Kurzfick' den Slip runterzuziehen, als er zu mir in die Küche kam, während mein Mann mit einer Diplomatengesellschaft im Wohnzimmer war. Ich habe damals zum Messerblock gegriffen und ihm gedroht, ihm seinen Schwanz abzuschneiden, wenn er mich nicht in Ruhe lässt.

Ich bedaure bis heute, dass ich es nicht getan habe. Denn eine Woche später hat er vor meinen Augen meinen Mann erschossen. Mit einem Flechette-Gewehr. Es sollte mir wohl seine Überlegenheit zeigen."

„Und dann haben Sie ihn erstmals wieder gesehen, als sie in Laasphe an seinem Haus vorbeikamen?", schloss Klaus an.

„Nein."

„Aber Ihr Sohn hat uns doch erzählt, wie entsetzt Sie gewesen seien."

„Natürlich. War ich ja auch. Dort habe ich nämlich wirklich nicht mit ihm gerechnet. Aber vor Jakub und Milena durfte ich mir natürlich auch nichts anmerken lassen. Überhaupt würde mein Sohn verrückt werden, wenn er je von meiner Tätigkeit für die HVA und von meinen Geschäften in den Jahren danach erführe."

„Was waren das für Geschäfte?"

„Ach, hören Sie doch auf. Das wissen Sie doch längst. Sie haben mich doch in Görlitz unter anderem wegen Handels mit Falschgeld festnehmen lassen."

Klaiser holte tief Luft. „Ja, okay. Aber den Umfang des Handels kennen wir nicht."

„Den kenne ich selbst nicht genau. Ich kann Ihnen nur sagen, dass ich damals im Auftrag der DDR Unmengen an D-Mark-Blüten von Drehers Werkstatt in den Osten geschafft habe. Mit der Wende ging der Bedarf unseres Staates natürlich schlagartig auf Null. Und ich suchte auf eigene Kappe Abnehmer. Weil das aber zunehmend gefährlich wurde, habe ich den Handel Mitte der 90er Jahre endgültig eingestellt."

„Aber das war's doch nicht mit Ihrem Blütenhandel, Frau ‚Blumen-Betti'?"

Das wussten sie also auch. Die Nowak sackte unmerklich zusammen. „Nein, das war's natürlich nicht. Irgendwann, so Anfang, Mitte 2003, hat mir Dreher mal wieder unter den Rock gegriffen und erzählt, er könne jetzt auch selbstgemachte Euro liefern. Ob ich denn Interesse hätte.

Da habe ich für mich das große Geschäft gewittert und zugeschlagen. Ich kannte ja alle möglichen Absatzwege, die allesamt im Osten lagen. Und ich dachte mir, wenn dieser Schweinehund schon an mir rumgrabscht, soll er auch dafür bluten. War eine lukrative Geschichte."

„Wie lange ging das so?"

„Bis September 2017. Da hat er die Druckerei geschlossen."

Die Ermittler waren entsetzt. „Was denn? Sie haben das Geschäft weiterbetrieben, obwohl Dreher bzw. Feistauer Ihren Mann ermordet hatte?"

„Was hätte ich denn machen sollen? Ich war nahezu mittellos. Der Staat Polen hatte mir den Geldhahn fast komplett zugedreht, unser Haus war noch nicht abbezahlt und unsere Kinder waren noch in Ausbildung."

Puhlmann schüttelte den Kopf. „Ihr Geheimdienstler seid doch alle gleich. Euch ist wirklich nichts heilig. Warum hat Polen Sie aus der Payroll gestrichen?"

„Das wüsste ich auch ganz gerne. Angeblich hatte sich mein Mann in Köln einer Pflichtverletzung schuldig gemacht und sei dann unerlaubt mit mir in besagtem Urlaub nach Zakopane gereist. Wäre er in Deutschland geblieben, hätte es den Mord in Polen nicht geben können, hieß es. So einfach ist das."

„Und das haben Sie sich gefallen lassen?"

„Haben Sie eine Ahnung, was man mit Deutschen in Polen veranstaltet, die den Staat anpinkeln? Nein. Ich habe keinen Widerspruch eingelegt und mich weiter von Falschgeldtransporten und den Tantiemen ernährt. Das lief so gut, dass ich mir sogar einen eigenen LKW angeschafft und einen Fahrer draufgesetzt habe, der im Linienverkehr tourt."

„Verstehe ich richtig?", hinterfragte Klaiser die Info, „Sie sind also nicht bei einer Spedition angestellt, sondern Sie betreiben selbst eine?"

„Eine kleine, ja. Und wann immer Geld bei Dreher abzuholen war, hat das der Fahrer im Rahmen seiner üblichen Transportfahrten erledigt."

„Und es hat Sie nicht gestört, dass Ihr Auftraggeber der Mörder Ihres Mannes war."

„Herrgottnochmal!", wurde die Frau ruppig, „natürlich hat mich das gestört. Sogar maßlos gestört. Und weh getan hat es. Ganz *unheimlich* weh sogar. Aber ich war ihm ausgeliefert. Er hätte mich ja jederzeit hochgehen lassen können."

„Sie ihn aber auch, Frau Nowak."

„Aha. Und wem, denken Sie, hätte man geglaubt? Mir, der ehemaligen Stasi-Ziege, der Blumen-Betti, oder ihm, dem ehemaligen DDR-Spion, der sich freiwillig beim BND geoutet und sogar für ihn gearbeitet hat? Nee, nee, da habe ich mir keine Illusionen gemacht."

„Wer waren eigentlich Ihre Abnehmer für das Falschgeld?"

„Dazu werde ich Ihnen nichts sagen."

„Warum?"

„Sage ich Ihnen auch nicht. Das müssen Sie selbst ermitteln. Dazu hören Sie von mir keinen Ton! Nur so viel: wenn die mitbekommen, dass ich bei der Polizei gesungen habe, bin ich tot. Auch im Knast."

„Waren es etwa die Leute, die Feistauer an der Rampe seiner Druckerei fast zu Tode gequetscht haben?"

„Nein", sagte sie entschieden und schüttelte den Kopf. „Das war ich. Die letzte Fahrt zur Druckerei habe ich nämlich selbst gemacht. Ich wollte ihm damals schon den Garaus machen. Leider ist es mir nicht gelungen."

Ihre frappierende Ehrlichkeit nahm den drei Ermittlern vorübergehend den Atem. So etwas hatte noch keiner von ihnen erlebt. Elisabeth Nowak bezichtigte sich selbst schlimmster Straftaten, machte aber einen völlig unverkrampften Eindruck. Lediglich ein Schluck Wasser sollte ihr wohl helfen, bei Stimme zu bleiben.

„Verdammt nochmal, das gibt es doch gar nicht. Versuchen Sie doch nochmal, Ihren Chef zu kriegen. Der muss doch mal irgendwann an sein Handy gehen." Jörg Dreyfus vom Landeskriminalamt gebärdete sich wie Rumpelstilzchen. Doch Petra Fischer behielt die Ruhe. „Aber sicher. Mache ich doch gerne."

Doch die Erfolglosigkeit hielt an. Das Handy klingelte zwar und auch die Mailbox des Kripo-Chefs meldete sich, er selbst aber nicht. „Same Procedure" meldete die Kriminalassistentin und legte wieder auf.

„Ja, wo kann er denn hin sein, mit dieser Frau?"

„Ich habe keine Ahnung, Herr Dreyfus. In der Morgenrunde war lediglich die Rede davon, dass Frau Nowak vom Hubschrauber abgeholt und dann verhört werden sollte. Das haben Ihnen die anderen Kollegen doch auch schon erzählt. Mehr weiß ich nicht!"

Der Kriminaloberrat hätte sich selbst in den Hintern beißen können. Denn wenn in Düsseldorf die Erfolglosigkeit seiner nicht angemeldeten Mission herauskäme, und das würde unweigerlich passieren, wäre ihm die Häme seiner Kollegen gewiss und ein Riesenanschiss der Kriminalamtsleitung sicher.

Viel zu oft hatte er dort nämlich weite Bögen gespuckt, in Sachen ‚baldige Verhaftung von Joobs' und ‚Aufräumen unter den ehemaligen HVA-Agenten.' Nur war bisher nie etwas Zählbares für ihn dabei herausgekommen.

Joobs war schließlich nicht etwa von seiner Sondereinheit, sondern von einem Dorfpolizisten verhaftet worden. Und der Blütendrucker von Porz-Wahn war, das hatte sich sogar gegen alle Geheimhaltungsschwüre der Siegburger zu ihm rumgesprochen, durch die Kollegen aus Wittgenstein aufgeflogen. Und jetzt die ‚Fahrt ins Leere.' Das hatte er sich wahrlich anders vorgestellt.

Wie hätte er glänzen können, mit der DDR-Spionin im Ehebett eines polnischen Attachés. Als er von deren Festnahme im Polizeinetz gelesen und mitbekommen hatte, dass sie nach Berleburg gebracht würde, hatte er alle Hebel in Bewegung gesetzt, um den Heli umzuleiten.

Das gelang aber deshalb nicht, weil nicht etwa die Flugbereitschaft einer Landespolizei die Dame an Bord genommen hatte, sondern die der Bundespolizei. Purer Zufall, dieser Luxustransport, und dem guten Kontakt der Sächsischen Landespolizei mit den Grenzschützern zu verdanken. Die mussten nämlich einen ihrer Helis zur Werft in Frankfurt bringen.

Unfein „Scheiße, Scheiße, Scheiße" murmelnd, verließ Dreyfus grußlos das Kommissariat und intervenierte noch einmal beim Leitenden. „Es kann doch nicht sein, dass Klaiser weder per Handy, noch per Funk zu erreichen ist!", motzte er dort. Doch auch Sam Weinrebe hatte nach erneuten Versuchen keine besseren Nachrichten für den Mann vom LKA.

„Frau Nowak", startete Sven Lukas den zweiten Teil des Verhörs nach einer Beratungspause, „wenn Sie uns schon nicht erzählen wollen, wer die Abnehmer Ihrer Falschgeldlieferungen waren, dann sagen Sie uns doch wenigstens, woher Sie Philip Joobs kennen."

Die Dame lachte bitter. „Joobs? Den kannte jeder Kader in der DDR. Wissen Sie, was der bei uns für einen Job hatte?"

Immer wieder benutzte sie das ‚bei uns', wenn sie von der Deutschen Demokratischen Republik sprach. Das saß fest in ihr.

„Ja, wir hörten, er sei so etwas wie ein Henker zweiter Wahl gewesen, der nie so richtig zum Einsatz kam", antwortete der ‚Freak' etwas zu locker für Nowaks Geschmack.

„‚So was wie ein Henker zweiter Wahl'", äffte sie ihn nach, „Klasse! Dieser Mann hat im Auftrag des Staates x missliebige Menschen verschwinden lassen. Spurlos! Und dann kommen Sie und sagen, er sei als Henker nicht zum Einsatz gekommen. Was meinen Sie, wie viele Leute er allein nach der Wiedervereinigung umgebracht hat?"

„Keine Ahnung. Aber hier waren es in der vergangenen Woche allein drei."

„Wie bitte? Drei?" Anneliese Nowak sank in ihrem Stuhl zusammen. „Wieso drei? Dreher – und wen noch?"

„Seinen Fahrer und einen Arzt."

Die Frau hechelte nach Luft. „Nicht drei", flüsterte sie. „Nicht drei. Das war nicht mein Auftrag. Mit dem Mord an Berlinkofer und dem Arzt habe ich nichts zu tun. Absolut nichts."

Es dauerte einen Moment, bis sich die ehemalige Stasi-Agentin so weit erholt hatte, dass das Verhör fortgesetzt werden konnte.

„Sie haben eben gesagt, die beiden weiteren Morde seien nicht Ihr Auftrag gewesen", insistierte Lukas, „heißt das, Sie gestehen, den Mordauftrag an Joobs gegeben zu haben?"

Fast tonlos antwortete sie: „Das habe ich Ihnen gegenüber nie bestritten."

‚Seltsam', dachte Sven, ‚mit welcher Selbstverständlichkeit die Frau den Mordauftrag gesteht. Offenbar hat sie nichts mehr zu verlieren.' Trotzdem musste er nachhaken. „Sie haben eben den Namen Berlinkofer erwähnt. Kannten Sie den auch schon von früher?"

„Nein, nein", sagte sie müde. „Den habe ich erst an diesem Montagabend kennengelernt. Er hat ja den Wagen gefahren, mit dem mich Joobs abgeholt hat und mit dem wir anschließend zum Feiern gefahren sind. In einer Kneipe drei, vier Orte weiter. Er war allerdings nicht so gut drauf. Er hat gekotzt an dem Abend."

‚Wundert mich nicht', dachte Sven, ‚ein Polizist, der auf einen Mord einen saufen soll, ist dann doch eher selten.'

Langsam erhob sie ihr Haupt und schaute mit dunkel geränderten Augen die drei Männer gegenüber nacheinander an. „Woher wissen Sie eigentlich von Joobs?"

„Ermittlungsarbeit, reine Ermittlungsarbeit", versuchte Klaiser die Gegenfrage so knapp wie möglich zu beantworten. „Wir wissen auch, dass Sie mit ihm zusammen auf Kreuzfahrt waren und dass Sie Schlüssel für das Nachtquartier der beiden in Laasphe haben nachmachen lassen. Was wir allerdings noch nicht wissen ist, wer Feistauers Haus angezündet hat."

Die ehemalige Diplomaten-Gattin blieb stumm. „Wissen Sie etwas darüber? Wenn ja, dann sagen Sie es bitte jetzt. Wir haben da ohnehin eine Vermutung."

„Und welche?", fragte sie mit wieder fester Stimme.

„Sie waren es. Mit einem Brandpfeil, den Sie verschossen haben. Wir wissen, dass Sie erfolgreiche Armbrustschützin sind."

„Na, dann sind Sie ja im Bilde."

„Wie sind Sie dort hingekommen? Etwa mit Joobs und Berlinkofer und die Armbrust auf der Schulter?"

„Nein. Ich hatte mich am frühen Morgen aus der Wohnung geschlichen und bin zu Fuß los. Aber den Berg hinauf hat mich ein netter Jäger mitgenommen, der Schneeketten auf seinem

Wagen hatte. Er wollte sein Wild füttern, hat er gesagt. Die Armbrust hatte ich zerlegt und in einem Rucksack dabei."

„Aber Feistauer, ääh ... Dreher war doch tot. Warum mussten Sie denn nun auch noch sein Haus anzünden? Das war doch eine hochgefährliche Aktion, bei der man Sie hätte beobachten können."

„Weil ich wollte, dass nichts mehr von ihm übrig bleibt. Wer weiß, habe ich gedacht, was dieser Unmensch noch an schriftlichen Unterlagen oder Computerdaten besitzt, die mir und jemand anderem noch mal richtig wehtun können."

„Wen meinen Sie mit ‚jemand anderem'?"

„Meinen Sohn Jakub. Dreher war sein Vater."

***

Bisher erschienene Krimis von Wolfgang Breuer

Wittgenstein-Krimis:

Durchgeknallt	ISBN978-3-96136-000-0 Verlag ratio-books, 2016
In aller Stille	ISBN 978-3-96136-009-3 Verlag ratio-books, 2017
Mords-Stünzel	SBN 978-3-96136-021-5 Verlag ratio-books, 2017
Volles Rohr	ISBN 978-3-96136-036-9 Verlag ratio-books, 2018
Windbruch	ISBN 978-3-96136-048-2 Verlag ratio-books, 2018
Eine Tote im Fluss	ISBN 978-3-96136-062-8 Verlag ratio-books, 2019

Ein Krimi aus Baden:

Herrenpfädel	ISBN 978-3-7497-9898-8 Verlag tredition, 2020